W łóżku z Nabokovem

Leniwa Niedziela

LESLIE DANIELS

W łóżku z Nabokovem

Z angielskiego przełożyła
Beata Turska

Świat Książki

Tytuł oryginału
CLEANING NABOKOV'S HOUSE

Redaktor prowadzący
Iwona Denkiewicz

Redakcja
Ewdokia Cydejko

Redakcja techniczna
Lidia Lamparska

Korekta
Jolanta Spodar
Grzegorz Grygoruk
Maciej Korbasiński

Wszystkie postacie w tej książce są fikcyjne. Jakiekolwiek
podobieństwo do osób rzeczywistych – żywych czy zmarłych –
jest całkowicie przypadkowe.

Świat Książki
Warszawa 2013

Świat Książki Sp. z o.o.
02-103 Warszawa, ul. Hankiewicza 2

Księgarnia internetowa: Fabryka.pl

Skład
KOLONEL

Druk i oprawa
ABEDIK

Dystrybucja
Firma Księgarska Olesiejuk sp. z o.o., sp. k.a.
05-850 Ożarów Mazowiecki, ul. Poznańska 91
email: hurt@olesiejuk.pl tel. 22 721 30 00
www.olesiejuk.pl

ISBN 978-83-7943-062-8
Nr 11028065

Dla Mary Brett Daniels i Neala Danielsa

PODZIĘKOWANIA

Dla moich ukochanych bliskich: Mary Daniels (która jest całkowitym zaprzeczeniem matki bohaterki powieści), Valery Daniels, Andrew Knoxa, A.B.K., C.B.K., H.D.H. oraz C.J.D.H. Dla Toma Hartshorne'a, cudownego człowieka i fantastycznego ojca, który nie ma nic wspólnego z postacią byłego męża bohaterki powieści (poza osobliwym stosunkiem do zmywarki).

Dla zachwycającej Lucy Carson, która jest wybuchową mieszanką uroku osobistego i zdrowego rozsądku, a także dla cudownej Molly Schulman, utalentowanego Paula Cirone'a i niezrównanej Molly Friedrich, najwspanialszych przyjaciół pod słońcem.

Dla Sulay Hernandez, nadzwyczajnego, odważnego człowieka i świetnej redaktorki.

Dla gwiazdorskiego zespołu wydawniczego: Trish Todd, Stacy Creamer, Marcii Burch, Jessiki Roth, Davida Falka, Meredith Kernan, Cherlynne Li, Marthy Schwartz oraz Justina Mitchella.

Dla Maureen Klier, prawdziwej Marii Skłodowskiej-Curie wśród korektorów (jeśli są błędy w tekście, to wyłącznie ja jestem za nie odpowiedzialna).

Dla Liz Karns, za przyjaźń i pomoc w znajdowaniu faktów statystycznych (i znowu, to ja ponoszę odpowiedzialność za wszelkie błędy).

Dla zespołu Squaw Valley Writers Conference, które to

warsztaty literackie są dla wielu osób, łącznie ze mną, nadzwyczajnym ośrodkiem kreatywności i odnowy; podziękowania otrzymują: Brett Hall Jones, Lisa Alvarez, Andrew Tonkavich, Louis B. Jones, Sands Hall, Michelle Latiolais, Rhoda Huffey, Michael Carlysle; specjalne podziękowania kieruję do nieżyjącego już Oakleya Halla.

Dla wspaniałych oczu, gorącego serca i bystrego umysłu Joy Johannessen.

Dla ukochanego przyjaciela i nauczyciela Gilla Dennisa, który gdy tylko przekracza próg, wnosi z sobą nadzieję.

Dla Spokojnego Człowieka, Ala Locketta, i dla Nate'a Wielkiego – dziękuję Wam za radość, która nieodmiennie Was otacza.

Dla Ellen Hartman, prawdziwej przyjaciółki i prawdziwego drogowskazu.

Dla wyjątkowych koleżanek i kolegów po piórze: Liz Rambeau, Mary Lorson, Harriet Brittain, Lisy Barnhouse-Gal, Christianne McMillan, Diany Holquist, Rhian Ellis, Jill Allyn Rosser, Megan Shull, Neila Sheparda, Grega Spatza, Masie Cochran i Johna Jacobsa.

Żyję w Waszym blasku.

NIEBIESKI GARNUSZEK

Wiedziałam, że zwiążę się z miasteczkiem, gdy znalazłam ten niebieski emaliowany garnuszek pływający po jeziorze. Zawiódł mnie on do domu, dom do powieści, powieść do prawnika, prawnik do burdelu, burdel do nauki, aż w końcu – dzięki nauce – wróciłam do świata.

Garnuszek znalazłam w niedzielę po południu, zaraz po tym, jak moje dzieci wróciły do swojego taty. Rozstałam się z nim jakiś czas temu, a potem próbowałam jakoś żyć bez synka i córeczki i nie zwariować. Ilekroć dzieci mnie zostawiały i jechały do niego, niekiedy z płaczem, natychmiast dokądś biegłam. Nie miałam wprawdzie chęci ani pieniędzy, które mogłabym wydać, szłam jednak przed siebie, bezmyślnie – myślenie sprawiało mi ból. Miałam nadzieję, że po drodze gdzieś zabłądzę, niestety, miasteczko jest taką dziurą, że zawsze w końcu wracałam do punktu wyjścia.

Tamtej jesiennej niedzieli, prawie rok temu, ucałowałam na pożegnanie Sama i Darcy – tym razem się nie popłakaliśmy. Usiłowałam nie czuć nienawiści do mojego eks za to, że mi je odebrał. Bez efektu. Odwróciwszy się, ruszyłam wietrzną ścieżką wokół jeziora wydeptaną przez uprawiających jogging, gdzie nikt nie zwracał uwagi na rozpacz malującą się na mojej twarzy.

Władze miasta wytyczają ścieżki dla joggerów zwykle wtedy, kiedy średni poziom otyłości mieszkańców osiąga stan krytyczny. Mój ukochany kuzyn naukowiec upierał się nawet, że istnieje ścisły związek między miastami, które projektują ścieżki, a podwyższonym wskaźnikiem występowania cukrzycy typu II u przedszkolaków.

Zastanawiałam się, czy też by sobie schrzanił życie, gdyby dożył moich trzydziestu dziewięciu i siedmiu dwunastych roku. Kupił łódkę, z której wpadł kilka razy do wody – geniusze nie muszą wcale wiedzieć, gdzie postawić nogę. Mówił w czterech językach i potrafił objaśnić zasadę neurotransmisji. Kochał kuchnię francuską, a najbardziej zupę szczawiową. Wspominałam właśnie jego wielki apetyt i śmiech, którym wybuchał podczas kolacji, gdy ujrzałam w szarozielonkawej wodzie ów niebieski garnuszek.

Zeszłam w dół nad jezioro, widząc już oczyma wyobraźni nagłówki w lokalnej gazecie „Onkwedo Clarion": „Matka dwojga dzieci utopiła się. Najprawdopodobniej popełniła samobójstwo".

Ponieważ garnuszek śmierdział ropą, pomyślałam, że mógł wypaść z motorówki. Rozejrzałam się wokół instynktownie, ale żadnej nie dostrzegłam. Włożyłam więc garnuszek do plastikowej torby na zakupy bujającej się na wietrze i wrzuciłam go potem do bagażnika mojego starego auta. Wcisnęłam go między książki i walizkę z ubraniami, które były mi potrzebne, gdy straciłam dach nad głową.

W łazience mojego pokoju w motelu Swiss Chalet Motor Inn umyłam śmierdzący garnuszek w wannie. Polałam go szamponem z buteleczki i póty szorowałam, póki nie stracił zapachu motorówki. Na elektrycznej maszynce, którą schowałam przed sprzątaczkami z motelu, ugotowałam w nim później makaron wstążki. Wyglądały jak postrzępione liście sałaty, dodałam do nich grudkę masła kupionego w gospodarstwie po drugiej stronie ulicy oraz kilka wiórków żółtego sera.

Usiadłam przy oknie i patrzyłam na zapadający zmierzch oraz znikające za wzgórzem światła samochodów. Makaron rozpływał się w ustach.

Niebieski garnuszek przypomniał mi wieczory i rozmowy, świece oświetlające twarze biesiadników, kolację, którą ktoś kiedyś przygotował, może ja. Nigdy nie trzymałam się wiernie przepisów, byłam jednak dobrą kucharką. Mój ojciec siedział na końcu stołu i żartował z gośćmi. Po drugiej stronie usadowił się kuzyn. Jedliśmy i śmialiśmy się. Świetnie pamiętam tamten wieczór i zebranych. Oczyma duszy widziałam czarne lśniące włosy i zygzakowaty przedziałek córki, słodkiego, rozespanego i zatopionego w myślach synka – no i siebie. Siedzieliśmy z moim genialnym ojcem i kuzynem, nim nastąpił ich szaleńczy maraton do nieba.

Wierzę, że niebieski garnuszek był darem od kuzyna, jednym z tych, które ofiarowują nam zmarli, gdy usilnie przyzywamy ich pomocy. Znakiem pokoju. Chcę wierzyć, że tak właśnie było.

BIWAK

Pewnego szarego poranka na początku zeszłego roku w Onkwedo byłam jeszcze żoną mojego byłego męża. Wkładałam właśnie naczynia do zmywarki, podczas gdy on mnie instruował, jak mam to poprawnie zrobić.

Choć udało mi się posiąść kilka umiejętności perfekcyjnej pani domu, to akurat nie te najważniejsze, a już na pewno nie stosowanie się do instrukcji. Mój eks wierzył jednak w porządek i kontrolę, która obejmowała także mnie. W naszym małżeństwie już wtedy mocno iskrzyło, więc z coraz większą niechęcią spełniałam jego polecenia. Po śmierci ojca przestałam widzieć sens w szukaniu porządku w detalach, skoro sprawy wielkiej wagi, takie jak życie i śmierć, najwyraźniej nam się wymykały. Szukanie porządku w brudnych naczyniach wydawało mi się dość trywialnym zajęciem.

Kiedy przy zmywarce mój eks oświadczył, że „diabeł tkwi w szczegółach", wrzuciłam do niej byle jak jego brudny kubek do kawy i wyszłam z kuchni. Pomyślicie pewnie, że ładowanie zmywarki jest niewystarczającym powodem, by porzucić męża, zwłaszcza gdy w grę wchodzi dobro dzieci, ale to właśnie ta błahostka przeważyła szalę i wypchnęła mnie z domu.

Utraciłam dzieci w tamtej właśnie chwili. Przed kubkiem do kawy ja i mój eks byliśmy jeszcze wojującym małżeństwem. Po kubku już nie, co więcej – nie miałam już dzieci. Stało się tak na skutek fatalnej sekwencji zdarzeń, nieubłaganej jak piosenka, której dzieci za nic nie chcą przestać śpiewać, jadąc samochodem, mimo że je o to błagamy.

Rzuciłam mojego jeszcze wtedy męża, który stał nade mną nad zmywarką, prawiąc mi kazanie, jak żyć. Wyjęłam z szafy namiot, który nasz syn zabierał na obozy harcerskie, śpiwory, zapałki i latarkę i wrzuciłam to wszystko do bagażnika. Wróciłam jeszcze dwa razy do domu, nie natykając się na mojego eks: raz, żeby zabrać pluszowego misia Darcy, i drugi raz, żeby zostawić obrączkę na krążku dopochwowym.

Najpierw pojechałam do Onkwedo Bagels po jakieś wiktuały, a potem do szkoły po dzieci. Zwolniłam je z lekcji pod pretekstem „wyjazdu rodzinnego".

Pojechaliśmy we trójkę na kemping, na którym biwakowaliśmy kiedyś z ich tatą. Znajdował się tuż za granicą naszego stanu. Ponieważ sezon się jeszcze nie rozpoczął, byliśmy jedynymi obozowiczami. Zmierzchało, kiedy położyliśmy się w niezamkniętym namiocie i przez szparę zerkaliśmy na jasne niebo i księżyc. Darcy spytała, czy niedźwiedzie naprawdę istnieją, na co Sam odrzekł:

– Jasne, że tak.

– Czy zabiorą mi Stuffy'ego? – dociekała Darcy, chowając pod siebie misia.

– Nie. Stuffy'emu nic nie grozi. Nic nam się nie stanie. – Dałam jej do potrzymania latarkę i zasnęliśmy.

Następnego dnia urządziliśmy wspinaczkę po skałach i wyścigi łódek z liści: patrzyliśmy, jak szybko płyną w strumyku. Nie natknęliśmy się na żadnego misia, nawet na jego ślady. Widzieliśmy za to klucz gęsi w kształcie litery V lecący na północ.

Trzeciego dnia o poranku, gdy siedziałyśmy na kamieniu z Darcy, popijając zaprószone popiołem kakao, a Sam opiekał nad ogniskiem bajgiel na patyku, przed nasze obozowisko zajechały samochody: jeden osobowy i drugi w typie SUV-a, z których wysypało się trzech przedstawicieli policji stanowej. Zapytali o nazwisko, choć miałam wrażenie, że je znają.

Poprosili o prawo jazdy, które zostawiłam w bagażniku.

Poszłam po nie, lecz gdy się odwróciłam od auta, spostrzegłam, że policjanci wpychają Sama i Darcy na tylne siedzenie. Po chwili buzie moich dzieci zniknęły za przyciemnionymi szybami SUV-a, a spod kół trysnął żwir. Puściłam się biegiem za samochodem, krzycząc:

– Halo, to pomyłka!

Trzeci policjant, który został ze mną, wepchnął mnie na tylne siedzenie samochodu, trzymając dłoń na mojej głowie, tak jak to się widzi w telewizji. Zostałam aresztowana pod zarzutem porwania dzieci i skuta kajdankami. Wszystko odbyło się w majestacie prawa.

Oskarżenia wobec mnie zostały oddalone, gdy mój prawnik zawarł ugodę z drugą stroną.

Przesłuchanie w sprawie odebrania mi opieki nad dziećmi było moim pierwszym zderzeniem z rzeczywistością Onkwedo. Wtedy też po raz ostatni włożyłam sukienkę. Prokurator stanowy przyjaźnił się z moim eks, a policjanci, którzy zorganizowali tamten pościg, byli jego kumplami z liceum. Żeby było śmieszniej, trawnik kosiła mu kobieta z opieki społecznej (mówiąc, że pomaga jej to na tężyznę fizyczną), a sędzia sądu rodzinnego przeprowadzał z nim doświadczenia chemiczne w miejscowym laboratorium.

Popularność mojego eks działała na moją niekorzyść. Byłam wtedy zresztą zbyt wściekła, zbyt rozgoryczona i zbyt podejrzliwa, by uwierzyć, że przesłuchanie mogło mi w jakikolwiek sposób pomóc w obronie.

Moja sytuacja do reszty się zepsuła, gdy prawnik mojego eks spytał mnie, z jakiego powodu odeszłam od męża. Ponieważ obrońca wcześniej pouczył mnie, żebym nie poruszała tematu zmywarki, odparłam:

– W imię wolności.

Mój adwokat ukrył twarz w dłoniach.

Sędzia zapytał wówczas, dokąd się udałam w poszukiwaniu tej wolności. Nim zdążyłam cokolwiek rzec, prawnik mojego eks podał mu zdjęcie.

Wtedy padło pytanie, czy naprawdę zamieszkałam w samochodzie.

Odparłam, że to było tymczasowe rozwiązanie.

Sędzia poprosił mnie i mojego obrońcę, żebyśmy do niego podeszli, i pokazał nam zdjęcie, na którym robiłam siku. Zdjęcie nie było wulgarne, po prostu – jakaś kobieta kucała w lesie. Nie wiedziałam, w czym problem, póki sędzia nie pokazał mi napisu za moimi plecami: „Zbiornik wodny w Onkwedo, woda zdatna do spożycia".

Nie pamiętałam tej tablicy. Podejrzewam, że prawnik mojego eks zmontował to zdjęcie w Photoshopie.

Sędzia spytał mnie, czy chcę coś dodać, i w oczekiwaniu, że coś odpowiem, przesunął szklankę z wodą na brzeg stołu.

Rozejrzałam się. Obecni na sali mnie nie znali, nie wiedzieli, jak dzielnie zniosłam bóle porodowe i jak bardzo tęskniłam za ojcem. Nie wiedzieli, że tylko w samochodzie umiałam być sobą.

Po tygodniu otrzymałam opinię sędziego. Jego zdaniem „jestem rozchwiana emocjonalnie i finansowo". Ponieważ nadto wykazuję „dziwaczne i nieobliczalne zachowania", dzieciom będzie lepiej, jeśli zamieszkają z ojcem, wyjąwszy jeden weekend w miesiącu. Nie dostałam oczywiście na nie żadnych alimentów, gdyż to mój eks miał je utrzymywać. Nie planowałam zostać na lodzie, podobnie zresztą jak nie planowałam żadnego z opisanych tu zdarzeń.

Pewnie myślicie, że było to zaniedbanie z mojej strony, że straciłam opiekę nad dziećmi ze względu na coś tak nieistotnego jak niechęć do wykonywania czyichś poleceń. Z pewnością myślicie, że jestem stuknięta, zepsuta do kości albo zwyczajnie głupia. Ja też tak wtedy o sobie myślałam.

Gdy nastały chłodniejsze dni, przeniosłam się z lasu do obskurnego motelu. Jego nazwa – Swiss Chalet Motor Inn – widniała na dekoracyjnym pasku z piernikowymi ludzikami, przybitym za pomocą pinezek do dachu jego biura.

Decyzja sędziego rozbrzmiewała mi w uszach po całych dniach i nocach zresztą też. „Oskarżona nie ma stałego miejsca zamieszkania... rozchwiana emocjonalnie i finansowo... niezdolna wskazać nikogo, kto mógłby jej wystawić dobrą opinię... wykazująca dziwaczne i nieobliczalne zachowania (zob. zdjęcie, dowód rzeczowy A)". Nauczyłam się decyzji sędziego na pamięć. Mój mózg próbował z nią walczyć, zetrzeć na proch, obejść, na próżno – trwała bezdusznie niczym skała.

Nie zdawałam sobie sprawy, ile czasu zabierało mi matkowanie moim dzieciom. Bez nich nagle zyskałam akry niczym niewypełnionego, niezorganizowanego, samotnego czasu. Mogłam coś ugotować, pójść spać albo pospacerować. Ale też nie musiałam tego robić. Moje życie straciło jakikolwiek sens.

W samochodzie miałam książki i trochę ubrań. Nie tęskniłam za tymi, których nie zabrałam z domu. Miały skłaniać mojego eks do myślenia, że jestem „niezłą laską" albo że „choć urodziła dwójkę dzieci, wciąż ma świetną figurę". Nigdy tak o mnie nie myślał. W ogóle zresztą o mnie nie myślał. Po miłości zwykle przychodzi zainteresowanie, a mój eks nigdy się mną nie interesował. Traktował mnie jak stertę brudnych ubrań rzuconych na podłogę – nie jego rzecz jasna, tylko czyichś.

Nie miałam ochoty przebierać w ciuchach. Codziennie wkładałam tę samą parę spodni i na zmianę dwie koszule, które prałam w nocy w umywalce. Proste.

W łóżku pod poduszką trzymałam piżamki moich dzieci. Włożyłam je do jednorazowych torebek foliowych, żeby zachowały zapach. Pomagały mi zasnąć. Delikatny szelest plastiku wcale mi nie przeszkadzał.

Mieszkając w motelu bez Sama i Darcy, miałam mnóstwo okazji, żeby rozpamiętywać swoją klęskę. To nie mój eks ponosił winę za to, że oboje pobłądziliśmy; kontrola nie zawsze jest czymś złym. Nie miałam także żalu do eleganckiej pani psycholog od małżeństw (eleganckiej w stylu Onkwedo – w ogromnych kolczykach i takichże kozaczkach), do której chodziliśmy na terapię. Przyznacie, że terapia małżeńska, mająca na celu przekuć porażkę w sukces, jest niezłym sposobem na zrobienie kariery.

Mój były lubił mawiać, że „brak planu jest planem klęski". Planowanie sprawiało mi kłopot. Tymczasem eks był niezwykle skrupulatnym planistą. Podzielił swoje życie na odcinki dobrze zorganizowanego czasu. Na początek planu dwudziestoletniego wybrał mnie na matkę swoich dzieci. Liczył na to, że mu ulegnę i że ulepi ze mnie idealną partnerkę, jeśli tylko wyrwie mnie z Nowego Jorku i przesadzi jak marchewkę do zdrowego Onkwedo.

Mam świadomość, że eks wybrał mnie na żonę ze względu na trzy cechy, które świadczyły jakoby o moim instynkcie macierzyńskim i które jego zdaniem miały zapewniać przetrwanie potomstwu: duży tyłek (płodność, zdolność pocieszania), oszczędność (wytrwałość), no i nie bałam się bałaganu, co – jak wierzył – równało się zdolności wychowywania dzieci.

Kiedy dwa lata temu nasze dzieci osiągnęły wiek trzech i dziewięciu lat, mąż podjął decyzję o przeprowadzce z Nowego Jorku do jego rodzinnego miasteczka, jak wspomniałam – bardzo zdrowego Onkwedo. Rozpoczęliśmy wtedy drugi etap jego dwudziestoletniego planu. Pierwszy obejmował urodzenie dwojga dzieci przez starannie dobraną matkę; drugi przewidywał przejście na emeryturę w glorii i chwale w czterdziestej wiośnie życia. Mój eks zaprojektował w swoim czasie prasę wulkanizacyjną używaną do produkcji opon samochodowych. Kiedy byłam jego żoną, wiedziałam wszystko o tym genialnym wynalazku. Po rozwodzie cała ta wiedza wyparowała mi z głowy.

Byłego męża poznałam w Nowym Jorku. Był słoneczny wiosenny dzień, pora lunchu. Usiadłam na schodkach naszej redakcji od strony podwórka. W moich włosach igrały promienie słońca. Uczeń ze szkoły fryzjerskiej z naprzeciwka zrobił mi akurat nową fryzurę, w której wyglądałam na rzeczową osóbkę – kompetentną, sprytną i konkretną. Byłam zaprzeczeniem samej siebie, co wprowadziło mojego eks w błąd.

Na jego pytanie, czym się zajmuję, odparłam, że pracuję w wydawnictwie. Nie do końca mijałam się z prawdą, bo rzeczywiście sprawdzałam wówczas dla magazynu „Psychology Now" fakty i dane statystyczne – ile małp wolało jaki kolor M&M's-ów itp. Doskonale nadawałam się do tej pracy, ponieważ umiałam bezbłędnie wskazać, gdzie w książce i w którym artykule pojawiało się potrzebne zdanie bądź akapit. Lubiłam tę pracę. Fakty w psychologii mają charakter miękkich danych, to bardziej opinie, a nawet przypuszczenia niż twarde dane naukowe. Tutaj zawsze istnieje ta „druga strona", co mi jakoś nigdy nie przeszkadzało.

Mój eks zapewne pomyślał, że z taką fryzurą muszę zajmować wysokie stanowisko. Nie zamierzałam wprowadzać go w błąd. Miał miły tembr głosu i pięknie pachniał, choć nie na tyle, by mi zależało na tym, co w istocie o mnie myśli. Kiedy się dowiedział, jak się naprawdę nazywa moje stanowisko pracy, zasiałam w nim ziarno podejrzenia, czy aby na pewno jestem kimś, komu można ufać.

Wtedy jednak byłam już w ciąży z Samem.

Małżeństwa moich koleżanek z o wiele mniejszymi

szansami na sukces są jakoś udane. Dwie z nich, z którymi chodziłam na zajęcia ze statystyki, powychodziły za mąż za asystentów prowadzących wykłady. Po prostu – wtargnęły podczas sesji egzaminacyjnej do ich gabinetów, całe we łzach, które mężczyźni osuszyli pocałunkami. Wkrótce potem obie te pary zaręczyły się i mają teraz dzieci. Myślicie może: owi statystycy martwią się, że rozrzedzili swoje zasoby genetyczne, bo spłodzili dzieci z zapłakanymi miernotami. Otóż nie, jesteście w błędzie.

Ja zaliczyłam statystykę, nie uroniwszy ani jednej łzy. Podczas gry w ping-ponga z moim nauczycielem przez przypadek uderzyłam się rakietką w twarz, zalałam krwią i przegrałam mecz. Nauczyciel ofiarował mi wówczas plaster, który przyjęłam, owszem, ale nie poszłam z nim do łóżka. Dlaczego wyszłam za mojego eks, a nie za nauczyciela statystyki? Cóż... pamiętam dobrze jego asystencki, gryzący, ostry zapach. Może miłość znalazła sobie lokum w moich nozdrzach?

Wiem, że to zabrzmi idiotycznie, ale prawdziwymi wrotami do doznania przyjemności – swoistym przedsionkiem oksytocyny – jest nos. Nie miałam lepszej teorii na swój temat i na to, jak odczuwam miłość. Każde planowanie kończyło się fiaskiem. Pozwalałam, żeby sprawy toczyły się własnym torem. Dużo o tym myślałam w pokoju motelowym. W końcu już nie wiedziałam, czy ja rzeczywiście dokonałam jakiegoś świadomego wyboru w sprawie miłości, czy nie.

Ponoć kobiety, które mają braci, potrafią sobie wybrać lepszych mężczyzn na towarzyszy życia. Ja nie mam braci, kochałam za to ojca i kuzyna, typowych facetów z miasta. Bardzo się starałam ich zrozumieć, co mi się do pewnego stopnia udało. Można powiedzieć, że gdyby byli ptakami, umiałabym rozpoznać ich śpiew. Niestety, nie pomogli mi zrozumieć mężczyzn jako gatunku. Nic, co się ich tyczyło, nie przekształciło się w zasadę, którą mogłabym zastosować wobec innych. Każdy facet był osobnym przypadkiem.

Poza tym, że ojciec i kuzyn byli mężczyznami i moją rodziną, mieli jeszcze jedną wspólną cechę. Potrafili wznieść się ponad codzienny mozół i dostrzec ogólniejszą prawidłowość, jakiś schemat, wzór. Czasami i ja umiałam tego dokonać, wysunąć się jak peryskop nad skorupę ziemi i rozejrzeć wokół. Dzięki temu przypominałam sobie, że miejsce, w którym się znajduję, jest tylko maleńkim punktem na ogromnej mapie świata.

Często uciekałam się do tej zabawy podczas pierwszego roku życia w Onkwedo. Widziałam wielką Ziemię, na której mieszkali inni jeszcze ludzie poza tymi, których widywałam w miasteczku, tacy zdrowi i nad wyraz higieniczni.

Nie powinnam była dać się wybrać mojemu eks. Nawet nie mówiliśmy tym samym językiem. Nie różniłam się zbytnio od kobiet, które przybyły do Ameryki z Francji. I nie mam tu na myśli paryżanek, które wiedzą, że *quoi* jest *quoi*, lecz prowincjuszki szukające wspaniałych, zadowolonych z siebie sobowtórów Owena Wilsona, by się za nich wydać. Pokolenie mojej matki ubóstwiało mężczyzn w stylu Gary'ego Coopera. Miałabym ochotę wziąć te Francuzeczki na stronę i wbijać im do głowy, że na litość – tylko nie ten, *pas cet homme-là*!

Choć byłam taka mądra, wyszłam za mojego eks, urodziłam Sama, a potem, zgodnie z planem, Darcy. Zgodziłam się też porzucić Nowy Jork dla Onkwedo.

Tuż po tym, jak wyjechaliśmy z wielkiego miasta, mój ojciec zawinął się z tego świata. Umarł na wiosnę, w kwietniu. Wtedy, kiedy organizmy ludzkie mają dość, całkiem jak drzewa pozbawione życiodajnych soków. Kiedy umarł, zdumiała mnie natura mojej samotności. Byłam samotna, ponieważ go zabrakło; nikt inny nie mógł wypełnić pustki, jaką po sobie zostawił. Nawet gdyby mnie odwiedzili znajomi z miasta – czego nie zrobili – i tak by mi w niczym nie pomogli. Czułam, że nikt na świecie nie pomoże mi otrząsnąć się z uczucia samotności po stracie ojca. Smutek i przygnębienie są bliźniaczo do siebie podobne. Bez względu na to, co czułam, straciłam swoją gwiazdę, przewodnika.

Życie na północy stanu jeszcze pogorszyło sprawę. Onkwedo przypominało półki w recepcji „Psychology Now": każdy interesujący tytuł został wypożyczony i nieoddany przez czytelnika. Pozostały wyłącznie nudne i niechciane książki. Aż trudno uwierzyć, że można bez cienia zainteresowania przeglądać półki z książkami. Takie właśnie było Onkwedo. Ambitni nastolatkowie dawali stąd nogę, dzieci z problemami pacyfikowano, artyści pod byle pretekstem uciekali, gdzie pieprz rośnie. Pozostali mieszkańcy – ci, którzy wrośli w to miejsce – byli ograniczonymi, uległymi, idącymi na łatwiznę konformistami.

Tak mi się przynajmniej wydawało podczas pierwszej monotonnej, szaroburej zimy, gdy na niebie zawisły stada chmur.

DOM

Zjadłam makaron, który ugotowałam w niebieskim gar-nuszku, położyłam się i zamknęłam oczy. Powoli się uspokaja-łam. Powtarzałam w myślach, że dzieci mają siebie nawzajem. Pamiętałam „fakt" z mojej dawnej pracy o relacjach między rodzeństwem, które kształtują ich osobowości i zwiastują przyszłe szczęście. Jak mantrę powtarzałam, że mam się z cze-go cieszyć, bo Sam opiekuje się Darcy, a Darcy ma starszego brata, i razem są drużyną.

Leżąc w mroku z zamkniętymi oczami pod ciemną narzutą z wełnianej przędzy, próbowałam unieść się w górę, na tyle wysoko, by zobaczyć, co się u nich dzieje.

Sam spał w łóżeczku z owiniętą wokół siebie poduszką. Darcy także spała, ale szukała czegoś buzią, przytulając do poduszki wargi i policzki. Kiedy je ujrzałam, wstałam. Odechciało mi się spać. Stałam w oknie, spoglądając na pozbawione wyrazu, puste i jałowe Onkwedo, tę cholerną dziurę.

Nazajutrz rano zaparkowałam w uliczce na tyłach szkoły dzieci. Czekałam na przerwę i przy zamkniętych oknach słu-chałam w radiu jazzu. Nie mogę powiedzieć, żebym czuła się szczęśliwa w swoim samochodzie. Zdążyłam już zapomnieć, co to uczucie znaczy. Chwile takie jak ta, kiedy było mi dobrze, tylko udawały szczęście. Wciąż woziłam w bagażniku pudła z ubraniami i książkami. Osobno trzymałam wydawnictwa encyklopedyczne, na wypadek gdybym ich potrzebowała.

Miałam też ze sobą przybory do gotowania, żeby nie narazić się kierownictwu motelu.

W samochodzie czułam się u siebie. Kiedy usłyszałam z bagażnika wołanie niebieskiego garnuszka, przypomniałam sobie wielki piec w domu rodziców, na którym gotowałam dla moich ukochanych głodomorów siedzących przy stole. Garnuszek prosił mnie o taki wielki piec i płomień, no i biesiadników. Nakładałabym im coś z niebieskiego garnuszka, pewnie makaron.

Mój oddech zaparował szybę.

Z miejsca w uliczce na tyle dwóch podwórek widziałam szkolny plac zabaw. W późny październikowy poranek między drzewami ogołoconymi z liści dostrzegłam moją córkę. Zauważyłam ją dopiero, kiedy się wdrapała na zjeżdżalnię i od razu nią zjechała. Była w grafitowoszarej bluzie. Pozostałe dziewczynki miały na sobie różowe bądź lawendowe kurteczki. Miały też mamy, które zakładały im rękawiczki z jednym palcem, pasujące do ich czapeczek i zimowych kombinezonów. Nawet w brzydkiej szarej bluzie z kapturem moja dziewczynka wyglądała tak pięknie, że zapierała dech w piersiach. Powietrze wokół niej iskrzyło i żarzyło się niczym aureola światła. Wyglądała, jakby została zupełnie sama na świecie.

Patrząc na nią, poczułam ucisk w piersiach. Choć tak bardzo pragnęłam ją wziąć w ramiona i przytulić, musiałam się zadowolić tylko widokiem. Ponownie weszła na zjeżdżalnię i zniknęła w szarej smudze. Za nią pojawiła się różowa, znowu różowa, lawendowa i szara.

Prawdopodobnie odgwizdano koniec przerwy, bo zjeżdżalnia opustoszała. Zrobiłam na zaparowanej szybie kółko, żeby lepiej widzieć.

Przy ulicy, na której zaparkowałam, stały stare kamienne i drewniane domy. Niektóre z nich miały koszmarne dobudówki, które przywodziły na myśl koty z pyszczkami pomalowanymi szminką.

Jeden z nich wystawiono na sprzedaż. W tylnych drzwiach

stanęła jakaś kobieta i skierowała się na koniec podwórza z miską w ręku. Uniosła wieko zasłoniętej klatki i wrzuciła do wnętrza odpadki. Pomyślałam, że to kompost.

Spojrzałam na napis „Na sprzedaż" i przyjrzałam się budowli. Jedna ze ścian miała od góry do dołu same okna, jakby młody architekt – świeżo upieczony absolwent Uniwersytetu Waindell z Onkwedo – zakochał się na zabój we Franku Lloydzie Wrighcie, kupił stos drewna, pożyczył młotek i wziął się do pracy. Dom miał jednocześnie piękną bryłę i urok starej chaty, zaprojektowanej przez kogoś z nowoczesną wizją. Tak jakby druga świnka z bajki o trzech świnkach była ekspertem od modernistycznego Bauhausu.

Moja praktyczna natura zaczęła rachować, co czynię tylko wtedy, gdy ogarnia mnie uczucie szczęścia. Dzięki liczeniu czas płynie wolniej. Każde dziecko o tym wie.

Jeden równało się kompostowi, dwa wysokim oknom, trzy prywatności. Dom wydawał się stać tyłem do ulicy, podczas gdy frontem wychodził na południowy zachód. Przyznałam mu punkty od siedmiu do dziesięciu za to, że nosem celował dokładnie w górę niczym żagiel. Powoli zaczęła we mnie kiełkować myśl, że mogę mieć własny dom i własne pokoje, do których eks nie będzie miał wstępu i gdzie nie będzie się mądrzył, że sobie nie radzę z życiem.

Myśl o posiadaniu domu nie była planem, ledwie mglistym obrazem w skołowanej głowie. Może to jednak był plan? Może na tym właśnie polegało planowanie? W tamtej chwili odniosłam wrażenie, że wciąż tylko uciekałam przed cierpieniem.

Zadzwoniłam pod numer telefonu z ogłoszenia i wykonałam te nużące kroki, które doprowadziły mnie – rzeczywiście czułam, że robię postęp – do własnego dachu nad głową. Do domu, który będę mogła zamknąć na cztery spusty. Sprzedaż „sprawnego" samochodu ojca pokryła pierwszą ratę. Wciąż jeździłam jego drugim samochodem, który podarował mi w prezencie ślubnym. Tak właśnie ojciec rozumiał opiekę nade mną: jako ofiarowanie mi niezależności.

Kiedy podpisywałam umowę, prawnik poinformował mnie, że w tym domu mieszkała przed laty sławna osobistość, której nazwiska nie pamiętał. Aż trudno było uwierzyć, że ktoś znany mógł mieszkać w Onkwedo, grzecznie jednak podziękowałam za pomoc i wzięłam od niego klucze.

Kiedy zdążyłam ustawić na półkach książki w porządku alfabetycznym i usiąść na odwróconym pudle na środku największego i najbardziej pustego pokoju, ktoś zadzwonił do drzwi. Japończyk z aparatem w dłoni, mniejszym od jego kciuka, przekazał mi rewelacje o moim domu.

– Mieszkał tu Nabokov – rzekł bardzo wyraźnie, w szkolny sposób akcentując sylaby. – Vladimir Nabokov, największy pisarz swoich czasów. Mieszkał tu przez dwa lata w latach pięćdziesiątych. Wiele tu napisał, ale nic takiego, co by uwieczniło ten dom.

Staliśmy w przedpokoju. Zaproponowałam mu herbatę, ale odmówił i zapytał, czy może zrobić zdjęcie domu i wstawić je na swoją stronę internetową.

Po wyjściu Japończyka podeszłam do półek z książkami, które w większości należały do kuzyna. Kiedy umarł w luksusowym bostońskim szpitalu, w którym pielęgniarki nie nosiły fartuchów, a lekarze stroili się bardziej niż sam Pan Bóg, zabrałam z jego łódki sterty książek w miękkich okładkach, spęczniałych od wody. Leżały w pudłach, póki ich alfabetycznie nie posegregowałam i nie ustawiłam na półkach w moim nowym domu.

Pod literą N znalazłam autobiografię Vladimira Nabokova, zatytułowaną *Pamięci, mów*. Wzięłam ją ze sobą do specjalnie wbudowanego łóżka, jedynego mebla w okazałej sypialni, w którym najprawdopodobniej sypiali państwo Nabokovowie. Kartkując książkę, odnalazłam w niej zdjęcie jego żony Very, zrobione do paszportu. Była piękna. Nabokov napisał dla niej dedykację. Choć słowa niemalże stykały się ze sobą, „miłość" wyskakiwała z różnych miejsc. Zamknęłam książkę i zasnęłam.

Mimo że minął prawie miesiąc, odkąd się wprowadziłam do mojego domu, ten wciąż świecił pustkami. W suterenie urządziłam sobie „biuro": biurko i papier, długopisy, koperty i znaczki, wstawiłam też przestarzały wielki komputer, który dostałam od mojego pracodawcy. W imieniu Mleczarni Daitchów odpisywałam na listy klientów. Tę pracę znalazła mi urzędniczka z opieki społecznej, zaraz po nieszczęsnej decyzji sądowej o odebraniu mi dzieci. Była pewna, że mi się spodoba, ponieważ lubiłam czytać. Pewnie sądziła, że nic innego nie potrafię robić, co nie było dalekie od prawdy. Po urodzeniu Darcy rzuciłam pracę w „Psychology Now" i od tamtej pory nigdzie poza domem nie pracowałam. Moja zawodowa pewność siebie spadła niżej zera.

W dni powszednie dostawałam z mleczarni pocztę, w większości oferty handlowe oraz listy od klientów. Czasami prosili o darmowe pół litra lodów. Jakaś kobieta domagała się lodów o smaku ciasta naleśnikowego.

Na osobną kupkę odkładałam rachunki dla księgowej Ginny, która także pracowała z domu. Raz w tygodniu zanosiłam jej rachunki. Ginna cierpiała na fobię matematyczną. Oblewała się potem, gdy tylko brała do ręki kalkulator, choć jak sama mówiła, nigdy nie pomyliła się w rachunkach. Myślę, że wpadała w panikę na samą myśl, że może popełnić błąd. Wątpię, żeby nadmierna potliwość miała większe znaczenie, gdyż biuro mleczarni mieściło się w stodole. Myślę, że wolała pracować z domu, ponieważ jej garderoba mniej na tym cierpiała.

W moim nowym domu było wiele szaf, ale prawie wszystkie puste. Ponieważ w mleczarni zarabiałam grosze, nie mogłam sobie kupić nowych ubrań. Miałam jedną parę spodni, które nadawały się do pokazania ludziom. Próbowałam nie myśleć o opłakanym stanie moich butów.

Dzieci miały osobne pokoje, które urządziłam najlepiej, jak umiałam. Starałam się, żeby były ładne i przytulne. Na ścianach porozwieszałam obrazki, łóżeczka zasłałam kołdrami i zakryłam afgańskimi chodniczkami po babci.

Miałam niewiele mebli. Poprzedni właściciele zostawili mi w spadku kanapę, która skrywała lekko zużyte sprężyny, ale była duża. Doskonale wiedziałam, że jedna jaskółka nie czyni wiosny. W domu brakowało ludzi, zgiełku, zabaw, rozmów, a nawet sprzeczek. Brakowało w nim kochających się, bliskich, zżytych z sobą ludzi.

Ta myśl z reguły wyganiała mnie z domu do ogrodu, który wydawał mi się mniej pusty niż zamknięta przestrzeń między czterema ścianami. Pod pretekstem, że muszę kupić mleko, biegłam do sklepu, żeby popatrzeć na ludzi i posłuchać ich głosów. Podsłuchiwałam kobiety, które stały w kolejce do kasy. Ciekawiło mnie, czy mogłabym się z nimi zaprzyjaźnić. Onkwedo było rozplotkowanym miasteczkiem, a jego mieszkanki poświęcały wiele czasu na dyskusje o tym, co jedzą lub czego nie jedzą ich dzieci. Z pasją rozprawiały o porządkach. Domy w Onkwedo były schludne i przystrojone małymi krzaczkami, dwubarwnymi okiennicami oraz frontowymi drzwiami w jaskrawych kolorach.

Mieszkanki często rozmawiały o „kapitalnych porządkach". Nie wiedziałam, co dokładnie miały na myśli, ale czułam, że musi to być coś nudnego. Chyba jednak nie mogłyśmy się zaprzyjaźnić. Pamiętałam z poprzedniej pracy, że ludzie zniewoleni ustawicznie starają się pozbyć brudu ze swojego życia. Ciągłe mycie rąk zmienia się w obsesję.

Być może w Onkwedo porządki domowe zastąpiły miłość

cielesną. Może tu na północy wszelka namiętność umarła? Nie znałam zbyt dobrze miasteczka i byłam osobą z zewnątrz, zewsząd jednakże dochodziły mnie sygnały, że nikomu stąd nie zależało na seksie.

Pewnego poranka położyłam się na trawie w ogrodzie z tyłu domu. Nie dostałam jeszcze poczty, nie mogłam więc zacząć pracy. Czekałam na listonosza i myślałam o miłości. Ziemia wydawała się ciut cieplejsza od powietrza. Kiedyś mieszkałam w Nowym Jorku, gdzie nie było trawy, a mimo to ludzie zdecydowanie częściej uprawiali miłość. Jedli mniej niż mieszkańcy Onkwedo i częściej się kochali. Zdawałam sobie sprawę, że trochę idealizowałam przeszłość. Kiedy spoglądamy wstecz na własne życie, pamiętamy gorące i namiętne noce, a zapominamy o kopiastych miskach z grysikiem na śniadanie oraz lodach waniliowych.

Możliwe, że pewną rolę w braku seksu odgrywał czynnik miejsca. Na północy panował chłód, ludzie źle się ubierali i większość czasu spędzali w samochodach. Spotykali się w sklepie, najbardziej aseksualnym miejscu, jakie można sobie wyobrazić, gdzie mogli się co najwyżej delikatnie o siebie poocierać w przejściu z warzywami i owocami.

Ich stroje w najmniejszym stopniu nie zdradzały kształtu ich ciał. Obszerne koszule miały pstrokate i nieokreślone kolory, olbrzymie banalne spodnie były szorstkie i ponaszywane kieszeniami – wielgachne kwadraty na tyłku miały go optycznie zmniejszać. W tej krainie krów nie istniała zaczepka taka jak: „Hej, spójrz na mój tyłeczek". Nawet ciąże nie były wynikiem namiętności, raczej przypominały grę planszową, w której wszystkie pionki zagania się do rogu.

Leżałam na plecach i gapiłam się na niebo zasnute szarymi chmurami. Dumałam nad tym, gdzie się podział seks, jeśli w ogóle gdzieś jeszcze jakiś istniał. Młodzi również mieli niewiele z niego pociechy, nawet geje, na których przynajmniej kiedyś można było liczyć w tej sprawie. Jeśli ktoś gdzieś jeszcze uprawiał seks, to na pewno w wielkim mieście, nie tutaj, aczkolwiek seks w city też mógł się przenieść do „sektora handlowego". W obecnych czasach większość przyjemności wymagała umów i kontraktów.

Nie powinnam się była tym martwić. Miałam ważniejsze sprawy na głowie, takie jak dobro moich dzieci albo co zjem na śniadanie, bo na to miałam jeszcze jakiś wpływ. Tymczasem rozmyślałam nad kruchością ludzkiego życia na zielonej planecie, na której być może już nikt nie uprawiał miłości. Posmutniałam. Czułam się tak, jakby przestała grać muzyka.

Wstałam, strzepnęłam z siebie źdźbła trawy i poszłam do domu. Wyszukałam w radiu stację z jazzem. Chciałam, żeby mi towarzyszył, gdy będę czekać na listonosza.

Listonosz jeździł białą furgonetką i miał na marynarce wyhaftowane czerwoną nitką imię Bill. Radio grało, ja zaś przechadzałam się po domu, zaglądając do książek i sprawdzając, czy wciąż pamiętam ich treść. Uprawiałam coś w rodzaju mentalnej jogi. Kiedyś znałam paginację wszystkich książek. Czytałam w pamięci z moich ulubionych pozycji, nawet ich nie otwierając. Kiedy dzieci przyszły na świat, cała ta wiedza nagle gdzieś się ulotniła. Czasami potrafiłam ją przywołać, jak na przykład „Lukrowane ciasteczka", strona 872 z *Radości gotowania*. Pamięć absolutna stronic jest trywialną umiejętnością, ale znam jeszcze trywialniejszą. Wiedziałam, w jakim kuble jakie śmieci najlepiej się pomieszczą.

W radiu ktoś grał na trąbce, kiedy usłyszałam, jak Bill redukuje bieg, żeby się wdrapać na strome wzgórze wiodące do mojego domu. Przyjedzie za siedem minut, zatrzymując się po drodze przy trzech skrzynkach. Po jego odjeździe wezmę się do pracy. Podczas gdy Dick Katz grał na fortepianie swoje riffy, włożyłam moje Jedyne Spodnie oraz czystą koszulę, chwyciłam worek na listy i wyszłam na dwór.

Znowu się mylicie, jeśli sądzicie, że istnieje związek między uprawianiem seksu a ładnymi ubraniami. Nie ma też żadnego związku między seksem i szczęściem, seksem i sprawnością fizyczną, a nawet seksem i młodością. Seks przypomina delektowanie się jazzem: każdemu może się przytrafić.

Mój kuzyn naukowiec ubóstwiał jazz. Kiedy mieszkaliśmy w Nowym Jorku, potrafił zadzwonić grubo po północy. Budził mnie i wyciągał do klubów jazzowych. Tłumaczył, że impreza naprawdę się rozkręca dopiero o pierwszej w nocy i trwa aż do świtu, kiedy to na ziemię sfruwa jazzowa wróżka i muzyka zostaje z tobą na zawsze.

W jego przypadku okazało się, że to „na zawsze" nadeszło o wiele za wcześnie.

A może wróżka uciech cielesnych także się poddała?

Nie powinnam była bez przerwy rozmyślać o seksie, inaczej jednak myślałabym głównie o śmierci, pieniądzach i jedzeniu.

Stałam przy skrzynce z workiem listów do klientów, kiedy nadjechał Bill białą furgonetką należącą do poczty amerykańskiej. Lusterko wsteczne od strony pasażera ozdabiała kocia sierść w różowym kolorze. Nie wiedziałam, czy czekanie na listonosza przed domem należy do lokalnej tradycji. Było mi wstyd, że jej nie znałam, tak jak nie znałam reguł, które definiowały uśmiech. W przeciwieństwie do nowojorczyków mieszkańcy miasteczka uśmiechali się do mnie. Z początku myślałam, że coś się za tymi uśmiechami kryje – że może miałam rozpięty rozporek albo chcieli mi opowiedzieć o spotkaniu z Chrystusem. Przekonałam się wszakże, że ich uśmiechy kompletnie nic nie znaczą i że wcale ich nie obchodzę. Ludzie uśmiechali się wyłącznie z przyzwyczajenia i tradycji.

Bill jednak uśmiechał się szczerze. Spotykaliśmy się codziennie przy skrzynce na listy z wyjątkiem sobót i niedziel. Należałam pewnie do grona jego superstałych klientów. Zdarzało się, że był jedynym człowiekiem, z którym rozmawiałam w ciągu dnia. I najżyczliwszą osobą, którą poznałam w miasteczku. Uśmiechał się do mnie nie dlatego, że musiał, ale dlatego, że naprawdę cieszył się z naszego spotkania. Gdy mnie zauważył, jego twarz promieniała jak słońce, które właśnie wyjrzało zza chmur.

Dzisiejszy dzień nie był wyjątkiem od reguły.

– Witaj, jak się masz? – rzekł uradowany. – Lubisz czytać książki?

Pomyślałam, że Bill żartuje sobie ze mnie, bo ma do przekazania wyjątkowo ciężki worek z listami do mleczarni. Lecz jeśli chodzi o mieszkańców Onkwedo, zwykle gdy mi się wydaje, że sobie żartują, najczęściej jestem w błędzie.

Kiedy sięgałam po worek, Bill podał mi dużą torbę z lokalnego sklepu z rękodziełem. Były w niej książki.

– Moja żona pomyślała, że może będziesz miała ochotę poczytać – rzekł.

– Dziękuję – wykrztusiłam. Pochyliłam głowę nad torbą, udając, że przeglądam tytuły. Nie chciałam, żeby Bill zauważył moje łzy. – Dziękuję. Zwrócę je panu po przeczytaniu.

– Nie ma potrzeby – odparł pogodnie. – Mój garaż jest zawalony książkami. Nie mam nawet gdzie wcisnąć odśnieżarki. Powtarzam Margie, że przesadza z czytaniem, ale ona się nie zmieni. – Ostatnie słowa wypowiedział tak, jakby bardzo się cieszył, że jego żona się nie zmieni. Rzucił do moich stóp worek i z rykiem odjechał furgonetką w oparach spalin.

Bill podarował mi prawie same romanse w różowych i złotych okładkach, z półnagimi mężczyznami i podnieconymi kobietami. Między romanse zaplątał się poradnik w kolorze purpury pod tytułem *Zwizualizuj swój sukces. Ujrzyj go, a się spełni*. Może właśnie tu skryły się namiętności Onkwedo, w pikantnych powieściach w miękkich okładkach. Nie wiedziałam, czy mam je czytać, czy raczej spalić w kominku. Pamiętałam z poprzedniej pracy, że dym z kolorowego tuszu zawiera substancje rakotwórcze.

Kiedy odpisałam na listy, zjadłam pieczone młode buraczki. Czułam, że zasłużyłam na nagrodę, przeczytałam więc jeden z romansów żony Billa. Miałam do zabicia długie siedemdziesiąt dwie godziny, zanim przyjadą do mnie dzieci. Mogłam trwonić czas na pracę, sen i jedzenie. Pod nieobecność Sama i Darcy zjadałam resztki i cierpkie, paskudne jedzenie: jarmuż, sardynki i półksiężycowatą fasolę. Kiedy przyjeżdżały dzieci, jedliśmy słodsze rzeczy, które bardziej przypominały jedzenie:

pieczone ziemniaki z masełkiem oraz gruszki gotowane we wrzątku.

Droga Pani Coswell!
Dziękujemy za list. W pełni rozumiemy Pani obawy dotyczące hormonów w mleku. Nie podajemy naszym krowom prewencyjnie antybiotyków. Nie mamy krów „chodzących samopas", jak Pani sugeruje, ponieważ stanowiłyby zagrożenie dla kierowców i innych krów. Mamy za to wystarczająco duże ogrodzone pole, po którym mogą swobodnie spacerować.
Dzięki przestrzeganiu tych procedur nasze lody, szczególnie waniliowe, są zdrowe i mają świeży smak. Dlatego załączamy kupon na darmowy rożek, jeśli zechce Pani pofatygować się do naszego stoiska tego lata.

Z najlepszymi życzeniami
Mleczarnia Daitchów

W miejscu przy oknie, gdzie być może Nabokov pisał swoje powieści, ja układałam liściki do miejscowej ludności, która miała czas i chęć komunikować się z dostawcą ich produktów mlecznych. Gdybym była większą optymistką, udawałabym, że kontynuuję pisarską tradycję tego domu. Ponieważ jednak zawsze uważałam, że szklanka jest do połowy pusta, uznałam ten fakt za kolejny dowód na upadek cywilizacji.

DARCY

Po czterech długich tygodniach nareszcie nadszedł dzień odwiedzin moich dzieci. Przyjechała tylko Darcy, Sam miał trening hokeja, który nałożył się na „wizytację" u mnie. Słowo „wizytacja" kompletnie wypaczało sens ich odwiedzin. Wpadłam w szał na myśl o nieczystej grze mojego eks. Najpierw chciałam mu zrobić awanturę, ale w końcu zrezygnowałam. Dobrze wiedziałam, jak uprzedzona do mnie urzędniczka socjalna Irene przedstawiłaby tę sprawę sędziemu: samolubna matka nie dba o zdrowie i sprawność fizyczną syna. Irene miała dokładnie takie samo zdanie o mnie jak mój były. W ramach zemsty zamówiłam anonimowo kolejne pięć pizz z Loro's dla adwokata mojego byłego. Z podwójnym serem! Moje zachowanie wykroczyło poza pasywno-agresywną normę i było wyrazem postawy raczej agresywno-agresywnej.

W Irene podobało mi się tylko to, że była pospolitą, niezbyt ładną kobietą o szczupłej sylwetce, z różnych powodów godną wyboru na partnerkę, bo po pierwsze nie groziła jej utrata urody; nie wiedziałam co po drugie. Może była dobrym kierowcą. Dojeżdżała do miasteczka z Oneonty, gdzie opiekowała się ojcem przykutym do wózka. Dojazd do pracy samochodem zabierał jej trzy godziny. Miała dobrą pracę, a nawet dwie, jeśli liczyć uprawianie ogródka. Zabrała do domu mojego eks kilka swoich rzeczy. W garderobie znalazłam jej szlafrok i włochate purpurowe kapcie, a na nocnym stoliku poradnik *Edukacja wewnętrznego dziecka*. Zauważyłam to, gdy węszyłam po domu, udając, że szukam piżamki Darcy.

Irene starała się nie towarzyszyć mojemu eks, gdy przywoził dzieci. Jednak raz, kiedy wracałam z biblioteki, zobaczyłam ich, jak całą czwórką idą do restauracji na grilla. Nie miałam żadnego powodu, żeby jeździć do biblioteki, ale tylko tam się dobrze czułam. Czasami, gdy już przeczytałam od dechy do dechy gazety i przejrzałam nowe książki, robiłam wokół miasta pętlę, niczym nastolatka, wyjeżdżając bak benzyny i zadając sobie pytanie, co ja tutaj robię. Podczas jednej z takich eskapad mijałam parking obok baru „Wpadnij na Żeberka", gdy ujrzałam samochód mojego eks, obejmującą go Irene oraz dzieci idące za nimi do restauracji.

Na następnych światłach zjechałam na pobocze i zwymiotowałam. Puściłam pawia do ścieku, co było z mojej strony zachowaniem na poziomie, zważywszy na czynność, którą wykonałam w miejscu publicznym.

Po wypłukaniu wodą ust i zjedzeniu miętówki zadałam sobie surowo pytanie: Dlaczegóż to eks nie miałby być szczęśliwy? Po czym natychmiast odpowiedziałam: A dlaczego nie miałby umrzeć?

Zdecydowałam, że jeśli Irene każe mówić moim dzieciom do siebie „mamusiu", to zrobię coś złego. Będąc w bibliotece, przeczytałam w „Onkwedo Clarion", co podawali tamtego wieczoru na kolację w zakładzie karnym: gulasz chilli, kalifornijski miks z brokułów, kalafiora i marchewek oraz gruszki w syropie z puszki.

Jak zawsze Irene była nieobecna, gdy mój eks podwiózł Darcy. Przyszykowałam dom na powitanie córki: masło topniejące na blacie, górę papieru do cięcia oraz nożyczki, nowe wstążki na ubrania dla jej laleczek. Kiedy mój były zadzwonił do drzwi, otworzyłam je, a on wepchnął do środka Darcy, jakby się opierała i nie chciała wejść.

Z całych sił powstrzymywałam się, żeby jej nie wyściskać. Dobrze wiedziałam, że nie mogę tego zrobić. Dałam jej przestrzeń jednego metra, którego potrzebowała. Zachowywałam się tak, jakby była królową, a ja służką. Powiesiłam na wieszaku jej kurteczkę i położyłam obok kaloszy torebeczkę wyszywaną cekinami. Następnie spytałam, czy miałaby ochotę upiec ciasteczka. W przeciwieństwie do Sama Darcy nie gotowała według przepisów. Lubiła mieć wolną rękę. Rozbijała jaja, dodawała do nich wanilię, próbowała grudek cukru z masłem. Jej ciasteczka nigdy nie miały takiego samego smaku dwa razy. Uwielbiała rozbijać jaja. Będąc u mnie, była w stanie rozbić wszystkie jaja, które miałam w lodówce. Po jej wyjeździe przez okrągły tydzień jadałam na śniadanie omlety.

Ponieważ Darcy uparcie milczała, zmieniłam się ze służki w sprawną organizatorkę. Zaczęłam się krzątać, gładzić wstążki, wyrównywać stertę papieru. Ukradkiem, tak żeby nie zauważyła, napawałam się jej widokiem. Darcy, jak każda piękność, ma wszystko piękne, nawet te części ciała, które ze swojej natury są pospolite, jak na przykład kostki. Są eleganckie jak żagielki niesione na wietrze. Do tego uroczy przedziałek, biały kręty ślad rozdzielający pasemka ślicznych czarnych włosów. Unikała mojego wzroku, aż w końcu spojrzała oczami, które mnie zdumiały. Były lodowato niebieskie z brązowym trójkącikiem – kawałkiem tortu czekoladowego, prezentem od jej babci, a mojej matki. W niektórych kulturach taka asymetria oznaczałaby, że ich właścicielka jest czarownicą albo wróżką.

Kiedy Darcy zauważyła wstążkę, rzuciła się na nią.

– Co ona tutaj robi? – Pytanie zadała tonem tak pogardliwym, jakby uważała, że moje dary są tandetne i śmieszne.

Karze mnie za to, iż ją porzuciłam – zdawałam sobie z tego sprawę.

– Jest ozdobą. – Darcy wierzy w ozdoby. Ma do nich oko. Ponieważ moje dłonie pragnęły dotknąć jej włosów, wsadziłam ręce do tylnych kieszeni. Darcy powoli odprężyła się. Przejechała paluszkiem po papierze i dotknęła nożyczek. Widziałam, że jest wściekła, choć nie wiedziała dlaczego.

– Napijesz się herbaty z miodem? – spytałam.

Nie odpowiedziała. Herbata z miodem składała się z łyżeczki miodu rozpuszczonego we wrzątku. Darcy lubiła pić ją z mlekiem, a mój syn z kilkoma kropelkami cytryny.

Czekając na jej pierwszy krok, usadowiłam się wygodnie na kanapie, tyłem do niej. Zaczęłam wolniej oddychać, spokojnie czekałam.

Darcy podeszła do mnie od tyłu i pociągnęła mnie za włosy.

– Zrobić ci kucyk?

– Tak.

Wyszła z pokoju. Słyszałam, jak buszuje w łazience po szafkach i różnych szufladach w całym domu. Po dłuższej chwili pojawiła się z moją wypchaną po brzegi torbą.

– To jest salon kosmetyczny – oświadczyła. – A ja jestem – zastanowiła się chwilę – szamponiarką.

Zaczęła rozczesywać moje włosy, trochę je szarpiąc przy okazji. Po czym spsikała je czymś, co pachniało dziwnie znajomo i nie należało do rodziny produktów do włosów. Czyżby to był krochmal w sprayu? Dezodorant? Nie zauważyłam pojemnika. Miałam nadzieję, że to nie środek czyszczący. Siedziałam nieruchomo, podczas gdy Darcy przeplotła wstążkę przez moje lepkie włosy. Przyniosła lusterko. Wiedziałam, że miała zamiar zmienić wygląd każdego włoska na mojej głowie, więc rezultat był co najmniej ekscentryczny. Wyglądałam jak powyginane na wszystkie strony rzędy kukurydzy.

Darcy trzymała lusterko, stojąc tuż obok. Pod obłokiem sprayu czułam zapach jej ciepłego ciałka. Nie przytuliłam jej, ale wreszcie sama usiadła mi na kolanach. Ważyła siedemnaście kilogramów. Czułam ciężar każdego ukochanego kilograma.

– Śmiesznie wyglądasz – orzekła. Następnie spojrzała mi twardo w oczy i spytała: – Gdzie byłaś?

– Tutaj – odparłam. – Czekałam na ciebie.

Moja odpowiedź spodobała się jej.

– Zróbmy ciasteczka – zaproponowała. – Zwyczajne –

uściśliła i chwyciła jeden z moich siedmiu kucyków. – A potem je udekorujemy.

Weszłyśmy do kuchni, trzymając się za ręce, i przygotowałyśmy jej ulubiony smak: surowy mariaż masła i cukru. W tej jednej chwili ja i moja córeczka byłyśmy razem. Jej cieplutka mała dłoń ukryła się w mojej. Pozwoliłam, aby jej dotyk wypełnił mnie całą.

W poniedziałek rano Darcy odjechała szkolnym auto-busem, ja zaś zjadłam na śniadanie bezkształtne ciasteczka i jajecznicę. I wtedy los się do mnie uśmiechnął. Uśmiechnął się akurat wtedy, gdy w samotności i pękając w szwach od ciastek, sprzątałam bałagan, który razem narobiłyśmy. Tak to właśnie bywa ze szczęściem.

Zbierałam torebki, które wszędzie pozostawiła Darcy. W garażu znalazłam trzy, co na razie nie miało żadnego związku ze szczęściem. Darcy wszędzie gubiła swoje torebki. W skład jej kolekcji wchodziło pięć miniplecaczków, jedna saszetka przy pasie, cztery torebki na ramię, sześć kopertówek, pięć portfeli, cztery portmonetki i cztery torebki, które nie pasowały do żadnej z tych kategorii. Darcy zawsze miała przy sobie jakąś niemiłosiernie wypchaną torbę, która zawierała kombinację jej i moich rzeczy. Zabierała mi wszystkie szminki w odcieniu różu, pozostawiając brudne „naturalne odcienie" i czerwienie.

Kolekcja torebek pochodziła z głęboko zakorzenionego kobiecego instynktu Darcy, żeby zbierać atrakcyjne, przy-padkowe przedmioty, a następnie chować je do pojemników, które można by zasunąć na zamek albo zapiąć na guziczek. Darcy robiła to, odkąd nauczyła się raczkować. Moja córka stylizowała się na femme fatale. Podczas pieczenia ciasteczek spytała mnie, ilu ma mieć mężów. – Sześciu? – Greta Garbo tak samo zaczynała. Mała Gretchen raczkowała i zbierała różne świecące, lepkie przedmioty, miękkie jak pióra, przedmioty, których nie wolno jej było brać do rączki. Kiedy dziewczyna potrafi połączyć ze sobą te przedmioty i panuje nad ich różnorodnością, zmienia się w syrenę.

Wędrując po pokojach i podwórku w poszukiwaniu torebek, zastanawiałam się, czy Vladimir Nabokov kiedykolwiek tu sprzątał. Sporo się dowiedziałam z jego autobiografii *Pamięci, mów*, poczytałam też o nim w Internecie. Jego najbardziej znana powieść *Lolita* opowiada o starszym mężczyźnie ogarniętym obsesyjnym pożądaniem skierowanym do młodziutkiej dziewczyny. Napisał ją podczas pobytu w Onkwedo. Dzięki sukcesowi *Lolity* mógł stąd wyjechać. Na kanwie tej powieści nakręcono film i państwo Nabokovowie nie musieli już nigdy więcej wynajmować domów. Zamieszkali w hotelu.

Poza pisaniem Nabokov miał jeszcze jedną pasję: głęboko naukową i estetyczną fascynację motylami. Podejrzewam, że niezbyt go interesowały prace domowe. Ciekawe, czy w ogóle lubił mieszkać w tym domu, znacznie przecież skromniejszym od jego rodzinnej kamienicy w Sankt Petersburgu. Wynajął tę norę na kilka lat, żeby wykładać na lokalnym uniwersytecie, od profesora inżyniera, który wyjechał do Paryża. Dla mnie ten dom był najpiękniejszą rzeczą, jaką kiedykolwiek posiadałam. Nie należał jeszcze do mnie w pełni, co miesiąc jednak płaciłam z mojej pensji, którą dostawałam z mleczarni, za dwie kolejne cegły.

Miejsce, w którym mieszka pisarz, i tak ma niewielkie znaczenie, bo najczęściej mieszka on we własnej głowie. Może to Vera się wszystkim zajmowała, jakkolwiek też była arystokratką, prócz tego muzą i maszynistką mistrza. Nie umiałam sobie wyobrazić, żeby Nabokov coś sam czyścił albo sprzątał w garażu. Może chociaż Vera lubiła ten dom. Z okna nad zlewozmywakiem roztaczał się piękny widok. Być może Nabokov zatrzymał się tu na chwilę, kryjąc się przed szarugą i ziąbem, czerpiąc z głębokich pokładów swojego umysłu, póki przeznaczenie i Hollywood nie wyrwały go na zawsze z Onkwedo.

W ogrodzie z tyłu domu znalazłam błękitną torebkę Darcy z naszytymi koralikami, która ozdabiała metalowy słupek.

Prawie przeoczyłam puchatą czarną kopertówkę zawieszoną na ciernistym, dzikim krzewie, rosnącym w ciemnym rzędzie wśród innych krzewów, których nie znosiłam. Gdybym miała pod ręką siekierę i jednocześnie myślała o urzędniczce Irene, to pewnie ścięłabym je za jednym zamachem.

Wkroczyłam do pokoju Darcy z trzema znalezionymi torebkami, zwisającymi ciężko z mojego ramienia, i stanęłam przed wbudowaną w ścianę szafą z lat pięćdziesiątych w stylu modern z szufladami, w których Darcy ułożyła swoje torebki. Ponieważ jej kolekcja bardzo się rozrosła, musiałam sprytnie wyjąć szuflady, żeby pomieścić wszystkie te cuda. To było jedno z tych trywialnych zadań, z których składa się życie. Najpierw trzeba coś rozłożyć na czynniki pierwsze, żeby to potem na nowo złożyć. Wyjęłam górne szuflady i położyłam je na lichym dywaniku. Pękate torebki starałam się najpierw rozpłaszczyć, żeby móc je potem wszystkie upchnąć. Darcy uparła się, że kolekcja zamieszka w moim domu – i to w tych szufladach – a jej tato wyraził na to zgodę, pewnie dlatego, że nie był w stanie kontrolować torebek swojej córki.

Ponieważ zacięła się dolna szuflada, uklękłam na podłodze, żeby ją wyjąć. Gdy wreszcie mi się udało, zerknęłam z ciekawością do środka, chcąc zobaczyć, co takiego ją zablokowało. Za ramą na końcu zauważyłam biały trójkąt. Najpierw pomyślałam, że może to moja ślubna kopertówka (po co pannom młodym kopertówki?), ale kiedy włożyłam do środka rękę, zamiast groszkowej satyny poczułam gładką powierzchnię. Szarpnęłam za nią zdecydowanie.

W mojej dłoni znalazła się sterta pożółkłych kartek, piętnaście centymetrów na dziesięć, gruba na pięść. Zajrzałam jeszcze raz i za kolejną szufladą ujrzałam kilka innych grubych i pożółkłych stert, które wyciągnęłam na zewnątrz. Instynktownie powąchałam kartki – pachniały jak zielone orzechy włoskie. Jeśli nie znacie ich zapachu, to dla ułatwienia dodam, że tak właśnie powinna pachnieć woda po goleniu, mimo że zwykle nie pachnie.

Ktoś pisał atramentem, a poprawki naniósł ołówkiem. Trzymałam kartki w otwartych dłoniach, czując ich delikatny ciężar z zapisanymi tam słowami, choć przecież atrament nic nie waży. Uklękłam wśród torebek i zaczęłam przeglądać. Niektóre kartki były prawie czyste, z jednym, może dwoma słowami na samej górze. Wszystkie nosiły głębokie, równoległe ślady powstałe od ucisku drewnianej ramy szuflady.

Pismo, równe i precyzyjne, choć zdążyło już wyblaknąć, wciąż można było odczytać. Czytałam na klęczkach na wykładzinie otoczona torebkami Darcy. Czasami zdania płynęły, tworząc całe sceny. Niektóre fragmenty zdumiewały żartobliwym tonem. Czytałam, a zdania zdawały się wybuchać we mnie niczym małe wulkany, wywołując śmiech, który uświadamia ludziom ich rozpaczliwą samotność. Siedziałam na brzydkim dywaniku, otrzymanym w pakiecie z moim niespłaconym domem, i czytałam fiszki. Kiedy mnie olśniło, że jestem jedynym człowiekiem na ziemi, który czyta tę sekwencję wyrazów, świadomość tego faktu dosłownie eksplodowała w moim mózgu. Śmiałam się albo płakałam, ocierając łzy różową chusteczką, którą znalazłam w jednej z torebeczek, a której poszukiwałam od pół roku.

Po przeczytaniu ostatniej kartki podniosłam wzrok. Zapadł zmierzch. Rozprostowałam kolana, które zmieniły kolor na ciemną lawendę, przebudziłam moje uśpione łydki i rozejrzałam się dookoła. Nie było nikogo, z kim mogłam się radować tą chwilą – przyjaciela, kochanka, męża ani dziecka.

Ugotowałam mleko i przyniosłam je sobie do łóżka. Obok na poduszce rozłożyłam fiszki. Piłam mleko i czytałam.

Głównym bohaterem powieści był Babe Ruth*, którego nazywano też Babe albo po prostu B.R. Wątek miłosny okazał się mocno zagmatwany. Historia zaczynała się od pierwszej trasy Babe'a wraz z wiejską drużyną z północy stanu. Miejsce akcji przypominało Onkwedo i wydawało się niezwykle aktualne. Ten sam przerażający gust w stylu ubierania się, te same

_____

* Babe Ruth (1895–1948) – jeden z najlepszych amerykańskich baseballistów.

tłuste tyłki wiecznie moszczące się w samochodach, ta sama jadowita atmosfera w garden clubie i ta sama nadskakująca i przerażająca uprzejmość. Ta sama cisza, którą równie dobrze można by uznać za ciszę, co całkowite wyobcowanie.

Na prawie niezapisanych fiszkach powinna była pojawić się scena meczu. Słowa na samej górze wskazywały na to, jak Babe po raz pierwszy wycelował kij w stronę stratosfery, a potem uderzył piłkę.

Pisarz przedstawił Babe'a Rutha jako żałosnego klauna, który rozmienił na drobne pieniądze i miłość – pękły jak bańka mydlana. Znakomity zawodnik okazał się postacią tragiczną, przystojnym, groteskowym i wybitnym bluesmanem sportu. Kimś w rodzaju Bessie Smith* graczy wybijających piłkę. Ktokolwiek to napisał, może sam Nabokov, był w pełni przekonujący.

Postawiłam wysoko poduszkę i dopiłam mleko. Czy rzeczywiście Nabokov napisał tę powieść? Jeśli tak, to czy świadomie pozostawił ją w tym domu, czy też zapomniał ze sobą zabrać, bo się śpieszył? A może ją zlekceważył, nie chciał jej, wstydził się jak dziecka, które było owocem niechcianej miłości? Jeśli to faktycznie było jego dzieło, to czytanie znalezionych słów zdawało się skradzionym przywilejem, zerkaniem przez otwarte drzwi w hotelu, gdzie sławny aktor i aktorka toczą ze sobą walkę, po czym uprawiają seks, zły i obezwładniający.

Opierając się o tę samą ścianę, o którą kiedyś opierał się Nabokov, uniosłam uważnie kartki. Może pisarz leżał w nocy na tym samym miejscu co ja, bliżej drzwi, i zastanawiał się, co tu robi na północy, z dala od domu. Może odwrócił się, żeby spojrzeć na śpiącą Verę, szukając pocieszenia w jej słodkim, równym oddechu. Może tęsknił za miastem, jego złożonym porządkiem i genialnym chaosem. Może cisza nocna była dlań ogromną pustką. Może myślał o wielkiej miłości, nie o tej, która leżała obok niego, lecz o tej, którą jutro wymyśli na kartach swej powieści.

---

* Bessie Smith (1894–1937) – słynna wykonawczyni bluesa.

PISANIE

Rano zeszłam do „biura" i komputera z mleczarni, który zajmował ponad połowę biurka. Poziom sutereny był przez agentów nieruchomości kłamliwie nazywany „parterem". Może latem panował tutaj miły chłód, ale ponieważ zrobiło się zimno, czuć było taką wilgoć i ziąb, że nie mogłam się pozbyć myśli o zapaleniu stawów i odmrożeniach.

Z dala od dzbanka z zieloną herbatą, która miała mi pomóc przetrwać pracę, ułożyłam stos fiszek. Zielona herbata jest ulubionym napojem kierowców autobusów w Azji. Jest gorzka i w sam raz, żeby dojechać o czasie do celu mimo licznych przystanków po drodze oraz przygłupów, którzy wsiadają i wysiadają, gubią bilety, nie mają przy sobie drobnych i o których bagaż potykają się inni pasażerowie.

Postanowiłam przepisać powieść na komputerze, nie tylko po to, żeby ją czytać w łóżku z kubkiem mleka w ręku i nie martwić się, że zaleję kartki. Przede wszystkim chciałam, żeby słowa powieści wniknęły w moje ciało, żebym mogła je zrozumieć i dowiedzieć się jak najwięcej o pisarzu, żeby móc stwierdzić, czy rzeczywiście napisał je Nabokov. Może mi się uda.

Dziwnie się czułam, mając w posiadaniu bezcenny manuskrypt. Dlaczego ten skarb został mi powierzony? Ja utraciłam swój skarb. Darcy nie spała pod moim dachem w moim łóżku. Jej włosy nie rzucały cienia na moją poduszkę. Nie czułam jej gorącego oddechu. Sam, moja opoka, także nie spał blisko mnie w swoim łóżeczku.

Kiedy naszła mnie myśl o dzieciach, natychmiast ją przegoniłam, poćwiczyłam palce u rąk i zaczęłam pisać.

Na pierwszej fiszce, na samym środku widniał napis „Babe Ruth". Obok dopisano ołówkiem pewnym charakterem pisma „Na przemian z" oraz listę.

2. *Ostatni diament*. (To zostało wykreślone).
3. *Jankes do domu*
4. *Korzenie* – a obok – *Na pewno nie!*

Z powodu pisania poczułam, że natychmiast muszę się napić kawy, jakby jedna filiżanka zawierała w sobie miłość, ratunek i bogactwo. Przestałam ją pić z powodów oszczędnościowych oraz dla zdrowia psychicznego. Pod wpływem kofeiny byłam w stanie wyobrazić sobie siebie czyszczącą piec patyczkami do uszu. Kawa sprawiała, że myślałam, że wszystko jest możliwe – nawet pogodzić się z moim byłym. Dlatego przestałam ją pić, a nawet nie chciałam jej mieć w domu. I nagle znowu jej zapragnęłam.

Wyobraziłam sobie, jak Vera zbiega po schodach ze świeżym aromatycznym espresso dla swojego męża pisarza, który w pocie czoła trudzi się nad tekstem. Poczułam zapach kawy i usłyszałam stłumione kroki żony Nabokova na brzydkim dywaniku.

Codzienność sławnych pisarzy jest zapewne dość banalna. Wstają rano, skacowani albo i nie, jedzą śniadanie, piszą przez trzy godziny, jedzą obiad, udają się na poobiednią drzemkę, idą na spacer, piszą po południu, jedzą kolację, piją albo i nie, wieczorem czytają i wreszcie udają się na spoczynek. Dla mnie najciekawsze jest to, kto im przyrządza posiłki. W kuchni Philipa Rotha królowała aktorka Claire Bloom. Oczyma wyobraźni ujrzałam, jak George Clooney zagląda do mnie do sutereny i pyta: – „Na jaki omlet masz ochotę?".

Przestałam błądzić myślami i pisałam dalej.

Jeśli faktycznie Nabokov napisał tę powieść, to czemu pisał o baseballu i co takiego zaintrygowało go w Rucie? Temat wydawał się wykraczać poza krąg jego zainteresowań. Może wydawca namówił go, żeby napisał coś lżejszego od pamiętnika. „Napisz coś o zbrodni, seksie, nawet o sporcie" – może tak mu doradził? „Albo coś zabawnego".

Bohaterami Nabokova byli Babe, damy jego serca oraz fani, a wszystko unosiło się w oparach dzikiej obsesji, w amerykańskim stylu.

Nie miałam bladego pojęcia, na czym polega baseball. Mój ojciec chciał mieć córkę, głównie po to, żeby nie musieć jej uczyć w niego grać. Nigdy nie obejrzałam od początku do końca całego meczu. Nikt mi nigdy nie wytłumaczył jego zasad. Jeśli już oglądałam mecz – albo, co było jeszcze gorsze, kiedy byłam zmuszona, żeby wziąć w nim udział na obozie sportowym albo podczas lekcji wuefu – odnosiłam wrażenie, że najpierw przez dłuższy czas nic się nie działo, a potem nagle wszystko się działo: ludzie wiwatowali albo buczeli, wyszydzając kogoś, czasami mnie. Nie rozumiałam, dlaczego to robią, ale za bardzo się wstydziłam, żeby o to spytać. Było oczywiste, że wspólne radosne uniesienie z powodu baseballu nie jest mi pisane.

A jednak historia zapisana na tych kartkach uchwyciła burzliwe dzieje sławnego baseballisty. Kobiety uganiały się za nim, traciły dla niego rozum i zapominały o zachowaniu pozorów, a młode fanki wywijały nad ławką rezerwowych swoimi majtkami.

Obrazy małego boiska lądowały w moim umyśle jak porzucona bułka do hot dogów, którą ktoś podeptał, blada i otwarta jak ćma. Lecz kiedy doszłam do momentu, w którym Babe stanął na miejscu pałkarza, fiszki opustoszały. Na środkowej ktoś zapisał słowa związane z baseballem: „Zagrywka samobójcza. Skrót". Brakująca scena była irytującą luką w powieści. Nagle poczułam na szyi przeciąg i sztywność palców. Rozpaczliwie chciałam napić się kawy.

Pisarz był zafascynowany zwłaszcza osobowością fanów, chęcią przynależenia do grupy. Opisał ten aspekt zbiorowej tożsamości w nietypowy sposób: fani mieli na sobie kolory Jankesów i tracili swoją indywidualność w karnawałowym uniesieniu i miłości ginącej w szaleńczej euforii tłumu.

Przypomniałam sobie moje doświadczenia ze sportem. Patrzyłam na skomplikowaną i nudną grę, zadając sobie pytanie, czemu spędzam czas na trybunach z kubkiem w ręku, po którym spływa ciepła woda sodowa. Cieszyłam się, że nie dzielę ze sportowcami ich życia i że wyemigrowałam z tłumu rozentuzjazmowanych fanów.

Po przejrzeniu połowy fiszek sporządziłam listę wymyślonych nazw miejsc. Miałam wrażenie, że pisarzowi podobały się nazwy miasteczek na północy stanu Nowy Jork. Delikatnie żartował sobie z północnoamerykańsko brzmiących Onkwedo i Otseekut. Zastanawiałam się, czy zdawał sobie sprawę z nowoczesnej analizy lingwistycznej nazw miejsc w tym regionie. Według niej mają one wspólne korzenie z językiem Indian z plemienia Seneka i można je z grubsza przetłumaczyć jako „Różowoskórzy, wracajcie do domu".

Przerwałam pisanie po to tylko, żeby zjeść grzankę. Nawet nie poczekałam przy skrzynce na Billa. Przepisanie tekstu zajęło mi dwa dni. Po skończeniu i obejrzeniu każdego słowa, które przeszło przez moje palce i oczy, poczułam, że zasłużyłam w końcu na to, żeby zostać pełnoprawną właścicielką powieści.

Po raz pierwszy od zamieszkania w Onkwedo odniosłam wrażenie, że mam coś, czym mogę podzielić się ze światem. Jeżeli powieść napisał Nabokov – nawet jeśli to nie było jego najlepsze dzieło, które chciał pokazać światu – wiedziałam, że muszę znaleźć dla tej książki czytelników. Jeżeli to nie Nabokov ją napisał – cóż, książka i tak miała sansę spodobać się ludziom, którzy lubią czytać o sporcie, i tym, którzy lubią czytać o miłości. Powieść łączyła zainteresowania zarówno mężczyzn, jak i kobiet. Mój cel był jasny: zwrócić uwagę opinii publicznej na książkę i doprowadzić do tego, żeby trafiła w dobre ręce.

PRAWNIK

Musiałam skontaktować się z kimś, kto swobodnie poruszał się w świecie odnalezionych skarbów literackich. Odszukałam w Internecie nazwisko prawnika przemysłu rozrywkowego. Jego biuro mieściło się w centrum Nowego Jorku, co było dla mnie oczywiste. W Onkwedo rozrywka nie istniała (chyba że rozumie się przez nią prowadzenie samochodu w stanie wskazującym albo wyznania skazanych w rubryce kryminalnej lokalnej gazety). Wybrałam prawnika, którego biuro znajdowało się pięć przecznic od Ceci-Cela, mojej ulubionej cukierni z rogalikami. Zadzwoniłam do niego i umówiłam się na spotkanie następnego dnia po południu.

Jechałam do Nowego Jorku po raz pierwszy od przeprowadzki do Onkwedo. Ponieważ nie byłam pewna, czy dojadę do miasta moim gruchotem, postanowiłam wybrać się autobusem. Wstałam o czwartej rano. Włożyłam Moje Jedyne Spodnie i zniszczone majtki. Do torby Darcy, takiej, jakie noszą kobiety biznesu, wrzuciłam jedyną parę miejskich butów i „obiad" w pojemniczku po serku wiejskim – pyszną sałatkę z makaronem i drobno pokrojonym szczypiorkiem. Na koniec dorzuciłam maszynopis *Babe'a Rutha* i fotokopię oryginalnej strony tytułowej.

Autobus, z niewiadomych dla mnie powodów zwany Krótką Linią, wlókł się niemiłosiernie, robiliśmy co chwila przerwy na siusiu i kupowanie napojów. Kierowca miał za sobą nieudaną karierę śpiewaka weselnego. Wtórował muzykom

Motown, których śpiew dobywał się z radyjka wielkości kawy latte, co na sto procent było niezgodne z przepisami. Wtórował monotonnym i bezbarwnym głosem Jamesowi Brownowi w piosence *I'm a Soul Man*. Kierowca nie miał pojęcia, na czym polegał soul.

Wreszcie dotarliśmy na miejsce. Przystanek końcowy Port Authority był zachwycająco brudny. Kiedy znalazłam się na chodniku przy Ósmej Alei, krzyknęłam do tłumu:

– Witajcie, kochani, wróciłam!

Nikt nie zwrócił na mnie uwagi, co było pierwszą wspaniałą rzeczą, za którą kochałam to miasto.

Powrót do Nowego Jorku, gdy się z niego wyprowadzisz, przypomina odwiedziny u byłego kochanka, który znalazł sobie kogoś nowego. Wciąż się modnie ubiera i choć się nieznacznie zaokrąglił, nadal pragnie się podobać. Ty ciągle za nim tęsknisz i wiesz, że znasz jego wady lepiej od tej nowej. Choć to i tak nie ma znaczenia, bo twój czas bezpowrotnie minął.

Opierając się o budynek Port Authority, włożyłam skrzypiące buty. W Nowym Jorku ludzie wiecznie coś wkładają bądź zdejmują, nie spotykając się z tego powodu z dezaprobatą przechodniów. Przetarłam buty tyłami nogawek i byłam gotowa na spotkanie z prawnikiem.

Moje Spodnie i ja wyruszyliśmy na wschód. Zakupiwszy bilet na autobus, zostałam z trzema dolarami i jedną dwudziestopięciocentówką w kieszeni; starczyło tego tylko na przepyszny rogalik z czekoladą w mojej ulubionej cukierni. Z pewnością nie było mnie stać na taksówkę. Moje Spodnie w kolorze bakłażana pasowały do wszystkiego i do niczego. Miały niezobowiązujący krój i choć sobie wmawiałam, że ujdą w tłoku, nie wierzyłam samej sobie. Każda para spodni, którą mijałam, wydawała się mieć bardziej stanowcze zdanie od moich.

Kiedy mieszkałam w Nowym Jorku, uchodziłam nieomal za piękność. (Myślę, że rzeczywiście tak było). Miałam ten typ urody, który każdy chętnie by ulepszył. Byłam niczym materiał, nad którym można było popracować. Lecz teraz, gdy przyjechałam tutaj z północy, z czterdziestką na karku, kretyńsko wystrojona, zauważyłam, że nikt nie zwraca na mnie uwagi. Może Moje Spodnie były spodniami niewidkami.

Biuro prawnika znajdowało się na eleganckiej przecznicy w East Forties. Wystrój budynku sprawiał wrażenie fantazyjnego łamanego przez neutralny. Ściany na zewnątrz były wyłożone błyszczącym granitem. Wewnątrz wisiała sztuka seryjna: wielki, większy i największy obraz w kolorze beżu. (Abstrakcjonista Cy Twombly spotyka się z Trzema Koziołkami Spryciołkami).

W poczekalni na dwudziestym dziewiątym piętrze zjawił się asystent prawnika o imieniu Max. Ponieważ miał na sobie wielki bezkształtny blezer, nie wiedziałam, czy jest chudy, czy gruby. Zaprowadził mnie do sali konferencyjnej, całej w aksamicie i stali, po czym się oddalił. Paliły się tu tylko reflektorki nad obrazami. Poczułam znużenie pięciogodzinną jazdą autobusem. Ciążyły mi powieki i na sekundę się zdrzemnęłam. Chyba przez przypadek dotknęłam aksamitnej powierzchni obrazu, bo drgnęłam nagle na dźwięk głosu Maxa: – Proszę nie dotykać. – Choć brzmiał przyjaźnie, odniosłam wrażenie, że często miewał do czynienia z klientami, którzy lubili głaskać sztukę.

Max wskazał mi dłonią następne drzwi w wewnętrznym korytarzu. Ruszyłam za nim, podejrzewając, że albo jest robotem, albo przynajmniej supergładko stąpającym człowiekiem w mokasynach. Za drzwiami zobaczyłam wielkie biurko, a za nim prawnika przemysłu rozrywkowego, który przemawiał do zestawu głośnomówiącego.

Usiadłam na zamszowym krześle naprzeciwko biurka. Prawnik miał najbardziej seksowną przeczeskę, jaką widziałam w życiu. Tak naprawdę była to zaczeska, dzięki której jego czaszka wyglądała jak zbiór pasów na torze wyścigowym. Prawnik mówił i jednocześnie pisał prawą ręką, podczas gdy jego lewa wyczyniała coś zupełnie innego. Wydawało mi się, że pracuje nad inną sprawą.

Na biurku stały ramki ze zdjęciami. Przysunęłam się bliżej z krzesłem, żeby je lepiej zobaczyć. Ulżyło mi, gdy się przekonałam, że facet nie jest jednym z tych, którzy trzymają na biurku zdjęcia żony w stroju bikini. Może nawet jeszcze nie rzucił swojej pierwszej żony. Na jednym zdjęciu ujrzałam kobietę ubraną w kombinezon do jazdy ekstremalnej na nartach. Spod jej ramienia wystawał kask. Dwoje dorodnych dzieci stało po obu jej bokach, każde z deską do snowboardu. Były jasnowłose i silne, jakby należały do „rasy panów".

Kiedy wreszcie skończył rozmawiać przez telefon, spojrzał na mnie. Zaczęłam wyrzucać z siebie słowa, świadoma, że czas to pieniądz, a przecież w grę wchodziły moje pieniądze.

Opowiedziałam mu, jak znalazłam fiszki. Zaczęłam streszczać powieść. Kiedy doszłam do słów „historia miłosna z baseballem w tle", prawnik uniósł do góry dłoń, dając tym samym znak, żebym umilkła.

– Są dwie sprawy – oświadczył i wycelował we mnie długi palec. – Po pierwsze: czy rzeczywiście Vladimir Nabokov napisał tę powieść? Mogę to sprawdzić. Nie oskubię cię. – Nie uśmiechnął się. – Jakość powieści nie jest ważna – ciągnął z werwą. – To może być gówno. Ale załóżmy, że powieść rzeczywiście napisał Nabokov. – Podniósł do góry drugi palec (przez cały czas jego druga dłoń wciąż pracowała nad inną sprawą). – Czy chce pani sprzedać manuskrypt kolekcjonerowi, czy też udostępnić publiczności powieść w charakterze książki?

Zrobił przerwę, jakby liczył dolary, które wpływają na jego konto.

– Czy powieść nie jest własnością jego syna Dymitra Nabokova? – zapytałam.

– Praktycznie rzecz biorąc, manuskrypt jest chłamem. Wyrzucone papiery są śmieciem. Gdyby Nabokov uczynił cokolwiek dla jego zachowania, manuskrypt dołączono by do masy spadkowej. Najwyraźniej jednak chciał się go pozbyć i nie ma nikogo, kto mógłby to podważyć. Możemy zatem uznać, że jego pochodzenie jest jasne. – Miałam wrażenie, że mówi do rzeczy. – Oczywiście może dojść do walki.

Na myśl o walce prawnik rozpromienił się. Jego słowa były spójne z postawą: był przyzwyczajony zajmować stanowisko, uzasadniać je i wreszcie wygrywać.

– Drugą kwestią – ciągnął – jest to, czy powieść zostanie wydana. Czy powstanie książka, którą przeczytają czytelnicy, czy też znajdzie się w prywatnej kolekcji? – W oczekiwaniu na odpowiedź jego lewa ręka na sekundę znieruchomiała.

– Książka jest świetna – powiedziałam. – Sceny miłosne zapierają dech w piersiach, a sportowe spodobają się, hmmm... mężczyznom – kontynuowałam, nieświadomie podnosząc głos. – Każdy znajdzie w niej coś dla siebie – dodałam na koniec niepewnie.

– W takim razie potrzebuje pani agenta literackiego – rzekł lekceważąco. – Znam jedną agentkę w Onkwedo, skąd pani pochodzi. Nazywa się Margie Jenkins. Zajmuje się głównie romansami, ale zna się na sprawach wydawniczych.

– W Onkwedo? – Nie wierzyłam własnym uszom. Wysyłał mnie z powrotem do Onkwedo. Co gorsza, myślał, że stamtąd pochodzę.

Wręczyłam mu kopię strony tytułowej manuskryptu, którą wziął, nawet nie rzuciwszy na nią okiem. Dodał, że może będzie potrzebował strony oryginalnej, ale najpierw „oceni autentyczność" i wtedy się ze mną skontaktuje.

Wreszcie zapytał mnie, gdzie kupiłam buty, tym samym dając mi do zrozumienia, żebym wstała z krzesła wartego sześć tysięcy dolarów i opuściła jego biuro. Odprowadził mnie do windy i wręczył swoją wizytówkę. Miał cudownie szorstką, suchą dłoń prawdziwego człowieka.

Idąc do ulubionej ciastkarni, zachwycałam się ludźmi, którzy otaczali mnie ze wszystkich stron i dokądś biegli. Zapomniałam o tym aspekcie miejskiego życia – że każdy dokądś zmierza w konkretnym celu. Napawałam się ruchem, zachwycona tym, że ludzie wokół się przemieszczają. W tle trąbiących samochodów i szumu przejeżdżających autobusów słyszałam rytm tysiąca kroków. Niektóre były swobodne, inne mocne, jeszcze inne *staccato*. W połowie ulicy wszystkie kroki zrównywały się w harmonii. To był gorący rytm funky, który poruszał moimi biodrami lekko niczym rozpuszczona czekolada. Mogłabym do niego tańczyć. Z przeciwległych stron szły dwa liliputy, które minęły się, prawie się zderzając niskimi ramionkami, unikając siebie wzrokiem. Cóż za perfekcyjnie wyreżyserowane widowisko... Usłyszałam, jak Bóg mówi za kulisami: „Dajcie liliputom sygnał".

Takie właśnie czary zatrzymują ludzi w mieście. Oto postanowiłeś stąd wyjechać, bo zlikwidowano twoje stanowisko, twój przyjaciel rowerzysta został potrącony przez taksówkę, roznosiciel gazet splunął na twój widok, kiedy ci oddawał resztę, i właśnie wtedy, kiedy sobie upatrzyłeś zielone ustronne miejsce ze wszystkimi wygodami codziennego życia – dzieją się czary. Nagle w West Village jest do wynajęcia trzypokojowe mieszkanie, kelner podaje ci gratis od szefa kuchni gotowane przegrzebki w kolendrze i sosie z limonek, słyszysz troje nastolatków w różowych pończochach śpiewających *a cappella* w metrze – są lepsi od Marvelettes. I już wiesz, że nie wyjedziesz z Nowego Jorku.

Chociaż ja wyjechałam, a teraz wracałam jak porzucona narzeczona, która pragnie świetnie wyglądać, dobrze wypaść i nie wyróżniać się jako ta, która już do miasta nie należy.

Po chwili ujrzałam markizę cukierni w żółto-błękitne pasy. Byłam ciekawa, czy to Pierre stał dziś za ladą, czy może któraś z jego szykownych kuzynek z Paryża. Jednak w witrynie nie ujrzałam ciastek. Zniknęła drewniana ławka obok drzwi. Zawieszony nad drzwiami znak zastąpiła mosiężna tabliczka informująca, że znajduje się tu biuro nieruchomości.

Stałam przed biurem, gapiąc się na wystawione w witrynie plany kondominiów w stylu industrialno-europejskim. Mój język zwinął się z oburzenia w trąbkę.

W mieście Nowy Jork pieniądze są jak gumka, która wymazuje przeszłość.

Mogłam poszukać innej cukierni z rogalikami, ale nie miałam ochoty na byle jakiego croissanta – marzyłam o croissancie upieczonym przez Pierre'a z jego wiedzą o życiu w Paryżu, z gorzką czekoladą w środku doskonale francuskiego ciasta.

Kiedy ponownie znalazłam się na przystanku, kupiłam kilka gazet za pieniądze z niezjedzonego rogalika i stanęłam w kolejce do autobusu za grupką mężczyzn w ciemnych garniturach ciągnących za sobą bagaż. Przyjechali z Pekinu i wybierali się na wydział astrofizyki Uniwersytetu Waindell. Przeczytałam najpierw „Timesa", a potem „Post". Próbowałam skupić uwagę na tym, co się dzieje na świecie, i na przestępstwach, ale uparcie wracałam myślami do wizji ciemnej czekolady w środku gorącego rogalika.

Kiedy wsiadłam wreszcie do autobusu, nie było już wolnych miejsc, z wyjątkiem miejsca za kierowcą, skąd dojrzałam jego głowę. Znowu trafiłam na wielbiciela soulu, wepchnęłam więc sobie do uszu papierową chusteczkę. Wyjęłam z torby *Blady ogień* Nabokova. Książka pochodziła z kolekcji paperbacków kuzyna, które spuchły z powodu wilgoci panującej na jego żaglówce. Domyśliłam się, że *Blady ogień* był jego ulubioną książką. Była tak stara i wyblakła, że nie dawała się zamknąć, tylko od razu otwierała się na końcu Trzeciej Pieśni.

Kuzyn nie należał do tych czytelników, którzy bazgrzą na marginesach. Gardziłam ludźmi mażącymi po kartkach, żałowałam jednak, że nie zaznaczył ołówkiem ulubionych ustępów ani nie wykropkował miejsc, które go rozśmieszyły. Byłam ciekawa, czy bawiły nas te same rzeczy.

W *Bladym ogniu* Nabokov napisał: „system grzewczy jest farsą". Może pisał o pobycie w domu, który stał się moim domem. Nie istnieje nic między powietrzem wewnątrz a „obszarami arktycznymi, z wyjątkiem obskurnych drzwi wejściowych". Jak ja dobrze znałam te drzwi...

Dzięki pracy w mleczarni nauczyłam się szybko czytać. Podczas gdy większość ludzi ledwie zdąży przeciąć kopertę, ja już wiedziałam, czy nadawca otrzyma darmowe pół litra lodów, czy zwyczajowe podziękowania. Teraz nie potrafiłam przebrnąć przez *Blady ogień*, którego słowa należały do dziedziny zarówno arytmetyki, jak i języka, i każde wynikało z poprzedniego, zmieniając znaczenie i wynik. Kiedy dojeżdżaliśmy rozklekotanym autobusem do krętej trasy numer siedemnaście, byłam bliska rezygnacji z myśli, że coś z niej zrozumiem. Miałam wrażenie, że to książka czyta mnie, a nie na odwrót.

Może żadna powieść Nabokova, a już na pewno nie *Blady ogień*, nie powie mi, kim jestem. Mogę się z nich tylko dowiedzieć, kim nie jestem. Słowa pisarza prowadziły na skraj wielkiego nieznanego mi miejsca, z którego spoglądałam na nocne niebo ze skorupy księżyca. Uderzyłam głową w mur. Z jednej strony miałam luki w wykształceniu, za co winiłam amerykański system edukacji, z drugiej strony moje myśli krążyły wokół tych samych debilnych tematów. Albo wałkowałam trywialne przepisy i listy zakupów, raz po raz, jak krowa, która wlecze się między oborą i pastwiskiem, albo myśli biegły inną utartą ścieżką: nienawidziłam mojego eks, pragnęłam, żeby dzieci były ze mną, i marzyłam, żebym mogła zacząć życie od nowa.

Nabokov napisał większość *Bladego ognia* wierszem. A więc to jest możliwe! Przez całe życie miał żonę. Może nie zawsze był jej wierny, ale ją kochał i razem się zestarzeli. Okazywali sobie czułość i nigdy się sobą nie znudzili. A więc to jest możliwe!

Rozejrzałam się wokół. Niektórzy pasażerowie położyli głowę na ramieniu towarzysza. Zazdrościłam parom, nie tym młodym, okazom zdrowia, którzy przechadzali się z wyższością po galeriach handlowych, mając przed sobą całe życie, lecz mizernym staruszkom pomagającym sobie przy wsiadaniu i wysiadaniu z samochodów, szukającym wspólnie najlepszego arbuza i właściwego zakrętu na drodze, spacerującym razem o poranku, żeby utrzymać dobrą formę. Pragnęłam ich nagiej jawnej czułości.

A potem powiedziałam sobie surowo, że nie zniosłabym z kimś pięćdziesięciu lat nudy.

Nigdy się nie dowiem, jak by to było.

Wyjęłam z torby jedzenie. Po zdjęciu skrzypiących butów rozłożyłam na Spodniach gazetę i otworzyłam pojemnik z mleczarni. Dokonałam strasznego odkrycia – zamiast sałatki zabrałam z domu twarożek. Jeszcze raz go otworzyłam, po czym zamknęłam dwa razy, żeby się upewnić. Potem go już nie otwierałam.

Maszynopis *Babe'a Rutha*, który przepisałam, ciążył mi w torbie. Chciałam dopasować złożoność *Bladego ognia* do słów zapisanych na fiszkach. Po raz pierwszy przyszło mi do głowy, że odnaleziony manuskrypt mógł zostać napisany przez właściciela domu, profesora inżyniera, który wynajął Nabokovom dom. Może stary Suwak Logarytmiczny był fanem baseballu i cała ta historia nie miała żadnego związku z Nabokovem?

Wyjrzałam przez okno na czarne niebo. Czasami lepiej jest nie czytać, nie jeść, a nawet nie myśleć.

AGENTKA

Po powrocie do Onkwedo znalazłam następnego dnia rano w książce telefonicznej numer do Margie Jenkins. Widniała pod „Jenkins, Bill i Margie". Zero anonimowości. Poczekałam z telefonem, aż będzie siedemnaście minut po dziewiątej. Odebrała kobieta, która kasłała jak palaczka.

– Tutaj Margie, przez „g", nie „dż" – poinformowała mnie. Zaczęłam jej opowiadać o fiszkach, ale mi przerwała: – Wiem o wszystkim. Twój prawnik zadzwonił do mnie, jak tylko od niego wyszłaś. Razem studiowaliśmy. – Znowu zakasłała. – O czym jest ta powieść?

– O baseballu.

– Jezu – jęknęła. – Czy każdy musi pisać o chrzanionym baseballu?

– I o miłości – dodałam z nadzieją. Opowiedziałam o Lisie, młodziutkiej dziewczynie, która „przeżyła piętnaście wiosen", nim poznała Babe'a. Dodałam, że brakuje sceny meczu.

– Wyślij mi egzemplarz – oznajmiła. – Muszę uśpić jednego z moich kotów, przyda mi się coś dobrego do czytania. Podaj mi przez Billa – dodała, gdy spytałam ją o adres. Widocznie milczałam przez dłuższy czas, bo Margie cierpliwie mi wytłumaczyła: – Bill jest moim mężem. I twoim listonoszem. Mieszkamy razem. – Gdyby nie chrypka, Margie miałaby najcieplejszy i najserdeczniejszy głos ze wszystkich, jakie udało mi się od dawna usłyszeć.

– Dziękuję – odparłam, a Margie odłożyła słuchawkę.

Włożyłam przepisany przeze mnie egzemplarz do koperty i zostawiłam ją dla Billa w skrzynce. Ze względu na głos Margie zapragnęłam znaleźć się wśród ludzi. Sklep był jedynym miejscem w moim obecnym życiu, gdzie mogłam ich znaleźć. Czasami, nawet jeśli niczego nie potrzebowałam, szłam do sklepu, żeby popatrzeć na onkwedończyków i pożyć ich codziennym życiem. Wszyscy musieliśmy jeść. Niektórzy wciąż gotowali. Przechadzaliśmy się więc po sklepie w poszukiwaniu wartości odżywczych w plastikowych jaskrawych opakowaniach i tekturowych pudełkach.

W moim sklepie nie sprzedawano produktów z wyższej półki. Jedną fajną sprawą była specjalna promocja w środy, dzięki której mogłam się zmieścić w budżecie na jedzenie wynoszącym bez moich dzieci trzydzieści dolarów. Drugą był kasjer. Gdybym miała ulubiony typ mężczyzny – a go nie mam – to byłby nim ów kasjer. Wyglądał na dzikusa, który właśnie wyszedł z lasu, do tego miał jedwabiste włosy i skórę połyskującą od wody kolońskiej . Nie wątpiłam, że jego ciało obezwładniająco pachniało. Wyglądał, jakby czekał na znak. Gdyby tylko któraś mu zaproponowała: „Chodź ze mną nad wodospad", zamknąłby kasę, zdjął czerwony fartuch i plakietkę z nazwiskiem przypiętą czerwoną spinką i natychmiast za nią poszedł.

Szkoda, że nie za mną.

Mój kasjer był wyjątkowo wolny, więc stawałam w kolejce do jego kasy tylko wtedy, kiedy chciałam na niego popatrzeć albo przejrzeć kolorowe pisma. Kiedyś w „Psychology Now" sprawdzałam wyniki badań na temat wydajności pracowników. Okazało się, że jedyną stałą różnicą między płciami była szybkość wykonywania różnych czynności takich jak zamawianie przez telefon zakupów spożywczych i rozmowa z ludźmi. Kobiety robiły to o sto siedemdziesiąt pięć procent szybciej niż mężczyźni. Autor artykułu uważał, że muszą się oni przestawiać z trybu „z przedmiotu na podmiot" i odwrotnie, podczas gdy kobiety nie. Od wewnątrz męski mózg wyglądałby następująco: naciskamy klawisz – osoba – naciskamy klawisz – rzecz – naciskamy klawisz – osoba. Tymczasem mózg kobiety wyglądałby tak: rzecziosobairzecz'iosoba. Według tej teorii mózg mężczyzny można było sobie wyobrazić jako torowisko kolejowe, a mózg kobiety – jako kanał albo rów odprowadzający ścieki.

W ślimaczącej się kolejce do kasy czytałam w pismach kobiecych porady dla par. Każdy opisany model dysfunkcji bądź braku komunikacji do złudzenia przypominał mi własne doświadczenia z moim byłym. Pocieszała mnie myśl, że nie tylko nam się nie udało.

Rozejrzałam się wokół. Każdy z kupujących zdawał się nie dbać o to, co na siebie włożył. Podejrzewałam, że nikt z nich nawet nie miał większego lustra. Wszyscy ubrali się zgodnie z zasadą „to prawie dobrze na mnie leży". Magazyn „Vogue" był tutaj nie do dostania. Co w moim przypadku zresztą i tak niewiele by pomogło, zważywszy na zawartość mojej garderoby. Miałam na sobie to samo, co wczoraj i przedwczoraj.

Gdy wreszcie nadeszła moja kolej, zauważyłam, że kasjer nie był w sosie. Ze spuszczoną głową wrzucał artykuły do plastikowych toreb. Nie zaproponował mi do wyboru papierowych, co bardzo mi się podobało. Ponieważ nic mądrego nie przychodziło mi do głowy, przesuwałam w milczeniu artykuły na taśmie. Miałam ochotę mu powiedzieć: „Rzuć tę pracę i chodź ze mną nad wodospad", ale pomyślałam, że nie skorzysta z oferty babki, która kupuje kapustę, cebulę i parę gumowych rękawiczek lokalnej marki. Tym razem nie dostrzegłam jego grubych rzęs i delikatnego konturu ust. Nawet na mnie nie spojrzał.

Po powrocie do domu przejrzałam stos książek kucharskich, które zgromadził Sam, i ugotowałam jeden z dwudziestu siedmiu kapuśniaków według przepisu Marka Bittmana. Przepis wymagał zdumiewającej ilości wody oraz kminku. Dałam sobie spokój z kminkiem, nie miałam go pod ręką, a jedna wizyta na dzień w sklepie w zupełności mi starczała.

Zupa była niesmaczna. Mark Bittman przekonywał, że

następnego dnia będzie lepsza, ale szczerze w to wątpiłam. Obiecywał, że smak zupy przypomni ludziom smak zup ich babć w niedzielne popołudnie, lecz moja babcia tak nie gotowała. Obie moje babcie pochodziły z domów, w których zatrudniano kucharzy. Kiedy wychodziły za mąż, umiały grać na pianinie, jedna z nich nawet bardzo dobrze. Niewiele więcej umiały, może potrafiły opiec grzankę. Mimo to ich małżeństwa trwały do śmierci, co tylko świadczy o tym, że gra na pianinie jest niedocenioną małżeńską umiejętnością.

Po raz pierwszy w życiu cieszyłam się, że nie jem zupy razem z dziećmi. Doskonale wiedziałam, co by powiedziały. Sam byłby zbyt dobrze wychowany, żeby mi okazać swoje niezadowolenie przy stole, ale już nie Darcy.

Dojadłam tę ohydną zupę i wróciłam do prawdziwej pracy, czyli do odpowiadania na listy do mleczarni. Starałam się widzieć siebie w roli pracownika i szefa zarazem. Powtarzałam sobie, że jestem oddana pracy, że dobieram do każdego listu właściwy ton. Młody pan Daitch nigdy się nie dowie, jak doskonale wywiązuję się ze swoich obowiązków. Martwił się wyłącznie zużyciem znaczków. Podejrzewał, że albo je kradnę, albo marnuję, ozdabiając nimi koperty. Był w błędzie.

Jeden list, który dostałam tego dnia, napisano na śliwkowym papierze w linie. Pochyłe literki wykaligrafowano z dużym pietyzmem.

Szanowna Firmo,
doszła do mnie informacja, że zrezygnowaliście Państwo z produkcji kawałków lukrecji. Czy będziecie na tyle łaskawi, żeby mnie powiadomić, jeśli wznowicie w najbliższym czasie produkcję lukrecji? I czy będę mógł złożyć na nią specjalne zamówienie? Jeśli jest możliwość złożenia takowego, to czy istnieje minimalna ilość, którą mam zakupić, jeśli tak, to jaka ona jest?
Pozostaję z wyrazami wdzięczności i niecierpliwie czekam na odpowiedź.

Serdeczności

Zauważyłam, że ludzie piszący do mleczarni są zawsze serdeczni, chyba że przesyłają „wyrazy serdeczności", „najlepsze życzenia" albo zapewnienia „miłości – Onklervill", jak ten, który przedstawił się jako Potrójna Krówka z Onklervill. Nie miałam świadomości, że mleczarnia produkowała lukrecję – co za ohyda. Muszę o tym porozmawiać z młodym panem Daitchem. Na początku mojej pracy przekazał mi listę smaków, które wyszły z produkcji. Chciał, żebym zaznaczała te, o które najczęściej pytali klienci. Jedynym smakiem, za którym tęsknili, była wiśniowa wanilia. Firma robiła lody wiśniowo-waniliowe tylko w lipcu, żeby uczcić Święto Niepodległości.

Mleczarnia zarzuciła produkcję wiśniowej wanilii po śmierci matki pana Daitcha, która zbierała wiśnie i osobiście je drylowała. Zrezygnowano z tego smaku, albo pragnąc w ten sposób wyrazić dla niej szacunek, albo dlatego, że nie znaleziono nikogo, kto by za darmo zbierał i drylował wiśnie.

Starałam się pracować wydajnie i odpowiadać na cztery kupki listów, które na mnie czekały, ale wciąż wpadałam w zadumę. Myślałam o ludziach związanych z pracą, o Daitchach i o piszących listy. Jak zawsze miałam więcej pytań niż odpowiedzi. Przestań bujać w obłokach i weź się do pracy, mówiłam sobie. Nazajutrz zabierano z mojego pojemnika papier, chciałam więc odpowiedzieć na wszystkie listy z tygodnia, żeby zdążyć na recykling kopert. Nie było to konieczne, ale nadawało rytm mojemu tygodniowi pracy.

Każdego wieczoru przed pójściem do łóżka przejeżdżałam obok domu mojego byłego, żeby zobaczyć, czy w pokojach dzieci pali się światło. Kiedy raz ujrzałam, że mój synek skacze na swoim piętrowym łóżku, wjechałam przez przypadek na trawnik przed domem, tak się na niego zapatrzyłam. Gdyby mój eks położył dzieci spać o normalnej porze, jego trawnik nie miałby głębokiego śladu po mojej oponie.

Nareszcie został mi ostatni list, na który miałam odpisać. Zaczynałam weekend z dziećmi i nie mogłam się skoncentrować.

Droga Mleczarnio Daitchów,
bardzo dziękuję za wszystkie Wasze lody! W każdy niedzielny wieczór moja żona i ja przyrządzamy dla siebie „kolacyjny deser lodowy". Uważam, że powinniście robić więcej smaków z czekoladą, a żona się ze mną zgadza. Oto przepis na deser lodowy, który wymyśliłem i który zdaniem mojej żony jest lepszy nawet od seksu.
Niespodzianka czekoladowa...

(To, co dalej następowało, okazało się odstręczającą serią polew i mulistego, oślizgłego, niezdrowego jedzenia, które kompletnie do siebie nie pasowało, rodzaj najgorszej papki, odkąd kulinarny ekspert Mark Bittman zrezygnował z pasty z korzenia prawoślazu jako składnika jednej z jego przekąsek jedzonych o północy).

Z niecierpliwością czekam na odpowiedź!

Serdeczności
Matthew O'Reilly
Ovid, Nowy Jork

Na jego cześć użyłam formularza.

Drogi wierny Kliencie,
serdecznie dziękujemy za Pański list. Z żalem pragniemy Pana poinformować, że z powodu licznych listów, które otrzymujemy, nie jesteśmy w stanie odpowiedzieć na każdy z nich osobiście.
Mamy nadzieję, że będzie Pan nadal zadowolony z naszych wspaniałych produktów. Zapraszamy do naszego straganu otwartego każdego lata przy drodze 323 na wschód od Onkwedo.

Życzymy dużo zdrowia
Mleczarnia Daitchów

Wysłałam formularz panu Matthew O'Reilly'emu. Do osobnej białej koperty, zaadresowanej do jego żony, pani O'Reilly, włożyłam zniszczony egzemplarz *Kamasutry* w miękkich okładkach. Wykorzystałam ostatni znaczek.

Kiedy szłam z papierem na koniec ulicy, podjechał mój były sportowym wozem. Spuścił szybę. Z tyłu kłębiły się dzieci, lecz on nie zamierzał ich wypuścić, póki sam nie był gotów.

– Cześć Barb.

Mój eks był w doskonałej formie. Wyglądał lepiej niż wtedy, gdy od niego odeszłam. Nie lepiej *dla* mnie – lepiej *niż* ja. Los był niesprawiedliwy.

Wskazał na tył mojego samochodu, który stał na podjeździe i był po dach wyładowany pustymi butelkami.

– Wypiłaś całe to piwo? – spytał.

Poczułam się jeszcze większą idiotką i nędzarką niż zazwyczaj.

– Zbieram je i zawożę do skupu – odparłam tonem altruistki, która w wolnym czasie oddaje przysługę lokalnej społeczności.

Jednak mój były mąż za dobrze mnie znał.

– Ejże, Barb, nie spłacisz miedziakami kredytu. Musisz znaleźć lepszy sposób na zarabianie pieniędzy.

Jak zawsze miał rację. Doskonale się orientował, ile zarabiałam w mleczarni. Najbardziej niezawodną z cech jego charakteru była słuszność racji, jakie wygłaszał. Zawsze uważał, że jestem leniwa. Może i pod tym względem miał rację.

Przypomniałam sobie, że dawno temu byliśmy w sobie zakochani, chociaż nie pamiętałam dlaczego. Zmusiłam się, żeby się do niego uśmiechnąć. Uśmiechnęłam się. Zrobiłam to, ponieważ eks miał moje dzieci, a ja chciałam mu je odebrać. Próbowałam sobie przypomnieć, jak eks miał na imię, lecz nienawiść przyćmiła mój system przywoływania imion do tego stopnia, że nie byłam w stanie sobie przypomnieć.

Wreszcie wypuścił dzieci z samochodu. Kiedy odjeżdżał, machałam na pożegnanie lśniącemu zderzakowi z przyklejonym do twarzy uśmiechem, jak metka z obniżoną o połowę ceną na bochnie jednodniowego chleba.

Nareszcie miałam Sama i Darcy dla siebie. Weszliśmy do domu. Pomogłam im urządzić gniazdo z poduszek i żółtej kołdry, w którym się położyliśmy. Darcy popiskiwała.

– Masz robaka – rzekł Sam, karmiąc ją nitkami zimnego spaghetti. Chciałam wstać i zrobić nam przyzwoitą kolację, lecz mnie nie puścili. – Opowiedz nam, jak to było, kiedy byłaś mała – poprosił Sam. Opowiedziałam im, jak mój tato wykopał na plaży piaszczystą jaskinię i jak zrobił dach z drewna wyrzuconego na brzeg. Dzieci leżały zasłuchane. Sam zarzucił nogę na moją nogę, a Darcy trzymała mnie za ramię. Opowiedziałam im o domku, który tato zbudował dla mnie z kartonu po lodówce. Wyciął w nim okna w kształcie łuków i pomalował je na czerwono. Pewnego dnia w sierpniu opuściłam dom i zamieszkałam w pudle w ogrodzie. Opowiedziałam dzieciom o wszystkich domach, które zbudował dla mnie ojciec, domkach dla lalek, domkach do zabawy, a później o mieszkaniach, które malował i w których instalował półki na książki.

– Chciał, żebym wiedziała, jak mam stworzyć dom – opowiadałam. – Był jak ptak, który uczy swoje pisklęta, jak zbudować gniazdo.

Usiedliśmy na poduszkach i wspominaliśmy dziadka.

– Co się dzieje po śmierci z ubraniami? – spytała nagle Darcy.

– Czasami biorą je przyjaciele albo rodzina, niektórzy oddają je Armii Zbawienia – odrzekłam.

– Nie chcę twoich ubrań, kiedy umrzesz – oświadczyła Darcy. – Może ktoś inny je zechce.

– Nie mówmy o tym – poprosił Sam.

Zmierzchało. Zrobiłam błyskawiczny krem z pomidorów i kiedy go zjedliśmy, poszliśmy spać. Darcy spała ze mną, ściskając w piąstce kosmyk moich włosów. Wyplątałam się z jej paluszków i sprawdziłam, co słychać u Sama. Już prawie spał, lecz kiedy się nad nim pochyliłam, westchnął głęboko.

– Czuję twój zapach – powiedział i zamknął oczy.

ŚNIADANIE

Nazajutrz rano wstałam przed dziećmi, nalałam do dzbanka czarnej herbaty i postawiłam go przed komputerem w biurze. Na ekranie zobaczyłam e-mail od matki. Zawarłyśmy milczący pakt w kwestii hierarchii komunikacji. E-mail był lepszy od telefonu, telefon zaś o niebo lepszy od osobistego spotkania. Jeśli już miałyśmy się ze sobą spotkać, to najlepiej pośród tłumu w miejscu publicznym. E-mail był idealny. Nie chcę przez to powiedzieć, że nie znosiłam matki; nie ufałam jedynie jej wyjątkowej umiejętności naginania prawdy.

Matka nie lubiła, gdy innym, a zwłaszcza jej samej, przytrafiały się nieszczęścia. Gwoli sprawiedliwości przyznaję, że nie cieszyła się, gdy i mnie los surowo potraktował. Udawała wtedy, że nic złego się nie dzieje. Odsuwała od siebie nieszczęście, energicznie korygując rzeczywistość. Gdy byłam dzieckiem, wmawiała mi przez dwa lata z rzędu, że babcia wyjechała na Florydę i nie przyjedzie do nas na Boże Narodzenie. Dopiero gdy za trzecim razem przyparłam ją do muru, wyznała, że babcia nie żyje.

Po zapadnięciu tragicznej dla mnie decyzji o odebraniu mi dzieci, gdy ktoś ją o mnie pytał, odpowiadała, że jej córka i zięć „postanowili od siebie odpocząć".

Przeczytałam jej starannie sformułowaną wiadomość. Chciała się dowiedzieć, czy mam jakieś plany związane z Darcy „w następnych kilku miesiącach". Po raz kolejny wspomniała o rozwijającej się sympatii do lekarza, który opiekował się moim ojcem przed jego śmiercią. Wreszcie mój durny mózg aktywowany kofeiną pojął, o co jej szło. Otóż matka zamierzała wyjść za mąż za pana doktorka i chciała, żeby Darcy została jej druhną.

Wszyscy zamykamy za sobą drzwi i idziemy dalej, czyż nie? Nie zamierzałam się nad nią roztkliwiać, skoro traktowała śmierć mojego ojca jak tymczasowy brak małżonka.

Kiedy zmełłam w ustach wszystkie przekleństwa, jakie znałam na temat lekarzy, olśniło mnie, że będę musiała włożyć na siebie sukienkę. Nie mogłam pójść na wesele w spodniach.

Oto co odpisałam matce:

Czy przewidujesz jakąś rolę dla Sama w zbliżającej się ceremonii ślubnej?
Tw. córka
PS. Twój wnuk wyrósł.

(Matka uważa mnie za czarownicę, ale prościej mi pisać do niej bez zbędnych wstępów).

PPS. Nie mam sukienki.

I tak udział w jej weselu był lepszy od udziału w weselu mojego eks i urzędniczki z socjalu, gdyby oczywiście mieli się pobrać. Dopiero później przemknęła mi przez głowę myśl, że i tak by mnie nie zaprosili. Wyłączyłam komputer i na wszelki wypadek wyciągnęłam wtyczkę z kontaktu. Poszłam na górę zrobić śniadanie.

Ugotowałam dla dzieci jajka na miękko i opiekłam grzanki w tosterze, który został w domu i pochodził z czasów Very i Vladimira. Miał obły kształt i zniszczony pokrowiec.

Dla siebie usmażyłam „zdrowy naleśnik", co okazało się idiotycznym pomysłem. Gdy zanurzyłam mieszak w jedynym rozpaćkanym jajku i górze rosnącej mąki pszennej, ciasto eksplodowało i wylądowało na opiekaczu i moich gołych nogach.

Nie mam pojęcia, skąd zaczerpnęłam inspirację na zdrowe śniadanie, które można utopić w syropie.

Chciałabym być jedną z tych osób, które mają własne dające się zidentyfikować śniadania. W moim przypadku śniadania rozpoczynały trywialnie zaimprowizowany charakter dni: poniedziałek, kim jestem? Jajkiem sadzonym. Wtorek, kim jestem? Chrupiącym muesli. I tak dalej.

Zapewne Vladimir budził się rano, czując zapach pysznej kawy przyrządzonej dla niego przez Verę. Jadł bułeczkę z konfiturami i pełen uroku śpieszył do sprawnie zorganizowanego twórczego dnia.

Podczas śniadania powiedziałam dzieciom, że ich babcia wychodzi ponownie za mąż. Musiałam w najdrobniejszych szczegółach wytłumaczyć Darcy, na czym polega rola druhny. Kiedy poszła do swojego pokoju, zostałam tylko z Samem. Zebrałam naczynia i wypiłam drugą filiżankę herbaty, walcząc z ogarniającym mnie smutkiem, że weekend nabrał tempa i że moje dzieci niedługo mnie opuszczą.

Sam położył na stole stos książek kucharskich i zaczął je przeglądać.

– Robisz wszystko, co ci każą? – spytał, przewracając kartki *Oliviera w kuchni*.

– Czytam przepisy, ale gotuję po swojemu. – Zawsze staram się mówić dzieciom prawdę.

– Możemy razem napisać książkę kucharską, Barb – zaproponował. Nie nazwał mnie mamą, odkąd ja i mój eks rozstaliśmy się. – Jej tytuł musi łatwo wpadać w ucho, jak *Radość gotowania*, choć niedokładnie tak samo.

Przez okno ujrzeliśmy, jak Darcy brnie w śniegu. Spod jej zimowej kurtki wystawała długa czarna suknia. Moim tuszem do rzęs pomalowała sobie brwi. Trzymała przy piersiach pęczek łodyg, które łamała i energicznie rzucała przed siebie na śnieg.

– Co ona robi? – spytał Sam.

– Chyba ćwiczy przed weselem babci – odparłam. – Będzie druhną.

– Czy ja też będę musiał coś robić? Nie chcę nieść obrączek. – Głos Sama był pełen obaw.

– Może babcia poprosi cię o pomoc w ułożeniu menu. Doradzisz jej, jakie ma wybrać przystawki?

– Nie, dziękuję. Chociaż, no może... – poprawił się. – Pieczony serek brie *en croûte* jest moją ulubioną przystawką. – Sam zamiast „krut" powiedział „kraut".

– Tak jak moją – zgodziłam się z nim. – Zamieścimy ten przepis w naszej książce kucharskiej.

Zobaczyliśmy, że Darcy ponownie obeszła dom, wracając po swoich śladach w błotnistym śniegu. Trzymała w rączce nowe gałązki i udawała, że je rozdaje. Sam i ja obserwowaliśmy ją przez okno, ale mała nas nie widziała.

– Jest słodka – rzekł Sam – ale nie nadaje się na druhnę.

Wrócił do książek kucharskich.

– Moja książka może mieć pełno pomyłek – oznajmił – prawdziwi szefowie przyrządzają coś na dziesięć sposobów, żeby wybrać spośród nich najlepszy. Kiedy gotuję razem z tobą, mieszamy ze sobą różne składniki. Niektóre potrawy nam nie wychodzą, ale i tak je zjadamy. – Miał oczywiście rację. Nie wiedziałam, że to zauważył. – Większość naszych dań nie zostałaby podana w restauracji.

– Nie tylko w restauracjach podają dobre jedzenie – odparłam. – Czasami najlepiej jest upichcić coś razem, zjeść i żyć dalej.

Sam zadumał się nad moimi słowami.

– Moglibyśmy nazwać tę książkę *I tak to zjedliśmy*.

Na naszych oczach Darcy przebrnęła po raz trzeci przez śnieg. Zygzakowaty przedziałek dzielący jej czarne pasemka mienił się jak błyskawica. Ponieważ zabrakło jej patyczków, rzucała przed siebie na ścieżkę garście kamyczków. Pod czarnymi brwiami malował się na jej twarzyczce frasunek.

Położyłam dłoń na miękkim ramieniu Sama.

– *I tak to zjedliśmy* brzmi fantastycznie – oznajmiłam. Staliśmy, czekając, aż Darcy po raz kolejny okrąży dom.

Ich ojciec przyjechał za wcześnie. Jak zawsze do bólu skrupulatny, przyjechał punktualnie o trzeciej. Zaprowadziłam dzieci do samochodu, stanęłam obok i machałam, uśmiechając się szeroko do tylnej szyby.

Kiedy odjeżdżali, serce wyrywało mi się z piersi. Przed oczyma stanął mi mój związek z ich ojcem, który próbowałam zrekonstruować w jasnych barwach. Byłam milsza, szczuplejsza, z radością przyjmowałam jego uwagi. I nagle z mojej pamięci wychynęła prawdziwa ja.

Odwróciłam się i poszłam do domu, przeskakując przez patyczki i kamyki Darcy. W środku zaczęłam zbierać rzeczy dzieci, zauważając systematyczne stosiki Sama oraz charakterystyczny chaos Darcy. Pragnęłam sobie wyobrazić ich twarzyczki, ale za bardzo bym cierpiała, postanowiłam więc tego nie robić.

ŚMIETANA

Samotność dała mi się tak mocno we znaki, że pojechałam do mleczarni po znaczki. Chciałam też porozmawiać o lodach wiśniowo-waniliowych. Mimo że przestano je produkować, klienci wciąż o nie pytali.

Farma znajdowała się na polu, po którym hulał wiatr i z którego roztaczał się widok na jezioro. Dom i obora stały naprzeciwko siebie. Przycupnęły zbyt blisko niedawno poszerzonej i rozbudowanej drogi asfaltowej.

O tej porze roku panował przenikliwy chłód. W oborze, w której unosił się ciepły zapach krów, panował idealny porządek. Podłogi były zamiecione, rynienki oczyszczone, kanały przepłukane. Zainstalowano w niej nawet ogrzewanie podłogowe.

Obok wejścia do biura wisiał okrągły obraz. Podejrzewałam, że namalował go kilkanaście lat temu młody pan Daitch, będąc pod wpływem LSD. Obraz był skrzyżowaniem mandali, tak jak ją widzą amisze, i został namalowany pędzlem o podwójnym włosiu. Obraz wyglądał z daleka jak pstrokaty bohomaz, z bliska jednak ujrzałam tysiące mrówek, które maszerowały w półkolu wprost do wrót piekieł.

Choć młody pan Daitch był odludkiem i pilnie mnie unikał, pracował siedem dni w tygodniu, kiedy więc weszłam do biura, siedział przy biurku na wysokim drewnianym stołku. Ten milczący chudzielec zastygły bez ruchu przyprawiał mnie o dreszcze. Miałam ochotę go nastraszyć, żeby wykonał choć mimowolny ruch. Chciałam się przekonać, czy to w ogóle jest możliwe.

Przywitałam się z nim odrobinę za głośno. Powoli zwrócił głowę w moją stronę.

Pan Daitch był dla mnie zagadką jak większość mężczyzn. Będąc w szkole, nie przepadałam za zabawami z chłopcami, póki nie zaczęli mnie podrywać, a i wtedy wydawali się dziwni. Postanowiłam nie patrzeć na niego podczas rozmowy, żeby nie zbił mnie z pantałyku.

Spojrzał na nogi biurka, które znajdowały się w puszkach wypełnionych terpentyną. W czasie rozmowy o pracę dowiedziałam się od niego, że w taki oto sposób walczy z mrówkami, które są dużym problemem na terenie całego stanu Nowy Jork. Uwierzyłam mu, choć nigdy ich nie widziałam w oborze.

Pan Daitch wyciągnął szufladę, z której wyjął płachtę ze znaczkami.

– Zdaje się, że po to pani przyszła.

Podał mi formularz do podpisania i wysłania do Ginny. Znaczek na tę kopertę został już oznaczony na formularzu jako „korespondencja wewnętrzna", co było dość górnolotnym określeniem jak na przejście z obory do kuchni.

Podziękowałam mu i wygłosiłam swoją kwestię:

– Moim zdaniem nasi klienci pragną powrotu lodów wiśniowo-waniliowych.

Pan Daitch westchnął.

Czekałam na jego odpowiedź.

Taksował mnie wzrokiem. Czułam jego spojrzenie na moich butach, spodniach, fryzurze, którą sama sobie zrobiłam (okłamywałam się, że tylko nieco skróciłam grzywkę), moim płaszczu nieprzemakalnym, skrywającym fakt, że mam na sobie dwie znoszone koszulki.

Wciąż czekałam na odpowiedź, póki jego wzrok nie powędrował do krowy, która stanęła w drzwiach obory. Wycelowała kwadratowy, mokry nos w stronę jeziora.

– Mamy za dużo śmietany, może chce pani trochę? – wypalił nagle à propos niczego.

Przypomniałam sobie, że niektórych mężczyzn powinno się traktować jak leśne stwory. Wpatrywałam się nieruchomo w plamę na ścianie tuż obok pana Daitcha, lecz na tyle daleko, aby się nie zaniepokoił, że źrenice naszych oczu wejdą ze sobą w kontakt. Rozłożyłam przed sobą ręce, tak aby mógł je zobaczyć.

– Śmietana – powtórzyłam. – Czy jest pan pewien, że może mi pan trochę dać?

Nie odpowiedział na moje idiotyczne pytanie, tylko zeskoczył w bok ze stołka, jak pająk, który goni muchę. Zniknął w drzwiach od lodówki, po czym wynurzył się z niej z czterolitrowym słoikiem pełnym śmietany. Postawił słoik na biurku, najpierw uroczyście sprawdziwszy jego dno, czy aby nie przykleiły się do niego mrówki.

Podziękowałam mu. Byłam ciekawa, czy wrócimy do rozmowy o lodach wiśniowo-waniliowych; zastanawiałam się, jak mam go o nie zagaić, gdy znowu przemówił.

– Ludzie już nie znają smaku prawdziwej śmietany – rzekł ze smutkiem. – Kiedy żył mój dziadek, mroziliśmy zwykłą śmietanę, bez wanilii, z odrobiną cukru. Teraz ludzie się domagają, żeby wszystko było za słodkie i żeby się nie zepsuło. Środki stabilizujące, guma guar – prychnął z pogardą. – Ludzie utracili zmysł smaku.

Mój szef żył w swoim świecie. Nie byłam pewna, o co mu dokładnie chodziło, ale wiedziałam, że nie o mnie. O tym aspekcie męskiej psychiki dowiedziałam się od mojego byłego: to, że mężczyzna z tobą rozmawia, wcale nie znaczy, że się tobą interesuje.

Ponownie podziękowałam panu Daitchowi za śmietanę, zastanawiając się, czy nasza rozmowa dobiegła końca. Mogłam zachować się banalnie i dodać, że lubię moją pracę i że dobrze ją wykonuję, choć ani jedno, ani drugie nie było tak do końca prawdą. Skłamałabym, gdybym twierdziła, że odpisywanie na listy wymaga nadzwyczajnych zdolności. Wróciłam do głównego wątku rozmowy.

– Panie Daitch – ćwiczyłam tę kwestię w myślach kilka

razy – pańska matka opracowała jeden z najpopularniejszych smaków w hrabstwie. Nie wszyscy kochają wiśniową wanilię, lecz są i tacy, którzy przyjeżdżają aż z Onoontchewa, żeby skosztować wyrobów pańskiej matki. Czy mogę tchnąć w nich nadzieję, że ten smak kiedyś się powtórzy?

To była najdłuższa mowa, jaką kiedykolwiek wygłosiłam w życiu do młodego pana Daitcha. Nie mogłam złapać tchu.

Pan Daitch spojrzał na śmietanę, a następnie zwrócił twarz w stronę drewnianego okienka nad biurkiem. Jego wzrok spoczął na rzędzie pozbawionych liści wiśni, które rosły na skraju pastwiska.

– Gdy coś odchodzi – powiedział – to odchodzi na zawsze.

Następnie zajął się papierami leżącymi na biurku. Podziękowałam mu po raz trzeci za śmietanę, włożyłam do kieszeni znaczki i obiema dłońmi uniosłam z biurka ciężki słoik.

Po powrocie do domu sprawdziłam w Internecie, jak się robi masło. Przepis nakazywał, żeby osoba robiąca masło potrząsała ręcznie słojem ze śmietaną przez dokładnie czterdzieści siedem minut:

W żadnym razie nie używaj miksera. Następnie odlej serwatkę i dodaj do smaku sól.

Tak jakby kucharz mógł sam zjeść niezliczone kilogramy masła. Poszłam spać.

Nazajutrz rano nastawiłam minutnik w zegarze na czterdzieści siedem minut. Włączyłam muzykę zydeco* i z tak wielką energią wstrząsałam słojem ze śmietaną, że nie czułam już rąk. Próbowałam związać go sznurkiem i kiwałam między kolanami jak piłkę, co było niegłupie, pomijając ucisk na nerw z tyłu szyi. Wreszcie zaczęły się tworzyć kulki masła, i przy dwunastej piosence (która zagłuszała zegar) udało mi się przerobić całe cztery litry śmietany na masło.

Przelałam serwatkę, żeby z niej zrobić napój mleczny na śniadanie, gdybym przypadkiem chciała tak rozpocząć dzień. Lekko posoliłam masło, próbując go przed, po i w trakcie, i wstawiłam do lodówki. Założę się, że Vera Nabokov nigdy sama nie zrobiła masła.

Upiekłam w automacie chleb dla moich dzieci na popołudniową przekąskę: świeży chleb i świeże masło doskonale do siebie pasują. Wtedy przypomniało mi się, że dzieci wcale do mnie nie przyjadą, nie wysiądą z autobusu głodne i stęsknione za mamą.

Stałam pośrodku kuchni, a puste ramiona zwisały mi bezwładnie po bokach. Na ścianie głośno tykał zegar. Za pięć minut wybije dwunasta. Dzieci były jeszcze w szkole.

---

* Skoczna amerykańska muzyka ludowa z udziałem tradycyjnych instrumentów: akordeonu, skrzypiec, gitary. Grana na festynach i piknikach.

Pod wpływem impulsu włożyłam na głowę chustkę, w której wyglądałam jak miła mamusia, stare przedpotopowe majtki i oczywiście Spodnie, i tak wystrojona poszłam do szkoły podstawowej w Onkwedo.

Minąwszy cztery przecznice, weszłam do Elsie's Emporium po gazetę. Witrynę sklepu ozdabiały szare i zielone flagi, kolory Uniwersytetu Waindell. Elsie życzyła mi miłego dnia, na co zanuciłam melodyjnie z wzajemnością, jak to mają w zwyczaju miejscowi.

Po drodze do szkoły spojrzałam na pierwszą stronę „Onkwedo Clarion". Widniało na niej zdjęcie chłopców z uniwersyteckiej osady wioślarskiej, w szaro-zielonych koszulkach. Widocznie na całym bożym świecie nie wydarzyło się nic bardziej godnego uwagi miejscowych. Autor artykułu prosił czytelników, żeby przez najbliższy miesiąc śledzili doniesienia o sportowcach, informował również, że codziennie przedstawiać będzie „nową twarz osady".

W szkole, czekając, aż recepcjonistka skończy rozmawiać przez telefon, otworzyłam gazetę na części sportowej, żeby zobaczyć zdjęcie dzisiejszego wioślarza. Tim Jakiśtam był przystojnym młodzieńcem o mocno zarysowanych kościach policzkowych. Chwalił się, że jest w świetnej formie, pasjonował się grami wideo oraz spaniem. Wyrwałam stronę z informacją o nim i wsadziłam ją do torebki, głównie po to, żeby sprawić wrażenie, że jestem czymś mocno zajęta.

Kiedy recepcjonistka się rozłączyła, spytałam ją, czy mogę pomóc w opiece nad dziećmi w zerówce.

– Pani jest mamą Darcy? – W jej głosie usłyszałam niepewność. Może moje nazwisko figurowało na liście potencjalnych porywaczek dzieci? Wreszcie pokazała mi, gdzie jest klasa pani Contorini.

Nauczycielka zaczynała z dziećmi zajęcia z literki S. Dzieci musiały podrzeć czarny brystol, tak żeby powstał skunks, a następnie zamazać go na biało kredą. (Szkoły w Onkwedo traktują nożyczki jako potencjalną broń).

Darcy nie ucieszyła się na mój widok.

– Co tu robisz? – warknęła na mnie, jakbym ją zdemaskowała przed innymi dziećmi.

– Chcę się do czegoś przydać – odparłam.

– Przydasz się Coreyowi – pokazała mi chłopca, nadętego małego Hitlerka, któremu zwisały z nosa gile. – Jemu się przydasz.

Uśmiechnęłam się do pani Contorini, która odwzajemniła mi się najcieplejszym i najbardziej fałszywym grymasem zamiast uśmiechu.

– Czy pomogłaby pani Coreyowi? – spytała.

– Jasne. – Nie chciałam zarazić się od Coreya, ale byłam gotowa rwać z nim na strzępy czarny brystol po to tylko, żeby popatrzeć na moją córkę.

Darcy odwróciła się ode mnie swoim drobnym ciałkiem. Podałam Coreyowi pudełko z papierowymi chusteczkami, które obrzucił tępym spojrzeniem.

– Szkunks... – poinformował mnie – śmieldzi.

Było dla mnie jasne, że Corey uwielbia wszystko, co śmierdzi. Razem wyrwaliśmy ogon i łapy, on zaś pomazał skunksa kredą i pokolorował go w białe pasy. Ani razu nie sięgnął po chusteczkę i nie wytarł w nią nosa. Gdy pani Contorini zadzwoniła dzwoneczkiem, dając dzieciom sygnał do sprzątania, pomogłam im pozbierać z podłogi skrawki papieru.

Darcy stanęła na końcu, nie patrząc na mnie, z czarnym pudełeczkiem na obiad przy piersiach. Pozostałe dziewczynki stanęły w parach, Corey natomiast dołączył do rozdokazywanych chłopców. Darcy stała samotnie, wyróżniając się spośród innych dzieci urodą. Kolorowym spinaczem do papieru wpięła białe piórko w ciemne włosy.

Pani Contorini poprosiła dzieci, żeby mi podziękowały za pomoc, po czym pomaszerowała z nimi korytarzem.

Trzy razy myłam ręce, szorując je aż po same łokcie. Wyszłam z łazienki, niczego nie dotykając, i poszłam szukać Sama.

Jego koledzy i koleżanki wspinali się po sznurze w sali gimnastycznej. Nie sądziłam, że ta dyscyplina wciąż była uznawana przez szkoły podstawowe, lecz tu w Onkwedo niektóre podstawy programowe z lat sześćdziesiątych nic się nie zmieniły. Przez szybki w drzwiach zobaczyłam, że Sam przytrzymuje koledze sznur. Widząc jego pomarszczone czoło, domyśliłam się, że wcale się nie cieszy na swoją kolej.

Patrzyłam, jak te małe chudzinki wspinają się niczym małpki. Nawet dziewczynki nie miały problemu ze wspinaczką. Odeszłam od drzwi, żeby nikt z sali gimnastycznej mnie nie spostrzegł.

Wreszcie przyszła kolej na Sama. Wisiał piętnaście, może trzydzieści centymetrów nad ziemią. Dzielnie wciągał białymi rączkami w obcisłej koszulce swoje pulchne ciałko do góry, oddalając się od bezpiecznej podłogi. Obok niego stał nauczyciel, dodając mu otuchy i chroniąc przed natarczywością kolegów i koleżanek, stojących bez ruchu w różnych pozach i gapiących się na Sama w oczekiwaniu, kiedy spadnie.

Czułam, że zaraz pęknie mi z żalu serce, więc się odwróciłam i wybiegłam na oślep ze szkoły bocznym wyjściem.

Odrętwiała wróciłam do domu, w którym wszystko wydawało się obce. Zamknęłam za sobą drzwi, rozebrałam się i usiadłam w wannie. Rozpłakałam się. Nie wiem, dlaczego musiałam się rozebrać do naga, żeby się porządnie wypłakać. W tamtej chwili wydawało mi się to sensowne. Potem wzięłam koc i położyłam się pod nim na kanapie. Zabrałam się za lekturę *Babe'a Rutha*.

Podczas lektury myślałam, co tak naprawdę chciał nam przekazać autor powieści, w której wszystko wydawało się inne niż w rzeczywistości. Pisarz wiedział, że nawet w najbardziej trywialnych i radosnych okolicznościach czają się wstyd i obnażenie. Nie byłam pewna, czy Nabokov w ogóle wierzył w miłość, choć tak wiele miejsca jej poświęcił. Pisał też długie i pokrętne akapity usiane okropieństwami, przypominającymi odłamki szkła pod paznokciami.

Zastanawiałam się, jak to było, kiedy Nabokov mieszkał w tym domu. Wyglądał przez te same okna i zastanawiał się, czy zacznie padać, kiedy będzie szedł na wykład. Byłam ciekawa, czy Vera podała mu płaszcz odpowiedni do pogody, czy też zawiozła go okazałym oldsmobilem z roku tysiąc dziewięćset czterdziestego szóstego. Ciekawe, czy kiedykolwiek poszli razem na mecz, a jeśli tak, to dlaczego.

Wszystkie te pytania nie były ważne. Odpowiedzi, których nigdy nie poznam, też nie. Na szczęście jednak odrywały mnie od myśli o dzieciach i od nieznośnego bólu przeżywania życia bez nich u boku.

LUNCH

W połowie tygodnia zadzwoniła Margie.

– Po pierwsze zdechł Salomon. Po drugie przeczytałam powieść – oznajmiła.

– Przykro mi z powodu Salomona.

– Cóż, był stary. Miał trzynaście lat. Bill go znalazł w szopie, gdy był małym kotkiem.

– Masz jeszcze inne koty? – Nie przepadałam za zwierzętami domowymi, czułam jednak, że nie powinnam się tym dzielić z innymi. Poza tym cieszyłam się, że rozmawiam z agentką o powieści, choć tak naprawdę wcale o niej nie rozmawiałyśmy.

– Siedem. – Zakasłała. – I alergię, jak słychać. – Zamilkła, żeby złapać oddech. – Opowiedz mi coś o sobie.

Opowiedziałam jej o wszystkim: o dzieciach, które mieszkają u mojego eks, o pisaniu listów dla mleczarni, o ojcu. Przyznałam jej się nawet, że lubię gotować.

Nagle usłyszałam huk. Jak mi wyjaśniła Margie, jeden z jej kotów przewrócił niskokaloryczny napój crystal light o smaku wiśni.

– Może zjemy razem lunch? – zaproponowała.

– Z przyjemnością – odparłam, mając nadzieję, że euforia, którą poczułam, nie była za bardzo słyszalna w moim głosie. Obiło mi się o uszy, że agenci zapraszają swoich współpracowników na lunch. Marzyłam o pójściu do dobrej restauracji w Onkwedo z moją agentką, może do Bistro Moutarde? Choć właściwie miejsce nie miało dla mnie większego znaczenia.

– Trzynasta może być? – Margie nie czekała na odpowiedź. – Wpadnij do mnie. Bill powie ci, jak do nas trafić. – Po czym odłożyła słuchawkę.

Wyjęłam z szafy kilka rzeczy, żeby wybrać z nich te najbardziej stosowne do okazji. Włożyłam przeklęte Spodnie, zamszowe botki i pomarańczowy blezer w serek. Wyglądałam jak pracownica ekipy robót drogowych. Przy skrzynce na listy zamruczał silnik. Bill zatrąbił na mnie i dał mi wskazówki, jak trafić do ich domu na Lucy Lane.

– To niedaleko – powiedział. – Jakiś kilometr.

Przebierałam się jeszcze ze sześć razy. Na koniec wybrałam jedną z wersji tego samego stroju, z nieśmiertelnymi Spodniami rzecz jasna. Zrobiło się późno, zgłodniałam. Przed wyjściem nawet nie oglądnęłam się w lustrze. W wieku dwudziestu paru lat byłoby to nie do pomyślenia – wyjść, nie patrząc na siebie w lustrze. Dobiegając czterdziestki w Onkwedo, na tym modowym pustkowiu, pomyślałam, że mój wygląd i tak nie ma wielkiego znaczenia.

Margie i Bill mieszkali w białym parterowym domu, podobnie jak reszta onkwedończyków. Żółte ściany w środku, całość utrzymana w stylu country – wydawało się dość przytulnie. Podczas mojej pierwszej wizyty zwracałam jednak uwagę przede wszystkim na agentkę. Margie okazała się kobietą wysoką, posągową, jak gdyby dokładnie wymierzoną przed poczęciem. Jej ubiór wyglądał niczym zamówiony z najnowszego katalogu mody. Wszystkie elementy do siebie pasowały. Każda część jej ubioru miała ten sam brązowoszary odcień, jedynie materiały się od siebie różniły – niektóre puchate i miłe w dotyku, inne gładkie.

– Zapraszam. – Margie wzięła ode mnie kurtkę. – Jaka z ciebie słodka i drobna osóbka – rzekła.

Nigdy tak o sobie nie myślałam, ale stojąc obok Margie, mogłam taka być.

– Lubisz grillowany ser?

– Tak – wykrztusiłam i poszłam za Margie do kuchni, w której wszędzie stały popielniczki w kształcie kotów. Było ich około dwudziestu pięciu. Wiele z nich panoszyło się na półkach ściennych.

– Usiądź – powiedziała. Na lnianym obrusie zauważyłam wyszyte haftem krzyżykowym słowa, które przypominały grę w scrabble. Usiadłam, a Margie upiekła dla mnie tost na elektrycznym grillu. Nie pytając, czy mam ochotę na musztardę, hojnie posmarowała nią moją grzankę, czy raczej – trysnęła musztardą z butelki. Wszystko w jej kuchni mieściło się w plastikowych miękkich butelkach. Trysnęła odrobinę niby-masła na grill. – Zero kalorii – poinformowała. Zachodziłam w głowę, z czego może się składać masło bez kalorii – parafiny?

Margie położyła na stole kanapki i postawiła szklanki z crystal light w niebieskim kolorze, po czym usiadła. Po raz pierwszy uważnie się jej przyjrzałam. Była skończoną pięknością. Miała doskonale uformowane mięśnie twarzy. Widocznie wciąż się śmiała albo dużo mówiła, a może żuła gumę, bo wszystkie części jej twarzy stale unosiły się w górę.

Tosty z serem niewątpliwie przeszły ewolucję od czasu kanapek, które robiła mi do szkoły moja matka. Te tutaj wyglądały doskonale, tyle że zawierały nowe niejadalne składniki. Ser nazywał się soyarella. Margie posoliła kanapkę, ale ugryzła tylko kęs.

– Co sądzisz o prawniku?

Właśnie z trudem przełykałam kanapkę, więc tylko entuzjastycznie pokiwałam głową.

– Sam jest najinteligentniejszym facetem, jakiego znam. Przezywaliśmy go w szkole Summa, jak w *summa cum laude*. Zarobił na czesne korepetycjami i został przyjęty do Waindell, po czym okazało się, że ojciec Sama przepił jego pieniądze. Poszedł na uniwersytet państwowy.

Wciąż kiwałam głową. Soyarella posklejała mi zęby i usta.

– Jego ojciec był opojem, jedynym Żydem alkoholikiem, którego poznałam w życiu – ciągnęła.

Zastanowiłam się nad tym. Nie znałam akurat Żydów alkoholików, ale czemu miałoby ich nie być?

– Pokazywał ci zdjęcia swoich dzieciaków? – Margie zapytała mnie smętnie. – Kapitalne fąfle.

Zlizałam językiem sos sojowy z zębów.

– Poznałam jego asystenta, Maxa.

– Sam zatrudnia asystentów podobnych do siebie z młodości. Mądrych i zrównoważonych.

Przełknęłam połowę kanapki i popiłam napojem, który wyglądał jak środek do czyszczenia muszli klozetowych. Nie potrafiłam odgadnąć, jaki powinien mieć smak. Możliwe, że gumy do żucia.

– Byłam pod wrażeniem jego biura.

– Tak, to najlepszy adres w mieście – dodała Margie – trzy budynki od najgorętszej kociarni w Nowym Jorku.

Uśmiechnęłam się do niej. Nie miałam pojęcia, o czym mówi, a zwłaszcza – dlaczego to mówi, bardzo mi jednak zależało, żeby mnie polubiła.

Jeden z kotów zaczął tak mocno drzeć pazurami o drapak w kącie pokoju, że aż stanęły mi włoski na ramieniu.

– Spotykasz się z kimś? – rzuciła nagle Margie.

Potrząsnęłam przecząco głową. Nie wiedzieć czemu przełknęłam resztę kanapki.

– Z pewnością istnieje ktoś, kto jest ci przeznaczony – oznajmiła. – Ktoś fantastyczny. Wszechświat już go dla ciebie szykuje. – Potrząsnęła kostkami lodu w szklance. – Ale pomówmy o powieści.

Wstrzymałam oddech. Zdaniem Margie sceny miłosne były świetne, tak jak i opis miejsca akcji. (Nie wspomniała, że to może być Onkwedo, tyle że pod inną nazwą). Dialogi uznała za rewelacyjne.

– Ktokolwiek je napisał – a nie dowiemy się tego, póki Sotheby's nam nie powie – gość miał słuch absolutny. Cholerny, pieprzony geniusz.

– Co twoim zdaniem będzie z tą książką?

– Nigdy nie gdybam, kiedy mowa o pieniądzach – odparła

Margie. – Oszalałabym inaczej. – Odsunęła od siebie kanapkę i zapaliła papierosa. – Sęk w tym, że to historia o miłości i o baseballu w jednym. Koszmarna kombinacja.

Koty i ja przyglądaliśmy się, jak Margie puszczała kółka z dymu.

– Korona by mu z głowy nie spadła, gdyby wprowadził więcej akcji. – Margie zgasiła papierosa, którego dopiero co zapaliła, na talerzu z niedojedzoną kanapką. – Cóż, co się stało, to się nie odstanie.

Wokół jej nóg krążyły koty. Jeden z nich zjeżył się za krzesłem i popatrzył na mnie gniewnym wzrokiem. Wyprężył się i postawił ogon na sztorc, jakby był kotem wiedźmy. Byłam wdzięczna, że mnie na razie nie niepokoją, wiedziałam jednak, że niewiele czasu minie, gdy przypuszczą atak.

Wstałyśmy, a raczej najpierw wstała Margie, po niej ja. Uważnie taksowała mnie wzrokiem.

– Kiedy pojedziesz do Nowego Jorku na spotkanie ze starym Summą i ludźmi z Sotheby's, pożyczę ci sweter.

Nie była to najlepsza chwila, by jej wyznać, że od wełny dostaję wysypki. Pragnęłam wszystkiego, co Margie zechciałaby mi dać.

– Dziękuję. I bardzo dziękuję za obiad. – Nie mogłam uwierzyć, że moja wizyta dobiegła końca.

Okazało się jednak, że Margie poprowadziła mnie jeszcze przez salon, który wyglądał jak przyczepa, do dużego kwadratowego pokoju ze świetlikiem w dachu. Otworzyła drewniane ciężkie drzwi i wpuściła mnie do środka. Wszędzie wisiały lub stały półki z książkami, siedziska, fotele z występami po bokach oparcia, lampy do czytania oraz ogromne biurko.

– To mój gabinet – powiedziała. – Bill zbudował go za pieniądze, które zarobiłam na moim pierwszym wielkim przeboju.

– Co to było? – spytałam ostrożnie. Może powinnam była wiedzieć.

– Och, prawdziwy hit. Pewnie widziałaś ją w miękkich okładkach, pamiętnik pod tytułem *Jedzenie i spanie*.

W ogrodzie na drzewach wisiały karmniki, przez zamknięte okna słyszałam ćwierkanie ptaków.

– Trzymam koty na dworze. Inaczej oszalałyby w domu, próbując upolować ptaszyska – objaśniła Margie.

Nie zauważyłam w jej gabinecie popielniczek.

– Jak możesz pracować i nie palić? – zapytałam, nim sobie uświadomiłam, że to osobiste pytanie, Margie się jednak na mnie nie obraziła.

– Moje palenie ma wyłącznie związek z jedzeniem – odparła – i z kotami. Kocham je, ale nie znoszę ich zapachu.

Półki uginały się pod książkami. Na jednej ścianie grzbiety romansów połyskiwały wyłącznie różowością, złotem i purpurą. Na poduszkach leżących na krzesłach widniały jakieś haftowane słowa, na przykład *Francuski pocałunek* na czerwono. Ponieważ trochę się bałam kolejnych napisów, podziwiałam snop światła, który wpadał do pokoju.

– Dach nie przecieka – rzekła Margie z dumą. – Jak już Bill coś zbuduje, to nie ma fuszerki.

Czułam, że Margie i Bill są dla siebie stworzeni i że świetnie się rozumieją.

Intuicja podpowiadała mi, że powinnam się już pożegnać. Poszłam po kurtkę. Zauważyłam, że z mankietu zwisa długa nitka, którą Margie także spostrzegła.

– Wygląd jest bardzo ważny – powiedziała. Przyglądała mi się badawczo, jakby chcąc się przekonać, czy rozumiem, do czego pije. – Zwłaszcza w Nowym Jorku. Strój nie jest ważny, gdy się ma dwadzieścia lat. Młodość broni się bez względu na to, co na siebie włożysz.

Zamieniłam się w słuch.

– W starszym wieku bardzo ważne jest, żeby wyglądać na zamożnego człowieka, żeby inni odnieśli wrażenie, że nie zmarnowałaś czasu.

– Jeśli masz na myśli sweter... – zaczęłam.

Wyraźnie czekała na te słowa. Sięgnęła do szafy z tyłu i podała mi torbę z pralni. Koty zjeżyły się na szelest plastikowej torby.

– Bądź sobą, tylko tyle chcą zobaczyć.

– Czemu chcieliby mnie zobaczyć?

– Bo to ty znalazłaś manuskrypt. Jeśli potwierdzą jego autentyczność, muszą w tobie ujrzeć wiarygodną osobę, która rzeczywiście mogła odkryć coś tak cennego jak manuskrypt Nabokova. W zasadzie sprzedajesz im swój wizerunek.

Nie wiem, dlaczego jej słowa o tym, że jestem na sprzedaż, tak bardzo mnie uradowały. Gdy tylko dom Margie zniknął mi z pola widzenia, przeszłam w podskokach pozostałe pięćset metrów do mojego domu, ze swetrem w plastikowej torbie łopoczącym nad moim ramieniem jak tandetny latawiec.

INSPEKCJA

Postanowiłam produktywnie spędzić czas w domu. Niekiedy trzeba w tym celu trochę popracować, kiedy indziej wystarczy poczytać powieść lub nawet romans.

Nie ruszając się z kanapy, przeczytałam kilka bestsellerowych romansów od Margie. Każdy opowiadał historię dwojga ludzi, którym nie powinno było się udać, a mimo to żyli długo i szczęśliwie. Ich bohaterki, niemające nigdy wcześniej orgazmu, były młodsze, drobniejsze i biedniejsze od mężczyzn, którzy się z nimi kochali, przez co życie tych kobiet nabierało sensu. Gdyby to była prawda, mój eks i ja powinniśmy byli odnieść spektakularny sukces. Niektóre historie opowiadały o czymś w rodzaju wybawienia: oto bohaterka przechodziła ze stanu „przed" do stanu „po" (w sensie zaspokojenia seksualnego), i dalej, aż do najwyższego szczytowania, czyli zaangażowania oznaczającego małżeństwo. Ta propaganda z pasją godną lepszej sprawy odwoływała się do przegranych kobiet, jak kraj długi i szeroki: jeżeli nawet, owieczko, zbłądziłaś i opuściłaś swoją trzódkę, wciąż możesz pójść do nieba na plecach czy też na klacie przyzwoitego mężczyzny.

Lektura takich romansów wywołuje w czytelniczkach ochotę na czekoladę albo popieszczenie się z poduszką na kanapie.

Udało mi się zwalczyć oba te pragnienia.

Nagle zadzwonił mój były, jakbym go ściągnęła myślami. Zapytał, czy możemy się spotkać i wypić razem kawę w Horizon Inn. W romansach pary dzielą się ze sobą swoimi najskrytszymi myślami, uznałam jednak, że lepiej będzie, jeśli tego nie uczynię. Gdy zaczynał ze mną rozmowę, widać było, że miał ułożony w głowie cały plan, i słowa wychodzące z jego ust brzmiały bardziej jak oświadczenie niż zaproszenie do dyskusji.

– Kiedy chcesz się spotkać? – zagaiłam grzecznie.

– Jutro o dziewiątej rano.

Usłyszałam trzask odkładanej słuchawki sygnalizujący koniec rozmowy. Czy był ktoś w moim życiu, kto wiedział, jak należy prowadzić rozmowę telefoniczną?

Miałam przed sobą mnóstwo wolnego czasu, żeby się dowiedzieć, co też knuł mój eks. Postanowiłam o tym nie myśleć, póki się z nim nie spotkam. Wróciłam do czytania.

Wciąż leżałam na kanapie z książką w ręku (w środku ociekającej erotyzmem sceny stosunku), gdy zadzwonił dzwonek do drzwi. Na progu stał wysoki mężczyzna w kurtce z emblematami hrabstwa oraz papierami na podkładce do pisania z klipsem. Ponieważ wyrwał mnie ze świata baśni, pomyślałam, że może jest księciem albo przynajmniej gwiazdą rocka w przebraniu.

– Dzień dobry. Sąd rodzinny zlecił mi wykonanie inspekcji – rzekł przepraszającym tonem. W ujmujący sposób starał się nie patrzeć na mój strój, typowy nikt-mnie-nie-zobaczy- -szmaciany-strój. – Czy pani Barbara Barrett?

– Tak.

– Dziękuję. – Zapisał coś w swoich papierach. Mimo woli zadałam sobie pytanie, czy często miewał do czynienia z agresywnymi bądź naćpanymi ludźmi, niezdolnymi do złożenia podpisu. Podał mi dokument świadczący o tym, że inspekcja została zlecona przez sąd, a moja współpraca – uznana za „wskazaną".

– Zjem coś tylko i wrócę do pani za godzinę – powiedział, starając się nie zerkać nad moim ramieniem na panujący w środku bałagan i walające się książki. – Albo za dwie. Oto ich strona internetowa z najczęściej zadawanymi pytaniami.

– Dziękuję.

Po jego wyjściu sprawdziłam stronę i natknęłam się na fragmenty o odkurzaniu i astmie, biernym paleniu, prawdopodobieństwie występowania pożarów w brudnej kuchni w wyniku częstego smażenia oraz niebezpieczeństwach związanych z wdychaniem farb w sprayu.

Rzuciłam się w wir sprzątania i odkurzania. Schowałam w garażu zmywacze do paznokci i rozpuszczalniki. Zaczęłam nawet szorować piecyk, ale dałam sobie spokój. Pobiegłam za to do sklepu (tym razem szerokim łukiem ominęłam kolejkę do kasy dzikusa), gdzie pokupowałam różnokolorowe jogurty dla dzieci z zamiarem ułożenia ich w lodówce na górnej półce z jabłkami. W łazience zorganizowałam trzy stanowiska do mycia zębów z napisem: „Nitka do czyszczenia zębów jest twoją przyjaciółką". Wzięłam z mojej sypialni piżamkę Darcy i włożyłam jej pod poduszkę. Na koniec zabrałam się do książek – ułożyłam je w kształcie małego podnóżka i zarzuciłam na niego koc. Mój dom wyglądał na nieomal urządzony.

Kiedy wrócił inspektor, zauważyłam, że włożył na dłonie beżowe rękawiczki z zamszu. Otworzył lodówkę, z której wypadło kilka jabłek. Zdziwił się.

– Piekę szarlotki – wytłumaczyłam mu naprędce, zbierając z podłogi jabłka i ponownie wkładając je na półkę. Moje słowa brzmiały, jakbym się broniła przed potencjalnym atakiem.

– Nie lubię szarlotki – odparł ze smutkiem. – Nie smakują mi owoce na gorąco. – Mężczyzna rozciągnął swoje prawie dwa metry wzrostu, czym przypomniał mi, że wysocy ludzie mają przewagę nad niższymi, co jest jawną niesprawiedliwością.

– Proszę się rozejrzeć – namawiałam go – i spytać mnie o wszystko, o co pan chce.

Inspektor wziął do ręki zdjęcie przystojnego wioślarza, które wydarłam ze stron sportowych „Onkwedo Clarion". Nie wiem, jak to się stało, że zdjęcie leżało na stole w widocznym miejscu. Spojrzał na mnie pytająco.

– Prowadzę album z wycinkami – wyjaśniłam.

– Zupełnie jak moja siostra – odłożył zdjęcie. Pod trzema warstwami, które miałam na sobie, żeby nie włączać ogrzewania, spływały mi po ciele strużki potu.

W poczuciu dobrze spełnianego obowiązku inspektor

przechadzał się po moim domu. Podziwiał książki kucharskie Sama. Wziął do ręki antyczną srebrną ramkę z jego zdjęciem.

– Ma grube kości – orzekł. – Tak jak ja. Byłem taki sam. Uwielbiałem jeść.

W pokoju Darcy na jednej ze ścian moja córka ponaklejała strony z kolorowych magazynów z reklamami perfum o ostrym i cierpkim zapachu. Nazywała ją ścianą zapachu.

– Ile ma lat? – zagadnął inspektor.

– Pięć.

Mężczyzna zatrzymał się na progu mojej sypialni i zajrzał do środka.

– Dobrze to wygląda – rzekł. Oboje wiedzieliśmy, że miał na myśli nie „dobrze", lecz „pusto".

– Dziękuję – odparłam.

– A gdzie ma pani telewizor? – spytał, wyraźnie akcentując głoskę „t".

– Odkładam pieniądzę, żeby go kupić – pokazałam mu słoik pełen monet na niskim kredensie.

– Aha – powiedział. Chyba jednak go nie przekonałam, bo zanotował coś na tabliczce.

– Czy mogę o coś spytać?

– Oczywiście – odparł, nie podnosząc na mnie wzroku.

– Kto poprosił o przeprowadzenie inspekcji? – Patrzyłam, jak mężczyzna przestępuje z nogi na nogę. Nigdy wcześniej nie widziałam, żeby ktoś tak szurał nogami, najpierw jedną, potem drugą.

– Decyzja wyszła od rodzica, który jest prawnym opiekunem dzieci.

– Rozumiem, dziękuję – wymamrotałam. – Czy chce pan zajrzeć do zmywarki?

– Nie ma takiej potrzeby.

Mężczyzna opuścił mój dom z wyraźną ulgą, że znalazł się na zewnątrz. Jego szerokie bary skierowały się do samochodu marki Lincoln Town, który pamiętał lepsze dni.

– Miłego wieczoru! – zawołałam do niego.

Pomachał mi dłonią w rękawiczce, nie odwracając się więcej w moją stronę.

DWIE SPRAWY

W drodze do Horizon Inn przypomniałam sobie, jak skrupulatnie mój eks wybierał zawsze miejsce spotkania. Mieszkańcy Onkwedo nie jadają w Horizon Inn poza weekendami, kiedy można w ramach bufetu zjeść tyle, ile się chce, za pięć dolarów. Ponieważ był środek tygodnia, podejrzewałam, że mój eks wybrał to miejsce, bo nie chciał, żeby ktokolwiek ze znajomych zobaczył nas razem.

W restauracji było tak ciemno, że pewnie dawałoby się tam uprawiać pieczarki. Usiadłam przy kasztanowym stoliku z widokiem na drzwi, w prawie pustej sali udającej leśną. Podniosłam brudną łyżkę i wytarłam ją w twardą zieloną serwetkę. Miałam nadzieję, że może mój eks i Irene chcieli mieć więcej czasu dla siebie i postanowili mi częściej podrzucać dzieci. Uśmiechnęłam się do swojego odbicia w łyżce.

W tym momencie wparował mój eks i usiadł naprzeciwko mnie, rzucając na środek stołu „Onkwedo Clarion". Na pierwszej stronie zobaczyłam zdjęcie innego wioślarza o mocno zarysowanych kościach.

– Kawy? – zapytał.

Dobrze wiedziałam, że jeśli mój eks zapraszał mnie na kawę, to oznaczało to kawę, nie zaś kawę i ciasteczko duńskie z nadzieniem, ani tym bardziej kawę, ciasteczko i seks w pokoju na górze.

Przyniósł nam dwie kawy z baru samoobsługowego – nie chciał tracić nawet pół minuty na czekanie, aż stuczterdziestokilogramowa kelnerka podejdzie do nas z zamówieniem. Mimo to kobieta odwróciła się i pomachała do niego, wołając:

– Hej, John. Jak leci?

No właśnie. John. Tak miał na imię.

Na okoliczność naszego spotkania pomalowałam rzęsy tuszem i schowałam do zielonej zamszowej torebki kostkę czekolady z zapasów Sama. Magazynował ją na Halloween. Starałam się tak oddychać, żeby nie poczuć zapachu mojego eks. Bałam się, że gdy tylko go poczuję, zrobię dla niego wszystko. Miał delikatny, lecz naprawdę zniewalający zapach.

John postawił przede mną kawę i przysunął w moją stronę dzbanuszek z mlekiem.

– Czego chcesz? – spytałam.

Nie było to zbyt grzeczne pytanie, jednak to zignorował.

Zaczął mi wyłuszczać, jak dobrze mu się ostatnio wiedzie: czym się zajmuje i w ogóle. Emerytura najwyraźniej mu służyła. Subaru chciało od niego kupić jeden z jego gumowych wynalazków. Zauważyłam, że stracił w obwodzie ze dwa centymetry.

– Darcy... – zawahał się, jakby nie wiedząc, ile mi może o niej opowiedzieć.

Czekałam. Przez chwilę ogarnęła mnie szalona myśl, że mój eks chce, bym do niego wróciła.

Nadal czekałam. Kawa nia miała żadnego smaku.

– Jak sobie radzisz? – W końcu zmienił temat.

Nie miałam pojęcia, co ma na myśli. Czy sobie radzę finansowo? (Nie). Czy poznałam nowych ludzi? (Nie). Czy mój samochód jeszcze zipie? (Ledwo). Straciłam dzieci, więc jak mój eks mógł myśleć, że sobie bez nich radzę?

W jego towarzystwie zawsze traciłam grunt pod nogami. Już mnie zagonił w kozi róg i zaraz znów zdobędzie punkt, nie wiedziałam tylko jeszcze jakiego rodzaju. Zawrzała we mnie krew. Wszystkie zapachy z sali – zjełczałe gofry, skorupki od jaj, szampon do wykładziny, tłuszcze – pędziły jak opętane przez moje nozdrza.

– Będę sobie radzić, jeśli moje dzieci będą szczęśliwe – odparłam i dla kurażu upiłam potężny łyk obrzydliwej kawy. – A nie są. Tęsknią za mną. Nic im nie zastąpi czasu spędzonego z matką. Najcenniejszego czasu – syknęłam mu prosto w jego gładkie oblicze. – Całe i pełne tygodnie.

Eks miał pusty wzrok i tępy wyraz twarzy. Mówiłam jak najęta.

– Dzieci powinny być ze mną. Dla reszty świata mój czas nie ma żadnego znaczenia. A to jest właśnie to, co podarował mi ojciec – czas. Dzięki temu wiem, w jaki sposób robił różne zwykłe rzeczy, a wiem, bo spędzałam z nim czas.

Odstawiłam filiżankę.

– Robił mi kanapki z pumpernikla z białym serem i szczypiorkiem – ciągnęłam.

Rozlałam kawę na obrus i próbowałam zetrzeć plamę nawoskowaną serwetką.

– Pastował nam buty.

John odsunął się, żeby kawa nie kapała mu na spodnie.

– Jeździł nabrzeżem, żeby nie wpadać w korki.

Gazeta Johna nasiąkła kawą, a twarz wioślarza osady Waindell zabarwiła się na brązowo.

– Śpiewał mi piosenki na dobranoc.

John trzymał nad kolanem serwetkę jak tarczę.

– Otwierał żaluzje, żeby popatrzeć na księżyc.

– Barb, to koniec, przeszłość już nie wróci. Nie jesteś już dzieckiem. – John podniósł ze stołu wilgotną gazetę, a kelnerka zgrabnie wyrwała mu ją z rąk. Wytarła stół i nalała nam kawy.

– Mamy ciasteczka duńskie z serem – rzuciła na odchodnym.

– Niczego się nie bał, nawet śmierci.

John potrząsnął głową.

– Córeczka tatusia.

Ojciec nie nienawidził ludzi tak, jak ja ich nienawidzę. Siedziałam z filiżanką ohydnej lury i nienawidziłam Johna. Ojciec nie zawracał sobie głowy takimi ludźmi jak on. Czułam, jak napełniam nienawiścią wielki balon nad swoją głową, balon w kolorze leśnej zieleni. Puściłam go i pozwoliłam, żeby się uniósł nad zatłuszczonym sufitem.

Z jednej strony chciałam stamtąd uciec, z drugiej zaś marzyłam o ciasteczku, chcąc nim zagryźć ohydny smak kawy. Zawsze tak się czułam w towarzystwie Johna. Nigdy nie dostanę tego, czego chcę, nawet gdyby chodziło mi tylko o ciastko.

– O czym ty chcesz właściwie rozmawiać? – spytałam. – Po prostu mi powiedz.

– Są dwie sprawy. – John sączył kawę, trzymając z dala od mokrego stołu mankiety koszuli. – Mam psa.

Skinęłam głową. Informacja o psie nie była celem spotkania przy kawie, tego byłam pewna. Chodziło o coś innego.

– Nie lubisz psów – dodał.

Jak zawsze miał rację.

– Zawsze chciałem mieć psa i wreszcie go sobie kupiłem. Dzięki niemu Sam będzie miał trochę ruchu. I będzie towarzyszył ojcu Irene.

– Jak to? – Poczułam dreszcz strachu.

– W przyszłym miesiącu przeprowadzam się z dziećmi do ich domu w Oneoncie. Dzieciaki będą miały akurat wtedy przerwę i po Święcie Dziękczynienia pójdą do nowych szkół.

Nie odrywałam od niego wzroku. Zgodnie z umową sądową John miał obowiązek powiadamiać mnie o wszelkich zmianach dotyczących dzieci z dwutygodniowym wyprzedzeniem. To była jedyna rzecz wywalczona przez mojego żałosnego adwokata wyznaczonego z urzędu. I tak miałam wrażenie, że sędzia ustąpił w tym punkcie wyłącznie z litości dla mnie. Zgodnie z planem Johna spotkaliśmy się czternastego dnia przed ich wyjazdem. Nawet nie musiałam sprawdzać w kalendarzu daty. Nie miałam wątpliwości, że skrupulatnie przestrzegał zasad.

– Codzienne dojazdy do pracy wykańczają Irene. Opiekuje się ojcem w jednym miasteczku, podczas gdy jej rodzina mieszka w drugim.

– Moja rodzina – powiedziałam. – Dzieci są moją rodziną.

Rozpłakałam się. Wyjęłam z torby chusteczkę taty. Na Boże Narodzenie dawałam mu w prezencie chusteczki, a po jego śmierci matka mi je oddała. Wydmuchałam nos.

– Oneonta jest za daleko – oświadczyłam. – Mój samochód nie pokona takiej trasy. Będę jeszcze rzadziej je widywała.

John wbił wzrok w czekoladową dynię, która pojawiła się na stoliku. Wypadła z torebki, gdy wyjmowałam chusteczkę.

– Pozwalasz Samowi jeść słodycze?

Rozwinęłam złotko i wepchnęłam sobie czekoladkę do ust. Nie miałam pojęcia, że tak może wyglądać życie dorosłych. Nie sądziłam, że może polegać na piciu wstrętnej lury z ludźmi, którzy cię nie kochają, którzy mają cię w nosie i z którymi musisz o wszystko się kłócić. Tymczasem moje życie w dziewięćdziesięciu procentach takie właśnie było.

Czekolada i łzy pasują do siebie. Chodzi o sól. Smak gorzkiej czekolady i słodycz cukru nie równoważą się nawzajem. Zmienia to dodatek soli.

Spojrzałam na Johna. Ponieważ nie byłam w stanie mówić, nie mogłam go nawet uderzyć, nie wiedziałam, co dalej począć. Myślałam, że czeka, aż mu odpowiem. Dopiero po chwili zorientowałam się, że czeka na rachunek. Zanurkowałam do torebki po pięciodolarowy banknot i położyłam go na stole. Gapiłam się na filiżankę. Jeszcze nigdy w moim prawie czterdziestoletnim życiu nie pragnęłam tak bardzo oblać kogoś kawą. Ale straciłam okazję, bo najpierw ją rozlałam, potem wypiłam i teraz nie miałam już czym.

John wyjął z kieszeni portfel i znowu go do niej włożył.

Wstałam. Zbiegłam w moich nieelastycznych Spodniach w dół z miejsca, do którego się wdrapały, i zwiałam z Horizon Inn.

John zaparkował swojego lśniącego SUV-a obok mojego rozlatującego się auta, przez co wydawało się jeszcze mniejsze. A może by tak przejechać kluczykiem po jego świeżo pomalowanej błyszczącej masce?

Nie zrobiłam tego.

W samochodzie Johna szczekał pies. Nie wiedziałam, czy jego ujadanie oznaczało daj-mi-trochę-czekolady, czy raczej w-tej-chwili-się-stąd-wynoś.

Kompletnie zdrętwiała mi dłoń. Po omacku poszukałam

kluczyków i doszłam do samochodu. Po chwili znalazłam ten właściwy, mimo że wydawał się zbyt duży, żeby zmieścić się w maleńkiej dziurce, wcisnęłam go i przekręciłam stacyjkę. Silnik od razu zapalił.

Zamknęłam oczy, myśląc, co mam teraz zrobić.

John zastukał w szybę. Spuściłam ją.

– Masz za mało powietrza w oponach – powiedział.

Skinęłam głową. To prawda, że miały mało powietrza, były miękkie i sflaczałe. John ukucnął przy swojej oponie i nacisnął ją kciukiem.

Znowu usłyszałam, jak jego pies nisko, głęboko ujada. Miałam nadzieję, że mu przegryzie tętnicę szyjną.

Wcisnęłam pedał gazu, lewą nogą naciskając na hamulec. We wstecznym lusterku zobaczyłam dwa ślady po oponach, które zostawiłam przy samochodzie Johna, i jego rozzłoszczoną twarz. John nie znosił, jak prowadziłam. W jego aucie podskakiwał łeb psa, jak mi się zdawało, wielkości głowy niedźwiedzia.

Nie pamiętam, co było potem. Wyparłam z pamięci następne piętnaście albo dwadzieścia minut. Popadłam w stan kompletnej amnezji.

Oprzytomniałam dopiero przy ladzie w sklepie Good Times. Właśnie kupowałam dżinsy za siedemdziesiąt dolców.

Miałam w dłoni kartę kredytową i pocztówkę z Babe'em Ruthem, którą zapewne zwędziłam z księgarni. Na zdjęciu z bliska ujrzałam jego wielką mięsistą twarz. Wydawał się zastanawiać „I co teraz, kurwa, dalej robić?".

SPODNIE NA DOBRE CZASY

W domu, wciąż w stanie szoku, włożyłam dżinsy. Cud sprawił, że leżały na mnie jak ulał. A może to jednak wcale nie był cud, tylko je przymierzyłam w Good Times? Miałam w głowie dziurę. Mój tyłek wyglądał w nich najwyżej na trzydzieści pięć lat, a nawet na trzydzieści dwa.

Przykleiłam na ścianie obok komputera kartkę ze zdjęciem Babe'a Rutha.

Zza chmur wychynęło słońce (co rzadko się ostatnimi czasy zdarzało), oblewając wierzchołki sosen srebrną poświatą. Wybrałam się w moich nowych dżinsach na obchód ogrodu wzdłuż jego nieregularnej granicy. Szłam i szeleściłam nieobciętymi metkami przy kieszeniach spodni. Jak na złość przy każdym okrążeniu do siatki dopadał z wściekłym ujadaniem terier sąsiadów. Widać miał wyjątkowo rozwinięty instynkt terytorialny. Rozmyślałam o tym, jak mój ojciec spokojnie i systematycznie pracował przez całe swoje długie życie, kiedy się nie bawił. W jego działaniach przejawiały się absolutna harmonia i całkowite skupienie. Zawsze ilekroć na niego patrzyłam, wiedziałam, że robi dokładnie to, co miał zamiar robić w danej chwili. Malował ganek, czytał o wydarzeniach politycznych w „New York Timesie" albo zjadał małą kiść ulubionych winogron Concord.

Dlaczego tutaj jestem, pomyślałam. Dlaczego właśnie tu?

Nie umiałam odpowiedzieć na to pytanie. Przerażała mnie myśl, że mam wejść do domu, który zamiast być miejscem dla ludzi, rodziny, par, matek z dziećmi, zionął pustką. Wpadłam do środka, chwyciłam rachunki z mleczarni oraz pojemnik z masłem i przeszłam sześć przecznic do domu Ginny.

Potargana i spocona stanęłam w jej progu.

– Przyniosłam ci rachunki i masło – powiedziałam.

Stałyśmy w przedsionku, w którym nie było śladu po błocie, i całe szczęście, bo przedsionek był wyłożony beżową wykładziną. Mokra od potu koszula Ginny i jej zużyte spodnie z troczkami wyraźnie kontrastowały z nieskazitelną czystością jej domu.

– Masz fajne dżinsy – zauważyła. – Wyglądają na nowe.

Dopiero wtedy spostrzegłam, że nie odcięłam metek. Zerwałam je.

– Nie będziesz już mogła ich zwrócić – rzekła.

Usłyszałam pomrukiwanie telewizora.

– Czy twój mąż jest w domu? – spytałam. Ginna miała przystojnego i wysokiego męża, o miłej barwie głosu.

– Masz na myśli Marka? – Powiedziała to takim tonem, jakby ukrywała przed światem jeszcze jednego męża. – Nie wiem, gdzie jest.

Zaniepokoiłam się tym odrobinę, ale nie byłyśmy na tyle bliskimi koleżankami, żeby drążyć temat.

– Młody pan Daitch dał mi śmietanę, z której zrobiłam masło.

– Jak ci się to udało? – spytała. Zanim zdążyłam cokolwiek odrzec, dodała: – Nieważne, i tak nie znoszę gotować.

Podałam jej pół litra masła.

– Najlepiej będzie, jeśli je od razu wstawisz do lodówki.

Stałam zagubiona, nie wiedząc, czy Ginna zaprosi mnie do środka, czy nie. Zastanawiałam się, czy w ogóle jestem w stanie znieść obce towarzystwo. Wtem z jej domu powiał jeszcze większy chłód, niż panował na zewnątrz

– To do zobaczenia za tydzień – pożegnałam się.

– Może masz ochotę wstąpić na herbatę? – Spóźniła się z zaproszeniem dosłownie o sekundę i obie o tym wiedziałyśmy.

– Dziękuję, ale muszę już wracać – odparłam, choć nie miałam najmniejszego powodu wracać do domu.

– Weź sobie parę bułek. Mamy ich tyle, że nie dajemy rady ich przejeść. – Mark zajmował się rozwożeniem chleba do piekarń. – Mówiłam ci, że nie wiem, o której Mark wróci do domu, zresztą zawsze je na mieście.

– Nie brakuje ci go?

Ginna wzruszyła ramionami.

– Przyzwyczaiłam się. Zresztą nawet kiedy jest w domu, prawie ze sobą nie rozmawiamy. – Włożyła bułki do torby.

– A gdzie twój syn?

– W szkole. – W głosie Ginny usłyszałam zdziwienie. Powinnam była przecież wiedzieć, skoro jestem matką, że o tej porze dzieci są w szkole.

– Dziękuję za bułki.

Ginna zamknęła za mną drzwi, gdy tylko się odwróciłam. Obie poczułyśmy ulgę, że nasze spotkanie dobiegło końca.

Zaglądałam właśnie do lodówki, deliberując nad tym, na jakie śniadanie mam dzisiaj ochotę. Zastanawiałam się, czy czerstwe bułki pasują do świeżego domowego masła, gdy zadzwonił prawnik z Nowego Jorku. Jego asystent Max połączył go ze mną.

– Możliwe, że Vladimir Nabokov jest autorem powieści – oświadczył bez zbędnych wstępów. Był podekscytowany. – Według ekspertów z Sotheby's prawdopodobieństwo autentyczności jest wysokie. Chcą się z nami spotkać u mnie w biurze. – W jego głosie pobrzmiewało zadowolenie, że przedstawiciele znanego domu aukcyjnego złożą mu wizytę. – Oczywiście chcą przed spotkaniem zobaczyć oryginał. – Nagle zmienił ton i krzyknął coś o „pieprzonym oświadczeniu pod przysięgą Goldsmitha". Zorientowałam się, że rozmawia z kimś na drugiej linii. Po chwili, jak gdyby nigdy nic, wrócił do naszej rozmowy. – Najciekawsze wydaje mi się ich pytanie, czy byłabyś zainteresowana sprzedażą manuskryptu przed oficjalną certyfikacją.

– Dlaczego?

– Z naszego punktu widzenia, jeśli Nabokov rzeczywiście jest autorem manuskryptu, unikniesz kosztownych pozwów, które będą chciały podważyć twoje prawo własności. Sotheby's weźmie na siebie pełną odpowiedzialność. – Oczywiście prawnik miał świadomość, że nie było mnie stać na kosztowny proces, a nawet na złożenie pozwu po obniżonej cenie kosztów. – Z drugiej strony, jeśli manuskrypt jest falsyfikatem, to w zasadzie nie przedstawia żadnej wartości i wtedy stracimy jakąkolwiek szansę na honorarium.

Prawdopodobnie jako prawnik znał więcej synonimów słowa „forsa" niż ja.

– Ale czy go wtedy wydadzą? – zapytałam.

– Niech cię o to głowa nie boli. Już nie ty będziesz się tym zajmować. Chodzi mi o to, że masz szansę na wyrwanie trochę kasy. Może powinnaś z tego skorzystać. – Znowu usłyszałam, jak mój rozmówca przekazuje Maxowi instrukcje w sprawie Goldsmitha. – Oczywiście możesz zaryzykować, że manuskrypt jest autentyczny i twoje prawo własności nie zostanie podważone. Wtedy zarobisz krocie. Kupisz sobie nowe buty, a nawet, do cholery, nowy dom! – Ta perspektywa wyraźnie go uradowała. Chyba zapomniał, że mam już dom. – Jeszcze Max ma ci coś do powiedzenia.

Czekając na linii, zastanawiałam się, o jakiej sumie rozmawiamy. Jeśli prawnik myślał o domu na przedmieściach, gdzie sam mieszkał z rodziną, to istotnie, w grę wchodziła góra pieniędzy. Bez przerwy myślałam o pieniądzach – albo starałam się myśleć, co naprawdę dla mnie znaczą. Mogłam za nie naprawić samochód, wymienić garderobę, delektować się tajskimi potrawami w Tajlandii. Co tak naprawdę znaczyły pieniądze? Czy miałyby jakikolwiek wpływ na bieg wydarzeń w moim życiu? Nie mając przy sobie dzieci, na co bym wydawała forsę? Na zabiegi u kosmetyczki? Na pierwsze wydania książek, których nie przeczytam, gdyż samo ich otwarcie pogorszyłoby ich stan? Na prywatne lekcje u mistrza kuchni? Na terapię z life coachem? Nie mogłam sobie wyobrazić sytuacji, w której mam pieniądze i nie mam przy sobie dzieci. Jakiż byłby w tym sens?

Kiedy Max podszedł do telefonu, oznajmiłam:

– Wierzę, że manuskrypt jest oryginalny, że Vladimir Nabokov napisał powieść i zostawił ją w moim domu. – Czułam, że Max pilnie mi się przysłuchuje. – Nie chcę go teraz sprzedać. Zaryzykuję. Nie chcę zrezygnować.

Max nie skomentował moich słów, tylko mnie pouczył, jak mam zabezpieczyć przesyłkę fiszek i manuskryptu. Poinformował, że ich analiza potrwa kilkanaście dni. Ustaliliśmy datę spotkania w pierwszy dzień roboczy po wyprowadzce moich dzieci z Onkwedo. Na koniec obwieścił, że na spotkaniu będą przedstawiciele mediów, którzy ocenią moje TVQ. Miałam bardzo mgliste pojęcie, co to znaczy. Chodziło mniej więcej o to, jak wypadnę w telewizji, czyli o bzdurne ciuchy. Byłam koszmarnym beztalenciem, jeśli chodzi o autoprezentację. Tuż po byciu żoną.

OSTATNIA WIZYTA

Przez następne dwa tygodnie przeżywałam prawdziwe katusze. John ofiarował mi bonus w postaci dodatkowej wizyty dzieci, zanim się wyprowadzą z miasteczka, pod warunkiem że przyjadę po nie na mecz hokejowy Sama. Wlałam do baku potężny haust ropy i bezskutecznie próbowałam napompować opony pompką do roweru mego syna.

Do lodowiska był spory kawał drogi, mocno więc wciskałam pedał gazu. Musiałam pamiętać, żeby często dolewać oleju po drodze. Nie chciałam się spóźnić.

John poddał Sama ostremu reżimowi ćwiczeń i diety, ponieważ martwił się jego nadwagą. Od kiedy wyprowadziłam się z domu, mój mały pulchny chłopczyk zamienił się w grubaska. Długo myślałam, że z czasem z tego wyrośnie i jego waga wyrówna się w stosunku do wzrostu, jednak tak się nie stało. Ponieważ John jest człowiekiem czynu, ćwiczenia fizyczne Sama stały się jego nową obsesją. Pod koniec swojego monologu odniósł się do nadwagi naszego syna: otóż jego zdaniem Sam stał się „grubaskiem" i dlatego musi zacząć ostro ćwiczyć. „Na pewno nie wdał się w moją rodzinę", zakpił. Zakazał mi podawania mu węglowodanów i opisał, jak powinien wyglądać jego idealny obiad do szkoły. Do pojemnika mam mianowicie włożyć indyka pokrojonego w plastry, korniszonka oraz marchewki. Dawno przestałam się odzywać, ale wątpię, żeby zauważył.

Im dłużej o tym wszystkim rozmyślałam, tym silniejszą

miałam chęć rozjechać mojego eks. Z całej siły wdepnęłam pedał gazu, jakbym właśnie wpadła w obłęd. Niedaleko lodowiska minęłam policjanta, który wlepiał komuś mandat. Jego szerokie plecy w czarnym mundurze patrzyły na mnie wilkiem, gdy przelatywałam obok niczym błyskawica. Gdy nagle mój samochód zaklekotał, zwolniłam do przepisowych stu kilometrów na godzinę. Ciekawe, jakim kierowcą był Nabokov. Widziałam na zdjęciach, że pisywał w samochodzie. Czyżby to znaczyło, że prowadził? Jeśli tak, to czy trzymał się przepisów, czy jechał wolniej, niż na to zezwalały? Szczerze w to wątpiłam.

Dojechawszy na miejsce, postanowiłam wtopić się w tłum innych matek i porozmawiać z nimi o naszych synach. Niestety, żadnej z nich nie rozpoznałam. Nad moją głową rozprawiały o ofensywnej „wojnie błyskawicznej", czyli strategii wymyślonej przez trenera.

Sam grał na obronie. Kręcił kółka, podnosząc na zmianę nogi w łyżwach. Wyglądał niemal tak samo jak inni chłopcy – wszyscy mieli na sobie ochraniacze i puchówki – lecz jego niebieska bluza bardziej go opinała, a łyżwy wydawały się zbyt małe, żeby utrzymać ciężar ciała. Wyglądał, jakby słuchał walca Schuberta, który rozbrzmiewał w jego kasku. Mój syn był czarujący i spokojny jak byczek Fernando.

Otaczające mnie tłumnie matki znały imiona wszystkich małych zawodników. Dopiero gdy zaczęły buczeć na dzieci w niebieskich strojach, w tym na Sama, zorientowałam się, że przez pomyłkę usiadłam wśród matek drużyny rywali. Znalazłam się na terytorium wroga.

Kilka rzędów bliżej boiska dostrzegłam Ginnę, księgową i moją koleżankę z pracy. Usiadłam obok niej na zimnej ławce. Uśmiechnęłyśmy się do siebie. Jej syn był bramkarzem w drużynie Sama i jak na razie wpuścił siedem goli.

– Używaj kolan, Ronaldzie! – krzyczała do niego Ginna.

Rywalizująca drużyna przemknęła obok Sama, który powoli kręcił piruety, i wbiła do siatki naszych chłopców tuż obok kolan Ronalda krążek, miażdżąc ich tym samym wynikiem osiem do zera. Po drugiej rundzie nasza drużyna zjeżdżała z nietęgimi minami z lodowiska, w tym Sam za Ronaldem.

Ginna odwróciła się do mnie i zapytała mnie sarkastycznie, udając, że jest miła:

– Czy Sam pierwszy raz gra w hokeja?

Przeprosiłam ją i kupiłam na straganie pączka, który był czerstwy jak wszystkie pączki kupowane po południu. Zjadłam go i strząsnęłam z kurtki lukier. Myślałam w duchu, że chciałabym tu mieć koleżankę, mamę, z którą bym siedziała, a nie zapaloną kibickę. Kogoś, kto tu przyszedł wyłącznie dla swojego dziecka grającego na lodzie. Kogoś, dla kogo zwycięstwo miało drugorzędne znaczenie. Kogoś takiego jak ja.

Wznowiono mecz, wróciłam więc i stanęłam samotnie przy trybunach. Naprzeciwko mnie zobaczyłam Johna, który krzyczał: – Uważaj Sam! – Obok niego stała kobieta łudząco podobna do Irene. Mój mózg z całych sił wypierał fakt, że to była ona. Między nimi w futrzanej czapce i w mufce wcisnęła się Darcy. Nie widzieli mnie.

Kiedy ponosimy klęskę w miłości, bardzo trudno jest uwierzyć, że to nie z naszej winy, że byłoby inaczej, gdybyśmy byli bardziej tolerancyjni, milsi, bardziej się starali, schudli trzy, może pięć kilo.

Jedyne, co mnie pocieszało, to myśl, że John sądził podobnie. Ale skoro znalazł sobie tak szybko nową partnerkę i wyraźnie między nimi iskrzyło, zrozumiałam, że nigdy tak nie myślał.

Poczułam się o rok starsza w porównaniu z tą Barbarą, która wchodziła na lodowisko, może o dwa lata starsza, jakby czas płynął tu szybciej, przybliżając mnie ku śmierci. Być może miałam takie wrażenie wskutek dotkliwego poczucia wyobcowania lub rozpaczy wynikającej z tego, że Sam przegrywał na oczach wszystkich, choć chyba tylko ja jedna zupełnie o to nie dbałam, w najmniejszym stopniu nie zależało mi na wynikach sportowych.

Żeby poprawić sobie humor, pomyślałam o mojej agentce. Była szczęśliwa w małżeństwie, miała udane życie zawodowe, piękne biuro pełne poduszek, na których wyszywała rozmaite słowa. Przypomniałam sobie, że kiedyś miałam w Nowym Jorku przyjaciół i że potrafiłam o nich dbać. Przyjaźń opiera się na wzajemnych zainteresowaniach. Zastanawiałam się, co może mnie zainteresować w Onkwedo, czym mogę się z kimś podzielić: jedzeniem, książkami, seksem? Może mogę zapisać się na kurs gotowania? Albo do klubu książki? Tyle tylko, że ktoś musiałby mnie najpierw zaprosić, no a to było mało prawdopodobne. Poza tym, jako członkini klubu, musiałabym zaprosić czytelniczki do siebie. Byłam tak samo dobrą gospodynią jak kowalem. Pozostawał seks. Czyli nic.

Po długim wyczekiwaniu mecz dobiegł końca. Bramkarz rywali po raz ostatni strzelił. Krążek odbił się od pulchnej nóżki Sama, poszybował obok Ronalda i wpadł do siatki. Końcowy wynik składał się z dwóch cyfr.

Kiedy mój syn się przebierał, ukryłam się w damskiej toalecie. Nie chciałam spotkać się z Johnem. Starałam się myśleć pozytywnie. Cieszyłam się, że Sam jedzie do mnie. Cieszyłam się, że zdążyłam na mecz, co nieczęsto mi się zdarzało. Cieszyłam się, że upiekłam bochenek jego ulubionego chleba z rodzynkami (w automacie, który mi pozostał z dnia ślubu) i z tego, że mu dam grzankę z masłem na poprawę humoru po przegranej.

Powoli myłam ręce, czytając imiona wypisane na uchwytach w toalecie, których właścicielki pochodziły z tego samego miasteczka w Illinois. Ciekawe, czy rzeczywiście to miasteczko było wyjątkowo higienicznym miejscem.

Niestety, wyszłam z toalety za wcześnie. Sam wciąż był w przebieralni i zdejmował swój sportowy strój. Wpadłam na Johna, który miał po obu stronach Darcy i Irene. Darcy włożyła rączki do mufki.

– Mamy psa – oznajmiła, wyjmując jedną dłoń, którą pogładziła futerko. – Codziennie zjada dwa i pół kilo jedzenia.

– Mieszanka bulmastifa i doga niemieckiego – dodał John. – Szef Irene ma hodowlę.

Irene uśmiechała się do mnie grymasem urzędniczki socjalnej, dając mi do zrozumienia: „I ty mogłabyś pokochać siebie na tyle, żeby zaopiekować się czworonożnym przyjacielem".

Z przebieralni wyszedł Sam. Wrzucił sprzęt do torby w rozmiarze i kształcie worka na zwłoki. Narzuciłam ją sobie na ramię i uśmiechnęłam się promiennie do Irene:

– Czy ta rasa jakoś się nazywa?

– Szef chce ją zarejestrować w związku kynologicznym jako bulmastif-dog. Ma już stronę w Internecie.

Zamiast rzec coś wesołego i zachęcającego w stylu „Czy to nie fantastyczne, że masz takiego mądrego szefa?", powiedziałam:

– Mam nadzieję, że pies jest przyuczony, żeby załatwiać się w odpowiednim miejscu.

John spojrzał na mnie spode łba, dając mi do zrozumienia, że ludzie kulturalni nie rozmawiają o psich odchodach.

Na szczęście udało nam się pożegnać w cywilizowany sposób. Nie zderzyłam głów szczęśliwej pary o siebie jak dwa kokosy. Zabrałam Sama, jego torbę na zwłoki oraz Darcy w jej futrzanym stroju i pojechaliśmy do domu.

Podczas jazdy zerkałam w lusterku na mojego pięknego, dużego i pulchnego chłopca. Miał mlecznobiały kolor skóry, a jego włosy, prawie pozbawione koloru, opadały miękko w dół. Białe niemal rzęsy nadawały mu wygląd zaskoczonego zajączka. Był smutny i zgaszony. Zobaczyłam, jak wyciąga do góry ręce i ugniata podsufitkę samochodu.

– Dałem ciała – rzekł.

– Tak sądzisz? Moim zdaniem świetnie jeździsz na łyżwach – odparłam ostrożnie.

– Nie znasz się, Barb.

Miał rację. Niewiele wiedziałam o świecie, o którym wiedziałam wszystko, kiedy mieszkałam z dziećmi. Gdybym miała świadomość, co stracę, być może dalej uczyłabym się, jak poprawnie ładować zmywarkę.

Silnik mruczał, ja zaś nuciłam kołysankę. W lusterku wstecznym widziałam, jak Sam odchyla swoją dużą jasną główkę i opiera ją o siedzenie. Usłyszałam, że ciężko wzdycha. Kiedy był niemowlęciem, tak samo wzdychał przed snem.

Darcy usadowiła się w foteliku dziecięcym obok brata, szepcąc coś w jeden koniec mufki. Następnie podniosła ją do ucha i słuchała odpowiedzi.

Po przyjeździe do domu położyłam na stole kawał sera. Zrobiłam dzieciom po kilka grzanek z chleba z rodzynkami. Sam jadł w milczeniu, z pochyloną głową. Był osowiały, nie zamęczałam go więc pytaniami. Darcy zjadła wyłącznie nieroztopione masło. Miałam wrażenie, że karmi grzanką niewidzialnego towarzysza.

Obrałam mandarynki i Sam zjadł w milczeniu jedną cząstkę. Kiedy zadzwonił telefon i włączyła się sekretarka, oboje wpatrywaliśmy się w głośnik, z którego wydobywał się głos mojego eks i rozchodził po całej kuchni. John chciał porozmawiać z Samem o meczu i przeanalizować z nim kilka zagrywek. Chciał też wiedzieć, co je na kolację. Ściszyłam jego głos na tyle, że zamienił się w piskliwy szept. Po raz pierwszy Sam na mnie spojrzał.

– Masz ochotę na grzankę z galaretką? – spytałam.

– Nie, dziękuję – odrzekł zachmurzony. – W galaretce są węglowodany. Tata ich nie je.

Odwróciłam się i zaczęłam ładować zmywarkę. Byle jak wrzucałam do niej naczynia.

– Spójrz! – zawołał Sam. Podrzucił wysoko do góry cząstkę mandarynki i złapał ją ustami. Podrzucał kolejne, umiejętnie łapiąc je ustami, jak foczki w zoo.

– Nadzwyczajne – pochwaliłam go, zadowolona, że wspieram jego sportowe pasje. – Gdzie się tego nauczyłeś?

– W piątki ludzie, którzy pomagają przy obiedzie w stołówce, prowadzą warsztaty z rozwoju osobistego.

Darcy chciała mi opowiedzieć o psie.

– Kopie. O tak... – Zeszła na podłogę i zaczęła ją drapać niczym pies. – A ziemia leci o tak. – Tu trzymając główkę między nogami, rzuciła do tyłu mufkę.

– Tata się złości – powiedział Sam.

– A czy Irene się denerwuje? – zapytałam.

Dzieci obrzuciły mnie pustym spojrzeniem, nieprzyzwyczajone do myśli, że Irene może mieć życie wewnętrzne.

Zmieniłam temat.

– No dobra, macie ochotę na deser?

Postawiłam na stole miskę z mrożonymi winogronami. Odmiana Himrod ze złotą, grubą skórką, winne i słodkie. Zbierano je w tym samym czasie, kiedy dojrzały dynie.

– Ser też dojrzał – rzekła Darcy i odłamała kawałek łagodnego cheddara z mleczarni. – Myszki się ucieszą.

Sam i ja patrzyliśmy, jak ząbkami skubała kawałek, ruszając noskiem w górę i w dół.

Poranek przyszedł za szybko. Spędziłam bezsenną noc, krążąc między pokojami dzieci, patrząc na śpiące buzie i nasłuchując ich równych oddechów.

Gdy zadzwonił dzwonek do drzwi, Sam opuścił ramiona i zgarbił się. Otworzyłam, na progu stał John.

– Musimy jechać do Matyldy – rzekła Darcy do Sama. – Może znowu wykopała doły.

Sam zarzucił na siebie kurtkę. Pocałowałam go w tył głowy i powąchałam, żeby zapamiętać jego zapach, delikatnie tropikalny jak frezja albo idealnie dojrzałe mango. Darcy miała również odurzający zapach, nie kwiatu czy owocu, raczej bryzy morskiej nocą albo dymu. Sam wciąż miał w sobie słodycz, która przypominała zapach świeżo skoszonej trawy.

– O dziewiątej podjedzie firma przeprowadzkowa – powiedział John. – Rzeczy są już spakowane w samochodach. Przed wieczorem będziemy w Oneoncie.

– Z kim jedzie pies? – spytałam.

John nie od razu odpowiedział.

– Matylda jest za mała, żeby ją przyjęli do hotelu dla psów. Może ty byś się nią zajęła?

Dzieci spojrzały na mnie.

– Świetnie kopie doły – dodała Darcy.

– Może zostać u ciebie na noc? – powtórzył John.

– Oczywiście – odparłam, choć jeszcze nigdy nie byłam sam na sam z psem dłużej niż przez dziesięć minut.

John oznajmił, że nazajutrz przywiezie Matyldę wraz z jej dobytkiem, po czym odbierze ją ode mnie pojutrze.

– Jasne – powiedziałam.

Serce wyrywało mi się do malutkiej Darcy, która stała sztywno przy ojcu.

– Jest słodka – powiedziała. – Ma jedwabiste uszka i ładnie pachnie, tak jak inne pieski.

– Lubi ganiać za patyczkami – dodał Sam.

Patrzyłam, jak moje dzieci idą do samochodu brukowaną ścieżką. Darcy trzymała Sama za rękaw.

Poszłam do pokoju Darcy i usiadłam na podłodze wśród jej rzeczy, dopóki nie wygonił mnie stamtąd jej zapach.

PIES

Nazajutrz punktualnie o siódmej rano zadzwonił dzwonek do drzwi. Wciąż byłam w piżamie z brązowej flaneli, która miała ze sto lat. Matka wysłała mi ją do akademika, pewnie licząc na to, że dzięki niej nie stracę cnoty. W drzwiach stał John z wielkim psem. Ponieważ nie miał ze sobą dzieci, pomyślałam, że pewnie pojechały już do Oneonty. Nie chciałam ich sobie wyobrażać z Irene, jak pochylają się nad talerzami z płatkami i chudym mlekiem.

Przez otwarte drzwi John wciągnął do środka olbrzymiego psa i postawił na ziemi torbę z suchą karmą i wielką miskę.

– Nie jest zbyt lotna – powiedział, jakby myśl, że jego pies nie jest mądrzejszy ode mnie, miała mnie pocieszyć. – Dawaj jej do jedzenia wyłącznie suchą karmę, żadnych resztek ze stołu. Wyprowadzaj na spacer dwa razy dziennie. – Podał mi smycz. – Niech przebiegnie przynajmniej ze czterysta metrów.

– Nie ucieknie, jeśli ją spuszczę ze smyczy?

– Lepiej tego nie próbuj.

Gdy się odwrócił, zamknęłam za nim drzwi, marząc o tym, żeby udał się do Petalumy, Dubaju, a najlepiej do samego piekła. Nie pamiętałam, kiedy po raz ostatni uprawialiśmy seks ani czy w ogóle kiedykolwiek to robiliśmy. Moją pamięć chroniła blokada. Czasami naprawdę kochałam swój mózg.

Chciałam zjeść w kuchni śniadanie, ale przeklęty pies usiadł na moim kapciu i rozpłaszczył mi śródstopie.

– Pies! – powiedziałam zdecydowanym tonem. – Złaź ze

mnie. – Matylda westchnęła i oparła się całym swoim ciężarem o moją nogę. Omal nie naderwała mi więzadła w kostce. Unieruchomiona przez psa, rozważałam różne warianty śniadania. Czy miałam dziś ochotę na jogurt z pokrojonymi owocami i garścią płatków owsianych z otrębami?

Mało prawdopodobne.

Wreszcie pies delikatnie się uniósł i uwolnił moją stopę.

Zrobiłam jej i sobie po grzance, włożyłam kurtkę, rękawiczki z jednym palcem i zapięłam Matyldzie smycz. Grzanka posłużyła mi za przynętę, żeby wywabić psa z domu i poczekać na Billa. Chmury zawisły jeszcze niżej niż zwykle. Usiadłam przy piknikowym stole, podczas gdy Matylda obwąchiwała ziemię wokół moich stóp w poszukiwaniu okruszków.

Była największym psem, jakiego widziałam z tak bliskiej odległości, biała w czarne kropki, jak krowa holenderka. Położyłam dłoń na jej łbie, z dala od zaślinionej mordy. Matylda mrużyła swoje psie oczy w różowych obwódkach, a ja wyobrażałam sobie, jak Darcy całuje brzydki pysk, a Sam rzuca jej patyczek. Ostrożnie pogłaskałam jej plamisty łeb.

Może rzeczywiście ludzie, którzy są samotni, powinni sprawić sobie zwierzę.

Akurat ja nie miałam na nie ochoty, choć musiałam przyznać, że krótka sierść Matyldy była miękka i ciepła, a jej oklapłe uszka z zarysowanymi do góry żyłkami – satynowe w dotyku. Ponieważ moje dzieci kochały tę bestię, znalazłam dla niej miejsce w moim życiu. Była przekaźnikiem ich miłości, jej nosicielem.

Kiedy z nisko zawieszonych chmur pofrunęły płatki śniegu, podjechała furgonetka. Wysiadła z niej Margie, trzymając w ręku worek z listami. Odwróciła się do Billa, pomachała mu i posłała całusa na pożegnanie.

– Wrócę na piechotę! – zawołała za nim.

– Hej, Margie. Cieszę się, że cię widzę.

– Czasami towarzyszę Billowi, co jest wbrew przepisom, ale nikt na to nie zwraca uwagi. – Margie włożyła wysokie botki i miała do nich idealnie dobrany strój, ani zanadto ekstrawagancki, ani zanadto codzienny. Spod kurteczki ze strzy-żonej wełny wystawała koszula wpuszczona w spodnie, na co niewiele Amerykanek by się odważyło.

Margie rzuciła worek na stół i usiadła obok mnie, krzyżu-jąc w kostkach swoje długie nogi. Całkowicie zignorowała ponadpięćdziesięciokilogramowego psa. Była kociarą. Wciąż padało. Margie rozejrzała się wokół.

– Idealne miejsce do zabawy – usłyszałam w jej głosie tęsk-notę. – Czy twoje dzieci lubią się tu bawić?

Nie miałam siły na nią spojrzeć.

– Ich ojciec przeprowadził się dzisiaj z nimi do Oneonty. Przyjadą do mnie dopiero za dwa tygodnie.

– Jak sobie z tym radzisz?

– Beznadziejnie.

– Dlaczego o nie nie walczysz? Nie rozumiem cię. Odejść od faceta to jedno, ale dzieci...? To całkiem inna sprawa.

Nie umiałam odpowiedzieć na pytanie, które zadawałam sobie przez całe moje żałosne życie, rano i wieczorem.

– Czego ci trzeba, żeby je odzyskać? Pieniędzy? Ile?

– Nie wygram z Johnem. Ma wszystko przemyślane i zna wszystkich w tym miasteczku. Wszyscy go tu uwielbiają. Przegrałam z nim w sądzie na ich oczach. Wyrok był dla mnie całkowitą klęską i jak na razie nic się nie zmieniło. Jeśli znowu stanę z nim do walki, przegram.

– Przecież jesteś ich matką, do jasnej cholery.

Gapiłam się na szron na trawie.

– Bardzo pragnę je odzyskać – przyznałam się botkom Margie.

Moja agentka wstała.

– No to zrób to. Wymyśl jakiś plan i się go trzymaj. Nie karm się nadzieją.

Jej ostatnie słowo uderzyło we mnie jak kamień. Margie była w błędzie. Nie miałam już nadziei.

– Poproś o pomoc prawnika, psychiatrę, nawet laleczkę voodoo. – Margie wpadła w złość. Nie wiedziałam, czy to ja ją zdenerwowałam, czy może coś innego. Na odchodnym rzuciła w moją stronę: – Dzieci powinny być tu z tobą i chwytać płatki śniegu.

Patrząc na odchodzącą Margie, przypomniałam sobie, że ojciec zawsze umiał sobie ze wszystkim poradzić. Nie wiem, jak to robił, ale potrafił puścić w niepamięć całe zło. Wystarczyło cztery, pięć słów i to, co złe, znikało. Był mistrzem w zapominaniu złych chwil. Wreszcie zapomniał o całym świecie. Nie jestem pewna, czy świat wciąż się kręci po tej samej orbicie, jak za jego życia, czy może z niej wypadł.

Siedziałam w zimnie przy stole i tęskniłam za nim. Jego brak najbardziej mnie ranił tuż przed snem albo tuż przed obudzeniem, gdy musiałam znów sobie powtórzyć, że go nie ma.

Choć wiedziałam, że to nie najlepszy pomysł, postanowiłam zadzwonić do matki. Kazałam Matyldzie zostać na dworze i wyniosłam telefon na mróz. Matka, zamiast tradycyjnego halo, spytała tylko podejrzliwie: – Kto dzwoni?

Odparłam, że dzwoni jej jedyne dziecko. Ponieważ rzadko do niej dzwoniłam, wybaczyłam jej, że mnie nie poznała. Poza tym była w szale przygotowań do ślubu.

Usłyszałam charakterystyczny dźwięk mikrofalówki oraz przeżuwanie.

– Jem hot doga z indykiem – wymamrotała. – Zero bułki, za to keczup bez węglowodanów w nieograniczonych ilościach. – Matka poskarżyła się, że od miesiąca jest na diecie Atkinsa i nie może już nawet patrzeć na krakersy.

– Jaki jest rozmiar twojej sukni ślubnej, mamo? – Matka nosiła doskonały rozmiar czwarty.

– Zero. Myślałam, że od tego warto zacząć, bo po ślubie ludzie tyją.

– Nie byłaś gruba, kiedy byłaś żoną taty – zauważyłam.

– Dlatego, że go miałam, ale odszedł i go nie ma. – Dźwięk, który z siebie wydała, mógł być szlochem albo przełykaniem mięsa.

Matka karmiła mnie swoją pokrętną logiką przez całe życie. Nie zamierzałam dociekać, o co jej chodzi.

Poinformowałam ją, że John przeprowadził się z dziećmi do Oneonty.

– Przyjadą na ślub?

Choć doskonale wiedziałam, że matka ma perfekcyjną umiejętność ignorowania rzeczywistości, tym razem oniemiałam.

– Mamo, mam dwie godziny jazdy samochodem do dzieci. Już nawet nie mieszkamy w tym samym hrabstwie.

– Przykro mi, kochanie.

– Zastanawiam się, co tato zrobiłby na moim miejscu – powiedziałam. – Jak sądzisz?

– Odzyskałby dzieci. Twój ojciec nikogo się nie bał. Z każdym by dyskutował, każdemu stawiłby czoło. Zmierzyłby się z samym Osamą bin Ladenem, gdyby było trzeba. – Imię Osama podkreśliła, tak jakby istniał jeszcze jakiś inny bin Laden będący lepszym mówcą. – Nigdy nie siedział z założonymi rękami. – Ostatnie słowa były kamyczkiem do mojego ogródka i – wyrzutem. Ale też prawdą. Matka uważała mnie za potwornie leniwą. Przez całe dzieciństwo wyrzucała mi, że za długo siedzę przy oknie i uczę się na pamięć książek. Nie uważała, że powinnam ćwiczyć mózg, raczej że powinnam trenować, na przykład zapisać się na kurs stepowania.

– Barbaro, niedługo skończysz czterdzieści lat. Twój ojciec nie żyje. Nikogo się nie bał i zawsze wychodził cało z każdej opresji. Zawsze miał jakiś pomysł, nigdy by nie dopuścił do utraty rodziny. – Matka miała rację, ale mi nie pomogła. Wciąż nie wiedziałam, co dalej robić.

Po naszej rozmowie zorientowałam się, że w jej trakcie narysowałam na śniegu, który napadał na stół, trzy patykowate postaci. Ja byłam najwyższa. Darcy miała trójkąt zamiast sukienki, a Sam wyglądał jak mały bałwanek. Nad nami wznosiło się słońce, dorysowałam mu promienie, tak jak to robiłam w podstawówce. Pod naszymi stopami wydrapałam łódkę, która dryfowała po śniegu.

Nie musiałam uciekać się do wiedzy z „Psychology Now", żeby wiedzieć, co mi podpowiada moja podświadomość. Narysowałam arkę, a nie plan. Przeklętą łódź w Arktyce, która dryfowała bez kompasu. Byłam żałosną idiotką i po raz pierwszy byłam wściekła nie na Johna, lecz na siebie. Jak mogłam na to pozwolić? Jak mogłam być córką mojego ojca? Zasługiwał na kogoś lepszego.

Chyba że to powieść Nabokova okaże się moją arką. Może *Babe Ruth* rozwiąże moje kłopoty. Zarobię na niej pieniądze i dzięki nim ucieknę od okropnej decyzji sądowej i całego Onkwedo.

NIEBIESKIE DRZWI

Widmo jazdy zdezelowanym autobusem do Nowego Jorku było tak potworne, że kiedy John zabrał psa (ukryłam się przed nim w kuchni, udając, że rozmawiam z kimś przez telefon, żeby mu nie zrobić czegoś złego, przez co znowu trafiłabym do aresztu), wsiadłam do mojego gruchota i ruszyłam w drogę. Zaparkowałam w Newark, na Manhattan pojechałam pociągiem. Jednak mój samochód był fantastyczny: mogłam go zostawić wszędzie, bo nikt nie zwracał na niego najmniejszej uwagi. Dzięki temu, że nikt go nie chciał, stał się niewidzialny.

Po samotnej jeździe samochodem z ulgą przesiadłam się do pociągu. Siedziałam w przedziale na twardym siedzeniu. Pociąg pędził jak szalony przez miasto. Otaczali mnie cudowni ludzie, którzy czytali, byli zatopieni w myślach, całowali się albo spali w najlepsze. Patrzyłam na ich ciała, twarze, różne stroje. Wspaniale było sobie przypomnieć, że wśród śmiertelników panowała taka różnorodność.

Jak zawsze wszyscy wyglądali, jakby doskonale wiedzieli, dokąd jadą. Wreszcie i ja miałam cel podróży. Przygotowałam się do spotkania. Wypolerowałam moje skrzypiące buty i spróbowałam ułożyć niesforne włosy. Swędziała mnie skóra pod swetrem Margie, ale bardzo się starałam podrobić jej styl polegający na używaniu tego samego koloru w różnych fakturach. Oberżyna puchata, oberżyna gładka, różne elementy garderoby upolowane wśród resztek moich ubrań. Trudno ocenić, czy końcowy efekt był artystowski, czy może wyglądałam jak nauczycielka, która wpadła w obłęd. Zabrałam ze sobą wydruk powieści. Byłam szczęśliwa, że mam sprawę do załatwienia, że prowadzę prawdziwe, ważne interesy. Znalazłam skarb, a eksperci, którzy najbardziej mogą go docenić i znają jego wartość, czekają na mnie.

W lobby na dole budynku roiło się od świetnie zorganizowanych ludzi, którzy wpadają do środka, żeby rozpocząć dzień pracy, pokrzepieni ritalinem i xanaxem, podwójną latte, medytacją, modlitwą, hot jogą, tae bo i proteinowym batonikiem. Wszyscy byli ubrani na czarno. Dostałam plakietkę dla gości i zostałam wysłana na trzydzieste drugie piętro.

Przy windzie zobaczyłam Maxa. Wyszedł mi na spotkanie w luźnym swetrze; poinformował, że ponieważ jego szef udał się do sądu, to on mi będzie towarzyszył podczas spotkania z pracownikami z Sotheby's i TVQ.

Weszłam do sali konferencyjnej, która pachniała mielonką. Siedziały w niej cztery osoby: mężczyzna z czołem w kształcie żaglówki i trzy kobiety. Wszyscy wstali na mój widok, po czym usiedli przy stole. Próbowałam zgadnąć, kto wśród nich reprezentuje Sotheby's. Zdziwiłam się, że wszyscy się do mnie tak ciepło uśmiechają, jakbyśmy byli starymi znajomymi.

– Na początku chcielibyśmy się pani przedstawić – rzekła najniższa z kobiet. Zgadywałam, że pracuje dla TVQ. Na dużym płaskim ekranie zawieszonym na ścianie obejrzeliśmy korporacyjne DVD. Składało się ono z wideoklipów telewizyjnych talk-show z różnymi gośćmi, których udało się namówić do wzięcia udziału w programie. Wszyscy byli niezmiernie grzeczni i doskonali. Wideoklipom towarzyszyła głośna muzyka. Po projekcji ktoś powiedział: „Prawda, że fantastyczny?". Na co ktoś inny się zgodził, nim zdążyłam odpowiedzieć.

Nie chciałam, by się domyślili, że w życiu nie widziałam ani tych programów, ani ich gości. Nawet gdybym wiedziała, kim są, i tak bym nie pobiegła do sklepu po telewizor, żeby ich zobaczyć w programie. Ogłuszający huk filmu mieszał się z zapachem mielonki, od czego zakręciło mi się w głowie.

Nastąpiła długa pauza, podczas której eksperci usiedli w rzędzie naprzeciwko mnie. Rozmowę zaczęła wysoka kobieta.

– Proszę nam opowiedzieć, jak znalazła pani rękopis.

Zaczęłam opowieść od kolekcji torebek Darcy. Spostrzegłam, że moi rozmówcy usiłowali sobie przypomnieć, czy ich dzieci także miały dziwne pasje. Zadałam sobie w duchu pytanie, czy w ogóle mieli dzieci, czy też może ich nianie zabrały je do Tybetu.

Pan Żaglówka zrobił rękoma ramkę, jakby patrzył na mnie przez obiektyw aparatu.

– TV, tak? – rzucił w kierunku zgromadzonych.

Najwyższa kobieta, która zapewne była przedstawicielką Sotheby's, spytała mnie, wyraźnie artykułując każdą sylabę:

– Czy może nam pani opowiedzieć, jak się pani czuła, kiedy odkryła manuskrypt?

Opowiedziałam im, jak tamtego pamiętnego dnia czytałam na klęczkach genialną prozę Nabokova.

– Fantastyczne... – przerwała mi. – Świetna historia – sięgnęła do swojej torby, z której wyjęła fiszki opakowane w papier przeznaczony do archiwizowania dokumentów. – W najlepszym razie jest to artefakt, który nadaje się do zbiorów bibliotecznych pod hasłem „tajemnice literackie" albo „anonimowe dzieło". Ustaliliśmy jednakże, ku naszemu zadowoleniu, że fiszki nie zostały napisane przez Nabokova. – Wymówiła jego nazwisko, jakby wyrywała coś z wnętrza gardła.

Następnie głos zabrał pan Żaglówka.

– Jesteśmy tego absolutnie pewni. – Uśmiechnął się do uczestników spotkania, jakby to była rzadka supersprawa. – Jesteśmy skłonni złożyć pod przysięgą pisemne oświadczenie, że w domu, w którym kiedyś mieszkał, została odnaleziona powieść. – Biła od niego radość, jakby właśnie upiekł ciasto. – Myślimy, żeby zrobić o tym program idealnie nadający się do reality TV. Kobieta z prowincji wiąże nadzieje ze sławną osobistością. Na pewno wiele kobiet o tym marzy. To bardzo ludzka historia o wygranej w antyloterii.

– Przecież to nie ja jestem w tym wszystkim ważna, tylko powieść – oburzyłam się.

– Proszę się spokojnie zastanowić – odparł. – Będzie miała pani swoje piętnaście minut.

Wstali. Ta wysoka z Sotheby's podała mi fiszki zapakowane w papierek, a ja ostrożnie schowałam je do torby. Ta niższa pocałowała mnie w policzek, a mężczyzna uścisnął mi dłoń z takim zapałem, że poczułam gorąco w piersiach.

– Niezmiernie się cieszę, że panią poznałem – powiedział do mnie na pożegnanie. – Max, pomóż pani znaleźć wyjście z tego labiryntu. – Ciekawe, czy asystent naprawdę miał na imię Max, czy też firma upierała się przy imionach, które składały się z jednej sylaby.

Kiedy szłam korytarzami za Maxem i jechałam dwiema windami w dół do holu, czułam w dłoni wizytówkę. Pewnie pan Żaglówka wcisnął mi ją na pożegnanie. Na grubym kremowym papierze widniało nazwisko i funkcja: „Nancy Cohen, konsultant od spraw wizerunku". To był gwóźdź do trumny. Oblałam TVQ.

Podczas spotkania Max nie odezwał się do mnie słowem. Żegnaliśmy się w lobby przy dużym filodendronie.

– Przeczytałem *Lolitę* w szkole – powiedział. – Ten gość był naprawdę szalony. Zdecydowanie wyprzedził swój czas. – Max nie krył podziwu.

– A może eksperci nie mają racji? – zapytałam go, wciskając wizytówkę do doniczki między kawałkami kory chroniącymi roślinę.

– Ale mają ostatnie słowo. Jeśli nie potwierdzą autentyczności, nic z tym nie zrobisz. – Jego ramiona poruszyły się w górę i w dół w obszernym swetrze. – Podobał mi się *Babe Ruth*. Na maksa chore, nawet bez sceny meczu. – Zbierał się do odejścia.

– Max! – zawołałam, gdy wchodził do specjalnej windy przeznaczonej dla asystentów i kurierów. Wrócił do mnie, jakby się ślizgał po swoim torze. – Na tej ulicy jest sławna kociarnia. Wiesz może gdzie?

Nawet nie mrugnął powieką.

– Ósme drzwi wzdłuż ulicy, po tej samej stronie, co my.

– Dziękuję. Mogę cię jeszcze o coś zapytać?

– Jasne.

– Co to jest kociarnia?

– Burdel. Interes najlepiej kręci się podczas przerwy obiadowej. Wiesz, południowcy. – Na koniec zatańczył na pięcie i odpłynął.

Znowu znalazłam się na ulicy miasta, które wcale mnie nie chciało. Eksperci albo uważali, że jestem oszustką, albo myśleli, że mam parcie na szkło, co było piramidalną bzdurą. Ostatnia rzecz, o której marzyłam, to znaleźć się w centrum uwagi.

Co się stanie z Nabokovem? Już nikt się nie dowie, ile wysiłku włożył w napisanie swojej znakomitej powieści.

Doraźnym rozwiązaniem moich problemów był czekoladowy rogalik. Kupiłam go w sklepie na rogu, choć pewnie wrzucono do niego w fabryce środki konserwujące, żeby przedłużyć termin ważności; nie miał nic wspólnego z mistrzowskimi ciasteczkami Pierre'a z Ceci-Cela.

I co teraz? W najbliższej przyszłości niesmaczny rogalik, a poza nim bezkresny, nieznany horyzont. Wsiądę do rozklekotanego samochodu, wrócę do Onkwedo, gdzie prawie nikogo nie znam i gdzie mało kto mnie lubi, może poza jedną Margie. Mam do niej pojechać, rzucić się u niej na podłogę i zacząć wyć, że straciłam dzieci, że manuskrypt jest bezwartościowym stosem kartek i że za chwilę będę musiała zapłacić kolejną ratę za dom?

Nie.

Zbliżało się południe. Oparłam się o budynek. Rozwinęłam rogalik z opakowania i ugryzłam kawałek. Nie był czerstwy, ale tylko dlatego, że nigdy nie był świeży. Ludzie mijali mnie w pędzie w poszukiwaniu lepszego jedzenia. Po drugiej stronie zobaczyłam nierzucający się w oczy budynek z brązowej cegły, dokładnie o osiem drzwi od kancelarii.

Zamiast odźwiernego, który stałby przed budynkiem,

na ścianie wisiał domofon. Okna znajdowały się w ramach z błękitnej stali, do których dobrano ten sam kolor drzwi, w przyjemnym odcieniu błękitnych jaj drozda wędrownego. Jak na burdel budynek był skromny i gustowny.

Moja szykowna skórzana torba wpijała mi się w ramię. John kupił mi ją za czterysta dolarów w Dooney & Burke, kiedy byłam w ciąży z Darcy, bo chciał, żebym wyglądała bardziej profesjonalnie. Gdy szłam z nią na ramieniu, wyglądałam, jakbym zmierzała na ważne spotkanie.

Żułam niesmaczny *croissant au chocolat* i patrzyłam na niebieskie drzwi prowadzące do burdelu. Mimo że jego równowaga między delikatnym ciastem i lekko gorzką czekoladą była całkowicie zaburzona, i tak zjadłam tę słodką cukrową maź o gładkiej fakturze.

Po dłuższej chwili do drzwi podszedł mężczyzna z teczką podobną do mojej; pasowała do jego butów w kolorze miodowej musztardy. Tak się przynajmniej nazywał ten kolor w katalogu. Facet wyglądał na szczęśliwego. W ciągu pięciu godzin mojego pobytu w mieście nareszcie udało mi się zobaczyć człowieka, od którego biło prawdziwe szczęście.

Może idzie na małe lanie. Miał taki sposób chodzenia, że nawet widziany od przodu, zdawał się mówić do ludzi: „Hej, popatrzcie na mój tyłek".

Podejrzewałam, że w moim miasteczku mógłby dostać lanie za darmo, podczas gdy w Nowym Jorku liczyły się kontrakty i nieruchomości. Patrzyłam, jak mężczyzna przyciska na domofonie guziki. Stalowoniebieskie drzwi zabuczały, otwarły się i po chwili mężczyzna w miodowomusztardowych mokasynach zniknął w brązowym budynku.

Dziesięć po dwunastej pracownica Sotheby's, którą przed chwilą poznałam, zatrzymała się przed drzwiami, żeby poprawić but. Kiedy się schyliła, jej torba, taka sama Dooney & Burke jak moja, bujnęła się do przodu i uderzyła ją w głowę. Duże kosztowne torby, jej w „obsydianowym" kolorze – były cholernie ciężkie, nawet puste – stanowiły stały element sylwetek ludzi idących Czterdziestą Ósmą Ulicą. Można ją było przechrzcić na Dooney & Burke. Po chwili kobieta wyprostowała się, uniosła dłoń do czoła i ruszyła do Sotheby's, żeby znów zniszczyć komuś życie. Przy niebieskich drzwiach jacyś dwaj eleganccy klienci tańczyli ze sobą w jednej parze. „Pan pierwszy, Alfonsie". Żaden z nich nie miał ochoty wejść za drugim do domu o szemranej reputacji.

Do pierwszej pięćdziesiąt dziewięć policzyłam trzydziestu sześciu mężczyzn, którzy zniknęli w budynku. Najczęściej mieli na sobie garnitury albo płaszcze od Burberry. Wychodzili zadowoleni i odprężeni, a następnie spacerowym krokiem oddalali się do pracy albo na spotkania z innymi ważniakami. Musiało istnieć tylne wyjście, bo nie zauważyłam, żeby wchodziły bądź wychodziły stamtąd jakieś kobiety.

Rogalika zjadłam dawno temu. Oblizałam palce i dokładnie pozbierałam okruszki, które przykleiły się do opakowania. Omal nie zjadłam plastiku. Namiętność. Oto mój cel.

WZÓR

Wracałam do domu wśród posępnych wzgórz. Czułam się, jakbym zostawiała za sobą całe życie, namiętność i cel, prawdziwy związek z prawdziwym Nabokovem. Odkryty przeze mnie skarb zmienił się w banalną talię kart.

Oczyma wyobraźni ujrzałam jedną z fiszek. Czasami Nabokov tak bardzo się śpieszył, że zapominał postawić kropkę nad i. Wciąż podróżował. Jednym ze składników jego namiętności był pęd. Nie miał czasu na samozadowolenie i nudę. Czy to nie świadczyło o geniuszu?

Zatrzymałam się, żeby zajrzeć pod maskę samochodu. W moich miejskich ciuchach dygotałam z zimna. Wlałam litr oleju z kanistra, który woziłam w bagażniku. Myślałam o moim pełnym żaru kuzynie uważającym, że powinniśmy za wszelką cenę unikać nudy. Bez względu na cel podróży zawsze po drodze zatrzymywaliśmy się nad wodą. Kiedy kuzyn nudził się jazdą, przy najbliższej przecznicy skręcał w lewo. Robił tak podświadomie, zawsze chadzał własnymi ścieżkami. Zjeżdżaliśmy z głównej drogi, żeby znaleźć jakieś kąpielisko, na przykład przy nabrzeżu należącym do jakiegoś bogacza. Mój kuzyn mawiał: „Woda jest niczyja".

Żył dla swoich pasji. Tak bardzo się śpieszył, by zdążyć na czas, że zapominał o skarpetkach. Wkładał sandały albo obuwie, które nosił na łodzi. Nawet kiedy padał śnieg, chodził w lekkiej kurtce i jej nie zapinał. Grzał go umysł. Umawiał się ze wszystkimi moimi koleżankami blondynkami. Wszystkie mu się podobały. Nie przeszkadzała mu nawet okrutna akto-reczka, którą określał jako „ożywczą".

Wjechałam na podjazd. Nie wysiadając z samochodu, pa-trzyłam na mój dom. W środku kolejnej martwej nocy w On-kwedo nie miałam ochoty do niego wejść, bo nie było w nim moich dzieci. Zastanawiałam się, czy mój nieszczelny garaż okazałby się wystarczająco hermetyczny, żeby odebrać sobie w nim życie, trując się tlenkiem węgla. Zamknij się – naka-załam mojemu mózgowi – wymyśl plan. Zresztą i tak nie miałam już benzyny.

Po dłuższej chwili weszłam do środka, odłożyłam torbę Dooney & Burke i zrzuciłam buty. Nalałam do garnuszka trochę mleka, żeby je podgrzać. Rozwinęłam z opakowania fiszki, po czym zabrałam się do lektury. Bohaterowie *Babe'a Rutha* byli pełni namiętności i dramatycznie czegoś chcieli. Również słowa, kreślone jakby od niechcenia, zdawały się pełne żaru, boleśnie piękne, przerażające i zabawne, pełne zajadłości w swojej indywidualności, jakby należały wyłącz-nie do pisarza i czytelnika. Każde zdanie stanowiło ucieczkę przed nudą.

Dlaczego tej powieści nie miałby napisać Nabokov? Z dru-giej strony, dlaczego miałby ją napisać? Może Vera i Vladimir czuli się osamotnieni w Ameryce. Wszak zostawili w Europie przyjaciół pisarzy i artystów. Może Nabokov pisał o słynnym baseballiście, bo chciał w ten sposób zdobyć Amerykę i sła-wę. Samotni ludzie ponoć sporo czasu spędzają na myśleniu o znanych osobistościach (kolejny fakt, który zapamiętałam z „Psychology Now"). Z wyjątkiem mnie. Ja myślałam o bli-skich, którzy umarli i zostawili mnie samą.

Gdyby Nabokov pozostawił po sobie chociaż mały ślad, który by dowodził, że napisał w tym domu powieść! Jednak sławni pisarze nie opisują historii z codziennego życia w stylu: *Vera ugotowała dla mnie jajko, dokładnie tak, jak lubię, a potem zała-dowałem naczynia do zmywarki, unikając w ten sposób pisania no-wej powieści.* Albo wersja Very: *Dzisiaj zrobiłam grillowane kanap-ki z serem, a Vladimir posprzątał łazienki. Ukryłam przed nim jego manuskrypt, żeby go nie zniszczył. Powieść o baseballu doprowadza go do pasji.*

Mam gdzieś pracowników TVQ i ich głupie opinie o tym, co interesuje ludzi. Pieprzę Sotheby's i brak wiary ekspertów. Jestem na nich wściekła. Mój plan spalił na panewce.

Wiek średni donikąd nas nie wiedzie. Kiedy mamy dwadzieścia lat, myślimy, że na pewno dokądś zmierzamy. Później, tak jak ja teraz – wiemy, że to bujda. Położyłam się i w samotności dotykałam swojego ciała, zastanawiając się, jak by je odebrał kochanek: tu kości, tam rozstępy, zarys mięśnia, ścięgno, jakieś miękkie części. Jakże dziwnym procesem jest starzenie się ciała. Z jednej strony robiło się mądrzejsze i bardziej doświadczone, z drugiej zaś – nieistotne.

Z samego rana zadzwoniłam do Margie, ale Max musiał już o wszystkim jej opowiedzieć, bo była dla mnie wyjątkowo miła.

– Szanse od początku były niewielkie.

Nie wiem, dlaczego wszyscy poza mną tak uważali.

– Czy wciąż zamierzasz sprzedać *Babe'a Rutha*, biorąc pod uwagę wartość artystyczną powieści?

Margie wątpiła, czy w takim wypadku zarobię pieniądze, które „odmienią" moje życie. Obie wiedziałyśmy, co miała na myśli, kiedy mówiła o zmianach w moim życiu.

– A co z brakującą sceną? – jęknęłam.

– Ty jesteś pisarką. Wymyśl coś.

Co jej przyszło do głowy? To, że piszę listy w stylu „Dziękujemy za Pański list w sprawie", nie oznacza, że potrafię podrobić styl Nabokova. Na wszelki więc wypadek milczałam.

– Interesujesz się sportem?

Oto kolejny temat, którego nie poruszałam ze znajomymi. Lubiłam ludzi interesujących się sportem, owszem, tak jak lubiłam ludzi kochających zwierzęta. Ale nie rozumiałam ich i czułam, że będzie lepiej, jeśli nie zdradzę się z mrocznymi zakamarkami mojej duszy. Nie potrafiłam jednak okłamać Margie.

– Nie bardzo – wyznałam szczerze.

– W takim razie musisz poznać Rudy'ego. Jest moim kolegą i trenerem wioślarstwa w Waindell. Jego zawodnicy są w znakomitej formie. Dzięki niemu polubisz sport. Poproszę go, żeby do ciebie zadzwonił. Nie musisz traktować tego spotkania jak randki, ale jeśli się w nią zmieni, to jeszcze lepiej.

– Dziękuję – rzekłam do pustej słuchawki, bo Margie szybko się rozłączyła, licząc, że będę rozmyślać o nowych znajomych i ładnych strojach. Tymczasem ja wspominałam ludzi, za którymi już zawsze będę tęsknić.

Kiedy umierał mój kuzyn, czuwałam przy jego łóżku w luksusowym szpitalu. Gdy miał więcej siły, rozmawialiśmy o różnych sprawach. Żałował, że nie miał dzieci, że ominęło go w życiu to, co najlepsze. Pytał, czy wyjdę za Johna. Kiedy mu wyznałam, że nie wiem (nie wiedziałam, że byłam w ciąży z Samem), spytał, „czy nie za bardzo przynudza". Umierający mają prawo powiedzieć nam wszystko. Co mają do stracenia?

Potem poprosił mnie, żebym zabrała skarpetki, które zrobiła mu na drutach jego matka. Leżały na parapecie tuż przy książkach, w szarych i brązowych kolorach, wydziergane z najbardziej miękkiej wełny z alpaki. „Weź je" – poprosił. „Przecież nie potrzebuję już nowych ubrań".

To było nasze pożegnanie.

Tydzień później dowiedziałam się przez telefon, że umarł. Pojechałam na jego łódź i usiadłam na pokładzie pod pobrzękującym masztem. Łagodne kołysanie nie ukoiło mojego bólu, ale współgrało z płaczem. Wzięłam zapasowy klucz ukryty pod grillem w japońskim stylu i otworzyłam wejście do luku. Zabrałam stamtąd jego książki. Niektóre napisano po angielsku, inne w obcych językach. Zamknęłam luk i włożyłam kluczyk z powrotem do skrytki. Może nie miałam genialnego umysłu mojego kuzyna i nie potrafiłam tak celnie jak on ocenić życia, miałam za to więcej czasu na czytanie.

Otrząsnęłam się ze wspomnień i wróciłam do rzeczywistości. Czytanie. Sięgnęłam do półki po *Blady ogień* należący do kuzyna. Jeśli mam stworzyć wzór stylu Nabokova, muszę się na czymś oprzeć. Żeby sobie wyobrazić scenę meczu, wzięłam osiem plastikowych figurek Sama i ustawiłam je na stole. Ponieważ nadal brakowało mi rozgrywających, dorzuciłam do drużyny lalkę Barbie, nagą, jak wszystkie inne w naszym domu, i bez ręki. Pomyślałam, że z pewnością istnieją leworęczni miotacze. Na wypadek gdyby zadzwonił do mnie Rudy, sporządziłam dla niego listę pytań.

Zastanawiałam się, jak Margie zareklamowała mnie Rudy'emu. Od dziesięciu lat nie byłam na randce. Będę musiała pomyśleć nad strojem i tematami rozmów, choć jak na razie nie zaprzątałam sobie tym głowy. Telefon milczał jak zaklęty.

Oczekiwanie na jego dzwonek jeszcze bardziej spotęgowało moje uczucie wyobcowania. Pocieszałam się, że samotność sprzyja pisaniu. Przeczytałam jeszcze raz początek powieści, wypiłam litr herbaty i zjadłam cztery grzanki. Usilnie pracowałam w tym czasie nad wymyśleniem wzoru.

Ale nie mogłam, do cholery, stworzyć wzoru na podstawie *Bladego ognia* – to poemat napisany wierszem. Sięgnęłam na półkę po *Adę*.

Oto co mi wyszło: przymiotnik, rzeczownik i neologizm. Odejście od punktu widzenia narratora, czasownik, który ma przynajmniej jedną seksualną konotację, poza jego jawnym i otwartym znaczeniem w zdaniu, coś groteskowego obok czegoś pięknego. Efekt końcowy, przywodzący na myśl małe przedstawienie z gatunku horroru, zapierał dech w piersiach.

Tyle tylko, że mi to zbytnio nie pomogło ani niewiele powiedziało o sporcie. Czytanie Nabokova przypomina jedzenie pasztetu bez krakersów, zagryzanego czekoladową truflą. Zmieniłam taktykę. Udawaj, że jesteś najmądrzejszą osobą na świecie i że masz w głowie słownik. A teraz opowiedz jakiś dowcip, najlepiej sportowy.

Przekręciłam na drugą stronę rączkę Barbie. Dzięki temu wyglądała jeszcze egzotyczniej. Plastikowi gracze zaliczyli bazy, w czym – jak miałam nadzieję – wiernie odzwierciedlali zagrywkę *squeeze play*. Napisałam dwie okropne strony, wtrącając sportowe terminy z fiszek. Margie chciała, żeby scena liczyła sześć stron, które wywoływałyby ochy i achy czytelników, podczas gdy ja wyczerpałam całą swoją wiedzę o baseballu na dwóch, zjadając przy tym cały chleb, jaki był w domu.

Leżałam na podłodze i zastanawiałam się, czy Nabokov kiedykolwiek odczuwał znużenie. Ciekawe, czy kiedyś wyjadł całe pieczywo tostowe, które było w domu. Podejrzewałam, że raczej nie. W *Bladym ogniu* znalazłam opis burzy śnieżnej, którą pisarz obserwował z okien „zrujnowanego budynku" odnajmowanego z Verą. Jestem pewna, że pisał o moim domu. Ja też widziałam śnieg z miejsca, w którym leżałam.

Miałam wrażenie, że czuję jego obecność, nie czerpiąc nic z drewnianych ścian, wielkich okien i *toujours* szarego nieba. Wyobrażałam sobie, jaki musiał być sfrustrowany faktem, że znalazł się w zwyczajnym domu w gnuśnym miasteczku, gdzie musiał uczyć uprzywilejowanych amerykańskich studentów.

Usłyszawszy dźwięk telefonu, zerwałam się z podłogi. Głos Rudy'ego zabrzmiał, jakby odhaczał piętnastą pozycję na liście zadań do zrobienia, a przecież nie minęło nawet południe. Przyjęłam zaproszenie na wieczornego drinka i wspólne oglądanie transmisji z meczu w telewizji.

– To będzie historyczny mecz – mówił, a ja myślałam o drinkach.

Piwo jest męskim napojem. Postanowiłam, że napiję się coli. Zamówienie coli oznacza, że nie mam wielkich wymagań. Co było wierutnym kłamstwem.

– Nie każ na siebie czekać, kiedy po ciebie przyjadę – Rudy rzucił mi na pożegnanie i odłożył słuchawkę.

Do roboty! Musiałam wymyślić, w co się ubrać. Oczywiście w Spodnie i w sweterkowy bliźniak w jasnozielonym kolorze. Przypomniałam sobie z „Psychology Now", że mężczyźni z pokolenia *baby boomers* lubili zieleń.

W najbardziej różowej torebce złodziejki Darcy znalazłam różową szminkę, którą to ja tym razem podkradłam.

Poproszę Rudy'ego, żeby mi wytłumaczył, na czym polega dramatyzm baseballu, esencja tego sportu, jeśli oczywiście wejdziemy na odpowiedni poziom zażyłości.

Nabokov nie miał takich możliwości jak ja.

Jeśli Rudy będzie umiał przekazać mi dramatyczną atmosferę tworzoną wokół baseballu, może uda mi się przelać na papier jego ducha i wtedy odkryte dzieło znajdzie odbiorców.

Kiedy wyjmowałam z szafy zielony sweterkowy bliźniak, poczułam, że ogarnia mnie nadzieja – obce, lecz krzepiące uczucie.

Przed spotkaniem z Rudym zdążyłam dokończyć powieść i ponownie się nią zachwyciłam. Kłopotem okazała się brakująca scena meczu, która miała się wydarzyć w ważnej dla powieści chwili. Nabokov – albo inny pisarz – powodował, że słowa wryły się w pamięć. Ta powieść musi ujrzeć światło dzienne. Miałam już agentkę – Margie – a ona przecież znała wszystkich świętych w branży i wiedziała, jak do nich dotrzeć (częściowo dzięki pracy swojego męża). Może do osiągnięcia celu potrzebowałam właśnie Rudy'ego, czyli kogoś, kto mi pomoże zrozumieć dramatyzm gry. Miał po mnie przyjechać o wpół do szóstej swoją miatą (po co mi powiedział, jakim jeździ samochodem?). Ogarnęło mnie nieprawdopodobne uczucie, że z czasem wszystko się ułoży.

Kiedy się ubierałam, powiedziałam sobie, że podczas spotkania muszę pilnie słuchać Rudy'ego i robić notatki. Poustawiałam figurki na ich pozycjach. Barbie została w bazie domowej.

Kiedy o wpół do szóstej usłyszałam klakson, wyszłam z domu. Rudy sięgnął do drzwi pasażera, żeby je przede mną otworzyć. Nie umiałam powiedzieć, czy jest wysoki i jak jest zbudowany. Wydawało mi się, że ma na sobie czarne skórzane spodnie. Chciałam poczuć jego zapach, ale bałam się, że się do niego zrażę. Surowo skarciłam swój nos, żeby za bardzo nie dokazywał.

Podczas jazdy do baru Rudy opowiadał mi o swoim samochodzie, ale jego słowa wlatywały mi jednym uchem, a wylatywały drugim.

Barmanka w Hanrahan's przywitała Rudy'ego po imieniu. Usiedliśmy przy stole blisko telewizora. Rudy miał ciepły kolor skóry, jakby całe życie spędził na słońcu. Był siwy. Nie chciałam się na niego gapić, ale uświadomiłam sobie, że od dawna nie widziałam dorosłego z tak bliskiej odległości. Rudy wyglądał... cóż... staro.

W Hanrahan's podczas happy hour drinki podawano w parach; dwa drinki w cenie jednego, serwowane jednocześnie. Trochę się wystraszyłam, bo ileż podwójnych coli dam radę wypić?

W skórzanych spodniach Rudy wydawał się facetem na pełnym luzie. Kompletnie nie przejmował się tym, że pochłonął za dużo frytek i wypił zbyt wiele margarit (po czwartej zamówił piątą), i czy uważam go za interesującego mężczyznę. Tuż przed meczem spytał mnie, co najbardziej lubię robić.

– Czytać – odparłam.

Chyba liczył na to, że wolę bardziej aktywne zajęcia.

– Patrz na mecz – nakazał. Wskazał palcem wielki ekran, którego nie dało się nie zauważyć. Wolałabym patrzeć na skupioną twarz Rudy'ego. Wiedziałam, ile dla niego znaczy akcja na ekranie.

Zaczął mi relacjonować przebieg meczu i opowiadać o zawodnikach.

– Mecz jest podobny do filmu – tłumaczył mi. – Bohater ma przeszłość i przyszłość, a wszyscy się na niego gapią.

W pośpiechu zapisywałam jego uwagi na papierowych serwetkach. Przez sekundę wydawało mi się, że zrozumiałam, o co w tym wszystkim chodzi.

– W prawdziwym życiu nie ma zwycięzców ani przegranych. Życie toczy się dalej. Ale na boisku wszystko się rozstrzyga. Wszystko musi być jasne. – Spojrzał na mnie uważnie. – Nie śledzisz piłki.

Miał rację. Patrzyłam z ciekawością, czy zawodnicy rozmawiają ze sobą na ławce rezerwowych. Zastanawiałam się, czy naprawdę są tak zbudowani, czy też mają pod strojami podbicie, dzięki któremu ich biodra osiągają kwadratowy kształt. Rozgorączkowany Rudy walił pięścią w stół, krzycząc, na co dokładnie mam patrzeć i dlaczego. Słyszałam szelest jego skórzanych spodni, gdy się ruszał. Na serwetkach zapisywałam słowa, które mogły mi się przydać.

Kiedy nastąpiła przerwa w grze po siódmej partii, powiedziałam Rudy'emu, że pracuję dla mleczarni Daitchów. Myślałam, że mu tym zaimponuję. Czekałam na jego pytanie, ale najwyraźniej moja kolej minęła.

Rudy pochylił się w moją stronę i oświadczył:

– Uwielbiam moją pracę. – Gołym okiem było widać, że wierzy w siebie, nawet bez wypicia margarit. – W zimie nadzoruję treningi osady. Na wiosnę trenujemy na dworze, a w lutym łamiemy na rzece lód, żeby powiosłować. Chłód wzmacnia siły witalne.

Następnie podzielił się ze mną swoją teorią.

– Ludzie uwielbiający swoją pracę mają dwa specjalne obszary, które się ze sobą jakby schodzą. – Dwoma obszarami Rudy'ego było motywowanie ludzi, żeby dali z siebie wszystko, i zrozumienie, że w życiu albo się wygrywa, albo przegrywa.

Chociaż mnie o to nie pytał, ja także wykonywałam pracę, która obejmowała dwa obszary – i też się w nich bardzo dobrze czułam: produkty mleczne i okazywanie manier ludziom, których inaczej bym nie poznała.

Po meczu Rudy odwiózł mnie do domu. Nie byłam pewna, czy sześć margarit, które wypił, miało wpływ na jakość jego jazdy, ale na pewno bardzo się koncentrował. Powoli wjechał na podjazd i stanął. Nie pamiętałam, kiedy po raz ostatni całowałam się z mężczyzną. Gdyby Rudy chciał mnie pocałować, myślę, że bym mu uległa, choćby po to, żeby się trochę powprawiać. Zadałam sobie w myślach pytanie, czy jest pociągającym mężczyzną, i zamiast erotycznej reakcji na bliskość owłosionej dłoni miałam w głowie wyraźny obraz krowy złożonej w ofierze w hołdzie dla jego hałaśliwych spodni.

– Co powiesz na kolejne spotkanie? – zapytał. – W ogóle nie kapujesz, o co chodzi w baseballu.

– Chętnie – odparłam.

Sięgnął przeze mnie do drzwi i je otworzył. Następnie delikatnie pogładził mnie po łokciu, jakbym była jego starą ciotką.

Po godzinie wciąż czułam na łokciu delikatny dotyk jego dłoni. Miał w sobie obietnicę, ale donikąd nie prowadził. Trwał na moim łokciu jak dotknięcie ducha. Przypomniałam sobie dziewczynę, która uścisnęła dłoń prezydenta Kennedy'ego w Dallas i do dzisiaj nie umyła ręki. Ten fakt musiał zaważyć na całym jej życiu. Nie mogła zostać pielęgniarką i zapewne ograniczyła spotkania z mężczyznami.

Choć tęskniłam za dotykiem, nie pozwoliłam sobie o tym myśleć.

Powiesiłam sweterki, zdjęłam spodnie i włożyłam koszulkę, która pomieściłaby słonia. Opatulona w koc, usiadłam na krześle przed firmowym komputerem. Z wypchanej torebki wyjęłam serwetki, różową szminkę oraz drużynę plastikowych ludzików. Wykorzystując najlepiej, jak umiałam, słowa Rudy'ego, które nabazgrałam na serwetkach, wróciłam do żałosnego początku sceny.

Przez jakiś czas siedziałam, wpatrując się w pusty ekran. Czułam, że zaraz umrę albo wybiegnę z pokoju, zaczęłam więc mazać na serwetkach. Narysowałam kij baseballowy. Wiedziałam, że jeśli nie poczuję emocji, to nie napiszę tej sceny. Zastanawiałam się, co to znaczyło dla Babe'a Rutha, żeby stanąć w bazie z niezachwianą wiarą w samego siebie. Dlaczego wybrał właśnie baseball? Może dlatego, że był w nim lepszy od innych? Może dlatego, że zwyciężał i grzał się w blasku uwielbienia swoich fanów? Czy baseball był dla niego fantastyczną zabawą?

Nic mi nie przychodziło do głowy z mojego sportowego życia, co mogłabym porównać z jego doświadczeniem. Uwielbiałam opiekować się moimi dziećmi, ale nie mogłam tego porównać z jego zwycięstwami. (Narysowałam pierś). Kusiło mnie, żeby zadzwonić do Rudy'ego i zadać mu parę pytań. Rudy rozumiał mężczyzn, sport i zwycięstwo, ale pewnie już spał kamiennym snem.

Przejrzałam kilka informacji o Rucie z biografii, którą przeczytałam na stojąco w bibliotece. Wiedziałam, że kochał kobiety, a one kochały jego. Szedł przez życie przebojem, sporo pił. Jego ojciec miał bar. Babe dorastał w domu dla trudnej młodzieży; trafił do niego, kiedy ukradł ojcu pieniądze. W ośrodku odkrył, że ma wielki talent do baseballu. Ożenił się z kobietą, która go stale pilnowała. Dzięki niej pił piwo, a nie wódkę. (Narysowałam kufel). Żona wypisywała mu czeki na pięćdziesiąt dolarów. Nie dawała mu do ręki pieniędzy, kupowała jednak porządne garnitury i jeździła z drużyną. Kiedy kobiety dzwoniły do Babe'a do hotelu, odbierała telefon.

Ciekawa byłam, czy Darcy wyjdzie za mąż za znaną osobistość. Miałam nadzieję, że nie. Chyba nie jest typem słabej kobietki. (Narysowałam welon). Próbowałam przegonić na cztery wiatry nieważne myśli, które nie miały związku ze sprawą.

Wyjęłam niezapisane fiszki i napisałam na nich słowa, tak jakby to robił Nabokov. Potem je potasowałam. Słowa nie miały sensu, czy były pomieszane, czy nie. Żałowałam, że Nabokov, albo inny pisarz, nie powróci, żeby dokończyć powieść. Dlaczego trafiło właśnie na mnie?

Uzupełnianie luk po wielkim pisarzu przerastało moje możliwości. Może byłoby inaczej, gdybym dokonała poważnej analizy jego dzieł – niestety, było w nich jeszcze mniej akcji, niż potrzebowałam. Powieścią, w której sporo się działo, był *Pnin*. Otworzyłam ją na chybił trafił i przeczytałam kilka zdań, wszystkie długie, zawiłe i niemożliwe do podrobienia. Musiałam poszukać czegoś prostszego. Nagle uderzyło mnie zdanie: – *Duszno tu – rzekł mężczyzna o owłosionych pachach i zaczął wycierać przednią szybę.*

Takie zdanie mogłam przerobić po swojemu: – *Parno tu – rzekł pałkarz o szerokich ramionach, pokazując końcem kija na stratosferę i stając w rozkroku na bazie* .

Fiu. Nieźle. „Koniec kija" brzmiał dziwacznie, trochę jak coś należącego do Batmana*, ale co tam. Znalazłam jeszcze jedno zdanie: *Energicznie obszedł maskę i rzucił się ze szmatą na szybę z drugiej strony.*

Dobra. *Energicznie obiegł bazy i rzucił się z drugiej strony do mety domowej.*

Złapałam rybkę. Znalazłam jeszcze jedno mięsiste zdanie, które mogłam do czegoś użyć. Robiłam postępy. Nadszedł czas, żeby wystukać zdania na komputerze. Ułożyłam w wachlarzu na biurku fiszki i moje podróbki zdań z *Pnina* obok papierowych serwetek, lalki Barbie i plastikowych figurek.

Wiedziałam, że nie napiszę sceny o zwycięstwie i przegranej, gdyż w przeciwieństwie do Babe'a Rutha i Rudy'ego, niewiele o nich wiedziałam w sensie sportowym. Napisałam więc scenę, w której zawarłam wszystko, co pamiętałam na

---

* *Bat tip* (ang.) – koniec kija.

temat kochania, ryzyka i kapitulacji. Z trudnością wyobrażałam sobie emocje związane z kochaniem, ale pisałam to, co mi podpowiadał mózg. Żeby zaintrygować czytelnika, wykorzystałam każde słowo, na które wpadłam, a które mogło go przyjemnie podniecić w podprogowy sposób. Według niepublikowanego artykułu dla „Psychology Now" pewne słowa mają dla kobiet wyłącznie erotyczny kontekst. Niektóre są oczywiste, takie jak „przyjemność" bądź „lekki szlafroczek", inne nie. Dla mężczyzn oczywiście przymiotnik „twardy" i każdy możliwy wariant słowa „penis". Wiele słów jest odwrotnie intuicyjnych, jak „naleśnik", „garaż" oraz „powierzchnia gruntu". Wykorzystałam szerokie spektrum czasowników opisujących seks, jakie mi tylko przyszły do głowy („wsadzać", „spuścić", „wślizgnąć" etc.), oraz słowa Rudy'ego zapisane na serwetkach. Wystukałam na komputerze sześć stron.

Zwyciężyłam. Mecz dobiegł końca. Babe wygrał. Właśnie spotkały się moje dwie najsłabsze cechy charakteru: sport i udawanie geniuszu. Moja twarz i piersi były mokre od potu, jakbym właśnie przeżyła orgazm.

Nie byłam zadowolona z rezultatu. Już słyszałam, jak moja agentka mówi, że scena jest do luftu, lecz sama myśl o jej głosie i tak mnie pocieszyła. Wyślę jej scenę i wreszcie się zajmę czymś innym.

Wydrukowałam niedobrą scenę o meczu, włożyłam kartki do koperty i postawiłam ją przy drzwiach. Poszłam wziąć prysznic. Pod gorącym strumieniem czułam na ciele każdą igiełkę wody. Włożyłam najbardziej miękkie ciuchy i na palcach wyszłam na dwór. Po ciemku zaniosłam kopertę do skrzynki, żeby Bill mógł ją zabrać następnego dnia. Postawiłam na sztorc malutką metalową flagę na skrzynce. Przez chwilę rozkoszowałam się pięknem nocy.

Na niebie nie było gwiazd. Przypomniałam sobie, że byłam kiedyś w sierpniu z kuzynem na żaglówce. Spadł rój meteorów. „Perseidy" – oznajmił. Leżeliśmy po obu stronach dziobu i gapiliśmy się w niebo. Na widok spadających gwiazd pomyślałam sobie życzenie (żebym schudła trzy kilo, znalazła dobrą pracę i spotkała kogoś, kto pięknie pachnie i jest zrównoważony psychicznie), a kuzyn mi mówił, jak mam ugotować zupę szczawiową. „Najpierw przygotuj bulion z młodej kury, ugotowany na skórce od cebuli dla koloru. Następnie odcedź wywar, zmiksuj go na gorąco z paroma garściami świeżego szczawiu, tylko bez łodyżek. Dodaj śmietany". Po czym dorzucił: „Jeśli nie masz śmietany, to i tak ugotuj zupę. Bądź jak dojrzała krowa: zjedz trawę i pozwól dzieciom wypić mleko".

FARBA

Nazajutrz rano, kiedy zastanawiałam się, co zjeść na śniadanie (jacy są ludzie, którzy jedzą płatki orkiszowe?), zadzwonił John. Był akurat w pobliżu i chciał zapytać, czy może mi podrzucić na noc psa. Czy jego zdaniem nadawałam się wyłącznie na opiekunkę psów? Potrafił mi oddać pod opiekę Matyldę, ale dzieci już nie. Zgodziłam się tylko dlatego, żeby się dowiedzieć, czemu tak szybko znalazł się znowu w miasteczku.

Prawie od razu po rozmowie z nim usłyszałam dzwonek do drzwi.

– Masz – powiedział, podając mi wysuwaną smycz. – Będzie dla ciebie lepsza, na pewno egzekwowanie posłuszeństwa sprawia ci problem. – John wcale nie chciał być dupkiem. Uważał się za przyzwoitego gościa, podobnie jak inni. Irene też pewnie twierdziła, że jest bardzo dobrym człowiekiem, a przynajmniej dobrą partią. Matylda nie kryła się z tym, że uważa go za boga. Ocierała się o jego udo i zadzierała wysoko łeb, patrząc na niego z uwielbieniem, na które nie zasługiwał.

W sportowym wozie Johna za przyciemnioną szybą siedziała Irene.

– Wezmę ją, pod warunkiem że Darcy i Sam spędzą u mnie dodatkowy dzień.

– Barb, tyle razy o tym mówiliśmy. Sporządziliśmy w tej sprawie umowę prawną.

– W takim razie bierz ją z powrotem. – Podałam mu smycz. John spuścił głowę, jakby próbował się uspokoić.

– Dlaczego wszystko utrudniasz? – Wiedziałam, że nie czeka na moją odpowiedź. – Dobrze, wyrażam zgodę na jeden dzień w tym miesiącu.

Wzięłam od niego smycz.

– Po co tu przyjechałeś? – spytałam, choć nie była to moja sprawa.

– Zapisaliśmy się na terapię dla par.

Nieźle mnie wkurzył. Idzie na terapię, żeby zrozumieć uczucia Irene. Na moich nigdy mu jakoś nie zależało. Chwyciłam Matyldę za obrożę i wciągnęłam ją do domu, mimo że była cięższa ode mnie o pięć kilo. A może odwrotnie... Trzasnęłam z całych sił drzwiami.

– Jestem wściekła – oznajmiłam Matyldzie, kiedy znalazłyśmy się w środku. Usiadła na mojej stopie. Skóra jej zwisała tak, jakby się miała z wiekiem wypełnić. Gdybym antropomorfizowała zwierzęta, powiedziałabym, że spojrzała na mnie, jakby chciała mi powiedzieć: „A czego się spodziewałaś?".

Ze stopą uwięzioną przez Matyldę uświadomiłam sobie, że nie mam w kuchni na śniadanie bajgla z masłem, który odpowiadałby mojemu wzburzeniu. Bajgle stępiają złość. Przypomniałam sobie duży artykuł ze starego numeru „Psychology Now". *Serotonina, która uwalnia się dzięki konsumpcji węglowodanów, uśmierza zarówno niepokój, jak i złość, chociaż nie eliminuje uczucia wstydu.*

Wreszcie uwolniłam stopę i ubrałam się w to, co miałam na sobie wczoraj (i w co ubiorę się jutro).

Nie chcąc zostawiać Matyldy samej w domu, wpuściłam ją na fotel obok kierowcy i pojechałam do piekarni. Śniadanie kupiłam w restauracji bez wychodzenia z samochodu. Zaparkowałam obok piekarni na parkingu sklepu z artykułami żelaznymi i rozwinęłam z papierka bajgiel z sezamem.

Najwyraźniej na północy nie wiedzą, co znaczy smarować chleb. Ociekający tłuszczem ser uformował pagórek w moim bajglu, niczym mini-Matterhorn. Rozejrzałam się, dumając, co mam z nim zrobić, gdy nagle spojrzałam głęboko w ciemnobrązowe oczy Matyldy. Strużka jej śliny pociekła na moje kolano.

Mimo że nie byłam pewna, czy psy tej rasy mogą jeść ser, wyjęłam jego nadmiar z kanapki i podałam go Matyldzie na papierze. W okamgnieniu pożarła ser wraz z papierkiem. Miała też ochotę na bajgiel, więc oddałam jej połowę. Na wszelki wypadek trzymałam kawę z dala od jej nosa, żeby nie przyszło jej do głowy się napić.

Na parkingu stało mnóstwo samochodów. W witrynie sklepu piętrzyła się piramida wzniesiona z puszek z farbami. Na banerze przeczytałam napis: „Markowe farby we wszystkich kolorach za pół ceny".

Do sklepu wpływał strumień kobiet, samotnych albo w parach. Strumień wypływający wyglądał podobnie i nawet biegł w tym samym tempie. Kobiety z puszkami wyglądały, jakby zaraz miały się rzucić do malowania.

Podczas gdy Matylda rozmazywała nosem ser na szybie, ja zebrałam się na odwagę, by wejść do środka.

Przy stoisku z kolorami panował radosny gwar. Odeszłam na bok i wzięłam pasek z próbkami farb, bardziej po to, żeby się nie wyróżniać wśród klientek niż z jakiegokolwiek innego powodu. Błękitne szarości były śliczne, subtelne i eleganckie. Na górze paska, pod numerem sto osiemdziesiątym czwartym, znalazłam taki sam kolor błękitnego jaja drozda wędrownego, jaki ujrzałam na drzwiach burdelu w Nowym Jorku.

Poprosiłam o litr farby lateksowej do malowania ścian zewnętrznych o numerze sto osiemdziesiąt cztery i czekałam, aż sprzedawca ją dla mnie przygotuje.

– Jest za zimno na malowanie – zauważył.

Uwaga sprzedawcy była charakterystyczna dla Onkwedo. Tutaj nikt nigdy nie miał ochoty niczego sprzedawać. Wyznawano zasadę: „Ty nie wydasz pieniędzy, ja zaś zatrzymam towar, i wszyscy rozejdziemy się w spokoju do naszych domów". Trudno było zrozumieć, o co im chodziło.

Po powrocie do domu zaznaczyłam kwadrat na drzwiach i namalowałam niebieski pasek. Ponieważ ładnie wyglądał, pośrodku namalowałam drugi.

Umyłam w zlewie pędzel i dałam Matyldzie karmę. Zalanie suchej karmy wodą w wielkiej misce zupełnie pozbawiło mnie ochoty, by samej coś jeszcze dzisiaj zjeść.

Położyłam się na kanapie. Matylda pochłonęła karmę w cztery sekundy i przyłączyła się do mnie. Obserwowała wiewiórkę, która czmychała za oknem w górę i w dół po gołych drzewach. W Onkwedo panowała prawdziwa plaga wiewiórek. Zakopywały w ziemi orzeszki, a potem je wykopywały, wciskając się przy tym pod samochody. Oddech Matyldy zamienił się na szybie w parujący wianuszek. Położyłam dłoń na jej wielkim ramieniu – o ile psy mają ramiona – i wyjrzałam przez okno. Na dworze nie było niczego godnego uwagi.

John zostawił mi w spadku miasteczko, którego nie chciałam. Po wyjeździe dzieci zniknął ostatni powód, żeby w nim tkwić.

W dzień taki jak dziś, gdybym miała normalne życie i telewizor, pewnie oglądałabym na leżąco pornosy albo pornosy i kanał zakupowy, albo pornosy, kanał zakupowy i kulinarny, popijąc poranną irish coffee. Może zresztą piłabym coś jeszcze ohydniejszego, na przykład whisky z mlekiem – pił ją barman w klubie jazzowym, gdzie byłam przez dwa dni kelnerką (pierwszego dnia mnie zatrudnili, a drugiego wyrzucili).

Leżałam na kanapie i czekałam na telefon od mojej agentki albo na cokolwiek. Próbowałam sobie wyobrazić, jak wygląda szczęście. Ułożyłam mięśnie twarzy w uśmiech. Starałam się przypomnieć sobie jakiś dowcip. Ciekawe, jak by to było, gdybym chwyciła ustami owoc. Przejechałam językiem po zębach. Moje usta wydały mi się niewystarczająco wykorzystane.

Skierowałam wzrok na niebieski pasek na drzwiach. Był doskonały. Z jednej strony zapraszał do środka, a z drugiej zachowywał rezerwę. Mówił „Wejdź, a wyjdziesz bogatsza". Albo „Wejdź teraz, wejdź w tej chwili".

Pomyślałam o mieszkankach Onkwedo, które malowały swoje sypialnie, kuchnie i łazienki. Pomyślałam, że to wielce niesprawiedliwe: ponieważ mieszkają akurat tutaj, nie znają wyrafinowanych radości życia i namiętności, nie jedzą czekoladowych rogalików pieczonych przez paryżanina, nie noszą frywolnych i cudownych butów ani nie cieszą oka tańcami na chodnikach.

Wzleciałam swoim zwyczajem nad miasteczko, lustrując zajęcia kobiet. Poza malowaniem, sprzątaniem i objadaniem się zobaczyłam, jak jedna kobieta wynosi śmieci. Inna ćwiczyła w urzędzie hrabstwa na podłodze brzuszki, zapierając się nogami o krzesło. Zauważyłam też Margie – rozmawiała przez telefon z jedną ze swoich dochodowych autorek romansów.

Nikt w Onkwedo nie uprawiał seksu, z wyjątkiem pary, która mieszkała obok mnie i miała kłopot z zapłodnieniem. Za chwilę zaczną uprawiać seks – jej ciało właśnie zaczęło jajeczkować – muszą się jednak pośpieszyć, zaraz wracają do pracy.

Zamiast współczuć kobietom kompletnie pozbawionym seksu, zaczęłam snuć wizję rewelacyjnego biznesu. A może by tak w Onkwedo otworzyć dom uciech, który służyłby kobietom łaknącym rozrywki i namiętności? Na samą myśl o tym ślinka napłynęła mi do ust.

Tak, Onkwedo dramatycznie łaknęło namiętności. Ten straszliwy głód namiętności unosił się w sklepach w przejściach między półkami uginającymi się od węglowodanów. Pojawiał się w romansach, które zlatywały z półek w bibliotece, a także w uwijających się jak w ukropie firmach czyszczących dywany i w długich kolejkach do myjni. Namiętność wytwarza bałagan, a Onkwedo wszelkimi sposobami tłumiło go, wymazywało jego istnienie.

Różne myśli zaczęły przychodzić mi do głowy, ale nic konkretnego. Wielkie miasto rodzi wspaniałe idee, jest niby wyspa w rzece możliwości, ale przecież ta rzeka płynie wszędzie. Nie tylko w mieście. Czułam, jak te możliwości opływają mnie ze wszystkich stron, czekając, aż je odkryję.

Musi być jakiś sposób, żebym stanęła na nogi i odzyskała dzieci. Postanowiłam go odnaleźć.

Pobudzona kawą i zapachem lateksu wycięłam z „Onkwedo Clarion" zdjęcia gwiazdorskiej osady Waindell. Był wśród nich Sid Jakiśtam z jasnobrązowymi lokami, i Inny Janson, który wyglądał jak model, obaj czempioni. Pomyślałam, że w tym świecie są albo zwycięzcy, albo przegrani. Wtedy przypomniałam sobie, że nic o tym nie wiem, tak jak kompletnie się nie znam na prowadzeniu biznesu. Z kawą krążącą w żyłach uświadomiłam sobie jeszcze jedną rzecz – że w ogóle o niczym nic nie wiem. Tę myśl odczułam jako najbardziej dojmującą tamtego dnia.

Zadzwoniłam do mojej agentki.

Chociaż Margie właśnie ćwiczyła, zaprosiła mnie do siebie. Powiedziała, że będziemy rozmawiać, podczas gdy ona będzie wypacać kalorie.

Kiedy wyciągnęłam Matyldę na dwór, pies zatrzymał się przy moim samochodzie.

– Idziemy na spacer – oświadczyłam stanowczo.

Gdy dotarłyśmy na miejsce, przywiązałam Matyldę do skrzynki na listy, przy której się położyła i natychmiast zapadła w sen.

Zastałam Margie w domowej sali do ćwiczeń przerobionej z nieużywanej sypialni. Ubrana była w spodnie od dresu w gołębim kolorze i trykotową koszulkę. Na kostki założyła szare ciężarki, na włosach miała szarą opaskę. Podnosiła właśnie sztangę ważącą około dwudziestu pięciu kilogramów i mimo fizycznego wysiłku wyglądała pięknie niczym księżna Diana.

– Huh... – sapała, podnosząc do góry sztangę przy powtórce ostatniego zestawu ćwiczeń. Usiadła i zwiniętym ręcznikiem wytarła zarumienioną twarz. – Mów pierwsza – rzekła. – Odpowiem ci, kiedy skończę.

Opowiedziałam jej o spotkaniu w Nowym Jorku i okropnych ludziach z TVQ. Margie nie reagowała, zamiast tego pracowicie wyrzucała ręce do przodu, ja zaś robiłam uniki, starając się nie natknąć na ciężarki, którymi wymachiwała przy mojej twarzy.

Chciałam jej opowiedzieć o zamknięciu Ceci-Cela i najlepszym czekoladowym rogaliku na świecie. – Tylko mi nic nie mów o jedzeniu – wydyszała.

Postanowiłam ją wypytać o kilka spraw.

– Czym się zajmują mieszkanki Onkwedo przez cały dzień? Mam na myśli nie kobiety pracujące, tylko gospodynie domowe. Co robią, kiedy ich dzieci są w szkole? Co? Sprzątają po całych dniach?

Margie chrząknęła na zgodę albo z wysiłku i odłożyła ciężarki.

– Niektóre tak – odparła. – Wariatki sprzątają.

– A reszta? Gotuje?

– Nikt już sam nie gotuje.

– Może chodzą na zakupy? Tu nie ma nic do kupienia.

Margie przypinała rzepami ciężarki na kostki. Znowu jakby odkaszlnęła.

– Na pewno kupują mnóstwo romansów – dyszała, głośno licząc powtórzenia. – Mają jakieś hobby, biorą udział w pracach społecznych, chodzą na pedikiur. – Jej mięśnie maksymalnie napinały się od wysiłku.

Co za koszmar.

– Dwadzieścia jeden, dwadzieścia dwa. – W końcu odłożyła ciężarki.

Zapytałam ją, czy przeczytała moją scenę. Jednym z przywilejów bycia żoną listonosza było błyskawiczne otrzymywanie listów.

– To nie Nabokov – wydyszała – ale jest dość szpanerska.

Sądziłam, że agenci znają najnowsze powiedzonka, ale Margie posługiwała się slangiem z lat pięćdziesiątych.

Milczała jak głaz, kiedy skończyła ćwiczyć pośladki, tak mi się przynajmniej wydawało, że je ćwiczy. Zdjęła ciężarki z kostek i psiknęła sobie w usta różowym crystal lightem z plastikowej butelki.

– Musimy wymyślić autora dla powieści. Myślałam o jakimś mocnym nazwisku, coś, co trąciłoby lekkim fałszem, jak na przykład Lucas Shade.

Spodobało mi się. Spojrzałam na moją koleżankę Margie. Wyglądała olśniewająco w mokrym od potu dresie; zawsze wiedziała, co robić.

Rozwinęła szary ręcznik i wytarła z powiek pot.

– Wyślę *Babe'a Rutha* do kilku wydawców i zobaczymy, co nam odpowiedzą. – Wciąż do mnie mówiła przez drzwi od prysznica. – Czekanie na odpowiedź trochę potrwa. – Mimo szumu wody usłyszałam, jak woła: – Powinnaś napisać coś innego! Na przykład romans!

– Nie potrafię – odparłam. – Zardzewiałam intelektualnie.

Margie wyszła spod prysznica. Owinęła ciało w ręcznik, a drugim wytarła włosy i zrobiła z niego turban. Wyglądała jak posągowa reklama higieny osobistej.

– Rudy mi powiedział, że fajna z ciebie babka.

Byłam zaskoczona.

– Nie sądziłam, że jestem w jego typie.

– Rudy zna się na kobietach w tym mieście. Jako trener z Waindell jest tu traktowany jak książę. Dobrze wie, czego pragną kobiety, i od dwudziestu lat bardzo się stara im tego nie dać.

Tak mi się zdawało.

– Jesteś w świetnej formie. Często ćwiczysz? – spytałam.

– Sześć razy w tygodniu. Dwa razy w niedzielę.

Miałam nadzieję, że istnieją sekrety piękna kobiecego ciała, których nie znam, ale myliłam się.

Margie zdjęła ręcznik z włosów.

– Zapraszam cię w środę na obiad. To jedyny dzień, w którym jadam.

– Doskonale.

Miałam nadzieję, że podziękowałam jej lekkim tonem, tak żeby się nie zorientowała, że obiad z agentką jest spełnieniem moich marzeń.

Na dworze rozwiązałam Matyldę i wybudziłam ją ze śpiączki.

W drodze powrotnej podskakiwałam jak dziecko. Moje skakanie było odpowiednio szybkie do człapania Matyldy i nie pozwoliło jej wyrwać mi ręki ze stawu. Dlaczego ludzie nie podskakują? Skakanie jest o wiele przyjemniejsze od biegania. Darcy wciąż jeszcze nie potrafiła skakać, najpierw robiła krok, potem podskok, i nazywała to skakaniem, chociaż wcale nim nie było. Jak mam ją nauczyć? Zwolniłam kroku, kiedy o niej pomyślałam.

Matylda truchtała obok, ciągnąc mnie ze wszystkich sił. Postawiła wysoko nos, którym wdychała zapach zamarzniętego jeziora poniżej nas. Opuściłyśmy miasteczko. Podwórka z tyłu ogrodzeń ustąpiły miejsca lasowi. Nagle droga zmieniła się z asfaltowej w żwirową. Przeczytałam na znaku, że Onkwedo żegna. Jezioro graniczyło z lasem, ciągnęło się do gospodarstwa Daitchów i dalej.

Starałam się dotrzymać Matyldzie kroku, dumając nad tym, co mi powiedziała Margie o mieszkankach Onkwedo. Hobby. Prace społeczne. Pedikiur. Jeden Rudy do podziału na nie wszystkie. Nie miały nawet czekoladowego rogalika, który by im uprzyjemnił dzień. Pies ciągnął mnie w stronę stromego zjazdu, nie mogąc się doczekać, kiedy zbiegnie do wody. Przy zjeździe leżała skrzynka na listy, która wyglądała, jakby dawno temu została stratowana przez pług śnieżny.

Droga wiodła w dół ostrymi zakrętasami ułatwiającymi dojechanie na górę od strony jeziora. Uważnie patrzyłam pod nogi, żeby się nie poślizgnąć na kamyczkach. Wreszcie znalazłyśmy się z Matyldą na polanie, na której zwykle parkowały samochody. Między bezlistnymi drzewami dojrzałam zarys stromego dachu.

Zbiegłyśmy z Matyldą ze zbocza, okrążając stary domek, przywodzący na myśl myśliwską chatę. Policzyłam okna na drugim piętrze, musiało być tam około sześciu sypialni. Stanęłyśmy przed wejściowymi schodkami, prowadzącymi na szeroki, lekko pochyły ganek. Na drzwiach ktoś przybił deskę. Dom wyglądał na opuszczony, ale nie zaniedbany.

Matylda ciągnęła mnie do jeziora, do którego można było dotrzeć tylko stromymi, podobnymi do drabiny schodkami. Nabrzeże obróciło się w ruinę, ale uroku przydawało mu słońce rzucające refleksy znad jeziora całego skąpanego w blasku. Panował tu nastrój jakby wyczekiwania.

Zdaniem Matyldy wciąż byłyśmy za daleko od wody. Ciągnęła mnie po schodkach do kamienistej plaży ukrytej między popękanym betonowym nabrzeżem i staroświeckim hangarem na łodzie, zdającym się unosić na jeziorze. Biegłyśmy z Matyldą po nabrzeżu, przeskakując przez duże bruzdy, które zalewała woda. Na końcu, po obu stronach, znajdowały się dwie żelazne zardzewiałe obręcze i dwa zestawy klinów do wiązania łodzi.

Po drugiej stronie jeziora do Hillside przykleiło się kilka samotnie stojących domków Long Hill. Woda z łagodnym pluskiem biła o nabrzeże. Matylda westchnęła i położyła się, jakby od zawsze wiedziała, że to jest właśnie to miejsce. Usiadłam obok niej, chcąc poczuć ciepło jej ciała.

Patrzyłam na stromy brzeg jeziora, nad którym stał domek tuż za granicą Onkwedo – dławionego, umierającego z braku namiętności. Patrząc na drzwi, oczyma wyobraźni ujrzałam zerwaną sklejkę oraz oczyszczone i pomalowane na błękitno drzwi. W mojej głowie blady błękit lśnił wieloma perspektywami. Wyobraziłam sobie samochody na parkingu. Duże należały do mam, mniejsze do pracoholiczek. Pomyślałam, że to dobrze, że domek znajduje się na uboczu, z widokiem na jezioro oraz mnóstwem miejsca na samochody. Wymarzone miejsce na dom uciech.

Oblizałam wargi. Czasami przeznaczenie rozpościera się przed tobą jak szeleszcząca kartka papieru.

RUDY PO RAZ DRUGI

Wzięłam do ręki słuchawkę, zbierając się na odwagę. Chciałam zadzwonić do Rudy'ego. Nie wiedziałam, czy lepiej będzie porozmawiać z nim o interesach przy kawie, czy przy alkoholu. Prawie się poddałam, ale powiedziałam sobie surowo, że wprowadzam nowe zasady. Nie miałam nic do stracenia. Wyprostowałam się, podniosłam słuchawkę. Wzięłam głęboki oddech i wypuściłam powietrze. I znowu zaczerpnęłam tchu.

Kiedy Rudy mnie usłyszał, powiedział: – Strzelaj.

Więc zaczęłam.

Spotkaliśmy się w barze uniwersyteckim blisko hangaru, gdzie trzymano wiosła. Tym razem wzięłam z sobą notatnik. W barze panował półmrok, a w rogu na wielkim ekranie leciały pornograficzne kreskówki. Studenci tłoczący się po ciemku przy barze wyglądali, jakby rozprawiali o Camusie. Nikt nawet nie spojrzał na ekran, chociaż Betty Boop uwijała się na nim jak w ukropie, nawet nie chciałam wiedzieć, w jakim celu. Była przerażająco słodka, harmonijnie łącząc w sobie dziecko i wampa, który każdego mężczyznę zmieniłby w pedofila.

Zamówiliśmy po szkockiej. Przed spotkaniem przyrzekłam sobie, że zamówię to, co Rudy. – Mieszaną – uściślił, wskazując na johnniego walkera z czerwoną etykietką. Zdziwiłam się, że szkocka tak mi zasmakowała.

Rudy przyglądał mi się z podejrzliwością.

– Jesteś byłą Johna?

– Tak, jesteśmy rozwiedzeni. – Uwielbiałam dźwięk tego słowa.

– Chodziłem z nim do szkoły. Pamiętam, że co roku wygrywał konkursy naukowe. Jak mu się wiedzie?

– Świetnie. Bardzo dobrze sobie radzi – odparłam.

– Wciąż ma dużo włosów?

– Tak.

– Miał bujną czuprynę – rzekł smętnie Rudy. – Cześć, Sherrie, daj jeszcze jedną. – Rudy z uznaniem spojrzał na wysoką barmankę.

– Czy ona jest w twoim typie? – spytałam.

Rudy prychnął.

– O tak – odparł – jest w sam raz. – Pociągnął łyk kolejnej szkockiej.

Zdecydowałam, że nadszedł czas przejść do rzeczy. Upiłam łyczek i oznajmiłam, że mam zamiar otworzyć biznes. Zauważyłam, jak tężeje mu twarz. Pewnie pomyślał, że chcę go poprosić o pożyczkę. Pośpieszyłam z zapewnieniem, że nie potrzebuję jego forsy, tylko rady. Rudy odprężył się i pił dalej. – Jestem w fazie planowania. – Alkohol dodał mi odwagi. Mgliście opisałam koncepcję mojej kociej przystani, pomijając część dotyczącą seksu. Mówiłam o przyjemności i relaksacji, dodając, że moimi klientkami będą kobiety, a pracownikami mężczyźni.

Rudy słuchał z uwagą, obserwując bardziej swoją whisky niż moją twarz. Tak się zachowują mężczyźni, kiedy się wsłuchują w głos kobiety, żeby się upewnić, czy nie stoi za tym kłamstwo albo słabość. Najwyraźniej wracaliśmy do problemu dotyczącego męskiego mózgu: pamiętacie? – kwestii przestawiania się z przedmiotu na podmiot.

Stuknęłam szkłem o jego szklankę stojącą na ladzie.

– Rudy... – zaczęłam niepewnie, starając się dobrać odpowiednie słowa. – Kobiety w tym mieście potrzebują atencji. – Powiedziawszy to, z taką mocą postawiłam szklankę, że aż zabrzęczała. – Wiesz o tym lepiej niż ktokolwiek inny.

Rudy sięgnął po szkocką. Złapał za szklankę, jakby się bał, że mu zaraz odleci.

– Jaki najlepiej rozkręcić tu biznes?

– Będzie ci ciężko z czymś wystartować, miejscowi nie śmierdzą groszem.

Barmanka uniosła pytająco brew w moją stronę, lecz potrząsnęłam przecząco głową.

– Tak naprawdę całe miasteczko opiera się na jednej instytucji. Jeśli twoja firma nie będzie związana z Waindell, to niewiele wskórasz – ciągnął Rudy.

– Jakie biznesy wspiera Waindell?

– Wszystko, co się wiąże z projektami badawczymi. Waindell koncentruje się na nauce.

Wyciągnęłam zeszyt i położyłam go na barze.

– Po co ci to?

– Robię notatki. – Podniosłam długopis i postukałam nim o notes. Rudy wysuszył szkocką i natychmiast dostał od barmanki następną, choć nie widziałam, żeby któreś z nich uczyniło jakiś gest. Ten rodzaj nieuchwytnej komunikacji dowodzi tego, że mężczyźni pochodzą jednak z innej planety.

– Byłem kiedyś niezłym ciachem – rzekł Rudy.

Skinęłam głową.

– Kręciłem z trzema albo czterema dziewczynami naraz. – Szybko dopijał trzecią szkocką. – Wypaliłem się. – Mój długopis zawisł nad notesem. Nagle Rudy jęknął: – Seks oralny jest potwornie nudny. – Wyciągnęłam szyję, chcąc się przekonać, czy Rudy komentuje kreskówki, ale najwyraźniej nie.

Żeby się czymś zająć, zapisałam w notesie „seks oralny". Upiłam trochę szkockiej, alkohol wydawał się wzmacniać byty równoległe. Już nie miałam wątpliwości, że Rudy był przybyszem z innej planety. Nagle sięgnął po moją torebkę i pociągnął ją do góry za pasek.

– Kiedy kobiety pojawiają się z dużymi torbami, wiem, że wpadłem po uszy. – Rudy chyba się cieszył, że przyszłam na spotkanie z małą torebką. – Kryją w nich zabawki erotyczne.

I to ma być postęp? Czuję się jak facet od odkurzacza. – Pił już teraz czwartą szkocką.

I wtedy opowiedział mi dowcip o kobiecie, która uprawiała seks, mając na sobie rajstopy, jakbym była jego kumplem, z którym się upija w piątkowy wieczór. Dowcip był tak stary, że aż chciałam dać mu klapsa, żeby wrócił do dwudziestego pierwszego wieku. Kiedy skończył, wciąż siedziałam nieruchomo i patrzyłam na niego w oczekiwaniu.

– To był kawał – wyjaśnił.

Pochyliłam się w jego stronę. Mógł mi nawet zajrzeć pod koszulę, gdyby miał ochotę, choć prawdopodobnie oboje pomyśleliśmy (z różnych powodów), że chyba nie ma sensu się trudzić.

– Rudy, kawał jest wtedy dobry, gdy osoba, która go słucha, się z niego śmieje.

– Jesteś zabawna – odrzekł.

– Niby dlaczego?

– Taka słodka i w ogóle... – kiwnął głową – ale mam wrażenie, jakbyśmy grali w tej samej drużynie.

– Dzięki i tak. – Szkocka miała najlepszy smak, jaki kiedykolwiek miałam w ustach.

– Nie jesteś lesbijką?

– Nie – czułam, jak ogarnia mnie ciepło.

– Mogłabyś używać szminki – rzekł stanowczo.

– Używam – odparłam.

– Nieważne. Podobasz mi się.

– Dzięki.

Oboje spojrzeliśmy na barmankę. Poczułam zapach jego szyi. Rudy pachniał jak facet, jak dorosły. Przywołałam się do porządku, żeby przestać wreszcie obwąchiwać nieznajomych mężczyzn.

Rudy mieszał kostki lodu na dnie szklanki. Miał smutną minę.

– Zastanawiasz się czasami, o co w tym wszystkim chodzi?

– Nie – odparłam zgodnie z prawdą.

Nadszedł czas się pożegnać. Byłam dość trzeźwa, żeby

wrócić do domu samochodem, a nasze spotkanie i tak do niczego nie prowadziło, w każdym razie nie do tego miejsca, do którego chciałam dojść. Z mojej wystarczająco małej torebki wyjęłam dwudziestodolarowy banknot, żałując, że nie mam przy sobie dwóch dziesiątek, żeby się nie pożegnać z całą sumą. Położyłam pieniądze na stole.

Kiedy wysuszyłam ostatnie krople szkockiej, Rudy rzekł:

– Zatrudnij młodych. Mają w sobie ambicję i chęć wygranej.

Na jego planecie ucałowałabym go na pożegnanie. A tak powąchałam tylko resztki jego kosmyków i wyślizgnęłam się na zewnątrz.

Po drodze myślałam o tym, co mi rzekł. Onkwedo jest miastem jednej instytucji. Zewsząd otoczone polami, przypominało plantację należącą do Uniwersytetu Waindell. Jeśli masz jego pieczęć na projekcie, to tak jakbyś dostał *carte blanche*. A mój mistrz kochał naukę. Nazwij coś „projektem badawczym" i możesz robić, co ci się żywnie podoba.

Myślałam o tym przez całą drogę do domu. Kiedy skręciłam w moją ulicę, olśniło mnie, że mam kumpla, którego nie miałam, odkąd umarł mój kuzyn. Miałam też agentkę. Żadnego z nich nie miałam w Nowym Jorku. Jak na pierwszą przyjaciółkę z Onkwedo Margie była zjawiskowa. Miałam dwoje znajomych, w tym agentkę. Onkwedo stawało się moim miastem. Miałam nawet psa na pół etatu. Myśl o tym poprawiła mi nastrój.

Otworzyłam drzwi i zobaczyłam, że Matylda śpi na macie. Może czekała na Johna, ale miałam to gdzieś. Na jej łbie wylądował mój całus o zapachu whisky.

BISTRO MOUTARDE

O szóstej rano matka wysłała mi e-maila:

Kochana Barb,
mam nadzieję, że dobrze sypiasz? [Zdaniem matki sen był lekiem na wszelkie problemy. Na pewno rozwiązywał jej problemy].
Przygotowania do wydarzenia idą pełną parą. [Matka nie użyła słowa „ślub". Chociaż raz wykazała się taktem]. *Będzie harfistka z konserwatorium. Raczej nie potrzebujemy orkiestry, ale mam nadzieję, że trochę potańczymy.* [Czy ona nigdy nie słyszała o didżejach? Czy sądziła, że do tańca będą nam przygrywać na harfach?]. *Cała nasza rodzina będzie obecna* [Cała „nasza rodzina" to ja i dzieci] *oraz bardzo sympatyczni lekarze.* [Ostatnie trzy słowa były wytłuszczone]. *Proszę Cię tylko o jedno, dla Twojego dobra: włóż sukienkę! Z radością pójdę z Tobą na zakupy, wiesz o tym doskonale.*

Całuję, mama

PS. Co się stało z błękitną sukienką, którą Ci podarowałam na przesłuchanie w sądzie? [Miała na myśli sukienkę w błękitnym kolorze, która przyniosła mi pecha, a która była teraz dywanikiem i zasłonami w kondominium Barbie z kartonu].
PPS. Czy próbowałaś namówić Sama na dietę niskowęglowodanową?

Postanowiłam ją zignorować – w czym jestem świetna – i zaczęłam się szykować na lunch z agentką. Wreszcie wiedziałam, co na siebie włożyć: nowe obcisłe dżinsy (metki!), nieco może funky, ale za to modny sweterek (no dobra, sweterek jest prezentem od Margie, ale wciąż jest modny), torebkę do jazdy konnej Darcy z zamszowymi frędzlami oraz botki. Spojrzałam na siebie w lustrze. Byłam prawie zadowolona z efektu. Musiałam tylko minimalnie popracować nad paznokciami i brwiami.

Kiedy kichałam do lustra z pęsetką w dłoni oraz obolałymi i coraz cieńszymi brwiami, usłyszałam furgonetkę Billa. Wśród poczty z mleczarni znalazłam list z sześcioma znaczkami. Literki na adresie przypominały bazgroły. Brakowało nazwiska. Z otwartej koperty wypadł kosmyk ciemnych włosów. W środku była też kartka z purpurowej papeterii, na której napisano „Obćłm wuosy. DARCY".

Zastanawiałam się, z którego miejsca na głowie Darcy wycięła sobie kosmyk. Najprawdopodobniej z przodu i ze środka, tam gdzie zdołała się dojrzeć w lustrze. Położyłam kosmyk na dłoni, miał jakieś pięć centymetrów. Musiała obciąć włosy tuż przy skórze.

Do przyjazdu dzieci musiałam przetrwać szesnaście długich dni. Do tego czasu będę z psem. Najwyraźniej Matylda za bardzo rozrabiała w nowym domu. Czułam się żałośnie, bo bardzo polubiłam jej towarzystwo, ona zaś nie zwracała na mnie uwagi. Bez entuzjazmu pozwalała się drapać i głaskać, ale cieszyła się tylko wtedy, kiedy jej dawałam jeść.

Wystrój bistro z lekka przytłaczał. Wąska ciemna boazeria, owalne lustra, zawodząca smutno Edith Piaf, reklamy absyntu i litografie Toulouse-Lautreca na ścianach. A mimo to miejsce tchnęło autentyzmem. Margie zasiadła nad talerzem carpaccio – cienkimi kawałkami surowej wołowiny udekorowanej kaparami, delikatnie skropionej oliwą. Ja zamówiłam sałatkę z kozim serem i czymś, czego nie znałam, a co okazało się w końcu kandyzowanymi śliwkami. Miały dziwny smak, ale były smaczne. Jadłam też endywię łaskoczącą mnie w gardło. Byłam w siódmym niebie, że wreszcie jem coś, co nie zalega na półkach w miejscowym sklepie.

Obok nas jakieś dwie mamy rozprawiały o nauczaniu w domu, podczas gdy dwójka dzieci pod stołem próbowała wzniecić pożar za pomocą słonych paluszków. A może to były zapałki? Jedna z mam trzymała na ręku niemowlę. On – to chyba był chłopiec – ściskał w piąstce słony paluszek. Był jednym z tych poważnych bobasów, co to nawet okiem nie mrugnie. Z uwagą obserwował Margie, jak nadziewała surowe mięso na widelec i z jakimś dzikim wdziękiem je pochłaniała.

– Pozwól, że ci przekażę najnowsze wieści w sprawie książki – oświadczyła, wypełniwszy żołądek mięsem.

Kandyzowana śliwka utknęła mi raptem na języku. Poczułam, że za chwilę moje życie ulegnie całkowitej zmianie. Oczyma wyobraźni widziałam już wielkie witryny księgarń, w których w rzędach stały egzemplarze odnalezionej po latach powieści Nabokova (napisanej przez Lucasa Shade'a, ha, ha). Ujrzałam magazyn z paletami książek zapakowanych próżniowo, lśniących i w twardych okładkach. Na ostatniej stronie widniały skromne podziękowania dla mnie, odkrywczyni książki.

Margie odsunęła na bok talerz z niedojedzonym carpaccio. Rozejrzała się w poszukiwaniu papierosa, którego nie wolno jej było zapalić.

– Pierwszy wydawca, który przeczytał maszynopis, stwierdził, że najważniejsza scena została napisana z polotem godnym notki reklamowej – powiedziała. Zacytowała słowa wydawcy: – „Scena idzie w dół jak «Titanic»". – Tym samym wydawca Smith College dał jej do zrozumienia, że scena jest do bani.

Zadławiłam się endywią.

– W tym fachu musisz mieć twardą skórę – rzekła Margie, nadziewając na widelec kawałek mięsa, którego nie włożyła do ust. Zrobiła z serwetki kulkę i rzuciła ją na stół. – Cierpliwości. Wciąż czekamy na opinię innych wydawców.

Próbowałam przełknąć gulę, która utknęła za moim języczkiem podniebiennym.

Kelner krążył nad nami, jakby się właśnie nauczył chwytu Heimlicha i miał ochotę poćwiczyć. Margie zaczęła opowiadać o rosnącym rynku pokolenia *baby boomers* i o kobietach pozostających w związkach z mężczyznami z zaburzeniami erekcji. Dodała, że wydawcy zaczęli promować na stronach internetowych romanse dla babć, o następujących tytułach: *Nareszcie nadeszła prawdziwa miłość* oraz *Do trzech razy sztuka.* Zaczęła mnie namawiać, żebym napisała scenę miłosną dla czytelniczek w podeszłym wieku.

– Scena miłosna niewiele się różni od sceny sportowej – rzekła i dodała łagodnie: – Tyle że o miłości masz większe pojęcie.

Nie byłam tego taka pewna.

Niemowlę wciąż gruchało do Margie, która wreszcie je zauważyła. Obie przechyliłyśmy głowy, żeby popatrzeć na małego słodkiego człowieczka o poważnym wejrzeniu. Niemowlak wydął górną wargę i złożył buzię w ciup. W odpowiedzi Margie się do niego uśmiechnęła. Trzymając paluszek w górze niczym ekscentryczny dyrygent batutę, malec poskładał wszystkie mięśnie twarzy i też się do niej uśmiechnął.

Rozmowy zamilkły. Mamy spożywające obiad odwróciły się w naszą stronę i obserwowały narodziny miłości.

Zazdrościłam dzidziusiowi, że moja agentka poświęca mu tyle uwagi.

– Spróbuję, Margie. Dobrze.

Kiedy Margie i niemowlak zaglądali sobie w oczy, skorzystałam z okazji i wyplułam do serwetki endywię, której nie zdołałam przełknąć. Na szczęście kelner zajął się innymi gośćmi.

– Jak myślisz, kiedy się odezwą pozostali wydawcy? – spytałam, chcąc jej przypomnieć o prawdziwym powodzie naszego spotkania.

– Za miesiąc, może dwa – odparła, nie spuszczając wzroku z dziecka. Oboje nawet nie mrugnęli powieką.

Kelner przyniósł nam kartę deserów. Wahałam się między

crème brûlée i tartą *tatin*, choć bardziej skłaniałam się ku tarcie. Karta Margie huknęła o stolik z fałszywego marmuru.

– Nie zrobię tego swojemu ciału – oświadczyła. – Ale ty się nie krępuj.

Krępowałam się. Oblałam się rumieńcem i odłożyłam kartę. Jak ja śmiałam marzyć o czymś słodkim.

– W międzyczasie napisz scenę romantyczną – dokończyła Margie. – I nie myśl o powieści o baseballu. Czekanie zabija.

– Dasz mi wskazówki, jak mam ją napisać? – Moje kubki smakowe domagały się deseru.

Margie odwróciła się w moją stronę i zauważyłam, że się koncentruje, jakbyśmy przechodziły do istoty sprawy.

– Opisz scenę, w której kobieta poczuje, że mężczyzna się zaangażował, i zrozumie, że jemu rzeczywiście na niej zależy. Czytelniczki, kobiety, uwielbiają, gdy mężczyzna się angażuje.

Westchnęłam.

– Dasz radę, Barb. – Margie dała kelnerowi znak, żeby przyniósł jej rachunek. – To o wiele prostsze, niż ci się wydaje. – Wyjęła z torebki dużą kopertę, którą przesunęła w moją stronę. – Masz tu okładki książek wymyślane specjalnie dla pokolenia *baby boomers*. Poszukaj w nich inspiracji. Poczuj, kim są twoje czytelniczki. – Podpisała rachunek. – Nie ma w tym żadnej filozofii. Trzymaj się wskazówek i niech scena ocieka seksem.

Trzymaj się wskazówek, pomyślałam. Dobre sobie.

Miałam wrażenie, że endywia przeczyściła mi gardło niczym środek do toalet. Ponieważ wciąż myślałam o deserze, zatrzymałam się w lodziarni „I Ty Będziesz Świadkiem" na kojącą gałkę lodów.

Sekta świadków wyrażała uczucia religijne poprzez produkcję i sprzedaż wyrobów mlecznych. Propagowała szacunek do dużych ssaków, zakazując używania maszyn do dojenia krów. Różniła się od amiszów, ale niewiele.

Sekta miała jeden brzydki sekret, a przynajmniej ja o jednym wiedziałam. Sprzedawała nasze lody z mleczarni, oszukując klientów, że pochodzą od ich „krów, które żywią się wyłącznie trawą". Pan Daitch z dumą zdemaskował przede mną ich hipokryzję, choć jego zdaniem wcale nie oszukiwali klientów, a jedynie stosowali skuteczną strategię marketingową.

Wysoki sufit w lodziarni świadków delikatne podświetlono, co chyba wskazywało na szacunek dla czynności zjadania lodów, coś jakby „Spożywajcie je w pokoju". Lodziarnię przerobiono ze starego dworca, pozostał jedynie sufit z prasowanej cyny i tłoczone, odciśnięte kwadraty oraz wentylatory, które powoli się kręciły wraz z kilkoma opieszałymi zimowymi muchami. Na długich mosiężnych łańcuchach wisiały nad stołami lampy. Nastrojowo szara boazeria na ścianach i takaż podłoga zdawały się nieprawdopodobnie piękne. Kasę zamieniono w punkt wydawania napojów mlecznych, ambrozji i lodów w rożkach. Tylko tutaj, w tej lodziarni, w małych dzbanuszkach na stołach stała prawdziwa śmietana.

To, że dworzec w Onkwedo stał się lodziarnią, miało sens. Nikt z miasta nie wyjeżdżał. Nie należeliśmy do mobilnej części amerykańskiej populacji. Onkwedończycy żyli w jednym miejscu i zajmowali się konsumpcją. Mieszkaliśmy przy końcowej stacji.

Byłam jedyną klientką. Usiadłam przy stole w rogu, skąd miałam widok na główną drogę i parking. Nad listą ze smakami lodów stał na drabinie jakiś mężczyzna, który przybijał coś do ściany.

Ekspedientka miała na sobie brązową sukienkę z płótna workowego. Czyżby to były włókna konopne? Na plakietce przeczytałam, że ma na imię Skrucha. Po podaniu mi deseru wróciła do polerowania pucharków, które uważnie układała w piramidki składające się z sześciu naczyń.

Kiedy wolno polewa się lody śmietaną, zmienia się ona w pyszną twardą skorupę. Odkrycia tego dokonał Sam, mój syn. Jest jedyną znaną mi osobą, która dogłębnie zbadała temat polewania lodów tłustą śmietaną. Wypróbowałam jego metodę przy stoliku w rogu lodziarni, powoli polewając lody kawowe śmietaną z dzbanuszka. Następnie łyżeczką uderzyłam skorupę i zrobiłam w niej dziurkę. W środku lody były miękkie i rozlewające się, z zewnątrz oskorupiałe – śmietana stwardniała w coś na kształt twardej gorzkiej czekolady. Kiedy rozerwałam kopertę, którą dała mi Margie, wypadł z niej stos kolorowych okładek. Byli na nich srebrnowłosi modele i modelki, spacerujący po plaży za rękę, pędzący w kabrioletach z otwartym dachem, uśmiechający się koniecznie z odrzuconymi do tyłu głowami. Na tylnych siedzeniach leżały piknikowe kosze.

Zastanawiałam się, czy Skrucha kiedykolwiek czytywała romanse. Nagle wyobraziłam sobie, jak opada z niej sukienka i jak ukazuje się jej świątobliwa bielizna. Jakaż ona mogła być? Nie umiałam jej sobie dokładnie wyobrazić. Na pewno nie była elastyczna, raczej na guziki, ze sznurkiem do zaciągania. Między jedną a drugą łyżeczką lodów poukładałam okładki według preferencji Skruchy, której z pewnością nie spodobałoby się nic frywolnego. Zdawałam sobie sprawę, że nie należy ona do potencjalnych czytelniczek tej powieści; ze względu na ubiór – wyglądała, jakby szła na pielgrzymkę – było jasne, że kiedyś się na nią wybierze.

Skruchę powinien był adorować poważny, szlachetny mężczyzna, zdolny docenić piękno kultur prostszych oraz dyscypliny codziennego życia. Któż to mógł być? Ktoś kompetentny i z kwalifikacjami, tak żeby Skrucha poczuła się przy nim bezpiecznie, nawet gdyby rozpalił w niej ogień namiętnością. Może profesor? (Nigdy nie pałałam miłością do moich nauczycieli, ale widziałam, że niektóre z koleżanek oddawały się mężczyznom zza pulpitu). Może gość o srebrnych włosach? Co to poświęci się dla niej (kobiety ponoć o tym marzą, zdaniem Margie) i będzie ją błagał, żeby zrzuciła z siebie ten dziwaczny strój. Dzięki jego namiętności i miłości jej zwierzęca chuć przywiodłaby ją do wielkiego nowoczesnego świata.

Gapiłam się na odwróconego tyłem do mnie mężczyznę na drabinie oraz jego dżinsy. To niesprawiedliwe, że dżinsy tak dobrze leżą na facetach. Prosta wąskość ich bioder przechodzi w uda, a dżinsy opinają je akurat tyle, ile trzeba, wzdłuż mięśni nóg. Leniwie zastanawiałam się, czemu mąż Skruchy, jeśli oczywiście ów stolarz był jej mężem, nie zarzucił na siebie worka i czemu w ogóle mężczyźni z jej sekty mogli chodzić ubrani jak reszta świata.

Wróciłam do poprzedniej czynności. Wokół lodowego pucharka rozłożyłam na stole okładki. Ciekawiło mnie, które zdjęcie rozbudziłoby wyobraźnię Skruchy. Czerwony kabriolet wydawał się zbyt materialny. Dziewczyna z lodziarni potrzebowała czegoś, co by przemówiło do jej staroświeckiego widzenia świata. Na jednej z okładek pewna para stała na tle ściany pokrytej bluszczem, może biblioteki Uniwersytetu Waindell? „W końcu miłość do końca świata" – zatytułował powieść ktoś, kto prawdopodobnie kolekcjonował palindromy.

W powieści ze Skruchą jako bohaterką byłoby tak: mężczyzna – zauroczony pięknem Skruchy oraz wizją jej cudnego ciała ukrytego pod ohydnym workiem – zszedłby z drabiny, rozpiął skórzany pas na narzędzia, położył poziomnicę na ladzie i odłożył wiertarkę. Rzecz jasna powab ów widoczny byłby tylko dla niego. Miał, jak to Margie nazywa, „zabójczy tyłek".

Mężczyzna cofnął się, żeby spojrzeć na ekspozycję, którą właśnie zawiesił na ścianie – serię drewnianych, ustawionych w półkolu jakby kijów; wiedziałam, że są to ubijaki, zaokrąglone na końcach, gładkie i głowiaste, żywcem wzięte ze starodawnych drewnianych maselnic. Wyglądały jak piękne proste ozdoby. Z tej perspektywy te maślane ubijaki przypominały nieco afrykańskie artefakty, długie, proste rzeźby kolekcjonowane przez Modiglianiego. Facet pięknie to wszystko wymyślił.

Skrucha owinęła jakiś gałgan wokół pięści i stanęła obok niego.

W tej sekundzie w moim romansie musnęliby się ramionami, a jego żar przeszyłby jej worek i pogłaskał mile jej gładką skórę. Tylko czy „pogłaskał mile"?

Wyglądało raczej na to, że stolarz omawiał ze Skruchą kwestie finansowe. Dziewczyna ręką wskazała na ladę i zaoferowała rożek z gałką lodów. Mężczyzna przecząco pokręcił głową.

Co za nieczuły pajac, pomyślałam.

Mężczyzna złożył drabinę obok ściany blisko mojego stolika i pochylił się nad dużą stojącą na podłodze skrzynką, której nie zauważyłam.

– Zdaje się, że pan chce, żebym się przesunęła – rzekłam obrażona, że zignorował brzydko ubraną Skruchę.

– Nie przeszkadzasz mi – odparł wesoło spod stołu. Wyprostował się i zaczął zwijać w ósemkę przedłużacz, używając do tego dłoni i łokcia.

– Czy to będzie wszystko? – spytała mnie Skrucha.

– Tak. – Zarumieniłam się jak chłopak przyłapany na kosmatych myślach o jej sznurkach zatkniętych w luźnej bieliźnie z naturalnych włókien.

– Dwa dolary. – Skrucha uniosła do góry pusty dzbanuszek po śmietanie i zajrzała do środka.

Położyłam na stole trzy dolary, ale dziewczyna zrobiła poważną minę i oddała mi jeden banknot.

– Nie wolno nam przyjmować napiwków.

Nieznajomy położył poziomnicę na stoliku obok mnie i wyjął zza ucha ołówek.

– Co to takiego? – wskazał na rozłożone okładki.

– Propozycje okładek – zaczęłam je zbierać z powrotem do teczki, starając się zachować luz.

– To ty je wymyśliłaś?

– Nie. – Zapięłam bolczyk w teczce.

– Całe szczęście. – Położył wiertarkę obok poziomnicy.

– Czemu? – Włożyłam teczkę do torby.

– Są koszmarne. – Mężczyzna stanął przy stoliku i zaczął zbierać narzędzia. Nisko na biodrach zawiesił pasek z narzędziami. Starałam się na niego nie patrzeć. Miarka, jest; młotek, jest; śrubki są. – Jesteś tu od niedawna? – Nieznajomy zwrócił się do czubka mojej głowy.

– Tak. Raczej tak. Mieszkam tu od dwóch lat.

– I jak ci się podoba?

– Może być.

– Jesteś z Nowego Jorku?

– Tak.

– Pływasz czasami po jeziorze?

– Nie.

– To błąd. Warto tu być dla jeziora i lasów.

– Jasne.

Miałam nadzieję, że da mi wreszcie spokój. Instynktownie spojrzałam na jego dłoń – ciekawe, czy nosi obrączkę. Zauważył moje spojrzenie i posłał mi pewny siebie uśmiech. Następnie zarzucił drabinę na ramię i wyniósł ją na zewnątrz. Widziałam przez okno, jak przywiązuje ją do pikapa i otwiera duże, wbudowane metalowe pudło z narzędziami. Na boku pikapa widniał napis Holder Woodworking.

Powoli policzyłam do pięćdziesięciu i wyszłam na dwór.

Idąc w kierunku drzwi, usłyszałam gardłowe szczekanie Matyldy dobywające się z samochodu. Na powitanie obwąchała mnie i polizała. Zaczęłyśmy się do siebie przywiązywać.

Zadzwoniłam do młodego pana Daitcha. Znał wszystkich właścicieli ziemskich sąsiadujących z jego gospodarstwem. Odebrał po pierwszym dzwonku. Nie wydawał się zdziwiony, że dzwonię do niego w sprawie opuszczonego domku. Oznajmił, że domek należy do babci Bryce, i podał mi jej numer telefonu w domu spokojnej starości.

– Jest jeszcze bardzo żwawa – rzekł. – Przeniosła się tam wyłącznie z powodu jedzenia. Nienawidzi gotować.

Zadzwoniłam do babci Bryce, ale automatyczna sekretarka poinformowała mnie, że starsza pani poszła do stołówki. Zostawiłam jej wiadomość, że chciałabym wynająć domek.

Następnie zaczęłam szperać po stronie internetowej Uniwersytetu Waindell, zastanawiając się nad kolejnym ruchem. Weszłam na stronę projektów badawczych, skąd przemieściłam się do „Puli tematów”. Jeśli rzeczywiście prowadzisz badania – tu pomogła mi praca w „Psychology Now” – możesz ubiegać się o tematy dla eksperymentów na wydziałach badawczych. Przejrzałam wskazówki, które wyglądały dość sensownie, wystarczyło je tylko ściągnąć i wydrukować. Opisałam projekt w kilku zdaniach: *Potrzebni asystenci do*

badań korelacyjnych ludzkiej ekologii. Badanie sponsorowane z pry-
watnych funduszy dotyczy reakcji dorosłego człowieka na bodźce.
Dwa popołudnia w tygodniu, od trzech do sześciu miesięcy. Mile
widziane siły witalne. Ugh. Okropnie to brzmiało. Początek
i koniec ogłoszenia ozdobiłam symbolami dolara. Ogłoszenie
zamieściłam w dziale badań i na stronie osady Waindell pod
hasłem „praca/dodatkowe zajęcia/prace społeczne".

Nadeszła pora, żeby zrobić sobie coś do jedzenia. Wsadziłam do piecyka kurczaka według przepisu „Całe dwie
cytryny" z książki przemądrzałej Marcelli Hazan *Podstawy*
klasycznej kuchni włoskiej.

Matylda czaiła się przed drzwiczkami piecyka. Może czekała, aż skórka kurczaka napęcznieje, zgodnie z obietnicą
Marcelli Hazan, że tak się stanie, gdy odpowiednio zwiąże
się drób. Jeszcze nigdy mi się nie udało.

Jednak tym razem ptak napęczniał, był złoty i soczysty.
Polałam sosem z brytfanny karmę w misce Matyldy – pies
wtrząchnął całość z należytym uznaniem. Zjadłam pierś,
patrząc na ładne buzie wioślarzy, które wycięłam z gazety,
a następnie wkleiłam do skoroszytu.

Dwie godziny później sprawdziłam pocztę. Znalazłam kilkanaście odpowiedzi na moje ogłoszenie. Niektórzy zamieścili
zdjęcia, dzięki czemu porównałam ich z twarzami sławnych
z „Onkwedo Clarion". Był wśród nich Sidney Jakiśtam, Janson
Coś, obaj równie przystojni jak sprzedawcy z Abercrombie &
Fitch. To była ekscytująca chwila.

Odpisałam na wszystkie e-maile i ustaliłam terminarz
rozmów kwalifikacyjnych dla potencjalnych męskich dziwek
mojego przyszłego burdelu.

OŁÓWKOWA SPÓDNICZKA

Po południu zaplanowałam rozmowy ze studentami w siedzibie uniwersytetu. Margie nie wykazała najmniejszego zainteresowania tym, że przeprowadzam rozmowy kwalifikacyjne (sama właśnie znajdowała się w ferworze przetargu na opublikowanie sequela *Wreszcie miłość*), i tylko doradziła mi, żebym włożyła dopasowany żakiet, buty na obcasach i „elegancką spódniczkę". Znalazłam te trzy części garderoby w sklepie Armii Zbawienia. Sprzedawczyni otworzyła dla mnie zamknięte na klucz drzwi do przymierzalni, po czym objaśniła, że spódniczka, którą wzięłam, nazywa się ołówkowa. W przymierzalni zalatywało kulkami na mole, potem oraz trupem. Jak się okazało, ołówkowa spódniczka miała tak ścieśniać kolana, żeby można było zmieścić między nimi ołówek i nic więcej. Mój tyłek wyglądał w niej jak dwie gumki do ścierania, co nie było stosowne do okazji. Przypominałam panią psycholog z liceum, ale nie ekskluzywnego – raczej takiego, w którym na dyrektorskim stołku urzędowała Jean Harris, nim trafiła do więzienia za zamordowanie kochanka.

W domu przymierzyłam mój nowy strój do starych urokliwych pończoch o jodełkowym ściegu, dzięki którym moje ostro zarysowane rzepki wyglądały jak ozdoba. Pamiętam, że kiedyś włożyłam te pończochy, a potem nie mogłam oderwać Darcy od kostek, póki jej nie przyobiecałam, że kupię jej taką samą parę. „Pońńńcocccchy", syczała pod nosem, jakby była wężoustą z powieści o Harrym Potterze.

Dom akademicki Waindell okazał się imponującym budynkiem, a sala numer sto cztery, którą mi przydzielono na rozmowy, iście królewska: miała sklepiony sufit, skórzane fotele i kanapę Chesterfield. Nikt na mnie nie czekał, żeby mnie tam zaprowadzić. W kominku nad sztucznym polanem wesoło buzował sztuczny ogień. Na obramowaniu kominka stały różnej wielkości mosiężne tabliczki, na których widniały podziękowania za dary od absolwentów. Rodzina Garantola na przykład ofiarowała uczelni meble, a państwo Mayfieldowie przekazali uczelni fałszywy kominek z wiecznym płomieniem. Bez dwóch zdań w sali unosił się zapach luksusu.

Na rozmowy zabrałam ze sobą podkładkę do pisania z klipsem oraz stertę formularzy. Ponieważ zaplanowałam, że spotkania będą trwały trzydzieści minut, po których nastąpi krótka przerwa, prawie całkiem wykorzystałam przydział przyznanych mi czterech godzin.

Okropnie się denerwowałam rozmowami z kandydatami, przyniosłam więc dla nich i dla siebie przekąski, krakersy i serek brie, ot tak dla rozluźnienia atmosfery. Niestety, od przyjścia zdążyłam już zjeść prawie cały ser, który teraz zalegał mi w żołądku. Czasami z taką szybkością pochłaniałam jedzenie, jakbym się bała, że za chwilę ktoś przyjdzie i mi je zabierze.

Nazwiska na liście należały do wioślarzy:
Henry Bradford
Tim Lakewell
Scott Harrington
Janson Waters
Richard Dorsett
Bradley Lambert
Sidney Walker.
Czułam się, jakbym miała zatańczyć z nimi na uroczystym balu.

Bałam się, że zaraz zwymiotuję ze zdenerwowania cały ser, surowo więc przywołałam się do porządku. Wytłumaczyłam sobie, że młodzieńcy z dobrych, uprzywilejowanych rodzin są ode mnie młodsi i to ja, a nie oni, pierwsza pojawiłam się na planecie Ziemia.

Myśl o tym nieco mnie uspokoiła.

Powąchałam kanapę o dobrze wyprawionej skórze. Pachniała inteligencją i pieniędzmi. Była rozsądnym zakupem poczynionym przez zespół projektantów wnętrz, architektów i dekoratorów. Podniosłam słuchawkę telefonu Uniwersytetu Waindell i odsłuchałam sygnał zgłoszenia. Nawet on brzmiał niezwykle wytwornie.

Wciąż było przed czasem, zaczęłam więc liczyć wszystkie znane mi przekleństwa. Przy trzydziestym drugim (do stu diabłów!) otwarły się drzwi i do sali wkroczył Henry Bradford. Uśmiechnął się i podał mi na powitanie rękę. Jego dłoń była wielka i sękata.

Usiedliśmy przy niskim stoliku. Moje kolana gniotły się niemiłosiernie pod tweedową ołówkową spódniczką, a i buty były niewiele wygodniejsze. Nadawały się chyba tylko do siedzenia, ich spiczaste noski wyglądały jak świeżo naostrzone.

– Kawałeczek sera? – zaproponowałam młodzieńcowi, przesuwając w jego stronę talerz, na którym zostały nędzne resztki.

– Dziękuję. – Henry Bradford podniósł z talerza ostatni plasterek ze skórką i włożył go do ust.

– Skąd jesteś? – spytałam, zanim się zorientowałam, że nie może mi na to odpowiedzieć, bo zęby ma sklejone serem. Zamuczał.

– Pozwól, że ci przedstawię mój projekt. – Zaplanowałam rozmowę tak, żeby zabrzmiała bardzo naukowo, a jednocześnie dawałam do zrozumienia, że oczekuję od moich asystentów, że zrobią wszystko, o co ich poproszę. Przygotowałam sobie taką mniej więcej mowę: „Badania, które prowadzimy, dotyczą seksualnych reakcji człowieka, w szczególności seksualnych reakcji kobiet, i odbywają się w klinicznych, lecz emocjonalnie prawdopodobnych warunkach. Obecna wiedza na temat istniejących modeli podniecenia została podważona przez nowe dane pochodzące zarówno z obrazowania mózgu, jak i z chemicznych pomiarów neurotransmisji". Wyjątkowo dumna byłam z tego ostatniego zdania.

Tyle tylko, że nie miałam pojęcia, o czym plotę. Możliwe, że jedynym sensownym pytaniem, które mu zadałam, było „Skąd jesteś?", cała zaś reszta nadawała się do śmieci.

Albowiem Henry Jakiśtam z całkowitym spokojem odparł:

– To nie brzmi naukowo.

Odpowiedziałam, że nasze badania są zupełnie nowe i że znajdują się dopiero w fazie eksperymentalnej. Zauważyłam, że jest krępym i bardzo owłosionym mężczyzną.

Henry wreszcie przełknął ser.

– Jak brzmi opis stanowiska pracy?

Być może potrzebował tej informacji do CV?

– Asystent do spraw badań – odrzekłam.

– Ile wynosi stawka?

Podałam mu dość wysoką stawkę, przynajmniej jak na Onkwedo. Wspomniałam o napiwkach i dodałam, że będzie miał dostęp do wrażliwych danych, których, mam nadzieję, nikomu nie ujawni.

– Czy będziesz miał z tym problem?

Na koniec zapytał mnie o harmonogram.

Niedźwiedzią łapą przymocowaną do mocno owłosionego nadgarstka sięgnął po krakersy. Wcale bym się nie zdziwiła, gdyby zjadł je razem z talerzykiem. Z pewną trudnością podniosłam się w spiczastych szpilkach i wyciągnęłam do niego dłoń.

– Wkrótce się do ciebie odezwę – powiedziałam. Uścisnęliśmy sobie ręce i mężczyzna wyszedł z sali, pozostawiając za sobą zapach bardzo ładnego męskiego mydła.

Wykreśliłam jego nazwisko z listy.

Ogarnęła mnie senność. Może zjadłam za dużo nabiału, a może wciąż jeszcze byłam przerażona. Do przesłuchania pozostało sześciu kandydatów, a na talerzu leżało już tylko kilka słonych ciasteczek. Policzyłam w myśli wszystkich młodzieńców i wyszło na to, że mogę odrzucić jeszcze jednego.

Jak mantrę powtarzałam moją kwestię o badaniach, tak żeby wypadła rzeczowo i przekonująco.

Kolejni dwaj młodzieńcy bardzo mi się spodobali.

Wyglądali, jakby wiedzieli, o co chodzi, nim jeszcze weszli do sali, chociaż Tim Lakewell był tak małomówny, że głowy nie dam. A prócz tego był potężny.

Pomyślałam, że to dobry powód, żeby go zatrudnić, choć ani razu na mnie nie spojrzał.

Czwarty młodzieniec o nazwisku Janson wysłuchał mojej krótkiej mowy (z czasem dochodziłam do coraz większej wprawy) i zapytał:

– Jeśli dobrze rozumiem, chodzi o seks? Będę uprawiał seks z kobietami? Czy tak?

– Tak.

– I dostawał za to pieniądze?

– Tak.

– Super.

Zaproponowałam mu krakersy, trzymając talerz na tyle daleko od niego, żeby móc zobaczyć nadgarstek, który się wynurzy spod mankietu, kiedy po nie sięgnie. Hmm... był nieowłosiony.

Janson oparł się o skórzaną kanapę i wyciągnął ramiona. Miał tak szeroką klatę, że wyglądał jak kondor z rozłożonymi skrzydłami. Bosko!

– Za bezpieczny seks – dodałam.

– Ma się rozumieć. – Wstał. – Idę na trening.

Zjadłam kolejnego krakersa, zamartwiając się, że nie dam rady przepytać pozostałych kandydatów bez sera.

Sięgnęłam po elegancki telefon, żeby odsłuchać wiadomości, których prawie wcale nie dostawałam. Chciałam wyłącznie zabić czas. Jednak tym razem zostawiła dla mnie wiadomość babcia Bryce. Z radością wynajmie mi domek poza sezonem. Staruszka świergotała wesoło.

– Pomaluj go ładnie w środku i pal przez całą zimę w kominku, a możesz go dostać za piosenkę *Yankee Doodle Dandy*. – Zanuciła melodię. – Zgubiłam klucz, więc jeśli chcesz go obejrzeć, musisz otworzyć drzwi łomem. – Babcia Bryce odłożyła słuchawkę, wciąż do siebie nucąc.

Podczas ostatniej rozmowy zorientowałam się, że koledzy z osady musieli poinformować Sidneya Walkera, na czym polega mój projekt, bo nie oczekiwał ode mnie żadnych wyjaśnień. Doskonale się we wszystkim orientował.

Bez słowa i z uwagą ustawił na obramowaniu kominka miniaturowy system iPoda razem z głośnikami, nie większymi niż dwie karty kredytowe. Włączył piosenkę w wykonaniu Los Lonely Boys pod tytułem *Heaven* i zaczął się rozbierać. To był najbardziej frapujący widok, odkąd lekarze unieśli dla mnie lusterko, żebym mogła widzieć, jak Darcy przychodzi na świat.

Przestałam żuć krakersy, które utworzyły na moim języku gulę węglowodanów. Nie miałam wątpliwości, że Walker ćwiczył striptiz w akademiku, ponieważ jego pokaz kończył się dokładnie wraz z wybrzmieniem ostatnich dźwięków piosenki, kiedy to pozostał w samych skarpetkach.

Sidney miał piękne ciało, jak zwierzak karmiony kukurydzą. Lśniło i przywodziło na myśl mleko. Czerpał wielką radość z tego, co robił.

– I co, napaliłaś się? – Zadał mi kłopotliwe pytanie, które zawisło między nami w powietrzu. Druga piosenka Los Lonely Boys, mieszanka hiszpańskich i angielskich słów, była znacznie gorsza od poprzedniej.

– Nie – odparłam stanowczo i mam nadzieję przyjaźnie. Posłałam mu uśmiech, jednocześnie usiłując przełknąć na w pół przeżute krakersy.

Patrzyłam, jak Sid ubiera się, i myślałam o moim życiu składającym się z samych „nie", ułożonych jedno na drugim, jak każdy niezauważony skręt z każdej niewłaściwej drogi, którą wybrałam.

– Opowiedz mi o sobie – poprosiłam.

Rzucił mi przeciągłe spojrzenie, czule wkładając sobie koszulę w spodnie.

– Po co? – spytał.

Ma rację, pomyślałam. Nie potrzebowałam do szczęścia żadnych więcej informacji.

– Masz tę pracę, jeśli chcesz. Zaczynamy w przyszłym miesiącu, we wtorki i czwartki, od dwunastej do piątej po południu. – Wybrałam takie godziny, żeby nie kolidowały z wywiadówkami mam ani z piłką nożną ich pociech. Nakładały się na zajęcia dodatkowe z muzyki i na naukę pływania, choć tylko najbardziej szalone matki zapisywały na nie swoje dzieci.

Walker wsunął w buty swoje niewiarygodnie wielkie stopy. Zastanawiałam się, czy reprezentuje pierwsze pokolenie, dla którego zawiązywanie sznurówek jest zamierzchłą sztuką.

– Po co to robisz? – zapytał.

– Dla dobra nauki – odpowiedziałam. Sid gapił się na mnie jak ktoś, kto nie owijał niczego w bawełnę. – Oraz dla pieniędzy.

Posłał mi pewne siebie spojrzenie.

– Nikt w tym miasteczku nie uprawia seksu – dodałam – a już na pewno nie są to kobiety, które zamiast cieszyć się miłością, zażywają leki, objadają się i haftują kołdry. Tak jakby w Onkwedo zamieszkali sami purytanie.

Mężczyzna nieznacznie pochylił się w moją stronę. Chyba pragnęłam, żeby mnie pocałował. Myślę, że się tego domyślał.

Z wysiłkiem poruszyłam wargami.

– Jesteś zatrudniony.

– Taa... – powiedział, jakby był przyzwyczajony do tego, że wszyscy się o niego biją. – Jest tam jakiś sprzęt nagłaśniający?

– Jeszcze nie.

– Wejdę w to, jeśli mi pozwolisz puszczać moją muzę.

– No pewnie. – I tak zakończyłam tę rozmowę.

Kiedy zamknęły się drzwi za ostatnim potencjalnym seks-najemnikiem, przez chwilę trwałam jeszcze nieruchomo w absolutnej ciszy i słuchałam cicho szumiącej wentylacji. Młodzieńcy okazali się niezwykle sympatyczni. Chociaż reprezentowali klasę naduprzywilejowaną i wiele dostali od losu, potrafili zachować solidność i urok osobisty.

Kiedy tak nad nimi dumałam, usłyszałam dyskretne pukanie do drzwi. Najpierw zobaczyłam monitor, a następnie jakąś postać w eleganckim brązowym garniturze. Przybysz wszedł do sali i oparł się o skórzaną kanapę. Mógł być równie dobrze kobietą, co mężczyzną.

– I jak poszło? – Głos był łagodnym tenorem, wciąż więc nie wiedziałam, z kim mam do czynienia.

– Świetnie – wychrypiałam i pchnęłam prawie pusty talerz z krakersami w jego lub jej stronę. – Przepraszam, skończył mi się ser.

– Bardzo dziękuję, ale nie skorzystam. Wyznaję weganizm.

Chciałam rzec, że to był uratowany ser od przejechanej krowy, ale rozmyśliłam się.

– Czy odpowiadała pani sala?

– Bardzo.

– Czy będzie pani jeszcze chciała skorzystać z dostępu do bazy asystentów do spraw badań?

Oblałam się rumieńcem. Spojrzeliśmy sobie w oczy. Być

może nieznajomy czy też nieznajoma została we wszystko wtajemniczona.

– Nie. Mam wszystko, czego mi potrzeba – odparłam.

Zebrałam ze stołu okruszki, wrzuciłam je do kosza na śmieci i pokuśtykałam do samochodu w moich chybotliwych butach w szpic.

Kiedy usiadłam za kierownicą, uświadomiłam sobie, nie pierwszy raz, że nie mam się z kim podzielić nowinami z mego życia. Wkrótce będę prowadzić burdel dla pań przez osiem popołudni w miesiącu i nikt mnie nawet nie zapyta „Jak ci minął dzień, kochanie?".

Jak to się stało, że ja, która nigdy nie traktowałam ludzi przedmiotowo, postanowiłam utrzymywać się dzięki świadczeniu usług seksualnych? Patrzyłam na elegancką gałkę od skrzyni biegów i na zwyczajną, prostą deskę rozdzielczą, na której każdy guzik pełnił jakąś pożyteczną funkcję, i doszłam do wniosku, że wcale nie będę sprzedawać seksu, lecz pięćdziesięciominutowe, w pełni kontrolowane wakacje od nudnego życia.

Koniecznie chciałam zobaczyć domek w środku i pomyśleć nad jego adaptacją do swoich celów.

Ponieważ nie miałam łomu, pojechałam po niego do sklepu budowlanego. Zaparkowałam tuż przy drzwiach wejściowych, obok pikapa. Nie było jeszcze piątej, ale zaczynało zmierzchać, ucieszyły mnie więc światła w witrynie sklepu. Ponieważ nie czułam nóg w moich butach, doszłam, kulejąc, do bagażnika, żeby sprawdzić, czy nie wożę w nim kozaków, chodaków albo innego obuwia, które by ulżyło moim stopom.

Kiedy się schyliłam nad otwartym bagażnikiem, z pikapa obok dobiegło mnie dziwnie znajome szczekanie. Ze zdziwieniem uniosłam głowę i na tle ciemnego nieba ujrzałam wielki łeb Matyldy.

– Matyldo! Co ty tam robisz? – Matylda znowu zaszczekała. – Chodź do mnie, dziewczynko.

Miałam nadzieję, że wydałam tę komendę stanowczym tonem. Najwyraźniej wymknęła się z domu bocznymi drzwiami, które rzadko zamykałam. Nie umiałam sobie wytłumaczyć, jak jej się udało dobiec aż do sklepu. Może kierowca pikapa zauważył ją przy drodze i zabrał z sobą, żeby poszukać właściciela.

Z pewnością biedaczka poczuła się samotna, zniknęłam przecież z domu na całe popołudnie, i albo wybiegła, żeby mnie odszukać, albo – co bardziej prawdopodobne – żeby znaleźć Johna, jej idola.

– Chodź tutaj – odsunęłam zasuwę pikapa, żeby ją wypuścić. Matylda zaszczekała przyjaźnie, ale nie podeszła do mnie. Kiedy w ciemnościach dostrzegłam, że jest związana smyczą czy łańcuchem, zaświtała mi myśl, że kierowca chciał ją raczej ukraść, niźli oddać.

Musiałam podciągnąć ołówkową spódniczkę, żeby się wdrapać na tył pikapa.

– Wszystko będzie dobrze, dziewczynko – pocieszyłam sukę, kucając obok niej. Matylda polizała mnie po twarzy. – Bardzo się cieszę, że cię widzę.

Nagle usłyszałam za plecami głośny brzdęk. Odwróciłam się i zobaczyłam, że przy klapie stoi mężczyzna z siekierą. Wrzucił coś na tył samochodu i dalej stał, trzymając na ramieniu siekierę.

– Gdzie pan ją znalazł? – spytałam go, próbując dyskretnie obciągnąć spódniczkę.

– Pochodzi stąd – odparł. – Nowa rasa.

– Czy biegła sama szosą? – Próbowałam rozwiązać Matyldę.

– Co pani robi? – Mężczyzna zapytał mnie spokojnie, choć miałam wrażenie, że wcale nie jest przyjaźnie do mnie usposobiony.

– Odwiązuję mojego psa.

– To nie jest pani pies.

– Nie jestem jej właścicielką, ale znajduje się pod moją opieką. – Udało mi się odpiąć łańcuch z jednej strony. Trzymając dłoń na łbie Matyldy, wstałam i chciałam przejść, żeby odpiąć łańcuch z drugiej strony, kiedy na coś, a raczej na kogoś wpadłam. Mężczyzna stał bardzo blisko mnie, a jego klatka piersiowa okazała się ścianą, na którą wpadłam. Wskoczył na tył samochodu o wiele za szybko i o wiele za cicho jak na przyzwoitego faceta. Poza tym wciąż dzierżył w dłoni siekierę.

– Odpowiadam za nią, dopóki jej pan nie przyjedzie po nią. – Cierpliwie mu tłumaczyłam. – Pewnie wymknęła się bocznymi drzwiami.

Chciałam go ominąć, ale mężczyzna nie schodził mi z drogi. Nie tyle się poruszył, ile poszerzył i tak swoją szeroką już klatkę. Nie było sposobu go obejść.

– Proszę pana – rzekłam sztywno. – Nie może pan tak po prostu zabierać ludziom psów. – Wysokie obcasy uniemożliwiły mi balansowanie na nierównej powierzchni pikapa, toteż prawie się przewróciłam.

– Proszę pani – mężczyzna chwycił mnie za nadgarstek, żeby mnie przytrzymać. – To nie jest pani pies.

– Niech mnie pan puści. – Sytuacja stawała się coraz bardziej niezręczna. – Przecież wiem, że to nie jest mój pies. Należy do mojego byłego męża, ja się nim tylko opiekuję. – Wreszcie udało mi się uwolnić nadgarstek. – Skrzyżowanie bulmastifa z dogiem niemieckim. Nowa rasa.

– Pierwszy raz w życiu spotykam kogoś, kto nie potrafi rozpoznać swojego psa – zauważył człowiek z siekierą, po czym kucnął, odłożył siekierę na bok i zbliżył twarz do Matyldy. – Cześć, Rex – przywitał się łagodnie ze zwierzęciem.

Pies polizał go po czole i położył łapę na jego kolanie. Matylda nigdy się tak ze mną nie witała.

– Rex jest moim psem. Mam go od szczeniaka, czyli od prawie dwóch lat. – Mężczyzna podrapał psa pod brodą. – Czy ty nie jesteś przypadkiem tą kobietą z lodziarni?

Wtedy rozpoznałam w nim stolarza, który miał pozbawić Skruchę dziewictwa.

– Tak. – Wreszcie udało mi się obciągnąć spódniczkę.

– Mam dla ciebie dobrą radę, a właściwie dwie, z tych stron. Po pierwsze, naucz się rozpoznawać swojego psa. Po drugie, nie wsiadaj bez zaproszenia do cudzych samochodów.

W naszych stronach wozy są jak domy: stanowią prywatną własność.

– Zaszła zwyczajna pomyłka – odparłam. – W Nowym Jorku nazwałabym cię dupkiem, wiedząc, że już nigdy się nie zobaczymy. W tej dziurze spotkam cię pewnie jutro, jak będziesz mi naprawiał ogrodzenie.

– A wymaga naprawy? – Miałam wrażenie, że mężczyzna się do mnie uśmiecha.

Próbowałam zeskoczyć z samochodu i nie rozerwać spódniczki na oczach właściciela Rexa, zadowolonego z siebie dupka wymachującego siekierą.

– Nie mam ogrodzenia – odparłam uroczyście, sprawdzając, jak daleko mam do ziemi.

– Może chcesz, żebym je dla ciebie zrobił?

– Nie trzeba, dziękuję – odrzekłam stanowczo.

– Jeśli będzie ogrodzenie, nie będziesz musiała się martwić, że pies ci ucieknie – zauważył roztropnie.

– Ona nie ucieka – ucięłam rozmowę. Nieelegancko usiadłam na brzegu i ciężko ześlizgnęłam się z klapy.

– Nieźle ci poszło – rzekł.

– Dupek – mruknęłam pod nosem.

W sklepie kupiłam mały łom pasujący do mojego odświętnego stroju. Po wyjściu odetchnęłam z ulgą, nie widząc samochodu z Rexem. Włożyłam łom do bagażnika i już miałam wsiąść do samochodu, gdy zauważyłam za wycieraczką karteczkę.

Karteczka została wydarta z firmowego notatnika, z nagłówkiem Holder Woodworking na górze strony. Stolarz napisał na niej: „Dobre ogrodzenia robią dobrzy sąsiedzi. Masz ochotę na piwo? Może pójdziemy razem na spacer z naszymi psami?". Podpisano: „Greg Holder, dupek".

DOMEK BABCI BRYCE

Był poniedziałek. Miałam nadzieję, że dowiem się od Margie, czy coś się ruszyło z naszą książką, ale nie skontaktowała się ze mną. Przyznaję, że trochę się denerwowałam. Ciekawe, czy Nabokov też się denerwował, czekając na decyzję o publikacji powieści. A może zabierał się za nowy projekt? Zastanawiałam się, czy miał wiarę w sens własnego istnienia. Ja chciałam wierzyć w to, że moje istnienie ma sens. A może wręcz przeciwnie, Nabokov wcale w siebie nie wierzył i uważał, że musi pracować ponad siły, żeby zasłużyć na swoje miejsce na tym łez padole. Gdyby to jednak on był autorem powieści, to mógł po niej napisać *Lolitę*, co miało sens, zważywszy na to, że jeszcze bardziej by się starał, żeby cały wielki świat wreszcie stanął i zauważył, że oto on, Nabokov, napisał najbardziej prowokacyjną powieść, jaką można sobie wyobrazić. Gdyby jednak jego pewność siebie osłabła, wciąż jeszcze miał przy sobie Verę. Może zawsze jest jakaś Vera tam, gdzie przebywa teraz Nabokov: może wciąż jego genialny umysł przyciąga do siebie jakąś oddaną pomocnicę i piękność w jednej osobie?

Tymczasem ja miałam Margie i z doskoku psa.

Matylda i ja wgramoliłyśmy się do mojego gruchota, który cuchnął jak dom na kółkach dla psów, więc odkręciłam szyby, mimo że temperatura spadła poniżej zera. Pojechałyśmy do starej chaty z łomem, którym podważyłam zamek na drzwiach i je otworzyłam. Podwójne i drewniane, miały zdobienia w stylu gotyckim; kiedy je pchnęłam, zaskrzypiały i otwarły się szeroko. Przez okna na górze docierał ledwie malutki strumień światła. Na podłodze zauważyłam szerokie drewniane deski, gładkie i pokryte kurzem, w głębi kamienny kominek z wbudowaną ławką. W rogu stał mebel, który wyglądał jak pulpit, za nim biegły w górę schody.

Na piętrze było sześć małych sypialni, każda z umywalką, i dwie łazienki z żeliwnymi wannami na lwich łapach. W oknach wisiały podniszczone muślinowe zasłony w jelenie, na ścianach zaś – wypchane jelenie łby. Na słupku balustrady siedział pokaźnych rozmiarów wypchany bóbr. W szafie znalazłam rozpadające się plecione chodniczki, starannie zapakowane w plastikowe worki, najpewniej schowane z obawy przed myszami. Matylda stąpała za mną, równie żywo jak ja zainteresowana nowymi odkryciami.

Jej nos zaprowadził nas na parter i do kuchni, w której stała stara kuchenka pokryta żółtą emalią. Był też zlew – długa, prostokątna rynna z płyty łupkowej, z ręczną pompką po jednej stronie. Z tyłu kuchni, prawie nad samym jeziorem, zawisł ganek. Słońce znad jeziora zalało światłem tył domu i rozjaśniło kuchnię, a nawet podświetliło krokwie pod sufitem.

W tej samej chwili zakochałam się w tym miejscu.

Zadzwoniłam do babci Bryce powiedzieć jej, że chcę wynająć domek i trochę go odnowić, na co wyraziła zgodę, poprosiła tylko, żebym jej przesłała czek. W tym momencie urwała rozmowę, bo właśnie podawano drugie śniadanie. Nie znałam drugiej tak prostolinijnej i ufnej osoby jak babcia Bryce. Może w tajemnicy przed światem była mistrzynią zen?

Złapałam się na tym, że zaczynałam lubić Onkwedo. Nie pamiętam, od którego momentu, chyba od poznania Billa i odkrycia, że jest mężem Margie. A może polubiłam miasteczko dzięki Matyldzie? Ponoć wskutek obcowania ze zwierzętami wzrasta u ludzi poziom endorfin.

Pojechałam wijącą się serpentyną wokół jeziora do sklepu budowlanego, gdzie otworzyłam konto. Podałam adres i miejsce zamieszkania, złożyłam oświadczenie, że jestem właścicielką domu, i dostałam imponujący kredyt wynoszący osiemset dolarów. Wynajęłam firmę sprzątającą. Kupiłam farbę podkładową, farby do malowania, tkaniny służące za pokrowce oraz taśmę do zasłonięcia niemalowanych części. Wciąż miałam pędzle należące do mojego ojca. Bardzo o nie dbał. Zanurzał je w terpentynie i po każdym użyciu wycierał do czysta. Tylko na jednej rączce pozostał smar po szarej farbie, którą malowaliśmy ganek domu, kiedy byłam dzieckiem.

Pamiętam, że pomalowaliśmy go na wiosnę. Z początku tylko wygładzaliśmy podniszczone miejsca. Potem tato dawał mi pędzel i małą puszkę farby i uczył, jak poprawnie nakładać ją na pędzel i przeciągać nią powierzchnie. Ilekroć byłam z moim ojcem, zacierała się granica między pracą i zabawą; zwyczajnie robiliśmy razem różne ciekawe rzeczy i spędzaliśmy wspólnie czas.

Chociaż ojciec nigdy mi nie mówił, że mnie kocha, wiedziałam o tym dzięki naszemu malowaniu. Wciąż lubiłam to zajęcie. Zapamiętałam jego duże, pewne dłonie. Moje, przyczepione do chudych nadgarstków, trochę je przypominają, tyle że brakuje im pewności jego ruchów.

Wychodząc ze sklepu, uświadomiłam sobie, że naśladuję dłonią jego gest, kiedy wyrzucał w górę rękę i wystawiał dwa palce. Patrzyłam, jak moja dłoń wyrzuca do śmieci paragon, precyzyjnie naśladując jego ruch. Stanęłam i przyjrzałam się jej, nie kojarząc, czy zawsze się tak poruszała, a ja nie zwróciłam na to uwagi, czy też miała własny system zapamiętywania, aktywowany myślami o ojcu i o malowaniu.

W domku włączyłam odtwarzacz, żeby pracując, bawić się przy muzyce. Słuchałam folkowej grupy Ollabelle. Mój tata uważał, że najwięcej czasu poświęca się na samo przygotowanie do malowania. Włożyłam starą koszulkę Johna z college'u, wiedząc, że nie zauważy jej braku, oraz spodnie, które miałam, zanim miałam Spodnie.

Zdjęłam ze ścian liczne jelenie łby, które Matylda z zainteresowaniem trącała nosem. Na ścianach wisiały też tabliczki z kopytkami jeleni skierowanymi w górę, przeznaczone do wieszania płaszczy oraz nakryć głowy. Poczułam się niezręcznie, myśląc o ich małych stópkach przekręconych do góry nogami, schowałam je więc głęboko do szafy.

Firma sprzątająca wessała do swojego odkurzacza wszystkie pajęczyny i zdechłe muchy. Na podłogach rozłożyłam pokrowce i zasłoniłam okna taśmą. Przed zagruntowaniem ścian o ciemnozielonym kolorze naniosłam na nie farbę do blokowania zabrudzeń. Ponieważ futryny okien były drewniane, zostawiłam je w spokoju, tak jak i drewniane sufity. Miałam przed sobą ogrom pracy. Myślałam, że może mi się uda uwinąć ze wszystkim w jeden dzień, tymczasem malowanie zajęło prawie trzy. W nocy smarowałam obolałe ramiona maścią Bengay i zażywałam środki przeciwbólowe. Pokoje na piętrze pomalowałam na mlecznobiały kolor, który nie nasuwał myśli o rozpuście.

O północy trzeciego dnia domek był prawie pomalowany. Wyglądał pięknie. Chociaż byłam wykończona i obolała, pękałam z dumy. Leżałam na podłodze i słuchałam po raz siedemdziesiąty dziewiąty grupy Ollabelle, jak śpiewali *Before This Time.*

Gdyby ojciec był ze mną, nie przestałby pracować. Zawsze pracował do samego końca. Większość ludzi przerywa pracę, gdy ma na to ochotę albo kiedy dzień dobiega końca. Ojciec nigdy czegoś takiego nie robił, nigdy nie przerywał pracy przed jej ukończeniem.

Próbowałam wyobrazić go sobie w niebie, gdzie pewnie nie pracuje. Pragnęłam wierzyć, że wciąż gdzieś tam jest i że jest szczęśliwy, ale nie umiałam. Cieszyłam się, że nie musi już pracować. Ojciec kochał pracę, szczerze, ale niestety przestał gdziekolwiek pracować.

Z trudem wstałam z podłogi, napiłam się coli light i wróciłam do malowania. O czwartej nad ranem przełożyłam pędzel do lewej ręki i malowałam dalej. A może to była prawa ręka, tylko mnie się wydawało, że lewa?

Byłam za bardzo zmęczona, żeby ocenić efekt. Cienie na

ścianach wyglądały jak wielkie poroża jelenia dziesiątaka. Wrzuciłam do bagażnika sprzęt, Matyldę zaś na tylne siedzenie i pojechałam do domu.

Tuż przed świtem jest najspokojniejsza pora dnia. Jezioro spowijała ciemność, a wzgórza to już kompletny mrok. Ponieważ w domu panował ziąb, włączyłam grzejnik i wskoczyłam do wanny z gorącą wodą, w której zasnęłam. Obudziłam się dopiero, kiedy woda wystygła.

I tak zrobił się ranek, zjadłam idealne śniadanie: okrągłą krewetkę w pikantnym sosie na zimno, polaną sokiem z limonki, i w końcu położyłam się spać. Czasami życie bywa słodkie.

IKEA

Nadeszła najstraszniejsza chwila związana z przygotowaniem mojego lokum: urządzanie wnętrz. Byłam beztalenciem, jeśli o to chodzi, podobnie jak w byciu żoną. Matka obiecała mi pomoc, pewnie dlatego, że nie znała całej prawdy. Komunikat, który jej przekazałam, brzmiał: „Wreszcie urządzam dom". Nie posiadała się z radości, że ma pretekst, by pojechać ze mną na zakupy do Ikei, która mieściła się niedaleko jej domu.

Zostawiłam Matyldę z całym jej ekwipunkiem u Margie i Billa, który ucieszył się z psa i przyrzekł, że pójdzie z nią na długi spacer. Pożyczył mi swoją pocztową furgonetkę, rocznik dziewięćdziesiąty dziewiąty, wycofany już ze służby. Miała zamalowane litery i kierownicę po prawej stronie, pojeździłam więc nią trochę po okolicy, żeby się przestawić. Jak zwykle bez grosza przy duszy, poczułam ulgę, widząc, że wskaźnik poziomu benzyny pokazuje pełny bak.

Jechałam do Ikei cztery godziny, trzymając się kurczowo pasa wolnego ruchu, choć wyprzedzający mnie kierowcy trąbili z oburzeniem. W sklepie poprosiłam o wydanie odnawialnej karty kredytowej, która oferowała piętnaście procent rabatu. Przy stanowisku, gdzie wydawano kredyty, spotkałam się z matką. Zdążyłam już zapomnieć, że wygląda, jak żywcem wyjęta z magazynu „Town and Country". Trafiła całusem w okolicę mojego policzka; uparła się, że zapłaci za połowę zakupów, a następnie stwierdziła, że najpierw coś zjemy, bo inaczej się nie będzie mogła skoncentrować.

Zamówiłyśmy po porcji szwedzkich klopsików w sosie o smaku galaretki winogronowej za siedemdziesiąt dziewięć centów. Zdaniem matki nie kolidowały z dietą Atkinsa. I nie dorównywały poziomem potrawom z Bistro Moutarde.

– Potrzebujesz prostej kolorystyki, czegoś klasycznego, w bieli i błękicie – orzekła matka. – Drezdeński błękit jest przeuroczy. Daje wrażenie czystości i spokoju. – Nadziała na widelec klopsik wielkości monety i wytarła galaretowatą maź o brzeg talerza.

– Czy nie będzie za bardzo przypominało akademika?

– Zaufaj mi – odparła.

Tak też uczyniłam. Pochłonęłam wszystkie siedem klopsików i wylizałam do czysta talerz. Kiedy wypiłyśmy ostatnią kroplę dietetycznego gazowanego napoju Lingonwasser w różowym kolorze, czy cokolwiek to było, ruszyłyśmy na poszukiwanie pościeli.

Do przepastnego wózka matka wpakowała sześć kompletów prześcieradeł o gęstym splocie. – Te są najlepsze – stanowczo oświadczyła. Nie pojmowałam, skąd ona wie tego typu rzeczy. W życiu nie zaprzątałam sobie głowy takimi dyrdymałami. Do prześcieradeł dorzuciłyśmy siedem chodniczków. Matka wybrała po jednym obrazie młodych artystów skandynawskich, ignorując jedynie następcę Edwarda Muncha. Wybrałyśmy sześć kompletów niebieskich ręczników, osiemnaście ścierek pod kolor i dwa szlafroki z egipskiej bawełny. Nie pamiętam, żebym kiedykolwiek w całym moim życiu została właścicielką takiej masy jednorodności.

Długo i z uporem godnym lepszej sprawy szukałyśmy odpowiedniej ramy do łóżka. Matka upierała się, żeby rama sięgała do połowy uda, a ja nie chciałam pytać po co. Sprawdzała różne ramy, jako miary używając swoich nóg otulonych spodniami z gabardyny. Kupiłyśmy trzy rustykalne ramy z poręcznymi, wygodnymi materacami firmy Duxiana, co matka skomentowała „Zrób to taniej".

W drodze do kasy skręciła do toalety. Ucieszyłam się, ponieważ nie było jej przy tym, kiedy poprosiłam kasjerkę o potrojenie zamówienia na pościel i podwojenie zamówienia na ramy. Za wszystko zapłaciłam kartą kredytową matki i moją nową kartą Ikei.

Stałam przy stanowisku i patrzyłam, jak pakowano moje sterty zakupów, gdy matka podeszła do mnie wolnym krokiem, gawędząc przez komórkę z doktorkiem Oblubieńcem. Nie zwracała uwagi na mnie ani na sprzedawcę, kiedy ładowaliśmy do furgonetki potwornie ciężkie meble. Śmiała się z czegoś, co do niej mówił doktorek, a co wydawało jej się niezwykle błyskotliwe. Usłyszawszy, jak do niego ćwierka i się przymila, zacisnęłam mocno zęby i obiecałam sobie, że się zastanowię, nim zwrócę jej pieniądze za wyposażenie domku babci Bryce.

Wreszcie matka skończyła rozmawiać, zaczerwieniona i szczęśliwa. W prezencie na zaręczyny doktorek kupił jej futro z lisa. Szła w nim cała rozkołysana, jakby się znalazła na planie filmu z Audrey Hepburn. Ucałowałam ją i podziękowałam za pomoc, ale tak naprawdę nie mogłam się już doczekać, kiedy się od niej uwolnię.

Ponieważ furgonetkę wyładowałam aż po dach, musiałam jechać ze stertą pościeli na kolanach. Po dojechaniu do domku zaczęłam wypakowywać meble. Sprzedawano je w częściach, toteż udało mi się jakoś samej je przenieść, element po elemencie. Kiedy wreszcie wniosłam wszystkie do salonu, co trwało cały dzień, niemal wyłam z powodu bólu w ramionach. Wiedziałam, co i gdzie postawić, byłam jednak za bardzo zmęczona, żeby się tym zająć. Postanowiłam wracać do domu, wstępując po drodze po Matyldę.

Nazajutrz znowu pojechałam do domku, zabierając z sobą psa i aspirynę. Ponownie zawiesiłam na ścianach tuż pod sufitem jelenie łby. Nie wyjęłam jedynie z szafy tabliczek z kopytkami. Zastanawiałam się, co począć z pulpitem. Obejrzałam go uważnie z wszystkich stron, wreszcie postanowiłam zostawić go tam, gdzie stał, i zająć się nim później. Uwinąwszy się z robotą na dole, ruszyłam na górę. Przeszłam się po ładnych i przytulnych sypialniach. Hmm... Te chodniczki naprawdę się udały: przytulne, bladopopielate. Zdjęłam sfatygowane stare firanki i odsłoniłam okna. Na gałęziach drzew topniał śnieg, a w tle lśniło jezioro, co nadawało miejscu bardzo sexy efekt, coś w stylu: „Paradujemy tutaj na golasa, i co z tego? U nas jest klimat skandynawski". Innymi słowy: „Rozbierz się i ty, zrzuć z siebie ubranie, będzie ekstra. Jesteś w dobrych rękach".

Matka pomyślała o wszystkim, nawet o materiałach biurowych do mojego prowizorycznego biura w kuchni. Kupiłam też lusterko, żeby móc obserwować ruch w salonie. Bo ruch w interesie musiał być. Tonęłam w długach.

KONIEC ROKU

Nadszedł wieczór, a wraz z nim wigilia Bożego Narodzenia. Święta nie miały dla mnie sensu, ponieważ ich nie obchodziłam. Moje dzieci były z Johnem, a ja byłam z Matyldą. W takim to kierunku zmierzało moje życie: samotne Boże Narodzenie w towarzystwie obcego psa. Dzieci spędzały ze mną Wielkanoc, Dzień Matki, Czwartego Lipca oraz Dzień Prezydentów. Co za banał.

John pojechał z dziećmi na Florydę w odwiedziny do swoich rodziców, na święta i żeby pograć w golfa. Nie lubiłam Florydy, nie lubiłam gry w golfa i nie podobało mi się małżeństwo byłych teściów, powielające model więźniarki i jej strażnika.

Ojciec Johna i jego żona mieszkali tak blisko pola golfowego, że dla bezpieczeństwa dzieci bawiły się na podwórku w kaskach.

Kiedy po raz pierwszy spotkałam ojca mojego eks, byłam pod wielkim wrażeniem ewolucji, jaką przeszedł John. Między nim a jego ojcem rozciągała się cywilizacyjna przepaść – na korzyść Johna. Teraz jednak, kiedy odebrał mi dzieci, znowu zauważyłam między nimi podobieństwa. Byli jak dwa klony, tyle tylko, że ojciec Johna wyglądał jak Święty Mikołaj.

Matka zmarła na raka skóry, kiedy John miał dziewiętnaście lat. Sześć tygodni później jego ojciec ożenił się ze swoją opaloną na heban asystentką Tammy, która była w każdym calu żoną na pokaz i jedyną sześćdziesięciolatką, jaką znałam, noszącą bikini. W swoim gabinecie mój były teść trzymał na biurku mosiężny przycisk do papieru będący odlewem jej lewej piersi.

Każdego wieczoru przed pójściem spać Tammy zamykała lodówkę na kłódkę, a kluczyk oddawała ojcu Johna. Dowiedziałam się o tym, kiedy raz miałam ochotę zjeść gorący karmel, jak zawsze o północy, gdy byłam w ciąży z Samem.

Prawie każdą wolną chwilę macocha Johna spędzała na chodzeniu po sklepach. Gdy byliśmy u nich pierwszy raz, poszłyśmy razem na zakupy. Dostałam od niej ciążowe sukienki uszyte z materiału przypominającego tapetę ścienną. Nawet ich nie rozpakowałam, od razu przekazałam Armii Zbawienia.

Nie chcę przez to powiedzieć, że mój były teść i jego żona byli niesympatyczni; wręcz przeciwnie, zdawali się miłymi ludźmi. Tyle tylko, że trzymali się dziwacznych zasad: byli zakupoholikami i lekceważyli ludzi, którzy się od nich różnili. Ich mentalność można by określić słowami „chrzanię-cały--świat-i-jego-mieszkańców". Podczas podróży poślubnej do parku Yellowstone ojciec Johna wzniecił pożar, kiedy smażył mięso na grillu, wskutek czego puścił z dymem dziesięć hektarów. Jego oblubienica zachowała prasowe wycinki o pożarze z nagłówkami: „Młody małżonek powoduje pożar" i „Gorąca podróż poślubna". Artykuły zostały wstawione w ramki i powieszone nad sztucznym kominkiem, obok olejnego portretu ich dwojga jako młodej pary. Na obrazie Tammy jest tak brązowa, że w kontraście z białą suknią wygląda jak biała tancerka ucharakteryzowana na Murzynkę w jakimś tandetnym przedstawieniu.

Myślałam o Tammy i o lizusce Irene, pewno buszowały teraz razem po sklepach. John natomiast grał z ojcem w golfa w zapiekłym milczeniu. Pomyślałam o moich dzieciach, które chrupały wigilijne ciasteczka bez dodatku cukru, o Darcy siedzącej w gorącym baseniku w czarnym stroju kąpielowym w rozmiarze 4T i o Samie czytającym w cieniu przepisy z magazynu „Weight Watchers". Oboje mieli na głowach kaski.

Zadzwoniłam do nich.

– Dziadek urządził dla nas grilla – poinformował mnie Sam.

Do telefonu podeszła Darcy.

– Dziadek przypalił mięso. Dym leci aż do nieba. Mamusiu, dlaczego dziadek ma na plecach brązowe plamy?

– To są pieprzyki, kochanie. Czy możesz poprosić dziadka, żeby pilnował mięsa?

– A czy mogę je złapać?

– Co takiego?

– Pieprzyki dziadka.

– Nie. Poproś dziadka, żeby sprawdził mięso.

Darcy odłożyła telefon, a ja usłyszałam plusk i szum wody, prawdopodobnie dochodzący z węża ogrodowego. Czekałam na linii, ale nikt już nie podszedł do telefonu. Szum stawał się coraz głośniejszy, po czym telefon się rozłączył albo zatonął. Czekałam jeszcze chwilę, ale nikt do mnie nie oddzwonił. Nie miałam jak się dowiedzieć, co się dzieje z moimi dziećmi na Florydzie. Znowu do nich zadzwoniłam, nikt jednak nie odebrał telefonu.

Wpadłabym w histerię, gdyby nie Matylda, która lizała moją dłoń. Zadzwoniłam jeszcze z sześć razy, aż wreszcie odebrała Darcy.

– Kochanie, czy wszystko u was w porządku? – zapytałam.

– Nie.

– Co się stało?

Darcy milczała. Słyszałam jej oddech. Wreszcie szepnęła:

– Tęsknię za mamusią.

Powiedziałam jej, że też za nią tęsknię i że wkrótce się zobaczymy. Poprosiłam, żeby poszukała brata, usiadła mu na kolanach i zachęciła go, żeby przeczytał jej bajkę. Zapytałam, co Matylda najbardziej lubi jeść.

– Serek.

– Przygotuję dla twojego pieska pyszne śniadanko. A ty poszukaj brata.

Ugotowałam dla siebie i dla psa mamałygę z serem z dużą

ilością masła. Po jedzeniu (które Matyldzie zajęło cztery sekundy, a mnie cztery minuty) wyczesałam jej sierść szczotkami z włosiem dzika. Znalazłam je w moim domu w jednej z torebek Darcy. Należały do Johna. Matylda chyba lubiła być czesana, bo wzniosła nos do sufitu i zmrużyła oczy, nieomal się uśmiechając. Moje dzieci nie okazywały takiego zachwytu, kiedy się nimi zajmowałam.

Zmusiłam się do otwarcia i przeczytania świątecznych kartek i listów: pocztówki od matki i doktorka Oblubieńca z Boca Raton, drugiej pocztówki z domem Hemingwaya od Margie i Billa z ich urlopu w Key West, wreszcie dorocznych idiotyzmów od kolegów i koleżanek z liceum, których prawie nie pamiętałam. Matylda była dla mnie jedynym źródłem pocieszenia w moim lodowatym domu. Opierała się o moje nogi, kiedy siedziałam zgarbiona nad biurkiem. Ta rasa właśnie tak wyraża uczucia. Nie miałam pojęcia, czy się o mnie opiera, bo mnie lubi, czy może chciała mnie przewrócić.

Przyszło mi do głowy, że może chce wyjść, choć to pewnie ja bardziej chciałam zwiać przed samotnością.

W skutym lodem strumieniu płynęła na dnie woda. Było mroźno, lecz przyjemnie. Każdy mój oddech zmieniał się w obłoczek pary, na szaliku połyskiwały kryształki lodu. W oknach mijanych domów mrugały światełka choinek. Matylda szła posłusznie przy nodze, jakby liczyła na to, że spali trochę kalorii.

Zrobiło się tak późno, że nawet sklepy pozamykano. Szłam główną ulicą przez centrum Onkwedo, patrząc na witryny, w których powystawiano skromne towary przyozdobione tandetnymi błyskotkami i udekorowane życzeniami. Sklepikarze sprzedali tyle towaru, ile im się udało, i teraz odpoczywali. Na pewno zacierali ręce z radości.

W świąteczny ranek natychmiast pomyślałam o dzieciach. Nie kupiłam im żadnych fajnych prezentów, ledwie kilka rzeczy znalezionych na kiermaszu rzeczy używanych w kościele unitariańskim. Torebkę i buciki dla Darcy, uszyte z pikowanych skrawków materiału. Dla Sama wypatrzyłam *Najlepsze przepisy ze Środkowego Wschodu,* książkę kucharską z przepisami hrabstw stanu Maine, według których można zrobić dosłownie wszystko, gdy się ma pod ręką mleko w puszce, ziemniaki, smalec, krakersy i mięso z homara. Przepis na „gulasz dla ubogich" nie zawierał mleka i miałam wielką nadzieję, że nigdy nie będę musiała skosztować tego dania.

Weszłam na lokalną stronę internetową, licząc na to, że uda mi się znaleźć łódkę. Sam uwielbiał wszelkie pojazdy, lubił też wodę. Znalazłam pompę, wiosło i trzy łódki pod wdzięczną nazwą „oferta specjalna złotej rączki", ale nic, w czym można by od razu wypłynąć na jezioro.

Już chciałam opuścić stronę, gdy natknęłam się na wiadomość skierowaną najwyraźniej do mnie. Napisał ją mężczyzna, który uśmiechnął się do kobiety w sklepie w niedzielę wieczorem, a ona mu ten uśmiech odwzajemniła. „Miałaś w wózku całą furę artykułów mlecznych. Ja trzymałem w ręku kask motocyklowy. Hej, kobieto w średnim wieku! Masz ładny uśmiech i resztę też masz ładną. Nawet jeśli to nie byłaś ty, a szukasz nowej znajomości i emocji w życiu, napisz do mnie. To ja jestem tym przystojniakiem, o którym myślałaś w drodze do domu".

Pamiętam mężczyznę stojącego w przejściu z płatkami śniadaniowymi, z kaskiem w ręku. Pamiętam, że się do mnie uśmiechnął, kiedy czytałam opis na pudełku z dmuchanym ryżem. (Dmuchany ryż nie zawiera w sobie nic i dlatego smakuje w najlepszym razie jak tektura). Z drugiej strony może jemu wcale nie chodziło o mnie. To prawda, że mam ładny uśmiech, a „ładna reszta" oznaczała duży biust i rurkowe dżinsy opinające długie nogi. Na pewno byłam ubrana w Spodnie i bluzę, jednak fraza „w średnim wieku" dotknęła mnie do żywego. Czy ja szukałam emocji w życiu? Raczej nie. Właśnie rozkręcałam nowy biznes i planowałam zmienić radykalnie swoje życie.

Postanowiłam dać ogłoszenie o otwarciu mojego burdelu na stronach „Tylko dla Matek" i „Dziewczyny Ruszają w Miasto". Nie miałam pojęcia, jak je sformułować, w końcu wymyśliłam coś takiego: „Nie wystarcza ci pedikiur? Może wolisz masaż relaksacyjny? Będziemy Cię masować, póki nie powiesz dość". Zakrztusiłam się płatkami, pisząc te słowa.

Wtem – nie wiedzieć czemu – moje myśli poczęły błądzić wokół stolarza z lodziarni i pasującego do niego psa Rexa, krzyżówki doga niemieckiego i bulmastifa. Weszłam na stronę „Zakład Stolarski Holdera". Znalazłam tam zdjęcia pięknych szafek i biurek, w tym biurka do pisania na stojąco, o jakim od dawna marzyłam. Zakład znajdował się w sąsiedztwie. Na zdjęciu satelitarnym ujrzałam domek ze schludnym dachem i dużą niebieską bryłą, która wyglądała na łódkę.

Zastanawiałam się, czy jeszcze kiedykolwiek umówię się z jakimś facetem. Ciekawiło mnie, jak się ubierają na randki ludzie dobiegający czterdziestki. Kiedy wpisałam w wyszukiwarce hasło „damskie majtki", wyskoczyła nazwa Hanro. Jak to możliwe, że jedyne majtki, które można kupić w Internecie, produkowane są w Szwajcarii? Nie dość, że kosztowały krocie, to były nie do zdarcia. Jeśli rzeczywiście miałabym pójść z kimś na randkę („jeśli" z wielkim znakiem zapytania), to siłą rzeczy będę musiała włożyć porządne majtki. Zamówiłam figi w kolorze écru.

Następnie kupiłam w sklepie żeglarskim gumowy nadmuchiwany ponton, z nadzieją, że pomieści trzy osoby. Tylko na niego mogłam sobie pozwolić.

Miałam do zabicia kilkadziesiąt ostatnich godzin najgorszego roku w życiu. Ponieważ i tak nie mogłam się niczego dowiedzieć o moim manuskrypcie – wszyscy poza mną świętowali – postanowiłam urządzić sobie ferie świąteczne w nowym domku uciech. Do mleczarni przychodziło niewiele listów. W zimie ludzie jadali więcej produktów mlecznych niż w innych porach roku, za to mniej na nie narzekali.

Spakowałam książki, jedzenie, smycz Matyldy i piżamę, którą kupiła mi Tammy, żeby ratować moje małżeństwo, a która wciąż była związana kokardą ze sklepu z luksusową bielizną – i pojechałam do domku babci Bryce. Mój zimny, ale przyjazny, odcięty od reszty świata, cichy, spokojny i niezmiernie urokliwy domek wydawał się na coś czekać, tak jakby wszystko mogło się w nim zdarzyć. Wierzyłam, że tak będzie.

Rozpaliłam w kominku i usiadłam na kanapie ze stosem książek i z psem, który położył się w moich nogach. Zabrałam z domu romanse od Margie i biografię Nabokova. Chciałam obejrzeć jego zdjęcia, jak siedział w samochodzie, w którym czasami pisywał, a także zdjęcia z żoną.

Ogień wesoło trzaskał w kominku, a szczelne drzwi wejściowe nie przepuszczały chłodu z zewnątrz. W domku szybko zrobiło się miło i przytulnie. Chodziłam po pokojach, zapamiętując widoki z okien, o różnych porach dnia. Co noc spałam w innym łóżku, jak Złotowłosa z bajki, w piżamie prostytutki.

I zaczytywałam się w romansach, które rozpalały moją wyobraźnię niczym fortepian salonowy mojej babki. Czułam, że działają na mnie jak balsam – balsamem tym była czułość, płynąca nie tyle ze scen erotycznych, ile z tego, co się działo przed nimi i po nich. Prawdziwym narkotykiem, który mnie odurzał, była nie żądza, lecz czułość między ludźmi, miłość na przekór ich przemijającej urodzie. Żądza zdawała się upodabniać do drozda, wciąż atakującego swoje odbicie w szybie. Pragnienia czułości i oddania się w czyjeś ramiona delikatnie ogarniały całe moje ciało. Książki Margie wydawały się do mnie wołać: *Znamy cię, zajmiemy się tobą, wiemy, czego ci potrzeba.*

Kiedy je wszystkie przeczytałam, inaczej spojrzałam na życie. Chciałam sobie wmówić, że człowiek jest w pełni samowystarczalny i że sam jeden może stanowić rodzinę, ale to się nie udało. Żeby poprawić sobie humor, w sylwestra przyrządziłam dzbanek czegoś, co powinno było przypominać w smaku sangrię albo chociaż poncz z dodatkiem alkoholu, niewielkim, bo tak naprawdę jestem niepijąca. Sącząc napój, zrobiłam listę wszystkich facetów, którzy chcieli się ze mną przespać, a których względy odrzuciłam.

Pamiętałam przynajmniej pięciu. Przysięgłabym, że było

ich więcej, trzymałam się jednak ostrych kryteriów i nie liczyłam tych, którzy nie zapytali mnie o to wprost (czy poszłabym z nimi do łóżka). Nie liczyłam także tych, którzy byli wstawieni. (Nie wiem, skąd mi się wzięła ta zasada, zwłaszcza że sama prawie się upiłam i stan ten wydawał mi się jak najbardziej racjonalny). Rozpierała mnie radość i duma, że okazałam tyle zdrowego rozsądku przynajmniej pięć razy w życiu.

Po wypiciu ponczu pomyślałam, że szybciej wytrzeźwieję na dworze. Zarzuciłam na siebie kurtkę i wsadziłam Matyldę do samochodu.

Prowadzenie auta nie przedstawiało żadnej trudności, zresztą zachowywałam szczególną ostrożność, wiedząc, że wszystkie siły policyjne Onkwedo albo stoją na drodze, albo czają się gdzieś na poboczu, wyczekując, aż kryminaliści tacy jak ja przekroczą podwójną ciągłą. Jechałam szosą wzdłuż jeziora z dala od miasta, kiedy minęłam tablicę *Zakład stolarski Holdera za dwie mile.*

Zjechałam na pobocze, widząc przed sobą stary biały dom. Był nieoświetlony, ale w budynku obok, który mógł być warsztatem stolarskim, paliło się światło. Opuściłam szybę i poczułam podmuch lodowatego powietrza. Z oddali dobiegał przenikliwy wizg wiertarki. Wyłączyłam silnik, żeby się upewnić, i wtedy usłyszałam szczekanie psa. Matylda przebudziła się i też zaczęła szczekać. Szybko przekręciłam kluczyk w stacyjce, ale mój samochód się zbuntował i nie zapalił.

Schyliłam się, żeby znaleźć dźwignię ręcznego rozruchu. Wokół panowały egipskie ciemności, żaden strumień światła nie oświetlał wnętrza wozu.

– Może w czymś pomóc? – usłyszałam głos tuż przy moim oknie.

Byłam tak zaskoczona, że prostując się, uderzyłam głową w kierownicę. Przy samochodzie stał znajomy mi już stolarz i zaglądał do środka przez otwarte okno.

– Nie – odparłam. – Dziękuję.

Matylda zarzuciła łapy na moje udo. Pomyślałam, że może zechce go ugryźć, ale tylko powąchała jego dłoń.

– Jesteś tą kobietą ze sklepu budowlanego.

Rozcierałam sobie guza na głowie.

– Śledzisz mojego psa?

– Nie. – Myślałam rozpaczliwie, co by tu mu powiedzieć do słuchu, ale z guzem na głowie nie jest to takie proste.

– Jak się tu znalazłaś?

– Mój samochód nie chce zapalić? – Odpowiedź zabrzmiała jak pytanie, co nie było moją intencją.

Potrząsnął głową, jakby chciał rozwiać własne wątpliwości.

– Czy ty jesteś pijana?

– Nie – odpowiedziałam. – Chyba nie.

Pazury Matyldy przebiły cieniutką satynową piżamę i wpiły się w moje ciało.

– Lepiej będzie, jeśli sobie już pojadę.

– Na pewno możesz prowadzić w takim stanie?

Matylda rozpoznała w nim samca alfa i lizała go teraz między palcami, starając się wkraść w jego łaski. Co za suka!

– Oczywiście.

– Może wejdziesz do mnie na chwilę na kawę?

– Nie pijam kawy wieczorami – odparłam z godnością.

Głowa pękała mi z bólu. Tymczasem Matylda zabrała się do lizania nadgarstka pana Holdera. Przyjrzałam się ukradkiem przegubowi jego dłoni. Był dość szeroki i ładnie uformowany, z dwiema dużymi kostkami między środkową płaską częścią. Ach... i delikatnie owłosiony. Złapałam się na tym, że myślę o tym, jak smakuje.

– Mogę spytać, jak masz na imię?

– Barb – odparłam. – Hm, Smith. Barb Smith.

– Wejdź i napij się herbaty, Barb Smith. – Wymówił moje imię i nazwisko tak, jakby wiedział, że jest nieprawdziwe. – Dla bezpieczeństwa możesz wziąć ze sobą psa.

Przypomniałam sobie, że jestem w samej piżamie, nie w Spodniach, chociaż moja kurtka była dosyć długa.

– Wjedź na podjazd. – Gospodarz pokazał mi gdzie. – I nie dotykaj rozruchu, bo jeszcze bardziej pogorszysz sprawę.

– Wiem o tym – warknęłam. Na szczęście tym razem silnik

zapalił i szarpnął do przodu, otulając pana Holdera kłębami spalin.

Przedsionek jego domu był typowy dla domów na północy stanu. Prowadził do oszczędnie urządzonej kuchni z okrągłym stołem i czterema krzesłami. Usiadłam w zapiętej kurtce, trzymając Matyldę za obrożę. Nie chciałam, żeby mnie ostatecznie porzuciła dla nowego mężczyzny w jej życiu. Gospodarz wstawił do mikrofalówki kubek z wodą i wyjął kolekcję lekko sfatygowanych torebek z herbatą.

– Częściej piję kawę niż herbatę, ale może coś wybierzesz...

Wybrałam zieloną, Green Ecstasy Tea. Kiedy zapiszczała mikrofalówka, gospodarz podał mi kubek z prawie gorącą wodą.

Mocząc w niej torebkę z herbatą, rozglądałam się po kuchni. Na ścianie wisiały cztery olejne obrazki z żaglówkami, a może z jedną i tą samą. Nie przepadam za sztuką seryjną, ale nie chciałam zbyt łatwo ferować wyroków. W domu Holdera było cudownie ciepło. W rogu stał piec opalany trocinami, wydawał się bardzo ekonomiczny i w dodatku fantastycznie ogrzewał dom. Gospodarz zaczął o nim opowiadać, kiedy nie udało mu się namówić mnie na zdjęcie kurtki. Podziękowałam za propozycję i odmówiłam.

– Gdzie twój pies? – spytałam, gdy zapadła cisza.

– W warsztacie – odparł. – Pójdę po niego.

Natychmiast po jego wyjściu rozpięłam kurtkę i zaczęłam nią trzepotać, żeby się trochę ochłodzić. Zerknęłam w dół na moje jedyne odzienie, „seksowną" piżamę; doskonale nadawała się dla striptizerek w klubie go-go. Dołączono do niej DVD, którego nigdy nie obejrzałam, z instrukcją, jak się rozebrać dla męża. Miała nawet specjalne guziki do odrywania.

Była jedenasta wieczorem, najlepsza pora, żeby się przebrać w piżamę, ale tak naprawdę nie zdjęłam jej z siebie po wczorajszej nocy. I po przedostatniej. Przybytek rozkoszy wydawał mi się doskonałym miejscem, żeby chodzić w nim bez ubrań, tyle tylko, że wylądowałam prawie goła w sylwestra w kuchni nieznajomego faceta. Znowu zasunęłam kurtkę.

Gospodarz wrócił z Rexem, który był jeszcze większy od

Matyldy. Psy przywitały się ze sobą, jakby były rodzeństwem rozdzielonym przed wiekami, co mogło być prawdą. – Na pewno nie chcesz zdjąć kurtki? – ponowił pytanie.

– Nie, dziękuję. Dobrze mi w niej. – W kuchni było przynajmniej dwadzieścia kilka stopni ciepła, a na dodatek bardzo się spociłam po wypiciu herbaty.

– Mieszkasz gdzieś w pobliżu?

– Tak. – Zapadła cisza, rozlegało się tylko mlaskanie naszych psów.

Gospodarz wyjął z szafki ciasteczka Oreo i ułożył je na talerzu. Na ich widok Matylda (w przeciwieństwie do Rexa) wystawiła nos nad brzeg stołu.

Greg Holder poruszał się po kuchni z wdziękiem i swobodą. Wydawał się bardzo odprężony. Był u siebie, w swojej kuchni, ze swoim psem i swoimi ciasteczkami, no i oczywiście miał na sobie ubranie, nie tak jak ja.

– Mieszkasz sama? – Popchnął w moją stronę talerz z ciasteczkami.

– Tak. Najczęściej. Czasami.

– Co dokładnie masz na myśli? – Jego głos brzmiał przyjaźnie.

– Moje dzieci mieszkają ze swoim tatą, który jest ich prawnym opiekunem. Matylda to jego pies. Opiekuję się nią, bo John spędza z dziećmi święta na Florydzie. – W pewnej chwili zorientowałam się, że trzymam ciasteczka w obu dłoniach naraz. Podałam jedno Matyldzie, natychmiast je połknęła i położyła na stole mordę, przesuwając ją w bok w stronę ciasteczek, jakby chciała pożreć wszystkie. Kiedy Greg klepnął ją po nosie, natychmiast zrezygnowała i położyła się u jego stóp. Rex położył swoją wielką łapę na jej szyi. Widziałam, że psy porozumiewają się ze sobą w swoim psim języku, niestety nic z niego nie rozumiałam.

– Nie mam dzieci – rzekł Greg. – Byłem żonaty, ale moja żona odeszła, przeprowadziła się do Oregonu.

– Sam sobie gotujesz? – spytałam, rozglądając się po kuchni. Wydawała się sterylna i mało używana.

– Najprostsze rzeczy, śniadania, makaron, steki. – Nie widziałam garnków ani patelni. Na piecyku nie dostrzegłam nawet plamki brudu.

– Gotujesz w tym? – Wskazałam ręką na mikrofalówkę.

– Tak.

Gospodarz miał na sobie biały T-shirt i koszulę flanelową, całość znakomicie podkreślała jego szerokie bary i wspaniałą klatkę piersiową. Robił wrażenie... Zdawałam sobie sprawę, że jak idiotka roztkliwiam się nad jego urodą po lekturze tych głupich romansów. Ale przystojniak to z niego był, bez dwóch zdań. W towarzystwie takich mężczyzn zawsze czułam się niepewnie.

– To żadne gotowanie – skwitowałam. – To się nazywa podgrzewanie.

– Widzę, że robisz wszystko, co w twojej mocy, żeby się ze mną zaprzyjaźnić – uśmiechnął się do mnie. – Chcesz mi ukraść psa. Szpiegujesz mnie, może żeby porwać Rexa, kto to wie. I po co ci on? Żeby nauczył twojego psa dobrych manier? Na koniec przyjeżdżasz pod osłoną nocy do mojego domu, podpita, i gardzisz moim gotowaniem.

– Znasz Johna Barretta? – zapytałam.

– Tego faceta od gumy, wynalazcę? Tak. To twój były mąż?

Wstałam.

– Chodź, Matyldo, czas na nas. – Jednak Matylda nie ruszyła się z miejsca, przeciwnie, ułożyła się do snu na nodze swojego nowego pana.

– Uspokój się – powiedział Greg. – Dopij herbatę. Po co te nerwy? Nie znasz mnie, ale John mnie zna. Daję słowo, że jestem miłym facetem i nie zrobię ci krzywdy. Możesz spokojnie zdjąć kurtkę, napić się herbaty i wrócić do siebie.

Otarłam z czoła krople potu.

– Nie miałam zamiaru tu przyjeżdżać. Chciałam się tylko przewietrzyć, dlatego się nie ubrałam. – Oboje zerknęliśmy na moje nogi w różowych nogawkach satynowej piżamy.

– Co to takiego?

– Piżama. – Znowu usiadłam. – Miała uratować moje mał-

żeństwo, ale nawet jej nie wyjęłam z pudełka. – Opowiedzia
łam mu o Tammy, ojcu Johna, moich dzieciach i o tym, że je
straciłam. A potem o domu i o odkryciu książki.

Greg pokroił chleb i ser. Ponieważ nie jadłam kolacji, rzuciłam się chciwie na jedzenie.

– Czy ta książka ma jakąś wartość?

– Gdyby się okazało, że napisał ją Nabokov, byłaby bezcenna. Ale zdaniem ekspertów on nie jest jej autorem.

– A ty co myślisz?

– Myślę, że to on ją napisał. Ale pewnie się mylę. Najczę
ściej się mylę. Sama powieść jest niesamowita. Babe Ruth to
straszny nieudacznik. Ze wszystkich stron otacza go miłość,
której facet nie rozumie, co z jednej strony jest tragedią, ale
z drugiej naprawdę bawi. A jeśli chodzi o miasteczko, wszystko się zgadza. Byłoby fantastycznie, gdyby powieść została
wydana. Moja agentka się tym zajmuje. Margie. – Rozpięłam
boczne rozcięcia kurtki.

– Margie Jenkins?

Nigdy się nie przyzwyczaję do życia na prowincji. Skinęłam
głową.

– Czas na mnie. – Wcale nie chciało mi się jechać, świetnie
nam się gawędziło i w ogóle zrobiło się jakoś miło, a do tego
Matylda drzemała, przyszpiliwszy łapą Rexa. Cmoknęłam
na nią, ale nawet nie raczyła otworzyć oczu. Pochyliłam się,
żeby zapiąć jej smycz.

– Ta piżama rzeczywiście mogła uratować twoje małżeństwo – zauważył Greg przyjaźnie.

Pociągnęłam smycz, żeby obudzić psa.

– Może wybralibyśmy się razem na kolację? Oczywiście
kiedy będziesz ubrana.

– Czemu nie, dobry pomysł – odparłam, siłując się z Matyldą.

Greg pstryknął palcami i oba psy skoczyły na równe łapy.

– Zostań, Rex – Greg rzucił komendę i pies stanął jak wryty.

– Jak to zrobiłeś? Myślałam, że ta rasa nie poddaje się tresurze.

– Niewiele można je nauczyć. Fakt. Są wierne, ale niezbyt mądre. To ty się musisz do nich dostosować. Bardzo się za to przywiązują – zacmokał i Matylda podbiegła do niego. – Odprowadzę cię do samochodu.

Na zewnątrz temperatura spadła poniżej zera. Otworzyłam Matyldzie drzwi.

– Może być wtorek? – spytał Greg.

We wtorek otwierałam mój przybytek dla miejscowych dam.

– We wtorek jestem zajęta – odparłam.

– No to kiedy możesz zjeść ze mną kolację? W restauracji... – dodał na wszelki wypadek.

Pamiętałam jak przez mgłę, że jeśli chodziło o randki, piątek był zbyt wymownym dniem jak na pierwsze spotkanie, a sobota jeszcze gorsza.

– W czwartek, ale dopiero w następnym tygodniu. W tym tygodniu muszę się zająć nowym projektem.

– Zadzwonię do ciebie. Nazywasz się Smith, dobrze pamiętam? – Greg przechylił głowę, łagodnie się ze mną drocząc.

– W książce telefonicznej wciąż widnieję pod nazwiskiem Barrett. – Upewniwszy się, że nos Matyldy schował się w samochodzie, zatrzasnęłam drzwi. I wtedy właśnie rozległ się dźwięk rozdzieranego materiału, ja zaś zostałam z gołym tyłkiem. W piżamie przytrzaśniętej drzwiami puścił rzep, tak zresztą jak powinien był. Spojrzałam na moje gołe, blade nogi w kozaczkach, istne patyczki od lizaków z mrożonym sokiem owocowym. Greg potrząsnął głową.

– Prowadzisz interesujące życie. – Otworzył samochód i wydobył z niego resztkę materiału, który jeszcze niedawno był dołem od piżamy.

– Dzięki – wyrwałam mu z ręki materiał i usiłując ściągnąć możliwie w dół kurtkę, skryłam się za samochodem.

– Łap! – Greg zdjął z siebie koszulę flanelową i rzucił mi ją nad autem.– Włóż ją, bo przemarzniesz.

– Dziękuję. – Koszula była jeszcze ciepła od jego ciała. Olśniło mnie, że od bardzo dawna nie dotykałam żadnej ludzkiej istoty. Od tygodnia? Od dziesięciu dni? A mężczyzny nie dotykałam od niepamiętnych czasów. Owinęłam swoją nagość jego koszulą i wsiadłam do samochodu.

Samochód na szczęście od razu zapalił. Z radości poklepałam czule deskę rozdzielczą.

– Szczęśliwego nowego roku! – krzyknęłam na pożegnanie. Kiedy zerknęłam w lusterko, ujrzałam wspaniały tors Grega Holdera w białej koszulce. Pomachał mi, odwrócił się i poszedł do warsztatu.

OTWARCIE

W pierwszy wtorek nowego roku otworzyłam uroczyście mój przybytek. Miałam na sobie nowe dżinsy i buty na wysokich obcasach, które znudziły się Margie. Moi czterej pracownicy schludnie się prezentowali i ślicznie pachnieli. (Pomyślałam, żeby zwrócić im na to uwagę: niech na przyszłość nie zlewają się tak obficie wodą kolońską).

Ponieważ w domku panował ziąb, poszłam z Jansonem po drewno. Pomagał mi je rąbać, snując opowieść o swoim dzieciństwie na farmie w Ohio. Jego rodzice mieli trzodę chlewną. Studiował rolnictwo w Waindell, ponieważ chciał przejąć rodzinny biznes i przekształcić go w gospodarstwo ekologiczne. Umiał równiutko ułożyć kłody i tak pięknie je rozłupać, jakby same się o to prosiły.

Wpatrywałam się w niego z takim podziwem, że w pierwszej chwili nie zauważyłam zbliżającej się furgonetki. Kobieta jechała tyłem serpentyną, jakby od niedawna miała prawo jazdy. Jednym kołem zupełnie zjechała z drogi. Wysiadła i zamknęła samochód, włączając alarm. Nie mam pojęcia, czego się obawiała, niedźwiedzi? Poprosiłam Jansona, żeby wrócił do domu, gdy skończy rąbać drewno, a sama pobiegłam do schodów z tyłu domu i jak burza wpadłam do środka.

Kiedy nieznajoma otworzyła drzwi wejściowe, siedziałam przy kominku z wesoło buchającym ogniem. Odstrzeliła się, jakby szła na obiad z jakąś ważną osobistością: usta pomalowane szminką o bladym odcieniu, włosy starannie ułożone, elegancki wełniany płaszcz bez najmniejszej drobinki kurzu. Moi trzej młodzieńcy rozciągnęli się na kanapie, prężąc się niczym koty, żeby sprawić jej przyjemność. Z nonszalancją wyciągnęli nogi do środka salonu, rozkładając jednocześnie ramiona wzdłuż kanapy. Kobieta wyraźnie się denerwowała.

– Witamy – zwróciłam się do niej. – Pozwól, że wezmę twój płaszcz.

Na śmierć zapomniałam o racicy jelenia, na której mogłabym go zawiesić, położyłam więc płaszcz na pulpicie.

– Napijesz się herbaty? – spytałam.

Kawa jest przeciwieństwem afrodyzjaku, postanowiłam zatem jej nie podawać. Zamiast tego miałam duży samowar z białą japońską herbatą kukicha, która ocieplała yin i równoważyła yang, zgodnie z tym, co napisano na opakowaniu.

Kobieta ściskała w dłoni szwedzki kubek bez rączki i rozglądała się niepewnie, omijając wzrokiem mężczyzn.

– Piękny sufit – zauważyła.

Kątem oka widziałam, że młodzieńcy wciąż siedzą wyciągnięci na kanapie.

Do salonu wszedł Janson z naręczem drewna i z hałasem zrzucił je obok kominka, po czym kucnął i zręcznie zbudował nad płomieniem kratkę z polan.

– Sosna pali się szybciej, ale brzoza ma słodki zapach – oznajmił, uchylając nieco dwa okrągłe kanały dymowe. – Teraz się będą ładnie palić – rzekł i podniósł się, prezentując w całej krasie swoje sto osiemdziesiąt sześć centymetrów.

Kobieta spojrzała na mnie z szeroko otwartymi oczami.

– Poproszę o niego.

Skinęłam głową i odprowadziłam ich wzrokiem, kiedy wchodzili na górę po schodach. Sid podkręcił muzykę, ja zaś zachodziłam w głowę, co będziemy robić przez następnych pięćdziesiąt minut. Okazało się, że niepotrzebnie się martwiłam, bo chłopcy nie zamierzali marnować czasu. Nie byliby w Waindell, gdyby nie umieli się zorganizować. Znikąd pojawiły się dwa laptopy, podręcznik do statystyki, kartki papieru oraz kalkulator.

Zanim zabrali się do nauki, usłyszeliśmy delikatne pukanie do drzwi i do środka weszły dwie kobiety. Jedną znałam z widzenia. Odpowiadała za spotkania nauczycieli z rodzicami. Bez wahania wskazała na Tima.

Druga miała przerażony wyraz twarzy, co wydawało mi się najzupełniej zrozumiałe. Nie chciała urazić uczuć młodzieńców, między którymi musiała wybrać. Nie wiedziałam, jak jej pomóc. Mężczyźni też nie bardzo wiedzieli – obaj byli tak samo piękni, rośli, silni, krzepcy i pachnący. Jeden blondyn, drugi szatyn. Po niezręcznej chwili, wypełnionej rykami zespołu The Shins, kobieta odwróciła się do mnie.

– Czy mogę z dwoma naraz? – szepnęła.

Potrząsnęłam przecząco głową.

– Jeszcze nigdy nie byłam z blondynem – wykrztusiła wreszcie.

Skinęłam głową na Richarda.

Kiedy poszli na górę, zastanawiałam się, o czym mam rozmawiać z Sidem. Chyba czytał w moich myślach, bo spojrzeliśmy na siebie. Zauważyłam, że jego oczy błyszczą jak przednia szyba samochodu w deszczu.

– Nie martw się o mnie – rzekł – dzielimy się napiwkami.

Po trzeciej godzinie zrozumiałam, że moje spiczaste buty na obcasie nie nadają się do chodzenia, i zanotowałam w pamięci, żeby zabrać z domu kapcie. Lubiłam stać przy oknie i patrzeć, jak kobiety suną ostrożnie po stromych serpentynach swoimi SUV-ami i furgonetkami. Zastanawiałam się, czyby nie otworzyć dodatkowego biznesu: kursu prawa jazdy. Najwyraźniej wstąpił we mnie przedsiębiorczy duch.

Pod koniec dnia okazało się, że zarobiliśmy sporo kasy, oczywiście nie w stosunku do Czterdziestej Ósmej Alei na Manhattanie, ale jak na Onkwedo był to świetny początek. Moi pracownicy otrzymali całkiem pokaźne honorarium za pierwszy dzień pracy. Wyglądali na zmęczonych.

– Bardzo wam dziękuję – powiedziałam. – Dajcie mi znać, jeśli będziecie mieli jakieś... – uciekło mi z głowy właściwe słowo – ...problemy. – Tylko Sid popatrzył mi prosto w oczy.

Janson poprosił, żebym przed wyjściem zagasiła kominek. Patrzyłam, jak młodzieńcy po mistrzowsku wyjeżdżają z podjazdu. Zadumałam się nad niesprawiedliwością, jeśli chodzi o różnicę między wyobraźnią przestrzenną mężczyzn i kobiet, po czym zajęłam się wielką stertą prania.

W pralni bardzo mi się przydały dwudziestopięciocentówki, które dostałam ze skupu butelek. Nikt mnie nie zapytał, dlaczego korzystam w jednym czasie ze wszystkich największych pralek. Na szczęście żadna z moich klientek nie korzystała z pralni. Pewnie w swoich domach przyrządzały taco, hamburgery z serem dla dzieci albo szybkie steki dla swoich mężów. Wyobrażałam sobie ich sekretne e-maile i rozmowy przez komórki gorące od opowieści o dzisiejszej przygodzie. Salony kosmetyczne poniosą dotkliwą finansową stratę.

Gapiłam się w okrągłą szybkę pralki i oczyma wyobraźni ujrzałam Darcy. Pytała Irene o jej nowe buty przywiezione na Florydę. Sam wsadził nos w książkę kucharską z Maine, którą mu kupiłam w prezencie na Boże Narodzenie. Moja matka w metropolii Wilkes-Barre popijała kir royale z doktorkiem, zarumieniona w reakcji na jego wyrazy uwielbienia. Ujrzałam Jansona i resztę chłopaków na wieczornym treningu w strojach z logo uczelni oraz ich trenera Rudy'ego zagrzewającego ich do walki. Za słabo znałam Grega Holdera, żeby sobie wyobrazić, co robi, ale byłam pewna, że obok jego stóp leży pies, który zna się na manierach.

Kiedy pościel się uprała, wrzuciłam ją do suszarek, wykorzystując w tym celu ostatnie dwudziestopięciocentówki, jakie miałam.

W domu zjadłam deser mojego autorstwa: lody waniliowe z mleczarni i kajmakową polewę z orzechami pekanowymi. Taka kolacja nie wiedzieć czemu wywoływała we mnie wielką chęć na jarmuż. Przepis na polewę kajmakową zawierał roztopione masło, ciemny cukier i pekanowe orzechy, dające dziwny, ziarnisty posmak. Natomiast jarmuż rozpływał się w ustach.

Pamiętam, że gdy zostałam bez dzieci, nie zauważałam, kiedy kończył się dzień. Szwendałam się po pokojach, zbierałam rzeczy, odkładałam je bezmyślnie, machinalnie. Wyciągałam bezwolnie dłoń, żeby chwycić kozaczek albo sweterek, wybrać ołówek, bez celu i bez sensu, niczego nie doprowadzając do końca. Dzisiejszy dzień był inny. Obfitował w ludzi i w pracę. Czułam się wyczerpana, ale mniej samotna. Ogarnęło mnie nieznane mi uczucie, że jestem częścią większej całości. Zasnęłam.

ZMIANA

Nazajutrz rano zadzwoniłam do Margie. Po sześciu sygnałach odebrała telefon.

– O co chodzi? – Była mocno wkurzona.

– Cześć, Margie. Coś się stało? – Słyszałam w słuchawce chrupanie, chrzęst, jakby przeżuwała szkło.

– Przechodzę przez tę pieprzoną menopauzę. Mam dopiero czterdzieści siedem lat. Strasznie mnie to złości.

– Co jesz?

– Kostki lodu. – Kolejna z dietetycznych sztuczek Margie. Lubiła pić zmrożony crystal light, okropny napój w sześciu smakach do wyboru. Nagle zakrztusiła się.

– Halo, nic ci nie jest? – Myślałam gorączkowo, jak by jej tu pomóc, jak najszybciej do niej podjechać i czy ratownicy medyczni nie dojechaliby szybciej na miejsce, gdyby kostka zamrożonego crystal light utknęła jej w tchawicy. Kiedy usłyszałam, że Margie pociąga nosem, zrozumiałam, że płacze.

– Myślałam, że jeszcze urodzę dziecko. Chyba wciąż jestem na nie gotowa. Bill zawsze chciał mieć dzieci, ale dla mnie ważna była moja kariera. A teraz, cholera, jest już na dziecko za późno. – Tak długo wydmuchiwała nos, że zaczęłam się martwić, czy kiedyś przestanie.

– Margie, mogę do ciebie przyjść? Może masz ochotę na świeże masło? Jest środa. – Zapadło długie milczenie, aż usłyszałam, że Margie znowu chrupie. – Byłabyś świetną mamą – szepnęłam.

– Nie przychodź. – Margie znowu pociągnęła nosem.

– Każdy, kto cię poznał, jest szczęściarzem. Ja też jestem farciarą, że cię mam. – Usłyszałam chlipanie. – Margie, a może poćwiczysz? Może wtedy się lepiej poczujesz?

Westchnęła.

– Jak ci minęły święta?

– Samotnie. Ale poznałam sympatycznego mężczyznę dzięki mojemu psu. Matyldzie. – Przełożyłam słuchawkę do drugiego ucha. – Muszę ci wyznać coś strasznego. Opowiedziałam mu o wszystkim, o każdej błahostce z mojego życia. Teraz najchętniej bym się wszystkiego wyparła. Poza tobą nikt nic o mnie nie wie.

– Ufasz mi?

– No pewnie.

– To może zaufaj i jemu.

– Wiem o nim tylko tyle, że jest stolarzem, że się rozwiódł i że ma takiego samego psa jak moja Matylda.

– Masz na myśli Grega Holdera? Przyzwoity z niego gość, i w dodatku przystojny. – Margie znowu była sobą.

– Umówiłam się z nim w przyszły czwartek. Nie mam pojęcia, o czym będziemy rozmawiali. Wszystko mu już powiedziałam.

– Jego żona porzuciła go dla kobiety. Wyjechały do Oregonu na największym motocyklu, jaki można sobie wyobrazić. Prowadziła ta wytatuowana lesba. Całe miasto je widziało.

– To nie najlepszy temat do rozmowy.

– Raczej nie – zgodziła się ze mną Margie.

– Może Greg nie lubi kobiet, które są pewne siebie – myślałam głośno.

– Raczej nie lubi kobiet, które zmieniają orientację seksualną. – Usłyszałam pobrzękiwanie kostek w szklance Margie.

– Jak mam się ubrać na tę randkę?

– Włóż dżinsy i jakiś seksowny topik. Tylko nie przesadź. – Usłyszałam, jak Margie wkłada naczynia do zmywarki.

– A co będzie, jeśli mnie zaprosi do jakiejś wytwornej restauracji?

– W Onkwedo nie ma wytwornej restauracji. – Wiedziałam o tym lepiej niż ktokolwiek inny. – Co mu powiesz o swoich życiowych planach?

– Nic.

– Dobry pomysł. A co zrobisz, jeśli znowu cię zaprosi? Nie zastanawiałam się nad tym.

– Coś wymyślę.

– W to nie wątpię – skwitowała sucho Margie. – Przyrzeknij mi, że będziesz sobą. Greg jest poczciwym człowiekiem. Powiedz mu, że piszesz romanse, a potem napisz coś dla mnie, tak jak cię prosiłam.

– Postaram się. – W kwestii romansów Margie była nieubłagana.

– Idźcie do taniej knajpy. Na przykład do Café Raw.

– Na tofu?

– Jedzenie nie jest ważne.

– Rozumiem – odparłam, ale Margie zdążyła się rozłączyć.

– Kocham cię – rzekłam do sygnału w słuchawce.

BANK I PRALNIA

Minęły dwa tygodnie od otwarcia mojego domu uciech. Powoli czułam się, jakbym wykonywała prawdziwą pracę. Miałam na nogach wygodne pantofle, a w kominku palił się ogień. Po drodze do pracy wpadłam do dwóch aptek i wykupiłam wszystkie masażery osobiste, jakie były w ofercie. Aptekarki nawet nie mrugnęły okiem. Po powrocie zaniosłam je do sypialni.

Przez okno widziałam, jak w porannym słońcu topnieją sople zwisające z dachu. Na ten dzień Sid zostawił mi miks utworów, który zatytułował *Miłość, wtorek*. Kiedy Al Green łagodnie mruczał, a w kominku płonęły polana, zjawiła się pierwsza klientka. Była małą brunetką o egzotycznej urodzie, przynajmniej jak na to miasteczko. Wyglądała tak, jakby na jej twarzy ścieśniały się rysy jakiejś większej osoby. Nie od razu ją rozpoznałam, lecz kiedy przemówiła ochrypłym głosem, przypomniałam sobie, że jest skarbniczką garden clubu (funkcję tę piastowała od trzech lat) oraz żoną komendanta straży pożarnej. Miała na sobie różowy rozpinany sweterek, a w ręku trzymała torbę na pranie i różową torebkę. Podałam jej cenę za pięćdziesięciominutową sesję.

– Tylko żeby mnie nie dotykał. – Kiedy to powiedziała, jej ciałem wstrząsnął dreszcz. Łypnęła na mnie okiem. – I chcę, żeby się rozebrał do naga i zrobił porządek ze skarpetkami.

Otworzyła torbę. Poinformowałam ją, że cena za tę usługę jest taka sama jak za euforyczny masaż. (Zapożyczyłam ten termin z reklamy, która znajdowała się za Onanonquit).

– Nie jestem tu po to, żeby oszczędzać – oświadczyła cierpko. – Jeśli nie pomyli skarpetek, dam mu suty napiwek – dodała i zatrzasnęła torebkę.

Poprosiłam ją, żeby usiadła i napiła się herbaty. Zerknęłam na kalendarz na ścianie w kuchni, żeby się upewnić, czy tego dnia nie wypadał prima aprilis; ale nie, była dopiero połowa stycznia.

Drzwi otworzyły się z hukiem i do salonu wkroczyli czterej młodzieńcy: Janson, Sid, Tim i Evan. Janson znowu zrobił swoją sztuczkę z polanami, ale tym razem nie udało mu się wprawić w zdumienie kobiety w różowym, zapiętym na guziczki sweterku, siedzącej na kanapie ze skrzyżowanymi nogami.

Evan przyjaźnił się z Jansonem, był u nas po raz pierwszy. Jeszcze nie zdążyłam z nim porozmawiać na temat brudnej pościeli (którą należało od razu włożyć do dużego kosza, a czystą na zmianę brać z szuflady) i zabawek erotycznych (znajdowały się w drugiej szufladzie) i takich tam. Poinstruowałam go tylko krótko na temat prywatności, higieny i podstaw anatomii. (Wypożyczyłam z biblioteki stare wideo z serii „Fizjologia człowieka" pod tytułem *Tajemnica punktu G*. Obejrzałam je w całości, choć narrator opowiadał jeszcze wolniej niż Jacques Cousteau).

Evan był nad wyraz higieniczny. Spod jego wyprasowanych spodni w kolorze khaki wystawały skarpetki z mankietami. Widziałam, że pani Straż Pożarna zarejestrowała ten szczegół.

– Evan? – zwróciłam się do młodzieńca, który uśmiechnął się tak, jakby wygrał w totolotka. Ten zaś do niej wylewnie:

– Chodźmy na górę.

Kobieta wstała, podała mu torbę ze skarpetkami i podążyła sztywno za młodzieńcem.

Kiedy usłyszeliśmy dźwięk zamykanych drzwi, Janson szepnął do kolegów:

– Będzie walił konia. Poznaję takie na kilometr.

Przeprosiłam ich i wycofałam się do kuchni. Bardzo polubi-

łam moich pracowników, ale wciąż czułam się w ich towarzystwie nieswojo. Czasami na sam ich widok oblewałam się rumieńcem. Schodziłam im z pola widzenia, chyba że musiałam
się pokręcić po domu. Myśleli, że ich nie słyszę, i wrócili do
rozmowy z zeszłego tygodnia o tym, które kobiety są bardziej
seksowne, grube czy chude.

– Grube mają większą ochotę na seks – orzekł Sid. – Są
bardziej świadome swoich pragnień.

– Bzdura – sprzeciwił się Janson. – Grube sublimują seksualne pragnienia jedzeniem. Żarcie je otępia i pozbawia chęci
na seks.

– Czy pieprzyłeś się kiedyś z kimś, kiedy byłeś głodny? –
zapytał Sid. I zaraz sam sobie odpowiedział na pytanie: –
Jasne, że nie.

– Chłopaki, w ogóle nie czujecie tematu – oświadczył
Tim. – Ważne, co ona czuje.

– Jeśli chodzi o mnie – rzekł Sid – lubię, jak kobieta ma
trochę ciała.

– Nie chodzi o ciebie, tępaku, tylko o to, czy kobieta dobrze
się czuje sama ze sobą. Wtedy jest seksowna.

Wstrzymałam w kuchni oddech.

Rozmowę młodzieńców przerwał dzwonek do drzwi. Na
progu stały dwie kobiety, gruba i chuda. Gruba wybrała Sida,
co z jakiegoś powodu mnie uradowało. Nie czekałam, żeby
się dowiedzieć, którego z chłopaków wybierze chuda. Później
zbiorę od nich dane.

Po zakończeniu pracowitego dnia Tim, Evan i Janson odje-
chali. Pozostał Sid, który majstrował coś przy swoim iPodzie
i muzycznym miksie. Ja zdejmowałam pościel z wieszaków.

– Trochę tu za biało – rzucił do mnie Sid przez ramię.
Z jego iPoda wydobywał się archaiczny hip-hop.

Wyraźnie chciał wyłudzić ode mnie podwyżkę. Już podczas
pierwszego spotkania zwróciłam uwagę na jego konfronta-
cyjny styl.

– Tu jest inaczej niż w Connecticut, skąd pochodzisz? –
zrewanżowałam się pytaniem.

– Szkoda, że nie masz braci – odrzekł zwrócony twarzą do głośników stojących na kominku. Spod spodni khaki wystawała mu seksowna koszula w paski. Jego szerokie bary pozostawały w idealnym stosunku do wąskich bioder. Dla takich jak on kobiety traciły głowę.

Przełknęłam ślinę zalegającą mi w ustach, szczęka opadła mi z wrażenia. Wiedziałam, że muszę przejąć kontrolę, ale tyle czasu upłynęło od chwili, kiedy musiałam się zmierzyć z kimś, kto ponad wszelką wątpliwość miał penisa, że nie było łatwo.

– Znasz jeszcze kogoś, kto byłby zainteresowany? – spytałam.

– Całkiem możliwe. Jest studentem fizyki.

– To nie ma znaczenia. – Wreszcie udało mi się zamknąć usta. Na szczęście Sid był wciąż odwrócony tyłem do mnie i nie widział, co się ze mną dzieje.

Nacisnął guzik, tym samym eliminując z naszej przestrzeni grupę Public Enemy. Z głośników wydobyło się coś smutnego i nostalgicznego. Coś, co mi przypominało samą siebie.

– Kto to śpiewa?

– Natalie Walker.

– Piękne.

– Jedna z tych dziewczątek. – Zdaje się, że fuknęłam z dezaprobatą, bo Sid wytłumaczył mi, co miał na myśli. – Która kocha i która zostaje porzucona. Nudy. – Wciąż siedział zwrócony do mnie idealnymi i bezczelnymi plecami, naciskając guziczki.

– Nie obawiasz się konkurencji twojego przyjaciela, gdy do nas dołączy?

– I tak go nie zatrudnisz.

– Dlaczego nie? – Naprawdę zaczął mnie wkurzać.

– Bałabyś się wyzyskiwać czarnego mężczyznę.

Sid zaprezentował interesujący punkt widzenia, ale ani myślałam mu ustąpić.

– Jeśli czujesz się wyzyskiwany, to zrezygnuj. Zawsze możesz się zatrudnić w RadioShack.

– Nie jestem tu dla pieniędzy – poinformował mnie Sid. –

Tylko dla seksu. Ujeżdżanie kuguarzyc to moja pasja. – Zdążyłam się połapać, że młodzi mężczyźni używali terminu „kuguarzyca" dla starszych od siebie kobiet, z którymi uprawiali seks.

Nie umiałam wyczuć, czy Sid żartuje, czy mówi poważnie. Zerknął na mnie badawczo przez ramię. Jego błyszczące błękitnozielone tęczówki oczu i długie, podkręcone rzęsy kompletnie wytrąciły mnie z równowagi. Spojrzał na moje buty i na ręce trzymające pościel, podniósł wzrok na dziwaczną fryzurę składającą się z warstw pianek, loczków, lakierów oraz spinek. Znowu odwrócił się do iPoda i włączył piosenkę *Dance With Me* Kevina Lyttle'a, o niezwykle sugestywnym rytmie.

– Muszę zrobić pranie – rzekłam słabym głosem, ale żadne z nas nie zwróciło uwagi na moje słowa.

Za nic nie mogłam sobie przypomnieć, kiedy ostatni raz tańczyłam. Rytm wydawał się wnikać w moje ciało. Sid nastawił głośniej muzykę, a piosenkarz śpiewał nieustępliwie: „*Baby*, chodź i zatańcz ze mną". Upuściłam na podłogę stos prześcieradeł. Miałam idealne buty do tańca, ślizgały się po drewnianej podłodze i nadawały moim biodrom prowokacyjny pląs.

Kiedy tańczyłam po raz ostatni? Trzy lata temu? Cztery? Moje sztywne ramiona nie wiedziały, co ze sobą począć. Nie patrzyłam na Sida. Zwróciłam twarz w stronę okien, które delikatnie zaparowały. Wisiała nad nimi głowa jelenia z otwartym pyskiem.

„Zatańcz ze mną, zatańcz ze mną". Zamknęłam oczy. Kręgosłup zdawał się pamiętać, co ma robić, nawet jeśli moje ramiona o wszystkim zapomniały. Nie byłam pewna, czy miałam słabą kondycję, czy też byłam zbyt zdenerwowana, żeby miarowo oddychać. Nie odwróciłam się, ale czułam żar płynący z ciała Sida, rozgrzewający moje plecy i uda. Czułam, że oboje wpadliśmy w rytm.

Kiedy piosenka się skończyła, schyliłam się po pranie i przycisnęłam je mocno do piersi. Odwróciłam się do Sida dopiero wtedy, kiedy dzieliła nas góra zmiętych prześcieradeł.

– Mam mnóstwo pracy – rzuciłam z udawaną wesołością.

Sid podniósł do góry brwi.

– Panikara z ciebie – powiedział. – Wystraszony kurczak. – I wydał z siebie odgłos kurczaka, jak ktoś, kto spędził mnóstwo czasu na kurzej fermie.

– Jestem twoją szefową – odparłam. – To byłoby nieprofesjonalne.

– Mylisz się. Jest dokładnie na odwrót. – Sid łypnął na mnie ślepiami. – To by było jak najbardziej profesjonalne.

Zmusiłam się, żeby posłać mu przyjazny uśmiech mamusi z serii „tak-mi-przykro-że-skończyły-się-już-ciasteczka".

– Do zobaczenia we wtorek. Jeśli chcesz, przyprowadź ze sobą kolegę fizyka.

– Ma na imię Wayne.

– Z przyjemnością go poznam.

Sid nacisnął ostatni guzik na swoim sprzęcie i kiedy zamknęły się za nim drzwi, dziwaczny remiks *Do the Funky Chicken* zajazgotał w głośnikach. Okna zasnuły się parą, spociłam się jak mysz. Usiadłam na stercie prania, żeby do siebie dojść. Drżałam na całym ciele. Pamiętałam to uczucie z dawnych lat.

Bank i pranie, rzekłam do siebie stanowczo.

– Bank i pranie – powtórzyłam na głos.

Mój sejf w banku szybko zapełniał się pieniędzmi. Przez ostatnie dwa lata świecił pustkami. Trzymałam w nim tylko bransoletkę ze złota mojej babki i krótki sznur hodowlanych pereł, które dostałam w prezencie od kuzyna. Perły trzeba nosić, inaczej tracą swój blask, ale nie należę do osób kochających perły. Moje poczekają na Darcy.

Gotówka stanowiła pewien problem. Nie chciałam, żeby ktoś zwrócił uwagę na to, że chowam do sejfu tyle pieniędzy. Mieszkanki Onkwedo płaciły mi drobniakami, jakby odkładały na wizytę u mnie drobne z myjni i ze sklepu.

Przestałam w ciągu dnia odwiedzać mój spożywczak z obawy, że się natknę na którąś z klientek. Coraz częściej zaglądałam do niego przed północą razem z zaćpanymi narkomanami, ludźmi cierpiącymi na bezsenność i tymi dopiero co rozwiedzionymi. Ponieważ dzieci, którym mogłabym gotować, ze mną nie mieszkały, w ogóle przestałam jadać kolacje.

W banku gapiłam się na małą metalową szufladę, ściskając w dłoni zwitek pięciodolarówek. Ponownie próbowałam wcisnąć pieniądze do skrytki, ale bezskutecznie. Myślałam, żeby poprosić urzędniczkę o większą skrytkę albo zamienić jedno- i pięciodolarowe banknoty na setki. Z westchnieniem włożyłam je z powrotem do wewnętrznej kieszeni kurtki. Bardzo o nią dbałam, żeby oddać za rok Samowi, kiedy urosną mu ręce; zastanawiałam się, czy mój tłuścioszek przygotowuje się, żeby strzelić w górę i za kilka lat przerosnąć ojca. Myśl o tym bardzo mnie uradowała.

Wreszcie odważyłam się podejść do okienka. Powiedziałam kasjerce, że chcę wpłacić gotówkę. Kobieta zerknęła na ekran komputera i poinformowała mnie, że moje konto wykazuje stratę sześciu dolarów i sześciu centów i jest przewidziane do zamknięcia. Na widok zmiętych banknotów, które wyjęłam z kieszeni kurtki, kobieta rozszerzyła źrenice.

– Przeliczyła je pani?

– Mniej więcej – odparłam.

Kasjerka włożyła banknoty do maszyny i wyrównała ich brzegi. Po chwili papierki zaczęły pstrykać pod dotykiem mechanicznych palców zakończonych gumką. Kobieta zapisała sumę na dowodzie wpłaty i przesunęła go w moją stronę, nie odrywając wzroku od cyferek.

– Otworzyła pani firmę? – spytała nieco zbyt gorliwie.

Wzięłam z naczynka czerwoną walentynkową tootsie roll, która miała miedziany smak starego pensa.

– Tak – zmusiłam się, żeby na nią spojrzeć. – Albumy z wycinkami z gazet i zdjęciami. Przynosi krocie.

Obiecałam sobie, że w przyszłości będę wpłacać gotówkę do wpłatomatu o drugiej w nocy, kiedy bank będzie zamknięty.

ROMANS DLA DOJRZAŁYCH

W środę rano postanowiłam, że sprawię przyjemność mojej agentce. Usiadłam na podłodze z papierem w linie i z długopisem w ręku. Było wczesne przedpołudnie i czułam się wyspana. Nie miałam powodu, żeby czuć się zmęczona, ale na samą myśl, że mam napisać erotyczną scenę dla pokolenia *boomers*, poczułam znużenie. Zapomniałam, o co chodzi w seksie. Przekonywałam się, że jest z nim tak samo jak z jazdą na rowerze, ale nic mi to porównanie nie pomogło, bo nie umiałam jeździć na rowerze. Wyjęłam koszulę Grega i rozłożyłam ją sobie na kolanach.

Zamknęłam oczy. Przyłożyłam koszulę do twarzy i ją powąchałam. Oczyma wyobraźni ujrzałam twarz stolarza, który szeroko i szczerze się do mnie uśmiechał. Prawie udało mi się poczuć zapach jego górnej wargi, delikatny zapach kremu do golenia, kawy oraz klatki piersiowej, wreszcie gorąca wydobywającego się z wycięcia jego koszuli w serek. Nie otwierając oczu, napisałam: *Kobieta czuje kciuki mężczyzny na swoich ramionach. Ich pożądające się nawzajem ciała wtulają się w siebie. Mężczyzna ma na sobie sprane dżinsy. Kobieta o tym wie, ponieważ koniuszki jej palców uczą się jego ciała na pamięć. Dolna część ciała mężczyzny pręży się w jej kierunku, a ręce – dwa grube sznury mięśni – obejmują z wolna jej postać. Kobieta czuje go przez jego flanelową koszulę i elastyczny brzeg bokserek.* (Uwaga: Muszę się dowiedzieć, czy boomersi noszą bokserki. Może znajdę coś na ten temat w Google).

Kobieta czuje jego oddech w otwartych ustach i słyszy, jak mężczyzna szepce: „Pragnę cię". Ich języki stykają się ze sobą, jej wnętrze przepełnia żar. Miód polany na rozżarzony chodnik wnika w szczeliny. (Uwaga: Znajdź jakiś inny, mniej miejski obraz: *ślepe wstęgi żaru rozwijają się na wietrze... łąki, rzędy kukurydzy?*).

„Siądź tutaj" – szepce mężczyzna i sadza kobietę na ławce, a sam sadowi się między jej kolanami. „O tak" – mówi. Kobieta zatraca język w jego ustach. Rozpina guziki od koszuli mężczyzny i zdziera ją z jego ramion: okrągłych, umięśnionych i mocnych. Mężczyzna przerywa na moment, żeby rozpiąć mankiety od koszuli i uwolnić ręce. Rzuca koszulę na drabinę. „Chodź do mnie – mówi – proszę". Jego ręce unoszą w górę jej kibić. Delikatnie pociera jej piersi. Kobieta odchodzi od zmysłów, traci poczucie czasu i miejsca. Kładzie się na ławce, nie zwracając uwagi na trociny. Rączka jakiegoś narzędzia wrzyna się w jej plecy. (Uwaga: Muszę się dowiedzieć od Margie, czy docelowi czytelnicy są na emeryturze, czy w wieku produkcyjnym, może mają jakieś hobby?). *Mężczyzna zręcznie rozbiera siebie i ją. Stapiają się ze sobą. Mężczyzna chwyta jej ciało, wkłada jedno ramię pod biodra, drugie pod ramiona i unosi ją do góry. Kobieta obejmuje nogami jego biodra i zamyka je kostkami. Mężczyzna unosi kobietę i wchodzi do sypialni. Pochyla się i kładzie ją na łóżku.* (Uwaga: Muszę zapytać Margie, czy czytelnicy będą się martwić, że rozbolą ich plecy). *Kobieta czuje, jak mężczyzna napiera na nią swoją twardością.* (Uwaga: Co z opisem erekcji?). *Mężczyzna pieści ją kciukiem, ustami miażdży jej usta, drugą ręką pieści piersi. Doskonale wie, co zrobić, żeby rozpłynęła się z rozkoszy.* (Uwaga: Czy nie nadużywam słowa „rozpłynęła"?). *Serce kobiety bije jak oszalałe. Cała dyszy z żądzy i naciska ciałem na mężczyznę. Rozszerza nogi, kołysząc biodrami o jego dłoń, jego dłoń...*

Tu urwał mi się film i zasnęłam, chociaż słońce świeciło mi prosto w twarz. Kiedy się obudziłam, okazało się, że ucięłam sobie półgodzinną drzemkę, a moja dłoń kreśliła długopisem jakieś szlaczki. Zaśliniłam koszulę Grega. Oprzytomniawszy, wymyśliłam nijakie zakończenie.

Mężczyzna czuje się nieziemsko, będąc w kobiecie. Jak chyba jeszcze nigdy w życiu. (Uwaga: Muszę sprawdzić, czy bohaterowie używają prezerwatyw?). *Oszołomiona kobieta kładzie się na łóżku i pozwala mężczyźnie obrać kurs i przewieźć ją na drugi brzeg. Ten nie śpieszy się i kiedy ona myśli, że bezpowrotnie straci zmysły z rozkoszy, oboje docierają do celu.*

Po przeczytaniu tego, co napisałam, przestraszyłam się, że przecież nikt właściwie nie wie, czy ludzie w ogóle przeżywają orgazmy. I czy to jest jakoś ważne? Na wszelki wypadek dodałam kolejną uwagę dla Margie: „Kochana M., powiedz mi, czy ludzie szczytują i jakie to ma znaczenie?".

Korzystając z możliwości, jakie mi ofiarowywał mój przedpotopowy komputer z mleczarni, sformatowałam scenę na kształt prawdziwej książki, z serduszkiem zamiast nagłówka na każdej stronie. Następnie wydrukowałam tekst, dodałam puste strony, aby wydawał się grubszy, i włożyłam w jedną z okładek o dojrzałym romansie, pod tytułem *Nareszcie dobrani.* Moje dzieło całkiem udanie imitowało prawdziwe wydanie. Wykorzystałam technikę wizualizacji z mojej poprzedniej pracy: „Jeśli będzie wyglądało prawdziwie, to stanie się prawdziwe".

Położyłam na stoliku egzemplarz „zerowy" romansu dla seniorów, żeby móc na niego zerkać od czasu do czasu. Zrobiłam zwykłą, pozbawioną ozdób kopię dla Margie. Miałam nadzieję, że dzięki tej scenie dostanę od niej zamówienie na napisanie romansu, tak jak mi to obiecała. Co prawda nie wyobrażałam sobie, kto zechce czytać o starszych ludziach wyczyniających takie świństwa, ale z drugiej strony nie przepadałam także za oglądaniem zwierząt w zoo. Może ktoś to lubi?

Włożyłam do koperty egzemplarz sceny z mojego romansu. Zakleiłam ją i włożyłam do jeszcze jednej koperty – na wypadek, gdyby pierwsza się rozkleiła i list z niej wypadł. Postanowiłam sama pojechać na pocztę, w żadnym razie nie czekać na Billa. Spaliłabym się chyba ze wstydu, gdyby przeczytał moje dzieło.

*

W czwartek (w dniu randki z Gregiem) nie czekałam na telefon od Margie, tylko sama do niej zadzwoniłam zaraz po obiedzie.

– Cześć, Margie, jak ci się podoba moja scena?

– Poczekaj chwilę... – rzekła w odpowiedzi – ...do widzenia, kochanie. – Usłyszałam, jak Margie całuje Billa, co wydawałoby mi się landrynkowatym obrazkiem, gdybym nie wiedziała, jak bardzo się kochają.

Margie wróciła do rozmowy.

– Jezu, Barb, czy ty tak sobie wyobrażasz scenę miłosną? Przecież ci ludzie pieprzą się na ławce wśród gwoździ i młotków! To nie jest scena miłosna!

Zaczerwieniłam się ze wstydu.

Margie zrobiła przerwę w swoim wywodzie. Zaczerpnęła tchu. Zrozumiałam, że zbiera się w sobie, żeby mi objaśnić swoją filozofię życiową.

– Barb, czy ty wiesz, jak to jest, kiedy jesteś z kimś, kto ci się podoba, i nagle doznajesz iluminacji, że to właśnie on? O tym masz napisać, z tą różnicą, że twoi bohaterowie mają być od ciebie starsi: mają za sobą całe życie. A przynajmniej spory jego kawał. – Margie poprawiła się. – Albo napisz scenę, w której bohaterowie wreszcie się decydują, że są sobie przeznaczeni. Opisz ich zaangażowanie.

Dla mnie to było jedno i to samo, czyli coś, o czym nie miałam zielonego pojęcia, bo nigdy czegoś takiego nie przeżyłam.

– Margie, nie potrafię tego zrobić. Chyba przez jakiś czas zostanę przy mleczarni.

– Masz na myśli pisanie listów?

– Zupełnie nie rozumiem tej historii związanej z miłością i przeznaczeniem. A produkty mleczne dają mi poczucie bezpieczeństwa.

– Zamierzasz zrezygnować z żyły złota! – prychnęła Margie i rozłączyła się.

RANDKA

Wpadłam na pomysł, żeby zadzwonić do Rudy'ego. Chciałam, żeby mi opowiedział, jak wygląda randka. Przede wszystkim chciałam wiedzieć, czy ludzie całują się na pierwszej randce. No i czy starsi – tacy jak my – robią coś jeszcze na pierwszym spotkaniu, czy dopiero po trzecim, tak jak w czasach, kiedy jeszcze chodziłam z chłopakami na randki. Po namyśle, zamiast do niego zadzwonić, postanowiłam zgadnąć, co by mi powiedział. Wydało mi się to bezpieczniejszym rozwiązaniem.

Gdybym umówiła się z Rudym na randkę, pewnie znalazłabym na jego kanapie dwa wgłębienia wielkości jego tyłka. I rzecz jasna wpadła w jedno z nich. Jego wielkie cielsko przechylałoby się w moją stronę i ciągnęło mnie ku sobie z każdą chwilą coraz mocniej. Czułabym jego żar. Do jego lewej dłoni tuliłby się pilot od telewizora. Na ekranie leciałby pewnie jakiś sport. To by było fantastyczne siedzieć na kanapie Rudy'ego i oglądać mecz w telewizji. Nie myślałabym o niczym i byłoby cudownie.

Domyślałam się, że tak mniej więcej wyglądała gra wstępna w wykonaniu Rudy'ego. Założę się, że nie zmienił technik podrywu od liceum. Jego dziewczyna, kimkolwiek była – na szczęście nie byłam to ja – robiłaby dokładnie to, co Rudy: najpierw obejrzałaby sport w telewizji, a potem poszła spać. Siła przyciągania Rudy'ego dosłownie wessałaby ją w wir jego przyzwyczajeń.

Czwarta szkocka wypita przez Rudy'ego zrobiłaby swoje. Rozpocząłby staranne przygotowania do snu, tak jakbym ja (albo jakaś ona) dawno temu wyszła. Rudy zdjąłby buty i skarpetki, rozpiął guziki od koszuli, zdjął zegarek i położył go obok pilota od telewizora. Wreszcie zdjąłby skrzypiące skórzane spodnie. Rzuciłby coś w moim (jej) kierunku, co by brzmiało jak: „Idziesz?" lub „Wychodzisz?". Wyobrażałam sobie, że wyciągam spod kanapy buty, idę na paluszkach i cicho zamykam za sobą drzwi. Na randce z Rudym całowanie się nie wchodziło w grę.

Kiedy dotarłam na miejsce, Greg czekał już przed Café Raw, opierając się o swój samochód. Miał na sobie dżinsy, które wyglądały na nowe, koszulę ze sztruksu i kurtkę narciarską. Przywitaliśmy się.

– Pozwolisz się zaprosić do lepszej restauracji? – spytał.

Choć to ja zaproponowałam Café Raw, nie zamierzałam upierać się przy zimnym tofu. Wdrapałam się bez słowa do jego miło zabałaganionego pikapa. Wszędzie na podłodze walały się papierowe kubki po kawie.

W świetle świec w restauracji Greg wydał mi się jeszcze przystojniejszy niż w świetle latarni. Nieprzyzwoicie wręcz przystojny. Najdziwniejsze wszakże było to, że wcale nie czułam się przy nim skrępowana. Zamówił butelkę znakomitego wina z winnicy Whitecliff, z naszego stanu.

– Właściciele są moimi znajomymi – rzekł. Nie przechwalał się, po prostu mi o tym powiedział. Zaproponował, żebym zamówiła coś dla niego i dla siebie. – Nie pomylisz się, wszystko tu jest pyszne – dodał.

Mój mózg zarejestrował fantastyczną informację: Greg nie zamierzał kontrolować tego, co jem. Chyba że znakomicie udawał.

Jedzenie było tak wyśmienite, że z ledwością powstrzymałam się od nucenia między pochłanianiem tuńczyka smażonego w ziołach z kulką wasabi i różą z marynowanego imbiru. Zapytałam Grega, czy kucharz pochodzi z Nowego Jorku.

– Z Plattsburgha – odparł. Miło gawędziliśmy o stanie Nowy Jork, o jego meblach, filmach, a nawet o moich dzieciach. – Jesteś wspaniałą mamą – orzekł, za co chciałam go natychmiast pocałować.

W miarę upływu czasu coraz bardziej się odprężałam w jego towarzystwie. Po kolacji Greg odwiózł mnie z powrotem do Café Raw, przed którą zostawiłam samochód. Wyłączył silnik i wysiadł. Stanął obok mnie, przy drzwiach od mojego auta, ale niezbyt blisko. Nie pocałował mnie, choć myślałam, że to zrobi. Delikatnie wyjęłam dłoń, którą złapał w nagłym uścisku. Nigdy nie zgłębiłam zasad podawania sobie rąk na powitanie i pożegnanie na pierwszej randce, ale wyraźnie Greg ściskał moją bez pocałunku. Trzymając mnie mocno, z lekko zafrasowanym wyrazem twarzy, spytał, czy może mnie kiedyś odwiedzić w domu Nabokova. I w ten sympatyczny, acz zawoalowany sposób dał mi do zrozumienia, że nasza znajomość będzie rozwijać się wolno albo szybko, w zależności od tego, co postanowię. Cieszyłam się, że to ja kontroluję sytuację i że nie musimy się śpieszyć. Taka postawa wydawała mi się szalenie dojrzała.

Lecz zarazem przecież jakaś część mnie chciała tego: teraz, już, natychmiast. Nieomal na oślep rzuciłam się do jego ust. Coś mnie nagle opętało, przysięgam – nie miałam wcale takiego zamiaru, i pocałowałam go niezgrabnie w usta, po czym wskoczyłam do samochodu i ruszyłam jak szalona. Cud, że go nie przejechałam.

W domu w łóżku próbowałam o nim nie myśleć, nie w erotyczny sposób. Seks nie istniał w moim życiu. Jednak umysł nigdy mnie nie słuchał. Oczyma wyobraźni widziałam, jak Greg ściąga jedną ręką przez głowę koszulę, tak jak to mają w zwyczaju mężczyźni. Ujrzałam... mmm... jego gołą klatę i rozpięte dżinsy swobodnie opadające na podłogę. A potem, cholera, nie widziałam już nic.

DOSTAWA MAJTEK

Margie wyraźnie dała mi do zrozumienia, że nie ma dla mnie nowych informacji o książce Nabokova i żebym przestała ją nękać, więc zajęłam się swoimi sprawami. Po kolejnym wypadzie do pralni wróciłam do domu, gdzie zabrałam się do składania nieprzebranego mnóstwa prześcieradeł i poszewek, jednocześnie oglądając w komputerze nowy (dla mnie) gatunek pornosa adresowany do kobiet. Aktorki wyglądały olśniewająco, a ich partnerzy jak bogowie albo przynajmniej królowie fitness clubu.

Akurat wtedy, gdy akcja zaczynała się rozkręcać, zadzwonił telefon. W słuchawce usłyszałam głos nowej wychowawczyni Darcy, pani Sugarman, która poinformowała mnie, że moja córka nie chce uczestniczyć w zajęciach grupowych. Ściślej rzecz biorąc, martwiła się, że Darcy nie chce być księżniczką. Wszystkie dziewczynki z jej grupy należały do klubu księżniczek, poza moją córką, która mogła zostać tylko prawdziwą księżniczką, taką, która mieszka we Francji, a nie jakąś „głupią, różową i fałszywą". Wychowawczyni upierała się, żebym wymogła na niej przeprosiny koleżanek. Chciała też wiedzieć, czy Darcy ma ubrania w jakichś „jaśniejszych kolorach".

Odniosłam wrażenie, że pani Sugarman nie mówi mi całej prawdy, bo mogła przecież w tej sprawie zadzwonić do Johna. I miałam rację, gdyż chciała poruszyć ze mną jeszcze jedną kwestię: otóż Darcy przezwała ją „kupą Behemota".

– Darcy nie wie, co to znaczy – tłumaczyłam jej, nie odrywając wzroku od dość wiarygodnych, choć udawanych orgazmów. – Sama nie wiem, co to znaczy. – Kiedy po moich słowach zapadło długie milczenie, zorientowałam się, że powinnam była coś dodać. – Behemot? To według pani coś dużego czy imponującego? – Usłyszałam, jak pani Sugarman wciąga przez zęby powietrze. Ściszyłam pornosa i zauważyłam, że Darcy bezboleśnie zniosła przejście ze starego przedszkola do nowego i że zrobiła duży postęp w liczeniu i w literkach, co niezupełnie odpowiadało prawdzie. Jeszcze przed pójściem do przedszkola Darcy poznała literki, ale nie chciała się nauczyć liczyć, po czym stanęła w miejscu i przestała się rozwijać. Cyfra dziewięć była dla niej tak samo nieistotna jak to, czy Pluton jest planetą.

Pani Sugarman poprosiła mnie o spotkanie po szkole razem z Darcy i moim eks. Niestety, termin, który zaproponowała – w czwartek o drugiej po południu – był najbardziej lukratywnym momentem w mojej „firmie". Podróż do Oneonty i z powrotem zajęłaby mi pięć godzin i tyle samo litrów paliwa. Już miałam odmówić, wiedząc, że spotkanie będzie wyłącznie biciem piany, z drugiej jednak strony chciałam być dla niej miła ze względu na córkę. Prawie czułam przez telefon zapach mięty w jej oddechu. (Dlaczego każdy poza mną umiał o siebie zadbać?)

– Bardzo przepraszam, ale o tej porze jestem w pracy. Czy możemy się spotkać rano? – Mój plan dnia kompletnie zwariował: w nocy chodziłam do sklepu, pralni i banku, przeważnie też coś gotowałam, a w ciągu dnia uprawiałam seks (no, nie ja, ale pomagałam w tym zajęciu innym).

Usłyszawszy moją prośbę, pani Sugarman westchnęła i zaczęła przeglądać kalendarz. Wyczułam niezadowolenie w jej milczeniu.

Postanowiłam ją jakoś udobruchać.

– Wiem, że Darcy różni się od innych dziewczynek – zaczęłam pojednawczo, ale pani Sugarman wciąż milczała. Tymczasem akcja w filmie wyraźnie przyśpieszyła. Jedna z aktorek siedziała na kanapie, zajadając się czekoladkami, podczas gdy król siłowni rżnął jej współlokatorkę od tyłu na pieska. Miałam wrażenie, że jazda była rzeczywiście ostra, ale nie wiedziałam, na ile damskie porno różniło się od męskiego. Może było w nim mniej sztucznych piersi, a aktorzy raczej smarowali się czekoladą, niż ją jedli?

Marzyłam o tym, żeby pani Sugarman dała nam święty spokój. Niechże Darcy będzie sobie małą lady gothic, którą pani Sugarman ma obowiązek nauczyć liczyć. Ale nie powiedziałam jej tego. Jeżeli istnieje piekło dla pasywno-agresywnych matek, to ja na pewno tam trafię. Zgodziłam się z wychowawczynią, że luty jest wyjątkowo krótkim miesiącem, i obiecałam, że wytłumaczę Darcy, że nawet fałszywe księżniczki mają prawo do uczuć i że pewne słowa w szkole nie powinny paść. Złościło mnie jednak, że zmarnuję mój drogocenny czas z Darcy na mówienie jej, jak ma wtłoczyć swoją cudowną osobowość w konformistyczny świat szkoły. Ale niech będzie: spróbuję to zrobić dla jej dobra.

Kiedy film *Niegrzeczne dziewczynki kończą pierwsze* finiszował trzema orgazmami, a ja złożyłam niekończący się stos pościeli na następny dzień, pomyślałam o pani Sugarman. Może wiodła samotne życie, tak jak ja. Może nie miała współlokatorki. Jeśli tak, to sprawowanie opieki nad farbowanymi księżniczkami i uczenie ich poprawnej pisowni wydawało mi się zajęciem godnym pochwały, nie wspominając już o stałym narażeniu na obelżywe uwagi.

Zastanawiałam się nad tym, co też by moi chłopcy pomyśleli o porno dla kobiet. Zwłaszcza Sid, słynny ujeżdżacz kuguarzyc – co sądziłby na ten temat? (Z przyjemnością poinformowałam Margie, co to znaczy „kuguarzyca". Nie znała tego terminu). Sid zdecydowanie za często zaprzątał mi myśli, tak jak i jego nieprawdopodobnie gładka skóra, znikomy procent tłuszczu w ciele oraz to, jak celnie trafiał w nastrój z muzyką.

Pani Sugarman wyznaczyła termin spotkania „obojga rodziców i zatroskanych nauczycielek" na poniedziałek rano. Co za megaupierdliwość – siedzenie z Johnem w tym samym pomieszczeniu! Przez dłuższą chwilę przynudzała o „skuteczności wysiłku zespołowego, wespół w zespół". Chrząkałam w odpowiednich chwilach na zgodę, jednocześnie pilnie obserwując, jak współlokatorki nareszcie przezwyciężają dominację króla siłowni. Czekolada zajmowała w ich akcie niezmiennie ważne miejsce.

– Miłego dnia – powiedziałyśmy w tym samym momencie na pożegnanie.

Do drzwi zadzwonił kurier. Przyniósł moje majtki w kolorze écru z Hanro. Były brudnoszare, za to cudownie miękkie i lekkie. Włożyłam je na siebie i przejrzałam się w lustrze. Na pewno nie były seksowne, i jak zwykle okazałam się beznadziejną konsumentką. Na mnie figi Hanro wyglądały jak gacie dla zakonnic.

W piątek po szkole John przywiózł mi dzieci na dodatkowy weekend. W zamian wziął psa: oddałam mu Matyldę wraz z całym jej ekwipunkiem.

– Do zobaczenia w szkole na spotkaniu – rzekł na pożegnanie. Pewnie nie mógł się go doczekać. W przeciwieństwie do mnie uwielbiał się spotykać z ważnymi ludźmi.

Darcy wyglądała jak prześliczny żółwik dźwigający wielki plecak. Bez słowa dowlokła się do mnie i zrzuciła go w progu razem z płaszczykiem i kozaczkami. Poszła prosto do kredensu, z którego wyjęła garść krakersów. Jedząc je, łypała na mnie groźnie, żebym się nie ważyła kazać jej umyć ręce. Nie zrobiłam tego.

Mój syn natomiast grzecznie umył ręce w zlewie, a potem otworzył na oścież lodówkę i wbił w nią wzrok.

– Pobawmy się w szkołę – zaproponowała Darcy, przeżuwając krakersy. – Będę nauczycielką. – Pokazała mi, gdzie mam usiąść na dywaniku, i po obu moich stronach posadziła lalki Barbie. – Słuchaj no – rzekła i pochylając się złowieszczo w stronę mojej twarzy, pokazała mi, że mam siedzieć cicho. Następnie zniknęła w poszukiwaniu kredy.

Słyszałam, jak Sam wyjmuje z kredensu miskę.

– Barb, czy mogę zrobić coś do jedzenia?

– Jasne, na co masz ochotę?

– Na suflet.

Na malutkiej tablicy Darcy napisała t-y-ł-e-k, po czym nie

wytrzymała i zaczęła chichotać, ale po chwili przybrała surowy wyraz twarzy.

– Przestańcie gadać – rozkazała – to niegrzeczne.

Wzięłam Barbie na kolana.

– Nie wolno się dotykać. – Stanęła obok mnie, ponieważ siedziałam na podłodze, i spojrzała mi w oczy.

– Dlaczego niektóre panie malują tutaj na czarno? – dotknęła mojej powieki.

– To jest tusz do rzęs – odparłam. – Chcą być ładniejsze.

– W Nowym Jorku też tak robią?

– Tak.

– Nie gadać. – Darcy naśladowała surowy głos pani. – Dzisiaj będą wycinanki nożyczkami – wskazała na jednoręką Barbie. – Wycinajcie po kolei, bo jak nie, pójdziecie za karę do pani dyrektor.

Zapytałam Darcy, czy ma w nowej szkole kolegów i koleżanki.

– Chłopcy są głupi – odpowiedziała. – A Sarah podeptała mi buty – nagle wybuchnęła płaczem. – I Trudy. Nienawidzę ich. – Nożyczkami odcięła dwuręcznej Barbie duży kosmyk włosów.

Słyszałam, jak Sam ubija w kuchni białko.

– Pani traktuje mnie jak swoją służącą. Cały dzień muszę coś wyklejać. – Pociągnęła nosem i łypnęła na mnie. – Posiłki smakują jak kupa. Nie chcę tam chodzić. – Rzekłszy to, schyliła się i wbiła nos w moje ramię. – I muszę mieć tusz do rzęs. – Mała spryciara. – Jak mi go kupisz, będę go u ciebie trzymać.

Przyniosłam jej z torebki mój tusz do rzęs i patrzyłam, jak szuka dla niego idealnego schowka. Wybrała zasuwaną na zamek czarną portmonetkę, trzymała ją w cekinowej torebce na ramię. Pokazała mi kolekcję monet, które tam ukryła; trzy oddzielne portfele: na dolary (miała dwa), na pensy i na srebrne monety, „miedziaki", jak je nazywała.

Na kolację zjedliśmy suflet i sałatkę owocową. Sam zapisał obie receptury, z uwagami, czego mam nie robić: nie kroić owoców na duże kawałki i nie zostawiać skorupek w białku.

Przy stole Darcy zapytała mnie, czy znam Jezusa.

– Nie – odpowiedziałam, nie wiedząc, co się kryje za jej pytaniem.

– Irene go zna. – Darcy wyjadała banany z sałatki.

– Zamknij się! – krzyknął Sam, rzucając na stół łyżeczkę. – Chociaż raz przestań się zachowywać jak kretynka.

Darcy oniemiała. Pierwszy raz słyszałam, żeby Sam tak mówił do swojej siostry. Patrzyłam, jak twarzyczka jej tężeje.

– Sam, uspokój się – powiedziałam. – Myślę, że Darcy chciała mnie o coś spytać. – Sam z całej siły odsunął krzesło i wymaszerował z kuchni.

Darcy odepchnęła od siebie miskę.

– Dlaczego nie chcesz z nami mieszkać? – zapytała.

– Kochanie, ty naprawdę myślisz, że to o to chodzi? – rozłożyłam ramiona, a Darcy wdrapała się na moje kolana. Całowałam jej włosy, tłumacząc, że to nie była moja decyzja, ale mi nie uwierzyła. Jej zdaniem dorośli robią, co chcą, i jej mama nie chciała z nią mieszkać. Ściskałam ją i huśtałam na kolanach. – Mamusia cię kocha – nuciłam łagodnie. – Mamusia jest z ciebie dumna. – Darcy oparła głowę o moje ramię, przyciskając twarzyczkę do mojej szyi.

Po dłuższej chwili zaniosłam ją do łóżka i położyłam na kanapie. Darcy pozwoliła mi się przebrać. Była bezwolna i niezbyt pomocna, jak zmęczone niemowlę, ale nie odrywała ode mnie wzroku. Umyłam jej szczoteczką zęby, odgarnęłam włosy z twarzy, zauważając dziurę po wyciętych włoskach na przedzie, gdzie zaczęły powoli odrastać małe szpileczki.

– Zawsze będę twoją mamą – powiedziałam, poprawiając poduszkę.

– A czy Sam będzie zawsze moim bratem?

– Tak, nawet gdy będziecie duzi.

– Gdzie jest dziadek?

– Nie ma go już z nami, Darcy. Ale pamiętamy o nim różne rzeczy i będziemy pielęgnować nasze wspomnienia przez całe życie. – Naciągnęłam jej koc pod samą brodę i zawinęłam go obok jej ramionek.

– Czy dziadek wiedział, że umrze?

– Tak. Był przygotowany na śmierć. Miał długie, dobre życie.

– Czy zdążył zobaczyć cały piękny świat?

– Jestem pewna, że tak. – Ucałowałam jej zamknięte powieki.

Wyszłam na palcach z pokoju i poszłam do Sama. Stanęłam przy drzwiach do jego sypialni, skąd nie dochodził żaden dźwięk. Zapukałam, ale nie poprosił, żebym weszła do środka. Pewnie leżał w słuchawkach, słuchając muzyki, i nie usłyszał pukania. Zapukałam głośniej. Uchylił szparę i wyjrzał, nie zdejmując z uszu słuchawek.

– Co jest? – spytał.

Poprosiłam go na migi, żeby zdjął słuchawki. Zdjął tylko jedną.

– Darcy myśli, że was porzuciłam. Ale ty przecież wiesz, że to nieprawda?

– Wiem, że robisz wszystko, co ci każe tata. – Założył słuchawkę i zamknął drzwi.

W poniedziałek rano milczeliśmy, jadąc do szkoły. Z całego serca pragnęłam, żeby moje dzieci wiedziały, że je kocham i bardzo chcę z nimi być, a tymczasem musiałam zastosować się do nakazu sądowego i wrócić do życia bez nich.

Kiedy niedaleko szkoły minął nas wóz patrolowy z włączonym sygnałem, Darcy krzyknęła głośno.

– Przecież nie ścigają Barb, idiotko – skarcił ją Sam.

Ucałowałam ich na pożegnanie przed wejściem do szkoły. A potem patrzyłam, jak wchodzą do środka, jakby się nie znali.

Zaparkowałam na miejscach dla gości. Szkoła była udekorowana serduszkami z brystolu z okazji walentynek. John i ja musieliśmy usiąść po tej samej stronie stołu, żeby pomieścili się wszyscy nauczyciele na sali. Mój eks wyglądał świetnie, jak zawsze. Ja założyłam na siebie dodatek „dobrej mamusi": apaszkę, którą zabrałam mojej matce. Na sali była pani od plastyki, pani psycholog oraz wychowawcy Sama i Darcy.

Najpierw mówili o Darcy, która zamiast pracować nad kartkami walentynkowymi, co było w programie szkoły w zeszłym tygodniu, bazgrała listy upstrzone błędami ortograficznymi i nienawistnymi słowami skierowanymi do jej kolegów i koleżanek. Pani od plastyki zaprezentowała kilka z nich, z niezgrabnymi serduszkami w linie oraz ze słowami, które mogły być przekleństwami, gdyby nie ich przerażająco zła pisownia.

Jej wychowawczyni wymownie zwróciła nam uwagę, że Darcy przychodzi do szkoły ubrana wyłącznie na czarno i szaro. John nie ustosunkował się do jej zarzutu.

Pani od plastyki chciała także porozmawiać o Samie. Pokazała nam jego autoportret, kółko z ryjem i dwa punkciki zamiast oczu. Z szyi wystawał mu nóż.

Pani zastanawiała się, czy w domu nikt nie wywierał na niego presji.

John odpowiedział, że nie.

W tym momencie wtrąciłam uwagę, że Sam jest na diecie niskowęglowodanowej.

Wszyscy zgodzili się ze mną, że to ważne, żeby uważać na to, co jemy. Przegrałam tę rundę, widząc zadowolone westchnienie Johna: po raz kolejny okazał się zwycięzcą.

Pani psycholog głośno zastanawiała się nad tym, czy Sam znajduje jakieś ujście dla swoich uczuć. John zauważył, że grywa regularnie w hokeja.

Wszyscy znów się z nim zgodzili – oczywiście, sport powinien stanowić centralny punkt w życiu młodego człowieka. Kiedy wszystkie tematy zostały pozytywnie omówione, nauczyciele wstali z krzeseł. John rzucił się do ściskania rąk na pożegnanie, ja zaś kradłam chyłkiem prace plastyczne moich dzieci: portret Sama i listy nienawiści Darcy. Wpakowałam też do ust dwa ciasteczka Mint Milano, przeznaczone dla nauczycieli za ich wkład pracy. Dzięki temu znalazłam zajęcie dla rąk i w ten sposób uniknęłam zostania zbrodniarką.

W drodze do domu, przemykając między oszalałymi walentynkowymi zakupowiczami, uświadomiłam sobie, że byłam tak zaaferowana sobą po utracie dzieci, że zapomniałam o tym, co to znaczyło dla nich stracić mnie. Darcy była pewna, że ich porzuciłam, a Sam uważał, że robię wyłącznie to, co mi każe John. Co gorsza, nie byli już dla siebie oparciem. Moje dzieci nie były już zgraną drużyną.

Czułam się tym wszystkim przytłoczona. Kiedy poznałam Johna, miałam jedną moc – moc odejścia od niego, którą utraciłam po urodzeniu pierwszego dziecka. Teraz pozostało mi już tylko przetrwanie tego koszmaru.

W domu odszukałam listę warunków, jakie nałożył na mnie sąd rodzinny, w razie gdybym zechciała odzyskać dzieci. Lista przypominała biznesplan pod tytułem „Jak zaprowadzić porządek w moim popieprzonym życiu": stałe zatrudnienie, terminowa spłata kredytu, przeciętna wysokość oszczędności, niski debet, dowód na aktywność towarzyską, znajomi, hobby, porządek w domu. Dlaczego nie potrafiłam zapanować nad życiem?

STAŁE ZATRUDNIENIE

Wkrótce w Onkwedo zaczęły krążyć plotki o moim przybytku. Jak się zdążyłam zorientować, kobiety starały się utrzymać nowinę w tajemnicy i rozmawiały o niej tylko z najbliższymi przyjaciółkami. Ale jak to baby, gadały, głównie w gabinetach kosmetycznych, i tak od klientki do kosmetyczki, od kosmetyczki do następnej klientki, rozeszło się. Większość zjawiała się u mnie w nowych fryzurach i z ładnie pomalowanymi paznokciami, jakby szły na randkę.

W czwartek musiałam po raz pierwszy wejść na górę podczas godzin pracy. Dzień dobrze się zaczął. Janson podłożył ogień, a Sid nastawił głośniej sentymentalne remiksy wytwórni Motown, które dobrze mnie nastroiły, choć myślę, że zależało mu raczej na klimacie z pokolenia jego rodziców. Evan miał do napisania wypracowanie na temat rozwoju człowieka, nie przyszedł więc do pracy. Kanapę zajmowali przystojny Wayne i cichy olbrzym Tim. Mimo że Wayne był z nami po raz pierwszy, wydawał się bardziej zrelaksowany od innych, z wyjątkiem Tima siedzącego nieruchomo jak skała.

Zaczęłam dzień jak co dzień. W kuchni przejrzałam dane z poprzedniego dnia. Zadaniem chłopaków było spisywanie wszelkich informacji, co i jak dokładnie robili. Podejrzewałam, że żaden z nich nigdy nie oddał pracy domowej po terminie. Na skrawkach papieru zapisywali preferencje klientek (ponadawali im pseudonimy) i układali przy skarbonce za pulpitem.

Sid pomógł mi wyprowadzić prosty wzór statystyczny, który ułatwiał dokonywanie porównań między wizytami i obserwację modeli wyboru naszych klientek. Zauważyłam, że z wyjątkiem kilku kobiet, które przetestowały cały skład pracowniczy, panie wybierały zawsze tę samą osobę. Miałam teorię, że są „wierne". Czy to nie było urocze? Nie wiedziałam, czy ich „wierność" wynikała z tego, że nie chciały zranić uczuć mężczyzn, czy też obawiały się, że zostaną uznane za rozwiązłe, jeśli zaczną eksperymentować z innymi partnerami. („Partner" nie wydawał się szczęśliwym określeniem).

Jedną ze stałych klientek była Ginna, księgowa z mleczarni. Dotychczas witałyśmy się wyłącznie skinieniem głowy. Przychodziła raz w tygodniu i stanowiła wyjątek od reguły, bo nie miała typowego modelu preferencji, chyba żeby uznać „innowację" za wzór.

Niektóre anomalie zapisywałam w specjalnym zeszycie.

Któregoś razu w progu stanęła pani Gladys Biggs, profesor socjologii na miejscowym uniwersytecie, typowa kuguarzyca. Wybrała Tima i udała się z nim na górę na standardową sesję (pięćdziesięciominutową). Nie musiałam nawet sprawdzać, kogo wzięła, poznałam go po ciężkim stąpaniu po schodach. Tim nigdy niczego ode mnie nie chciał i prawie ze mną nie rozmawiał, chyba że monosylabami na powitanie i pożegnanie. Zdawał się wiecznie czymś zajęty. Potężny, świetnie zbudowany, bardzo podobał się klientkom.

Minął ledwie kwadrans, odkąd weszli na górę, gdy ponownie usłyszałam dudnienie kroków Tima na schodach. Nie wydawał się podminowany, podminowanie nie leżało w jego naturze, był jednak bez mokasynów i paska. Wszedł do kuchni, gdzie przymierzałam się do opracowania nowego modelu prognostycznego, po czym oznajmił mi, że profesor Briggs nie chce, żeby założył prezerwatywę, i że rozłożyła nogi na ścianie, co przyprawiło go „o gęsią skórkę".

Dostałam jeszcze gorszej gęsiej skórki niż on, gdy olśniło mnie, że profesor Biggs chciała zostać zapłodniona. Wbiegłam na górę i z hukiem otworzyłam drzwi do pokoju numer pięć.

Faktycznie, pani profesor czekała na Tima z nogami na ścianie. Zobaczyłam więcej, niż chciałam.

– Proszę wstać – rzuciłam rozkazująco, patrząc na ramę łóżka. – Za chwilę przyjedzie pani przełożona. – (Wiedziałam od podwładnych, że na czele wydziału socjologii stoi kobieta). Wyszłam z pokoju, podczas gdy kobieta pośpiesznie się ubierała.

Po chwili wyłoniła się z sypialni, z rozczochranymi włosami (albo z powodu łóżka, albo tak się uczesała, trudno powiedzieć), i wcisnęła mi do ręki garść dwudziestek. Kiedy zobaczyłam ją z bliska, pomyślałam, że jest za stara na zapłodnienie i że to tylko jej fantazje. Czułam jednak, że muszę się ująć za moimi pracownikami.

– Pani profesor, z radością będziemy panią znowu u nas gościć, pod warunkiem że zgodzi się pani na prezerwatywy, ze względu na bezpieczeństwo.

W odpowiedzi burknęła tylko coś w moim kierunku, zbiegła głośno po schodach i wypadła za drzwi, wkładając w biegu kurtkę puchową. Z okna na górze widziałam, jak pośpiesznie wyjeżdża z podjazdu swoim priusem, żeby zdążyć przed priusem przełożonej.

Jeszcze przez chwilę postałam na piętrze. W sypialni numer dwa ktoś cicho pojękiwał albo może płakał? Zdjęłam buty i na palcach przeszłam przez korytarz. Zza kolejnych drzwi dobiegał lekko podniesiony głos kobiety i dudniący, niski głos mężczyzny. Nie słyszałam, o czym mówią, ale zawzięcie o czymś dyskutowali. W ostatnim pokoju usłyszałam chichot, odgłos klapsa i znowu chichot. Stałam na końcu korytarza i puchłam z dumy. Wszystko szło jak należy.

Włożyłam buty i wróciłam do mojej kuchni, czyli biura, żeby wyjąć z kredensu chleb i masło. Odkryłam, że interes najlepiej szedł wtedy, kiedy częstowałam chłopców popołudniową przekąską. Byli potem w doskonałych nastrojach i mniej mówili o pizzy i o piwie.

Gdy klientki odjechały i zostaliśmy we własnym gronie, palnęłam w salonie wykład na temat bezpiecznego seksu.

(Ćwiczyłam wcześniej tę mowę dla moich dzieci, żeby wygłosić, gdy nadejdzie „ten" moment; im później, tym lepiej!). Po zachowaniu moich podwładnych zorientowałam się, że słyszeli już w życiu nieraz podobne kazania. Ledwo na mnie spoglądali znad talerzy.

Nigdy przedtem nie jedli domowego masła. Przy czwartej kromce Tim stwierdził, że jest „dobre".

Być może kiedyś zostanie czyimś reproduktorem, ale miałam nadzieję, że nikt go do tego nie będzie zmuszał.

Po ich wyjściu wprowadziłam do notesu wszystkie dane i usiadłam przy kominku. Chciałam się z kimś podzielić wrażeniami z minionego dnia, zadzwoniłam więc do Margie.

– Cześć, Barb. – Margie miała wesoły głos.

– Jak ci minął dzień? – spytałam. Tego właśnie pytania najbardziej brakowało mi w małżeństwie. Nie w moim małżeństwie, w ogóle w dobrym małżeństwie.

– Dobrze. Zarabiam kasę na romansach. – To tak jak ja w pewnym sensie. – Gdzie jesteś?

– Chciałam ci właśnie opowiedzieć, jeśli masz chwilkę.

– Jasne, tylko nakarmię koty. Dobrze wiedzą, kiedy zbliża się piąta. – Usłyszałam jęk elektrycznego otwieracza do puszek.

– Otworzyłam działalność. Prowadzę coś w rodzaju spa dla kobiet. – Patrzyłam na mieniący się ogień w kominku.

– W domku babci Bryce? Coś mi się obiło o uszy, ale nie miałam pojęcia, że to ty za tym stoisz.

– Skąd wiesz? Czy raczej, co wiesz?

– Barb, Onkwedo to dziura. Wszystkie baby robią pedikiur w tych samych trzech miejscach. Natychmiast się dzielą dobrą nowiną.

– A co słyszałaś? Dobre rzeczy?

– Dobre i ekscytujące. Żadna pary z ust nie puści przy facecie.

– To dobrze.

– Dobrze? Oszalałaś? To absolutnie niezbędne. O czym ty, na Boga, myślałaś, otwierając tutaj coś takiego? – Słyszałam, jak jej koty domagają się więcej jedzenia.

Próbowałam wyłuszczyć Margie swoje zdanie na temat mojego biznesu, a także dlaczego Onkwedo potrzebowało takiego miejsca. Przerwała mi.

– Barb, będzie lepiej, jeśli nie zawsze będziesz postępować zgodnie z tym, co się dzieje w twojej głowie. Najważniejsze, żeby nikt cię na tym nie przyłapał. Jak na razie kobiety nie puszczają pary z ust, ale nie wiem, jak długo uda im się utrzymać to w sekrecie. Tylko nikogo nie wkurzaj. – Oczywiście miała rację. – Jak ci idzie?

– Fantastycznie. We wtorki i czwartki po południu jest jak w ulu. Mamy zamówienia z miesięcznym wyprzedzeniem i pracujemy na pełnych obrotach.

– A koszty stałe?

– Niskie.

– Ile na tym zarabiasz? Albo nie, nie mów mi. Przecież ty nie masz o tym pojęcia. – Margie wiedziała wszystko.

– Staram się być w pełni profesjonalna.

Prychnęła.

– Jesteś moją najdziwniejszą koleżanką.

– A ty koleżanką, która wszystko o mnie wie. – Pominęłam fakt, że Margie była moją jedyną koleżanką; podejrzewam, że mogła się tego domyślać.

– To nie jest plan na życie. Zacznij opracowywać plan, jak z tego wyjść.

Przygasiłam ogień i pojechałam do domu.

LEMONIADA

W sobotnie popołudnie, na długo przed przyjściem Grega, zabrałam się za porządki w moim domu. Podobno natura nie toleruje odkurzacza, tak jak ja, ale i tak go użyłam. Sprzątanie pomagało mi walczyć z lękami. Porządkowałam i układałam rzeczy, co było nudne, lepsze jednak niż łajanie psa, tym bardziej że Matylda zniknęła z mojego życia.

Denerwowałam się wizytą Grega i tym, co się może zdarzyć. Zachodziłam w głowę, dlaczego go pocałowałam. Przeczytałam kiedyś w „Psychology Now" (na stronie dwudziestej siódmej) artykuł, w którym autor napisał, że niektóre kobiety bez ostrzeżenia przerzucają się na tryb dziwek. Tak samo jest z wilkołakiem. Wystarczy mu stworzyć odpowiednie warunki – powiedzmy: pełnię – i wszystko się może zdarzyć. Myślałam o tym, wsysając do odkurzacza niewidoczny pyłek z podłogi.

Artykuł z „Psychology Now" opowiadał historię pewnej dwudziestosześcioletniej kobiety, która wybrała się ze swoim mężczyzną na pierwszą randkę. Zaparkowali obok latarni i kiedy snop światła padł na samochód, kobieta zanurkowała do rozporka mężczyzny, ten zaś tak się zdumiał, że więcej się z nią nie umówił.

Pocałowałam Grega, choć wcale nie miałam takiego zamiaru. Nie pamiętam, jakie było wtedy światło, pamiętam jednak, że stał blisko mnie z lekko rozchylonymi ustami. Pamiętam też, co wtedy pomyślałam – jeśli w ogóle coś myślałam – że randka powinna się zakończyć pocałunkiem. No i go pocałowałam.

Nie było to wprawdzie to samo, co zanurkowanie do rozporka, ale i tak powinnam była się poważnie nad sobą zastanowić.

Przestałam wreszcie odkurzać dom, w którym lśniło już czystością, i zaczęłam przymierzać swetry. Znalazłam puszysty niebieski sweterek, o którym na śmierć zapomniałam, i oczywiście dżinsy. Mój strój stosował się do jednej z zasad seksownego ubioru, jedynej, którą zapamiętałam: miękko na górze, twardo na dole.

Następnie opróżniłam wszystkie kosze na śmieci i spryskałam je lizolem. Sam jego zapach ponoć sprawia, że ludzie bardziej dbają o porządek. To też zapamiętałam z poprzedniej pracy. Ba, nawet lekki powiew lizolu prowokuje ludzi do sprzątania. Dokładnie odwrotnie jest na przykład z olejkiem paczuli, który powoduje, że ludzie zostawiają po sobie bałagan. Wyszorowałam wszystko jak inne mieszkanki Onkwedo – czyżbym się przemieniała w uciśnioną autochtonkę?

Rozległ się dzwonek do drzwi. Na progu stał Greg i wyglądał zabójczo. Cholera, czy on zawsze wstaje taki przystojny z łóżka i nie zmienia się przez cały dzień? Nie chciałam się od razu rzucić do jego rozporka, pozapalałam więc wszystkie światła i poszłam do kuchni przygotować coś lekkiego do jedzenia – ser, krakersy, lemoniadę. Przekąski ułożyłam na cynowej tacy.

Podczas gdy ja włączałam i wyłączałam światła, rozlewałam lemoniadę, zrzucałam na podłogę rzeczy, cały czas próbując się uspokoić, Greg nagle zawołał z salonu:

– Czy ty czytasz *Wreszcie dobrani*?!

Weszłam z tacą do pokoju i zobaczyłam w dłoni Grega otwarty „egzemplarz" mojego romansu dla dojrzałych.

– To są jakieś seksualne fantazje dla opóźnionych w rozwoju – oświadczył i wtedy mnie zauważył. Zamarłam z tacą w ręku. – Przepraszam – dodał i zdjął książki z ławy, żebym mogła ją postawić. – Miałem na uwadze myślących inaczej.

Zapadła niezręczna cisza, podczas której Greg patrzył, jak oblewam się rumieńcem.

– Czy ty to czytasz...? – Powoli cedził słowa, jakby się zwracał do... no cóż... do kobiety myślącej inaczej.

– Nie – odparłam sztywno. – Ja to napisałam.

Zapadło długie milczenie.

– Może powinnaś najpierw trochę o tym poczytać? – powiedział w końcu. – Kiedy się ostatni raz całowałaś?

– Tydzień temu. – Nie mogłam uwierzyć, że zdążył zapomnieć. – Z tobą.

– To bardziej przypominało desperacką próbę zaimponowania mi. – Wziął ode mnie tacę i postawił ją na ławie.

– Jesteś...

– Wiem, już mi mówiłaś. Dupkiem. – Greg nalał lemoniadę do szklanek. – Sama ją zrobiłaś?

– Tak.

– Usiądź, proszę. – Wypił kilka łyków. – Pyszna. – Wpatrywałam się w niego cała rozdygotana. W przeciwieństwie do mnie Greg był całkowicie zrelaksowany. – Śpieszmy się powoli do miłych rzeczy.

Wyjrzał przez panoramiczne okno i zagadnął o głóg. Po pierwsze, nie miałam pojęcia, że ten krzak tak się nazywa, a po drugie, jakim cudem on to wiedział, skoro nie było na nim żadnego listka. Greg opowiadał mi o drewnie. Wziął z cmentarza wierzbę, która się złamała podczas śnieżycy i przewróciła na ziemię.

– W sylwestra zacząłem ją piłować i ciąć na deski. Zajmowałem się tym, kiedy przyjechałaś. Musi poleżeć przez dziesięć lat.

– I co potem? – sączyłam lemoniadę. Była rzeczywiście wyborna. Odwrotną stroną drewnianej łyżki wklepałam cieniutko pokrojone plasterki cytryny do grudki cukru, a potem dodałam do cytrynowego syropu wodę i lód. Lemoniada miała dokładnie tyle goryczki ze skórki, ile powinna była mieć, żeby zrównoważyć słodycz. Moja babcia nauczyła się robić tę lemoniadę od swojej kucharki i przekazała mi ten przepis.

– Zrobię z nich długi kuchenny stół, może biurka. – Greg dopił napój. – Nie nadążam z produkcją biurek do pisania na stojąco. Podniosłem ceny trzykrotnie. – Odstawił szklankę. – Gdzie znalazłaś ten manuskrypt?

Zaprowadziłam go do pokoju Darcy. Greg pomacał kciukiem drewno szuflad.

– Dobra robota – pochwalił.

Na progu mojej sypialni stanął i tylko zajrzał do środka. Zakłopotana niezręczną sytuacją zawołałam go, żeby mu pokazać kolekcję książek kucharskich Sama. Bardzo mu się podobały.

Stanęłam niepewnie przy drzwiach wejściowych, nie wiedząc, co powiedzieć. I wtedy to się stało. Greg pochylił się, dotknął palcem mojej dolnej wargi i delikatnie ją pocałował. Jego usta były dokładnie takie, jak trzeba: słone i gładkie. Zamknęłam oczy, jak plastikowa lalka, którą się kołysze. Wiem, że to zabrzmi głupio sentymentalnie, ale rozpłynęłam się. Poczułam ogień w brzuchu i wszystkie te emocje, sami wiecie jakie.

Zapomniałam, na czym polega całowanie. Czy to w ogóle możliwe? Zapomnieć, jak to jest się całować? Czy można popełnić większy błąd, niż iść przez życie i nie pamiętać o całowaniu?

Zastygłam z zamkniętymi oczami i otwartymi ustami. Greg coś do mnie szepnął, ale nie zrozumiałam jego słów. Kiedy otworzyłam oczy, zobaczyłam, że na mnie patrzy. Mój Boże, jakiż on był mądry i przystojny... i miał taki świetny wzrok.

– Teraz się skoncentruj – powiedział. – Przyda ci się podczas pisania.

Położył dłoń na moim policzku i przejechał kciukiem po moich ustach, co było sexy i słodkie. Rozchyliłam wargi. Pocałował mnie czule z cudowną nienachalną elegancją. O tak, pomyślałam. Dokładnie wie, czego mi potrzeba. Jego pocałunek był gorący, delikatny. Mogłabym się tak całować bez końca, ale Greg w końcu przestał.

– Nie śpieszmy się do dobrych rzeczy. – W ręku trzymał płaszcz. – Muszę już iść. Wróćmy do tego następnym razem.

Kiedy wyszedł, poczułam się zdezorientowana. Czy mu się spodobałam? Czy nie pomyślał, że jestem puszczalska? Może rzeczywiście jestem? Czy zmieniły się reguły gry, odkąd przestałam chodzić na randki? Czy na pewno on mi się podoba? Był taki pewny siebie i zabójczo przystojny... Dlaczego tak szybko uciekł?

PLANY ŚLUBNE MOJEJ MATKI

Matka wysłała mi e-mailem swoje zdjęcie w ślubnej sukni, po czym odczekała całe pięć minut i do mnie zadzwoniła. Postanowiła, że ceremonia odbędzie się w rocznicę urodzin ojca, za trzy miesiące.

– Barb, dzień, w którym urodził się twój ojciec, był najszczęśliwszym dniem w moim życiu – wyjaśniła. Odebrało mi mowę.

Matka wypełniła moje milczenie informacją, że ślub będzie dla mnie doskonałą okazją, żeby poznać „jakiegoś miłego lekarza". Kiedy jej przypomniałam, że nie przepadam za lekarzami, odparła:

– Co się z tobą dzieje? Kiedyś nie znosiłaś prawników, a teraz uwzięłaś się na lekarzy. Jesteś taka uprzedzona.

– To nieprawda, że nie znosiłam prawników. Mylisz mnie z kimś innym. Ale podoba mi się twoja suknia. – Usłyszawszy moje słowa, matka zamknęła się. Jej suknia uszyta była z pięknej srebrnej siateczki. Matka wyglądała w niej jak Mała Syrenka w podeszłym wieku.

Zgodziła się, żeby Darcy była ubrana na czarno i srebrno jako jej druhna, pod warunkiem że srebra będzie więcej. (Na oprawę ceremonii wybrała kolory arbuza i srebra). Oddała do zmniejszenia frak mojego ojca, żeby pasował na Sama. Mój syn będzie prezentował się w nim jeszcze szykowniej niż pan młody, doktorek Samo Złoto. Postanowiłam, że na wszystkich zdjęciach będę stać obok Sama i delikatnie zasłaniać jego brzuszek.

Następnie matka poinformowała mnie, że chce zaprosić na ślub Johna z osobą towarzyszącą. Zawsze go lubiła i nawet po orzeczeniu sądu nie chciała mówić o nim źle.

– Masz na myśli Irene? – spytałam.

Usłyszałam skrzypienie długopisu na kartce.

– Czy ona jest chuda?

Musiałam na nią głośno krzyknąć, żeby się opamiętała.

– Ma ich nie być, słyszałaś! Jeśli ich zaprosisz, to na mnie nie licz.

– Uspokój się – odparła. – Niech ci będzie. Nie zaproszę ich. Ale muszę omówić z tobą inną ważną sprawę. – Zwierzyła mi się ze swoich rozterek. Chciała zaprosić wdowę po kuzynie, ale martwiła się faktem, że biedna kobieta nie ma pary. Na pewno się z nią zgadzam, że to niezręczna sytuacja i że powinnam jej pomóc jakoś z tego wybrnąć. I jak ma zaadresować zaproszenie?

Wydawało mi się, że matka zorganizowała mój ślub z Johnem, nie zadając mi tylu infantylnych pytań. Możliwe, że z powodu zaawansowanej ciąży nie zwracałam na nic uwagi albo byłam zbyt smutna.

Na miesiąc przed moim ślubem, na pogrzebie kuzyna, jego pięć byłych dziewczyn siedziało naprzeciwko siebie w domu pogrzebowym. Wszystkie rozszlochane, piękne i samotne. Jego pierwsza miłość przyjechała i odjechała limuzyną, ani razu nie zdejmując czarnego welonu.

Poradziłam matce, żeby ją zaprosiła, a na pewno na weselu znajdzie się jakiś doktorek do wzięcia. Jednak matka się uparła, żebym dla niej znalazła „sympatycznego mężczyznę i przyjaciela". Dodała, że na weselu będzie open bar. Może uważała, że powinnam poszukać sympatycznego, przyjaznego człowieka w ośrodku dla trzeźwiejących alkoholików?

– A ty? – Matka wróciła do swojego ulubionego drażliwego tematu rozwiedzionej córki.

Postanowiłam, że nie dam jej się wciągnąć w tę rozmowę. Muszę się jakoś ratować przed towarzystwem lekarza albo pijaka, albo jednego i drugiego w jednej osobie.

– Może z kimś przyjadę. Jest stolarzem. Nie znamy się zbyt dobrze.

– Przedstawiłaś mu już dzieci?

– Nie.

– Możemy udawać, że są dziećmi Johna i Irene, a ty jesteś singielką.

– John nie wybiera się na twój ślub. Jeżeli chcesz zobaczyć mnie i wnuki, to zapomnij o Johnie i jego ogrodniczce. To moje ostatnie słowo.

– Barbaro, nie krzycz na matkę.

Oddychałam głęboko.

– Mogę polecić ci didżeja, ale jest drogi.

– Nie ma sprawy, kochanie. – Dla mojej matki drogo znaczyło dobrze.

Zostawiłam Sidowi wiadomość na sekretarce, że może być didżejem na ślubie mojej matki i żeby podał cenę. Potem zadzwoniłam do Rudy'ego z pytaniem, czy nie zechciałby towarzyszyć na weselu wdowie po moim kuzynie. W pierwszym zdaniu napomknęłam, że na przyjęciu będzie open bar.

Rudy się zgodził.

Zdecydowałam, że wstrzymam się z zaproszeniem Grega. Gdy ochłonęłam po rozmowie z matką, pomysł, żeby go ze sobą wziąć, wydał mi się z gruntu nietrafiony.

MASŁO

Zauważyłam, że w domu uciech każdego dnia panowała inna atmosfera, w zależności od rozkładu zajęć w szkołach. Był czwartek przed Wielkanocą, ja zaś straciłam wszelką nadzieję, że *Babe Ruth* kiedykolwiek się ukaże drukiem. W Onkwedo przygotowywano się do świąt: żony albo gorączkowo szykowały się do odwiedzin rodzin swoich małżonków, albo kupowały wielkie kawały szynki, żeby je upiec dla najbliższych. Mimo tego szaleństwa znajdowały jednak czas dla siebie i przyjeżdżały do nas. Gabinety kosmetyczne świeciły pustkami. Dwa dni wcześniej po raz pierwszy wybrałam się w Onkwedo na pedikiur. Kosmetyczki doskonale zdawały sobie sprawę, kim jestem, i traktowały mnie jak celebrytkę. Poczęstowały herbatą, nic też nie wzięły za tipsy i francuski pedikiur. W butach na obcasie moje paznokcie u nóg wyglądały nieznajomo.

Postawiłam na suszarce do naczyń gorący chleb, żeby się schłodził, i włożyłam do lodówki świeże masło. Lodówka była archaiczna, przechylona w jedną stronę i niewydajna, ale babcia Bryce stanowczo jej broniła, dała mi nawet ścisłe instrukcje, jak o nią dbać, w tym rozmrażać raz w miesiącu bez użycia szpikulca do lodu.

Janson często przyjeżdżał przed pracą, żeby rozpalić w kominku. Na dworze robiło się coraz cieplej, ale wciąż padał śnieg i kominek nieustająco wszystkich rozweselał. Nowe klientki zawsze na niego zwracały uwagę, jakby co najmniej spodziewały się winylu na podłodze albo sztucznego futra w kolorze czerwieni. Janson to wykorzystywał: wkładał do kominka pierwsze polano i w ten sposób zwracał na siebie uwagę klientek, co zwykle kończyło się wyprawą na górę.

Włączyłam program z danymi i przejrzałam model prawdopodobieństwa. Odnosiłam wrażenie, że prędzej czy później wszyscy zaczną się lać po tyłkach. Dziwne. Kolejny wzór pokazywał, że na początku kobiety nie wiedzą tak naprawdę, czego chcą, lecz kiedy wrócą kilka razy do „swojego" mężczyny, uściślają prośby i stają się coraz zuchwalsze w oczekiwaniach. Na wielu kartkach chłopcy pisali literkę R. Nie wiedziałam, co ona oznacza. Zaskakująco wysoka liczba wpisów wskazywała na to, że między pracownikiem a klientką bardzo często dochodziło nie do seksu, lecz do owego tajemniczego R. Nie byłam pewna, czy to karteczki zostały źle wypełnione, czy też coś umknęło mojej uwadze.

Ginna z jej zamiłowaniem do różnorodności zawsze znajdowała się poza wykresem. Jak podejrzewałam, świadomość, iż ludzie uprawiają seks w sąsiednim pokoju, sama w sobie może być podniecająca, bardziej niż ktokolwiek chciałby się do tego przyznać, ale nie miałam jak sprawdzić mojej hipotezy.

Usłyszałam wesołe głosy moich pracowników. Właśnie wchodzili do domku, głośno się witając. Janson jak zawsze wziął się do układania drewna na palenisku.

Nie byłam dumna z tego, że czerpię korzyści z powszechnego w Stanach rasizmu, ale Wayne zdecydowanie zarabiał więcej niż wszyscy pozostali, z wyjątkiem Tima. Myślę, że to nie tylko kolor jego skóry rozpalał ciekawość klientek, ale i nieskazitelny, zadbany wygląd. Reszta chłopaków wyglądała przy nim na delikatnie zaniedbanych. Tajemnica chyba tkwiła w prasowaniu. Bardzo niewielu facetów w Onkwedo przywiązywało wagę do uprasowanych ubrań.

Jedna sprawa była oczywista. Lokal pracował na pełnych obrotach i pękał w szwach, tak że czasami musiałam odsyłać niektóre klientki z kwitkiem. Nie było mowy, żeby urządzać dodatkowe pokoje, z drugiej strony i tak nie zatrudniłabym więcej osób: lubiłam swoich pracowników, a oni świetnie się między sobą dogadywali.

Postanowiłam podnieść o połowę ceny, tak jak Greg, żeby nieco ograniczyć popyt. Wykorzystałam sezonową nerwowość i zaniedbywanie żon przez mężów otwierających właśnie sezon gry w baseball.

Byłam ciekawa, czy Greg jest fanem baseballu, ten sam Greg Holder, którego dotyk ust tak mnie zbił z tropu. Był zbyt gorący, zbyt pełen czegoś, co mnie wytrąciło z równowagi. Jak to się nazywa? Wiem. Żądza.

Wtem otworzyły się drzwi wejściowe i ku mojemu zdumieniu do domku weszła Margie. Chyba nawet widok mojej matki tak by mnie nie przeraził. Spojrzała na kominek, po czym przeniosła wzrok na uroczą fałdę na spodniach Wayne'a, a następnie szerokie bary Sida. Tim i Janson zabawiali się na górze z dwiema wielkanocnymi kucharkami. Margie wyglądała przepięknie, tak jak zawsze, choć strój opinał ją bardziej niż zwykle. Spostrzegłam, że młodzieńcy taksują ją wzrokiem nie jak klientkę, ale jak kogoś, kim są po prostu zainteresowani. Sid przeciągnął się leniwie, a Wayne posłał jej najbardziej kokieteryjny i erotyczny uśmiech, jaki w życiu widziałam.

– Margie – wykrzyczałam prawie – chodź do kuchni.

Przeszła nonszalancko przez pokój, wzbudzając gorące zachwyty, takie, jakie potrafią wzbudzać wyłącznie długonogie kobiety na wysokich obcasach kołyszące biodrami. Popchnęłam ją na krzesło w kuchni i włączyłam czajnik.

– Co ty tu robisz? Po co przyszłaś? – nieomal ją napadłam. – Bill wie, że tu jesteś?

– Pojechał w odwiedziny do matki – odparła Margie. Matka Billa mieszkała w domku na północnym krańcu jeziora i Bill spędzał u niej sporo czasu, naprawiając jej drobne rzeczy oraz dotrzymując towarzystwa.

Usłyszałam skrzypienie otwieranych drzwi. Zerknęłam do lusterka i zobaczyłam, że Wayne idzie na górę z naszą stałą klientką. Sid włączył swoją ulubioną muzykę, ścieżkę dźwiękową z *Goldfingera* z Jamesem Bondem. Muzyka trąciła myszką i koledzy podśmiewali się z niego, kiedy ją puszczał.

Nie zamierzałam naciskać na Margie, żeby mi wyznała, co jej strzeliło do głowy, żeby tu przychodzić i wystawiać na szwank swoje fantastyczne małżeństwo, i to w chwili, kiedy oboje z Billem powinni byli się nawzajem wspierać. Wyciągnęłam z lamusa jedyną umiejętność, jaką posiadałam: umiejętność bycia troskliwą mamusią.

– Chcesz coś przekąsić? – spytałam. Zanim zdążyła odpowiedzieć, pokroiłam chleb domowej roboty, wrzuciłam kromki do tostera, zaparzyłam gorącej herbaty z cytryną i przystawiłam sobie do stołu drugie krzesło, blokując jej wejście do salonu. Na szczęście Sid udał się na górę z jedyną naszą młodą klientką, najwyżej dwudziestoparoletnią. Kiedy Tim, dudniąc, zbiegł na dół, zaprosiłam go do nas do kuchni.

Margie przedstawiłam jako moją agentkę i inwestorkę. To drugie nie było prawdą, ale wyfrunęło z moich ust, zanim zdążyłam pomyśleć, co mówię. Nie miałam pewności, czy Tim zrozumiał aluzję, że nie ma co liczyć na Margie. Nie chciałam, żeby brała jakikolwiek udział w tym, co się wyprawiało w tym domu, gdyż gwałciłoby to moją anonimowość i zaprzeczało roli dostarczycielki usług, nie mówiąc już o tym, że znałam i lubiłam Billa. Sama myśl, że Margie mogłaby pójść na górę z jednym z moich chłopców, bardzo mnie trapiła. Być może była to hipokryzja z mojej strony, żeby rozróżniać małżeństwa znane i nieznane, ale Margie i Bill byli ze sobą naprawdę szczęśliwi, a to jest rzadkość.

Posmarowałam tosty grubą warstwą masła i podsunęłam im je na dwóch talerzykach, w duchu licząc na to, że brak konwersacyjnych umiejętności Tima zniechęci Margie do ewentualnego skorzystania z jego usług.

– Tim pisze właśnie pracę magisterską z botaniki – zagaiłam w jego imieniu. Zajmował się właśnie przeżuwaniem i chwilowo nic nie mógł o sobie powiedzieć. Margie spojrzała na niego z przyjaznym zainteresowaniem. Zbyt przyjaznym, jak na mój gust, i zbyt jawnie okazywanym. – Skosztuj tosta.

Sama zrobiłam. – Margie rzuciła mi pytające spojrzenie, jakby podejrzewała, że straciłam rozum. Oczywiste, że to ja zrobiłam dla niej grzankę, przecież widziała, jak ją robię. Ugryzła kęs.

Masło najwyraźniej pobudziło jej kubki smakowe, bo uniosła w górę brew i przeciągłym „mmm" wyraziła zaskoczenie. Jednocześnie zmarszczka między jej oczami pojawiająca się raz na pół roku, kiedy botoks przestawał działać, zaczęła pomału się wygładzać. Jadła, jakby nad czymś dumając. Zauważyłam, że wkładała tost do ust do góry nogami, masłem do dołu.

– Dobry Boże – rzekła w końcu. – Jakie to dobre! Co to takiego?

– Masło – odparłam. – Od krowy mieszkającej niedaleko stąd. Żywi się trawą z pola przy urwisku. – Wskazałam ręką na podjazd, specjalnie machając między jej biustem a oczami Tima.

Tim nie odrywał od niej wzroku. Jeszcze nigdy nie widziałam, żeby ktoś tak bardzo się na kimś skoncentrował. Wlepiał w nią gały, dosłownie jakby była jakąś rzadką odmianą orchidei.

Margie oparła się o krzesło, wyciągnęła szyję i wystawiła w moją stronę podbródek.

– Wygląda na to, że mamy wydawcę dla *Babe'a Rutha*.

Tim, wciąż gapiąc się na Margie, kołysał grzanką w wielkim łapsku. Przez palce ściekało mu masło i kapało na kolana. Jego źrenice rozszerzyły się tak, jakby za chwilę miał urodzić. Margie oczywiście doskonale wiedziała, jaki efekt wywiera na mężczyznach; wywnioskowałam to z jej skrzyżowanych nóg i pochylenia ciała do przodu: opierała się biustem o stół pełen okruszków.

– Kogo? – spytałam.

Tim powtórzył za mną jak echo:

– Kogo?

– Nie musisz odrobić pracy domowej? – warknęłam na niego.

Powoli wstał, przeciągając się i umyślnie wydłużając chwilę, gdy jego rozporek znajdował się w sąsiedztwie ucha Margie.

Po wyjściu Tima moja agentka uśmiechnęła się do mnie.

– I kto by pomyślał, że masz taką głowę do interesów?

– Margie, przestań mnie dręczyć.

Powiedziała, że jeden z wydawców wyraził chęć opublikowania powieści. Nazywał się Sportman's Press i w zasadzie publikował książki o sporcie, zwłaszcza o baseballu. Chciał, żeby powieść szybko się znalazła na rynku, tak aby trafić w sezon baseballowy, planował znaczną część sprzedaży zorganizować na stoiskach przy stadionach. Margie dodała, że Sportman's Press nie daje zaliczek, ale na szczęście wypłaca spore tantiemy.

– Aha, i nie będziesz miała nic do powiedzenia, jeśli chodzi o samo wydanie.

– Czy wydadzą książkę w twardej okładce?

– To ci mogę obiecać – odparła Margie litościwie, jak właściciel zakładu pogrzebowego, który pozwala zamknąć trumnę.

Już się kierowała do wyjścia, seksownie kołysząc biodrami, kiedy odwróciła się do mnie i rzekła:

– Zrobiłaś wszystko, co mogłaś. Reszta w rękach opatrzności.

Ucieszyłam się, że sobie poszła. Mężczyźni bacznie obserwowali każdy jej ruch, czułam dosłownie ich samczą gotowość. W takiej sytuacji Rudy pewnie by rzekł: „Cała naprzód!".

Po jej wyjściu zapytałam chłopaków, co oznacza literka R.

– Rozmowę – odparł Wayne. – Kobiety dużo mówią.

– I co wy wtedy robicie?

Zdziwił się, że o to pytam.

– Słuchamy ich.

– Mówią nam o niesamowitych sprawach – wtrącił Sid. – Zwierzają się z tajemnic, o których nigdy nikomu wcześniej nie mówiły.

Janson skinął głową.

– Zaczęło się od tego, że jedna z pań najpierw powiedziała mi, czego pragnie – rzekł. – A potem zaczęła opowiadać o wszystkim, co jej przyszło do głowy.

– Ciekawe czemu?

– Mówiła, że jej naprawdę słucham.

OSTATNIE TCHNIENIE SAMOCHODU

Mój samochód ostatecznie skonał, kiedy wracałam do domu z Oneonty, dokąd zawiozłam Darcy i Sama. Wprawdzie John zaproponował, że przyjedzie po dzieci (twierdził, że mój „szmelc" w końcu się rozkraczy), ale ja chciałam w pełni wykorzystać wspólny czas z dziećmi. Dojechałam do Oneonty, lecz kiedy wyjeżdżałam z podjazdu Johna, auto zaczęło dziwnie rzęzić. Nim dojechałam do znaku „Witamy w Onkwedo!", samochód wydał z siebie taki dźwięk, że zrozumiałam, że nadszedł jego kres. Wtedy zrobiłam coś, czego nie powinnam była robić. Odkręciłam tablice rejestracyjne, włożyłam je do torby, poklepałam na pożegnanie bagażnik i porzuciłam auto na poboczu drogi. Oddalając się od niego z pobrzękującą torebką, czułam smutek, ale byłam dziwnie pogodzona z tym, że prezent, który dostałam dawno temu od ojca, na zawsze zgasł. Było późne, chłodne popołudnie.

Przyszła odwilż. W Onkwedo błoto zwiastowało wiosnę. W ściekach przy drodze leżał słony roztopiony śnieg. W kałużach pływały robaki, wypełniając powietrze zgniłym odorem wilgoci. Szłam opustoszałą drogą, zdecydowanym, raźnym krokiem, jakbym nadal mieszkała w Nowym Jorku. Nie byłam pewna, jak daleko miałam jeszcze do domu i czy zdążę przed zmierzchem.

Wtedy rozpoznałam eksperymentalne gospodarstwo ziemniaczane należące do Uniwersytetu Waindell, za którym rozpościerał się las, cel moich licznych spacerów z Matyldą.

W zeszłym roku tutejszy wydział rolniczy testował nowe nawozy, barwiąc okoliczne żaby na niebiesko. Przed gospodarstwem wisiały plakaty ostrzegające przed zamoczeniem butów i piknikowaniem. Obeszłam pole ziemniaczane i wkroczyłam do lasu.

Wszystko wokół wciąż jeszcze tonęło w szarościach i brązach – zieleń miała dopiero nadejść. Ziemię okrywała warstwa błota i lodu. Gdyby z palety kolorów wyjąć błotnistą tonację, zniknąłby cały krajobraz. Uświadomiłam sobie, że wiem, jak trafić do domu, dzięki spacerom z Matyldą: razem odkrywałyśmy te leśne ścieżki. Poznałam nawet wciąż skuty lodem strumyk – zakręty i płaskie żwirowiska. Słyszałam, jak skrzypi lód, a dołem płynie woda. Z dziupli w drzewie wystawił łebek dzięcioł i gapił się na mnie. Przystanęłam. Patrzyliśmy na siebie z ciekawością. Czułam, jak w moim ciele płynęła żwawo krew. Jak woda pod lodem.

Po raz pierwszy, odkąd się rozwiodłam z Johnem, moja samotność przestała mnie uwierać. To, że byłam sama w lesie, wydało mi się najzupełniej zwyczajne. Nie bałam się. Nie chcę przez to powiedzieć, że moje miejsce na ziemi jest akurat w lesie. W przeciwieństwie do wypielęgnowanych miasteczek lasy są dzikie, nieujarzmione i nieuregulowane. Przez chwilę się nad tym zastanowiłam. Mój dom mieścił się niedaleko lasu i zupełnej głuszy. Doskonale odpowiadało to temu, co się działo w moim sercu. Wszystko się tu mogło zdarzyć.

Wyszłam z lasu po drugiej stronie, niedaleko domu. Na chodniku ujrzałam ponurych ludzi wyprowadzających psy. O tej porze roku homo sapiens zachowywali się najgorzej. Ich noworoczne postanowienia wzięły w łeb. Przestali uprawiać jogging. Karty na siłownię pokrywały się kurzem, a małżonkowie z byle powodu na siebie wrzeszczeli. Przez chwilę poczułam się szczęśliwa, że nikt niczego ode mnie nie oczekuje, ani żebym była chuda, ani miła.

W domu nawet nie zdjęłam płaszcza. Od razu zrobiłam sobie filiżankę herbaty i zebrałam się na odwagę, żeby zadzwonić do Grega i poprosić go o towarzyszenie mi na ślubie i weselu mojej matki. Chciałam mu zostawić wiadomość na sekretarce, a następnie nie odbierać telefonu, gdyby do mnie oddzwaniał. Wiedziałam, że ślub i przyjęcie to nie najlepszy pomysł na randkę, a zwłaszcza trzecią randkę, podczas której Greg poznałby moje dzieci i matkę i ujrzał mnie w jakiejś idiotycznej sukience.

Mimo to trwałam w moim postanowieniu. Czy to ta herbata tak mnie natchnęła odwagą? Wykręciłam numer, zerkając na tablice rejestracyjne w torebce, żeby dodać sobie otuchy. Samochód jak przyjaciel służył mi wiernie przez wiele lat.

Greg odebrał po pierwszym sygnale.

Przeszłam od razu do rzeczy.

– Cześć, Greg, wiem, że to kiepski pomysł, ale moja matka wychodzi drugi raz za mąż za lekarza mojego ojca. Czy nie zechciałbyś mi towarzyszyć?

– A ile mi zapłacisz? – W jego głosie wyczułam rozbawienie.

– To zależy – odparłam.

– Masz rację, to nie najlepszy pomysł – zamilkł na chwilę. – Ale pojadę z tobą, jeśli popłyniesz ze mną żaglówką.

– Jest zimno... – odparłam.

– No... – czekał.

Napiłam się herbaty, głośno myśląc.

– Masz marynarkę od garnituru?

– Jeszcze zamierzasz mnie ubierać? – Greg udawał oburzenie. – Oczywiście, że tak. Mam nawet spodnie do marynarki. Ale jeśli chcesz, żebym je włożył, musisz ze mną przed imprezą pożeglować.

– Nie znoszę zimna – wyznałam mu.

– Zajmę się tym, zaufaj mi.

– Umiesz tańczyć?

– Posuwasz się za daleko.

Podałam mu datę ślubu i odłożyłam słuchawkę. Podobał mi się głos Grega i to, co mi powiedział. Podobało mi się, że się ze mną przekomarza. Z uśmiechem na twarzy wylałam do zlewu zimną herbatę.

NA JEZIORZE

Umówiliśmy się na środę, żeby pożeglować po jeziorze. Nie było w tym nic złego. Nawet wiedziałam, w co się ubrać. Tymczasem zamiast wkładać dżinsy i buty na białych podeszwach, kurtkę przeciwwiatrową i okulary przeciwsłoneczne, kiedy właśnie powinnam była wychodzić z domu, klęczałam przy drzwiach i oglądałam zdjęcia moich zmarłych ukochanych mężczyzn, którzy mnie zostawili i których do końca poprowadziły dwie drogi, jedna szybka, druga wolna. Wiedziałam, że takie myślenie wiedzie donikąd, i jeśli tak się będę zachowywać, to na zawsze pozostanę sama. Mimo to chciałam zobaczyć przed wyjściem ich twarze. Nie pocałowałam zdjęć, bo zdjęcia nie przypominają prawdziwej osoby. Ich błyszcząca płaskość i zagięte rogi podpowiadały mi, że przeszłość odeszła bezpowrotnie; a ja mam żyć dalej i być szczęśliwą – albo nie.

Odłożyłam zdjęcia i ubrałam się. Ciuchy opinały mnie, ale w granicach rozsądku. Tyłek wyglądał jak zawsze. Był moją trzecią najlepszą częścią ciała (nigdy nie umiałam się zdecydować, które dwie go wyprzedzały). Spakowałam jedzenie. Ugotowałam jajka na twardo, wzięłam bagietkę, sałatkę z marynowanej fasoli, pierwsze truskawki oraz dwa ciasteczka brownie. Nie chciałam, by Greg pomyślał, że popisuję się przed nim moimi kulinarnymi talentami, ale te ciasteczka naprawdę mi się udały i miałam chęć zjeść je na środku jeziora, gdy wiatr będzie smagał mnie po twarzy.

Wreszcie wyszłam z domu. Starałam się przekonać samą siebie, że skoro lubię żeglować, to może polubię Grega Holdera. Bo przecież lubię być wśród ludzi i z nimi rozmawiać, śmiać się i w ogóle. Ostatnie dwa zdania nie opisywały najtrafniej mojej osoby, mimo to wsiadając do autobusu jadącego do mariny, wbijałam je sobie do głowy jak mantrę.

Greg miał ładną, niezbyt dużą łódkę. Bez kłopotu wypłynął z mariny. Podziwiałam ludzi będących dobrymi żeglarzami, co wyłącznie oznaczało, że pochodzili z zamożnych rodzin. Ale co tam, żeglowanie i tak jest fascynujące.

Drugi odległy koniec jeziora ukrył się we mgle. Nie wiało mocno, mimo to Greg świetnie sobie radził, z wdziękiem kierując łódź na środek jeziora. Patrzyłam na jego wełniany sweter i zastanawiałam się, czy go drapie, czy jest mu w nim ciepło, czy chłodno – tak samo zawsze martwiłam się o dzieci. Wiedziałabym to, gdybym się do niego przytuliła, i oczywiście gdyby jego sweter zbytnio mnie nie drapał. Oderwałam od niego wzrok i spojrzałam na uciekający brzeg, domki letnie i pojawiające się co jakiś czas tory kolejowe.

– To jest moje miejsce... – powiedział Greg, kiedy się znaleźliśmy na środku jeziora. Odwrócił się w moją stronę i spojrzał na mnie uważnie. Wiedziałam, że za tym spojrzeniem kryje się pytanie, czy wiem, o co mu chodziło.

– Dlatego, że jesteśmy w jednakowej odległości od obu brzegów? – Potrafię być zasadnicza i mówić jak prawdziwy facet, gdy zachodzi taka konieczność.

– Tutaj odpowiadam wyłącznie przed samym sobą. Jestem wolnym człowiekiem.

Oboje dobrze rozumieliśmy, jaką wartością jest wolność. Pokiwałam głową. Powiedział mi o sobie coś ważnego, wiedziałam, co miał na myśli. Wyjęłam jedzenie, które zjedliśmy na środku jeziora – z wiatrem na policzkach pod trzepoczącym żaglem. Na wodzie ciasteczka jawią się niczym skarb.

W drodze powrotnej Greg podał mi ster. Wiedziałam, że chłopcy z bogatych domów są uczeni etykiety na obozach letnich, ale i tak było to bardzo grzeczne z jego strony. Ja przejęłam ster, a Greg poszedł na dziób i stanął na szeroko rozstawionych nogach, opierając dłonie na relingu. Łaskawie pozwolił, żebym podziwiała jego postać, co też skwapliwie uczyniłam. Widok drugiego brzegu był o wiele mniej interesujący niż jego plecy, nogi i gołe kostki pod mankietami spodni. Przez chwilę chciałam, żeby żaglówka się wywróciła i żebyśmy mogli się nawzajem uratować, trzymać się kurczowo kilu, żebyśmy razem przeżyli przygodę. Niecierpliwił mnie fakt, że związki buduje się powoli, przypadkową kolacją, pójściem do kina albo na nudne przyjęcie.

Odwrócił się do mnie, wciąż patrząc na wodę. Zastanawiałam się, czy na dnie jeziora są skały, choć to było mało prawdopodobne w wąskim, głębokim jeziorze. Greg usiadł obok mnie, nie proponując, że weźmie ster. Jego ramię dotykało mojego, czułam jego ciepło i miękkość swetra. Objął mnie.

– Nie zmarzłaś? – zapytał.

– Nieee. – Za nic nie chciałam psuć tej chwili rozmową. Odchyliłam głowę, opierając się o jego ramię, i przymknęłam oczy. Zobaczyłam nas w scenie erotycznej. On nade mną, w zielonej koszuli, gdzieś obok majaczył guzik do mankietów. Czułam jego ciężar, siłę ramion. Prawie czułam jego zapach – nie mydła, tylko prawdziwego męskiego ciała.

Wtedy przypomniałam sobie, że mężczyźni są więksi od kobiet i że to oni są w nas, a nie my w nich, i że są od nas silniejsi. Wypieramy tę wiedzę z naszej świadomości, zastępując ją zaufaniem i gotowością, uczuciem, które zwiemy miłością. Otworzyłam oczy i spojrzałam na Grega.

Patrzył na mnie.

– Nie martw się, jestem fajnym facetem. – Droczył się ze mną. Między jego zębami dostrzegłam koniuszek języka, a w wyrazie twarzy – czułość i rozbawienie, zapowiedź pocałunku i śmiechu jednocześnie, chyba też powstrzymywanie się przed zrobieniem czegoś, co by mogło nas zawstydzić albo zniszczyć tę chwilę. Nigdy wcześniej nie widziałam, żeby ktoś tak na mnie patrzył.

Reszta naszej wyprawy przebiegła już gładko. Pomogłam mu zacumować, wiążąc dwa węzły, których mnie nauczył kuzyn. Ustaliliśmy plan gry na weselny ranek.

Poszłam na przystanek. Wiedząc, że Greg mnie nie zobaczy, resztę drogi do domu przebyłam w podskokach.

Gdy tylko dzieci zdążyły się odświętnie ubrać, usłyszałam dzwonek do drzwi i Darcy rzuciła się, żeby je otworzyć. Na progu stał Greg. Darcy obrzuciła go spojrzeniem od stóp do głów: od butów po brwi i z powrotem. Zaprosiłam Grega, żeby wszedł. Ominął moją córkę i poszedł do salonu.

Darcy chwyciła Sama za rękę i zaciągnęła go na przeciwległy koniec kanapy.

– Tutaj – rzekła i popchnęła brata, żeby usiadł. Sama zaś wcisnęła się między Grega i niego i zaczęła wymachiwać nogami. – Podoba mi się kolor pomarańczowy, wiesz? – Spojrzała z ukosa na Grega. – Lubisz lody pomarańczowe?

– Tak. – Greg grzecznie pokiwał głową.

– Chcemy lody – zaordynowała Darcy w moim kierunku, po czym chwyciła dwoma paluszkami włoski rosnące na przedramieniu Grega. Ten zaś z niewzruszonym wyrazem twarzy spojrzał na swoje ramię i dwa malutkie palce. – Czy taki się już urodziłeś? – spytała moja córka.

– Nie, kiedyś byłem bardziej podobny do ciebie – odparł Greg.

Na co moja córeczka uniosła swoje gładkie bladziutkie ramionko i przyrównała je do ramienia Grega. Na koniec delikatnie go poklepała.

Podałam im lody, a Darcy oświadczyła z dumą:

– Sam je zrobił według własnego przepisu.

– Są bardzo pomarańczowe – zauważył Greg.

– To z powodu barwnika. – Sam się zarumienił. – Czerwonego i żółtego, dodałem po sześć kropli każdego. – Od chwili, kiedy włożył górę od fraka mojego ojca, Sam zaczął się zachowywać jak kamerdyner. – Darcy, zaraz poplamisz sobie sukienkę – zwrócił się do siostry.

– Moja sukienka jest ciemna, głuptasie, nie da rady się poplamić.

– Będziesz się kleić. – Sam nachylił się nad nią sztywno, żeby nie pomarszczyć stroju.

– Może usiądziemy przy stole? – zaproponował Greg.

Zostawiłam ich samych i poszłam włożyć sukienkę, którą znalazłam w sklepie internetowym. Sukienka z szarego jedwabiu była obcisła i miała idealnie dopasowany żakiet. Darcy powiedziała, że wygląda na francuską, chociaż nie paryską. Nie wiem, skąd jej przychodzą do głowy takie pomysły. Według opisu sukienka prezentowała „klasyczny szyk", *phrase du jour*, co Darcy natychmiast podłapała.

Sukienkę zaniosłam do krawcowej Margie, żeby mi ją zwęziła. Pomyślałam, że pewnie Vera nosiła takie sukienki – nie Vera Wang, tylko Nabokov. Darcy miała zamiar fantazyjnie mnie uczesać, na szczęście udało mi się jakoś odwieść ją od tego pomysłu. Wybrałam prosty kok, jedyne uczesanie, jakie sama potrafiłam sobie upiąć. Moje czółenka były niewyobrażalnie piękne i absolutnie doskonałe. Wyjęłam je z pudełka i wsunęłam na stopy.

Kiedy wychodziliśmy z domu, zadzwonił Rudy.

– O której po mnie będziesz? – Na śmierć o nim zapomniałam.

Oczywiście Greg znał Rudy'ego. Swego czasu zrobił dla niego specjalne szafki wystawowe na puchary osady wioślarskiej. „Równy gość" – powiedział. Rudy mieszkał w campusie. Pojechaliśmy po niego. Wgramolił się do tyłu i usiadł między dziećmi. Darcy niechętnie przesunęła trzy torebki, żeby zrobić mu miejsce.

Gdy tylko Rudy zapiął pas, Darcy nie wytrzymała i spytała: – Kim jesteś? – na co Rudy zaczął jej opowiadać ze szczegółami o pracy trenera. Widziałam, że Greg przysłuchuje się z zainteresowaniem jego opowieści, zwłaszcza części o łamaniu lodu na poranny trening w lutym.

– Nie sądzisz, że sporty są odstręczające? – przerwała jego wywód Darcy.

„Odstręczające", kolejne słówko dnia.

Sam wyglądał przez okno. Spytałam go, czy dobrze się czuje.

– Tak, martwię się tylko, że sałata zwiędnie w bagażniku – odparł. Sam zaplanował menu z firmą cateringową i umówił się, że przyrządzi specjalną wiosenną sałatkę własnego pomysłu.

– To twoje prawdziwe buty? – spytała Darcy Rudy'ego, który tym razem postanowił zignorować jej zaczepkę.

Tymczasem Greg włączył stację ze złotymi przebojami dla oldbojów.

Darcy wskazała na Grega.

– Mógłby być panem młodym. – Przerwała dla wzmocnienia efektu i wystrzeliła puentę, pochylając się tak, że znalazła się pod twarzą Rudy'ego. – A ty mógłbyś być panną młodą – zarżała.

– Czy one wszystkie takie są? – Rudy rzucił mi pytanie.

– Masz na myśli pięciolatki? – odpowiedziałam pytaniem na pytanie.

– Darcy ma świetne wyczucie absurdu sytuacji – stanął w obronie siostry Sam.

Rudy pochylił się do przodu.

– Czy on jest normalny?

Zerknęłam na Grega, tylko się uśmiechał.

– Dzieci są takie same jak dorośli – poinformowałam Rudy'ego. – A dorośli różnią się między sobą.

– Ale chyba nie aż tak.

– Masz świetne dzieci – rzekł Greg, kładąc dłoń na mojej nodze. Jej ciepło przeniknęło przez sukienkę aż do uda. Czułam, jak mój puls spowalnia, a oddech się pogłębia. Zanim Greg cofnął dłoń, dotknął mnie pieszczotliwie kciukiem.

Zamknęłam oczy. Może wesele nie będzie aż takim koszmarem, jak się tego obawiałam.

Dzieci siedzące z tyłu wtórowały do piosenki granej w radiu i z radością odkryłam, że znają słowa *Żółtej łodzi podwodnej*. Wesele matki i doktorka Samo Złoto miało się odbyć w Country Clubie Wilkes-Barre, klubie, do którego należał pan młody. Znajdował się w pobliżu domu mojej matki. Zaparkowaliśmy przed srebrno-różową jak arbuz dekoracją złożoną z małych flag ozdabiających wejście. Matka nie za bardzo się wysiliła. Wyjęliśmy z bagażnika zieleninę i Sam poszedł z nią do kuchni.

Matka powitała nas w holu. Objęła moją twarz obiema dłońmi, uważając, żeby mi nie rozmazać makijażu, i powiedziała:

– Wyglądasz już lepiej, kochanie. Byłam pewna, że twoje małżeństwo nie przetrwa. – Po czym zauważyła, że Greg jest przystojnym mężczyzną. – Wygląd jest ważny, przypomnij sobie ojca. – Ostatnią kwestię rzuciła przez ramię, gdyż właśnie się odwracała i biegła witać następnych gości.

Jakbym mogła o tym zapomnieć.

Greg wyglądał olśniewająco w garniturze. Zdążył nawet pójść do fryzjera i miał błyszczące, dobrze obcięte włosy. Darcy podeszła do niego ukradkiem i dotknęła jego garnituru, żeby sprawdzić jakość materiału. Widziałam, że go zaakceptowała.

Sam przygotował chleb z rozmarynem jako dodatek do sałaty, do niej zaś wybrał wiosenną zieleninę: nowalijki, sałatę i liście, które wyglądały jak chwasty z mojego trawnika. Niektórzy co bardziej wyrobieni goście przesunęli mlecze i łopian na brzeg talerza, ale większość przeżuwała posłusznie kwiatki polane balsamiczną glazurą.

Pierwsza żona doktorka Samo Złoto przybyła w towarzystwie obecnego męża, chirurga Jakiegośtam. Poinformowała mnie, że ona i doktorek wychowali razem czworo dzieci, i pokazała mi czterech młodych buntowników w identycznych marynarkach sportowych.

– Lacrosse – rzekła wyjaśniająco, równie dobrze mogła mówić szyfrem. Wzbogaciłam się o rodzeństwo, i to o samych braci.

Była żona Samo Złoto pochyliła się w moją stronę, dotykając mojej sukni, i z emfazą wyszeptała mi do ucha, że jej nowy mąż chirurg odnalazł jej punkt G. W tym samym momencie odkrywca punktu G wyciągnął do mnie dłoń na powitanie, ja zaś rozpromieniłam się regulaminowo, ale za nic nie mogłam zmusić się do podania mu ręki.

Choć doktorek Samo Złoto, oblubieniec matki, nie należał do przystojnych, wydawał się poczciwym człowiekiem. Lubił jeść, do tego stopnia, że nawet zjadł sałatkę Sama. Uparł się także ze mną porozmawiać jeszcze przed tańcami. Znalazł mnie przy barze z przekąskami, gdzie stałam z Gregiem. Poprosił, żebym go przestała nazywać doktorkiem Samo Złoto. Uśmiechnęłam się do niego uradowanym pijackim uśmiechem, ćwiczonym specjalnie na takie okazje. Pochylił się w moją stronę nad przekąskami i rzekł:

– Twój ojciec był cudownym człowiekiem.

Spojrzałam na sufit namiotu, żeby nie spłynął mi po twarzy tusz, którym pomalowałam rzęsy.

– Tak – odparłam – wiem o tym.

Jakby chcąc jeszcze bardziej podkreślić wagę wypowiadanych przez siebie słów, doktorek wsadził z impetem łokieć w trójkątny kawałek serka brie. W tym momencie Sid, który miał przygotowane same najlepsze kawałki do tańca, włączył ckliwe *Bésame mucho*.

Nad ramieniem Grega zobaczyłam, jak doktorek przechodzi przez parkiet i podchodzi do panny młodej, prosząc moją matkę o pierwszy taniec w ich małżeńskim życiu. Na jego granatowej marynarce w prążki serek brie zamienił się w samotną beżową plamę.

Przytuliłam się do Grega.

– Nie powiem mu o tym.

– Do twarzy mu z nią – odparł Greg.

Matka tańczyła z doktorkiem, tuląc się policzkiem do jego kamizelki. Mimo że była najszczuplejszą osobą na sali, wręcz za szczupłą, suknia dobrze na niej leżała.

Gdy Sid puścił *Chantilly Lace*, wdowa po kuzynie i Rudy

ruszyli w tany. Z zapałem swingowali. Ona wyglądała na szczęśliwą, Rudy zaś na zaskakująco seksownego, co wcześniej by mi do głowy nie przyszło.

Nagle Darcy pojawiła się obok stanowiska Sida w sukience z różowej satyny. Wyglądała w niej jak typowa mała dziewczynka bawiąca się na ślubie babci. Nigdy przedtem jej nie widziałam, dopiero po chwili olśniło mnie, że to jedna z tych arbuzowo-różowych dekoracji Country Clubu Wilkes-Barre. Podejrzewam, że Darcy wycięła w łazience nożyczkami do paznokci dziurę na szyję, a następnie owinęła się w talii srebrną wstęgą, którą ukradła z holu. Uparła się, że sama się uczesze. Koniuszki jej uszu błyszczały różowo pod granatowymi jak atrament włosami, które niezgrabnie upięła na czubku głowy. Koczek jeżył się od spinek. Wyglądała w nim jak dzika róża z przepięknym, czarnym środkiem.

Pewnie myślała, że tańczy jak baletnica przed Sidem i jego konsolą. Kiedy muzyka nagle ucichła po tym, jak Blondie zaśpiewali *Eat to the Beat*, zobaczyłam, że rozmawia z Sidem i przesadnie wygina palec u nogi, tak jak to mają w zwyczaju baletnice. Podsłuchałam, jak mówi Sidowi, że ma „klasycznie szykowne" buty.

Sam rozmawiał z przyjacielem doktorka, recenzentem restauracji dla „Wilkes-Barre Bugle".

Sid doskonale wiedział, że jeśli puści Motown, to sala taneczna natychmiast zapełni się gośćmi. Gdy z głośników popłynęły pierwsze takty *You've Really Got a Hold on Me*, z czarującym uśmiechem zwróciłam się do Grega:

– Chyba potrafisz to zatańczyć? Każdy to zna.

– Nigdy się nie poddasz – odparł, ale jedną ręką objął mnie za szyję i razem weszliśmy na parkiet. Moje piękne buty o gładkiej podeszwie ślizgały się po podłodze bez najmniejszego tarcia.

Wpadłam wprost w jego objęcia, poczułam się, jakbym się znalazła w świętym miejscu: ciepłym, nieruchomym, wydrążonym drzewie.

Wiedząc, że dzieci mogły na nas patrzeć, nie położyłam głowy na ramieniu Grega, choć o tym marzyłam. Czułam między nami żar i delikatność. Kiedy Sid puścił *Brother John Is Gone* Neville Brothers, młoda para zaczęła formować w półmroku węża z ludzi reprezentujących medyczną profesję.

Nie wytrzymałam. Złapałam za rękę Darcy, która ustawiła się na końcu, i poszłam z nią po płaszcze do szatni. Tam mnie znalazł Rudy, w jednej dłoni trzymał drinka, a drugą obejmował wdowę po kuzynie.

– Estelle mnie odwiezie. Jedźcie sami.

Spotkaliśmy się z Gregiem na parkingu. Przez jakiś czas czekaliśmy, aż przyprowadzą nam samochód, po czym wsiedliśmy do środka. Serce dudniło mi w piersiach w takt muzyki. Zastanawiałam się, jak by to było, gdybym pojechała sama. Pewnie musiałabym odpowiadać na pytania dotyczące mojej pracy i gawędzić z lekarzami. Koszmar. Na samą myśl o tym przeszedł mnie dreszcz.

Kiedy wjechaliśmy na autostradę, Greg pochwalił Sama za wyśmienite jedzenie. Widziałam, że mój syn aż pokraśniał z zadowolenia, starannie składając na kolanach marynarkę.

Darcy zwinęła się w kłębek na tylnym siedzeniu i zasnęła. Przykryłam ją kocykiem. Właśnie rozpoczęło się „żyli długo i szczęśliwie" mojej matki z jej doktorkiem. Z ulgą pomyślałam, że wreszcie mam za sobą jej ślub i wesele.

Przez okno patrzyłam na umykający ciemny krajobraz. Wciąż trwały urodziny mojego ojca. Pomyślałam o jego ulubionym deserze, *coffee bavarian*, prostym, w którym było tyleż smaku co powietrza, jak pianka espresso, którą smakujesz, czekając na pociąg we Włoszech.

– Dziękuję ci, że ze mną pojechałeś – powiedziałam do Grega.

– Pięknie wyglądasz z rozpuszczonymi włosami – odparł.

Nie pamiętałam, żeby ktoś mnie nazwał piękną, ale jego słowa wydawały się szczere.

– Rudy mi powiedział, że otworzyłaś interes? – zerknął na mnie.

Jego pytanie domagało się jakiejś odpowiedzi, ale mój mózg

nie chciał ze mną współpracować i podpowiadał tylko jedno słowo „cholera, cholera, cholera".

Do naszej rozmowy z tylnego siedzenia wtrącił się Sam:

– Znasz tę dużą starą mleczarnię na urwisku? Moja mama prowadzi im korespondencję. – Sam był ze mnie najwyraźniej dumny.

– Czy ludzie piszą listy do firmy mleczarskiej? – zapytał Greg.

– Całe mnóstwo – poinformował go Sam.

– Da się z tego wyżyć? – Greg spojrzał na mnie.

– Jakoś sobie radzę – odparłam, próbując włączyć ogrzewanie, raz je podkręcając, raz skręcając.

– A co z tym interesem nad jeziorem w chatce myśliwskiej starego Bryce'a? Rudy tam jeszcze nie był, ale słyszał, że to coś innowacyjnego.

Nie mogłam złapać tchu. Zaczęłam przeokropnie kaszleć.

– Byłem tam raz z ojcem jako dzieciak – ciągnął Greg – pierwszy i ostatni raz na polowaniu na jelenie. Rudy mówił, że chce cię odwiedzić w przyszłym tygodniu, może się z nim zabiorę.

– Nasi klienci to kobiety – wychrypiałam – nie ma tam niczego, co by cię mogło zainteresować. W zasadzie to jest dzienne spa. – Moje ręce wykonywały same z siebie duże, nic nieznaczące gesty.

– Usługi fryzjerskie?

– Zabiegi na ciało.

To było bliskie prawdy. Moje palce odnalazły gałki radia i wreszcie udało mi się włączyć jakąś stację na pełen regulator. Transmitowano mecz Rangersów.

– Sam! – wrzasnęłam. – Hokej!

Kiedy dojechaliśmy do domu, zobaczyłam, że na podjeździe stoi mój stary samochód. Na antenie ktoś zawiesił odblaskową pomarańczową wstążkę, a za tylną wycieraczkę włożył jakąś kartkę w tym samym kolorze. Sam wysiadł z samochodu, żeby ją przeczytać. Darcy spała jak księżniczka.

– Wniosę ją do domu – zaproponował Greg.

– Dobrze.

Greg podniósł ją delikatnie i przytulił do piersi. Moja córka wyglądała we śnie jak niemowlę, którym nie tak dawno temu jeszcze była. Miała idealne brwi, okrągłe policzki i usta jak płatki kwiatu.

– Oficer Vince Vincenzo z posterunku policji w Onkwedo zostawił ci swój numer telefonu. Chyba chce, żebyś do niego zadzwoniła – poinformował mnie Sam. – Sierżant Vincenzo odpowiada za antynarkotykowy program w mojej dawnej szkole. – Sam był pod wielkim wrażeniem tego programu, od tamtego czasu stał się gorliwym tępicielem narkotyków. Niestety, nagadano mu tam także sporo bzdur. Kiedyś mi oznajmił, że nafta silnie uzależnia i jest wstępem do twardszych narkotyków.

W ramionach Grega Darcy poruszyła się i zaczęła cmokać przez sen.

– Chodź za mną – zaprowadziłam Grega do domu, do sypialni Darcy. Tam oddał mi małą, a ja położyłam ją śpiącą na łóżku, rozebrałam i nakryłam kapą.

Sam zawołał ze swojego pokoju:

– Idę umyć zęby!

Greg i ja staliśmy w przedpokoju tuż przy drzwiach.

– Masz cudowne dzieciaki – powtórzył.

– Dziękuję.

Nie czułam nóg w moich nowych pięknych butach.

– Znajdziesz czas, żeby się ze mną umówić któregoś wieczoru w następnym tygodniu?

Wszystkie wieczory miałam wolne.

– No pewnie.

– Może być wtorek?

Skinęłam głową.

– Chciałbym cię pocałować, ale nie kiedy dzieci są w domu. – Greg pochylił się i delikatnie dotknął ustami moich warg. – Do zobaczenia wkrótce.

– Tak – wykrztusiłam.

Kiedy odjechał, zdjęłam buty i pończochy i powędrowałam cicho na zewnątrz, żeby spojrzeć na samochód. Pomijając pomarańczowe akcesoria, wyglądał dokładnie tak samo jak wtedy, kiedy się zepsuł, tyle że był bardziej zakurzony. Otworzyłam drzwi i wsiadłam. Kluczyk wciąż leżał w popielniczce, tam gdzie go zostawiłam. Włożyłam go do stacyjki, wrzuciłam jałowy bieg i przekręciłam. Samochód zapalił, ale kiedy próbowałam włączyć pierwszy bieg, rozległ się głośny dźwięk, jakby ktoś włączył szlifierkę. Samochód zaczął się trząść. Zgasiłam silnik. Nadszedł ostateczny koniec jego długiego i w większości wspaniałego życia.

PIERWSZY EGZEMPLARZ

We wtorek rano na myśl o nadchodzącej wiośnie poczułam motyle w brzuchu. Właśnie przykręcałam na kolanach tablice rejestracyjne do samochodu, kiedy zza chmur wyjrzało słońce. Nad moją głową kwitł żółtawozielony głóg, obok ptaki wyjadały robactwo, a w pobliżu przechadzała się ciężarna sarna, dumna z tego, że pokrzyżowała szyki kosztownemu programowi przymusowej sterylizacji, prowadzonemu przez tutejszy uniwersytet. Kosztował siedem milionów dolarów.

Przed mój dom zajechała furgonetka, z której najpierw wysunęły się strzeliste nogi Margie, a potem krótsze nogi Billa.

– Myślałam, że twój samochód zdechł na dobre – zauważyła Margie.

– Też tak myślałam. Policja mi go odholowała. – Wstałam z kolan i otrzepałam ręce z kurzu. Szarpnęłam za brzeg odblaskowej naklejki, ale nie udało mi się jej oderwać.

Margie spojrzała na naklejkę badawczym wzrokiem.

– Oficer Vincenzo? Na twoim miejscu zadzwoniłabym do niego. Całkiem możliwe, że zostanie komendantem policji. – I wtedy Margie podała mi książkę.

Na okładce zobaczyłam drewniany kij baseballowy i motyla z trzepoczącymi skrzydełkami, który wyglądał, jakby właśnie na nim usiadł. Na ten widok wstrzymałam oddech.

– To jest egzemplarz sygnalny – powiedziała Margie. – Faktycznie pospieszyli się z publikacją. Jeszcze nigdy nie widziałam, żeby ktoś ze środowiska wydawniczego tak bardzo się postarał. – Moja agentka objęła mnie i obie spojrzałyśmy na nasze cudo. Krótka notka na obwolucie informowała czytelników, że w domu w Onkwedo, w którym kiedyś mieszkał Nabokov, znaleziono powieść. Być może napisał ją sam Nabokov, choć we wszystkich ważnych miejscach pojawiało się nazwisko niejakiego Lucasa Shade'a jako autora powieści.

Spodziewałam się, że książka będzie grubsza.

– Na pewno wydali ją w całości? Czy redaktorzy czasem nie ingerowali w tekst?

– Przecież to może być powieść Nabokova – rzekła Margie z oburzeniem. – Nie odważyliby się niczego z niej wycinać. – Moja agentka najwyraźniej zapomniała, że ja także miałam swój skromny udział w pisaniu *Babe'a Rutha*. – Są już recenzje.

Bill podał mi stos gazet, na czele z otwartym na części sportowej „Onkwedo Clarion". Obok informacji na temat golfa i notki o wiosennym szkoleniu drużyny Yankees widniał nagłówek „Odkryta tajemnica domu w Onkwedo: Znaleziono powieść w domu, w którym mieszkał Nabokov". Margie uściskała mnie serdecznie.

– Skąd dziennikarze wytrzasnęli twoje zdjęcie? Wyglądasz na nim jak przestępczyni.

Spojrzałam na stronę gazety. Nad okładką książki widniało zdjęcie Nabokova zrobione w uniwersyteckim gabinecie. Prezentował się na nim jak prawdziwy profesor: jego czoło błyszczało jak okrągła, wspaniała kopuła. Obok wydrukowano moje zdjęcie i adres. Pod zdjęciem zamieszczono napis „w ewidencji". Mimo bardzo kiepskiej jakości nietrudno było zauważyć przerażenie w moich oczach. Fotografia pochodziła z czasów, kiedy zostałam oskarżona o porwanie moich dzieci. Na szczęście zamazano na nim informację o tym, ile mam wzrostu.

– Musimy jeszcze rozwieźć pocztę – rzekła Margie i wsiadła z Billem do furgonetki. Oboje pomachali mi na pożegnanie.

Ściskając mocno książkę, oparłam się o zderzak i przeczytałam recenzję *Babe'a Rutha*. Była dość chaotyczna i składała się głównie z dygresji. W opinii „Onkwedo Clarion" skoro manuskrypt odnaleziono w Onkwedo, w domu Nabokova, to już sam ten fakt całkowicie przesądzał o jego autentyczności. Poczułam głęboką wdzięczność za te słowa, choć recenzent nie zająknął się ani słowem na temat stylu i jakości prozy.

Podczas lektury zauważyłam, że kilka samochodów zwolniło, przejeżdżając obok mojego domu. Pewien mężczyzna zatrzymał się nawet i wystawił przez okno aparat. Weszłam do środka.

Z dala od ciekawskich oczu przeczytałam następną recenzję. „New York Times" nazwał powieść „małym dziełem wielkiego gracza", a „scena na stadionie baseballowym była równie płaska jak boisko".

Dupki.

Onkwedo nie widziało nic wstydliwego w tym, że wielki pisarz napisał gorszą powieść. Ba, wcale się tym nie przejęło. Nie wyznawało zasady, że „jak stąd wyjechałeś, to nie możesz tu więcej wrócić". Zawsze mogłeś wrócić, problemem było raczej, żeby stąd wyjechać.

Przeczytałam pierwszą stronę wydrukowaną piękną czcionką na prawdziwym papierze, uradowana jak mała dziewczynka. Odniosłam zwycięstwo. Powieść została wydana, żeby czytelnicy mogli ją przeczytać, a to, czy ją kupią, czy pożyczą z biblioteki, miało dla mnie drugorzędne znaczenie. Nabokov i tak się na niej nie wzbogaci, bo nie żyje. Gdyby chciał, żeby się ukazała, nie ukryłby jej za szufladą szafki, pisząc *Lolitę*. Również i ja nie musiałam na niej zarobić, prowadziłam dochodowy burdel.

Roześmiałam się na myśl, że Nabokov przeszedł drogę od sportu do seksu, zupełnie tak jak ja.

Jeszcze raz przeczytałam recenzję w lokalnej gazecie. Byłam ciekawa, komu strzeliło do głowy, żeby podać mój adres do publicznej wiadomości. Miałam nadzieję, że obcy ludzie nie zaczną prowadzić zaraz wykopalisk wokół mojego domu w poszukiwaniu kolejnego manuskryptu.

Na dole gazety było jeszcze jedno zdjęcie. Roześmiana para ogłaszała swoje zaręczyny. W następne święta Bożego Narodzenia Lydia Vincenzo, którą przyjaciele nazywali LeeLee, wychodziła za mąż za niejakiego Dereka Townsenda. Oboje stanowili piękną parę. Kiedy na nich patrzyłam, nie miałam wątpliwości, że ich życie było pasmem sukcesów. Dlaczego miałoby być inaczej? Pod zdjęciem znajdowało się menu weselne z daniami, utrzymane w czerwono-zielonej kolorystyce. Wycięłam je dla Sama.

Jeszcze raz spojrzałam na dziewczynę ze zdjęcia. Jej twarz wydała mi się znajoma, mimo to nie mogłam jej sobie przypomnieć. LeeLee Vincenzo była zapewne krewniaczką tego gliny, którego starałam się unikać, a który chciał mnie ukarać za porzucenie samochodu. Już do mnie dzwonił kilka razy.

Cholerna onkwedońska policja... Najwyraźniej nie miała nic do roboty, skoro oskarżała takich obywateli jak ja o porywanie dzieci albo kradzież samochodu, co było czystym nonsensem. Zadzwoniłam do pana Vincenza, którego głos pouczył mnie, abym nagrała wiadomość „dla zastępcy komendanta, odpowiedzialnego za program antynarkotykowy oraz program redukcji populacji jeleni". Podałam nazwisko i numer telefonu, myśląc z lękiem o wysokości mandatu za odholowanie samochodu i o głupim kazaniu, które komendant *in spe* wygłosi na temat mojej osobistej i obywatelskiej odpowiedzialności.

Zadzwonił Greg.

– Witaj, gwiazdo. Widziałem twoje zdjęcie w gazecie. Wciąż jesteśmy umówieni na dzisiejszy wieczór czy może rzuciłaś mnie już dla jakiegoś celebryty?

Nie przyznałam się mu, że na śmierć zapomniałam o naszym spotkaniu. Ponieważ i tak nie zdążyłabym się przebrać w domu, pojechałam autobusem do miasta w stroju burdelmamy, w którym coraz lepiej się czułam. Do pracy wkładałam dżinsy ze sklepu Good Times i wykrochmalone koszule. Buty trochę mnie uwierały, ale mogły być.

Greg i ja mieliśmy się spotkać w restauracji obok księgarni, do której rzadko zachodziłam. Nie było w niej atmosfery intymności, sprzedawcy znali klientów, a klienci sprzedawców; na półkach stały ulubione książki pracowników. (Sprzedawczyni Selina uwielbiała *Czerwony namiot* i wszystkie pozycje o wampirach).

Wysiadłam po drugiej stronie ulicy i nawet z tego miejsca dojrzałam egzemplarz *Babe'a Rutha*, który zdobił witrynę księgarni. Ciemnobłękitny odcień okładki współgrał z wieczornym majowym światłem. Wzdłuż ulicy kwitły rzędy pięknych grusz. Po ulewie pod drzewami leżały w kręgu białe płatki, podobne do halek wystających spod sukien kobiet. W powietrzu unosił się ich zapach, o wiele mocniejszy niż oleisty zapach mokrego chodnika.

Onkwedo było dumne z Nabokova i traktowało go jak obywatela miasta. Nieważne, że wyjechał, gdy tylko nadarzyła się ku temu sposobność, i nigdy tu nie wrócił. Księgarnia poświęciła *Babe'owi Ruthowi* całą witrynę. Na szybę przyklejono artykuł z „Clarion". Cieszyłam oko okładkami, na których były kije baseballowe i motyle, gotowe, żeby natychmiast zająć myśli czytelników. Rozkoszowałam się tą cudowną chwilą.

Nie odrywałam wzroku od książek, kiedy ktoś do mnie podszedł. Najpierw go poczułam, a dopiero potem zobaczyłam. Gęstość ciała mężczyzny zastąpiła gęstość powietrza. Choć był wielki, nie wzbudził we mnie chęci ucieczki.

– Lubisz baseball? – spytał. To był Greg. – Moglibyśmy kiedyś obejrzeć razem mecz.

Nie odwróciłam się do niego.

– Czy mógłbyś kupić książkę? – poprosiłam.

Po krótkiej chwili, kiedy oboje napatrzyliśmy się na wystawę, Greg wszedł do księgarni. Poczułam w powietrzu jego zapach zielonych orzechów włoskich, nietypowy dla tej pory roku. Widziałam przez szybę, jak bierze do ręki egzemplarz *Babe'a Rutha* ze stosu przy kasie. Potem wyjął z tylnej kieszeni portfel, a z niego kilka banknotów. Poczułam euforię, widząc, że czytelnik kupuje powieść Nabokova, tu w Onkwedo, w którym pisarz kiedyś mieszkał.

Greg wyszedł z księgarni z papierową torbą pod pachą. Wskazał palcem na moje zdjęcie w gazecie.

– Ślicznie wyszłaś – rzekł.

Kiedy czekaliśmy w restauracji na stolik, opowiedziałam Gregowi, co czułam, trzymając w dłoni egzemplarz sygnalny. Był żywo zainteresowany moją historią i całkowicie na mnie skupiony. Poczułam się absurdalnie szczęśliwa i rozluźniona w jego towarzystwie. Policzyłam w myśli, ile razy się widzieliśmy. Raptem cztery, może siedem, gdybym doliczyła przypadkowe spotkania.

Zamówiliśmy dania. Przeprosiłam na chwilę Grega i poszłam do toalety, skąd zadzwoniłam do Margie.

– Cześć, tu Barbara. Skąd mam wiedzieć, że jestem gotowa, żeby pójść z kimś do łóżka?

– Skąd dzwonisz?

– Z toalety w Grill House.

– Ho, ho, Francja elegancja. – Usłyszałam, jak Margie otwiera paczkę papierosów. – Rozumiem, że masz na myśli Grega.

– Tak. – Usłyszałam trzask zapałki. – Tylko mi nie mów, że z pójściem do łóżka jest jak z jazdą na rowerze. Nie potrafię jeździć na rowerze. – Ktoś zapukał do drzwi.

Margie wypuściła dym z płuc.

– Co ci mówi twoje ciało? Jest gotowe?

Zastanowiłam się.

– Tak.

– W takim razie, skarbie, wszystko będzie dobrze. Zaufaj swojemu ciału, ono wie więcej, niż ci się wydaje.

– Dzięki. – Skończyłam rozmowę. Kobieta czekająca na swoją kolejkę spojrzała na mnie ze złością.

Nie pamiętam, co zamówiłam i co jadłam. Pamiętam tylko, że oboje z Gregiem gadaliśmy jak najęci i śmialiśmy się. Prawie nie tknęliśmy jedzenia.

Po wyjściu z restauracji spytał, czy może pojechać do mnie. Skinęłam głową.

Później, gdy byliśmy już w łóżku, rzekł:

– Jesteś piękna, kiedy jesteś naga.

Zażartowałam z moich okropnych ubrań, ale mnie uciszył.

– Nie teraz. – Pogładził dłonią moją twarz, delikatnie, jakby głaskał ukochane zwierzę. – Czujesz się choć trochę bezpieczniej? – Spojrzał na mnie w ciemności. – Wszystko będzie dobrze, nie martw się.

Zastanawiałam się, skąd może to wiedzieć. Odkąd pamiętam, było źle. Położyłam ręce na jego umięśnionych plecach. Miał porowatą skórę, a ogień, który go rozpalał, i ogień we mnie stanowiły części tego samego żaru.

Cudownie mnie pieścił. Rozkoszowałam się jego silnymi dłońmi, które dotykały mojego ciała, i wspaniałymi ustami, wciąż jednak nie byłam pewna, czy chcę przekroczyć granicę. Choć moje ciało pragnęło całkowicie się zatracić, bałam się, że za bardzo się z nim zwiążę. Czułam, że nie jest już dla mnie obcy, ale wciąż nie stał mi się bliski. Odgłosy, które wydawałam, miały go przekonać, że przeżywam orgazm.

Właśnie kończyłam pięknie jęczeć, kiedy Greg musnął wargami moje ucho.

– Barb – szepnął – nie przerywajmy.

Nie przerwaliśmy. Po chwili byłam w niebie. W tej jednej chwili stał mi się niezwykle bliski, choć wcale tego nie chciałam.

Odwróciłam się od niego. Na moją poduszkę kapały łzy. Płakałam, że się przed nim odkryłam, że poczułam się bezbronna przy drugim człowieku, wstydziłam się, że tak długo byłam samotna, że zmarnowałam tyle czasu. Żal mi było mojego ciała i ciał innych samotnych ludzi. Greg kołysał mnie w ramionach i głaskał po głowie.

– To tylko my – powtarzał – ja i ty. – Nie tyle płakałam, ile pozwoliłam moim łzom kapać, póki się nie wyczerpały.

Greg dał mi swoją koszulę, w którą wydmuchałam nos, myśląc, że to chusteczka.

Wreszcie zasnęłam.

Obudziłam się około północy, kiedy Greg wyplątywał się delikatnie z moich objęć.

– Muszę wypuścić Rexa – rzekł, całując mnie w czoło.

Obudziłam się w moim łóżku w domu Nabokova. Powąchałam poduszkę, na której spał Greg.

Jak miło.

W kuchni znalazłam kawałek papieru pod kubkiem. Były na nim dwa X-y oraz G.

Zrobiłam dla siebie idealne śniadanie: jajko na miękko i grzankę z masłem. Gdy jajko się gotowało, poćwiartowałam pomarszczone warzywa, pokropiłam je oliwą z oliwek, delikatnie posoliłam i wstawiłam do piecyka. Ponieważ i tak już był włączony, włożyłam do niego kość, żeby ją upiec, na wypadek gdybym się miała widzieć z Matyldą albo Rexem.

Na chwilę przyjechała Margie z pączkami z galaretką w środku. Jadała je wyłącznie w środy. Zjadłam na dworze drugie idealne śniadanie. Świeciło słońce, było ciepło, na naszych oczach rozkwitały kwiaty, a dwa króliki uganiały się za sobą po trawie.

Margie wyciągnęła rękę i starła galaretkę z mojej brody.

– Jak było z Gregiem?

– Fantastycznie. – Wydłubałam galaretkę z gąbczastego pączka.

– Tylko tego nie zepsuj. – Margie podała mi serwetkę. – Jest sprawa. Uniwersytet chce, żebyś wzięła udział w dyskusji o Nabokovie.

– Co takiego? – Patrzyłam na piękną Margie, czując na języku purpurowe grudki galaretki.

– Temat dyskusji brzmi: „Pożądanie i wzajemność: *Lolita*, Nabokov i współczesna proza".

– Ale do czego ja jestem im potrzebna? – Nie wątpiłam, że akademicy zechcą ze mnie zadrwić. Będę zabawnym kontrapunktem do ich naukowych badań, chyba że nasza absurdalna współczesna kultura uznała mnie już za eksperta od twórczości Nabokova. Byłam niepracującą żoną, sprzątającą w szufladach córki, zasługiwałam więc na miejsce w dyskusji akademików, ludzi, którzy zęby zjedli na badaniu Nabokova. Taka historia mogła się zdarzyć tylko w Onkwedo. W Paryżu albo w Moskwie zostałabym sprawdzona od razu na wstępie.

Margie wrzuciła do pudełka resztę niedojedzonego pączka.

– Dadzą ci małe honorarium i opłacą noc w Onkwedo Hilton. – Skąd wiedziała, że uwielbiam hotele?

Nie miałam ochoty być rzuconą wykładowcom na pożarcie, ale Margie się uparła.

– Dostajesz zaproszenie. Idziesz. Sprzedajesz książki. I już. To wszystko.

Ostatnie słowa powiedziała, zlizując z palców karmelową glazurę, nie omieszkawszy mi przedtem doradzić, w co się ubrać.

Poszła sobie, ja zaś próbowałam sobie wmawiać, że nie czekam na telefon od Grega. Zaczęłam odkurzać, żeby nie słyszeć dzwonka telefonu, lecz po chwili w panice zabrałam się do mycia okna, żeby jednak go usłyszeć. Wciąż nie dzwonił. Nie mogąc dłużej znieść tej męki, poszłam na spacer do lasu.

Drzewa właśnie puszczały listki. Czułam się w środku miękka i mokra jak pączek, który właśnie zjadłam. Doskonale pamiętałam z poprzedniej pracy, że kobiety zakochują się w mężczyznach, z którymi mają udany seks i w ogóle kontakt fizyczny. Oto kolejny chory żart, jaki robi sobie z nas biologia. Dla mężczyzn miłość fizyczna jest jak próbowanie dań w nowej restauracji, do której wrócą bądź nie. Dla kobiet to jak otwarcie własnej restauracji, choć może to nie było naj-szczęśliwsze porównanie.

Bardzo chciałam się ustrzec przed miłością, ale wtedy przy-pominałam sobie wczorajszy wieczór. Wspomnienie pieszczot, namiętności i czułości było wciąż niezwykle świeże. Dlaczego na to pozwoliłam? Złościłam się, że okazałam słabość i tak łatwo się poddałam. To wszystko zmieniało, nie dla innych – ich świat wciąż się składał z pójścia do pracy, kupna kanapki i butelki wody gazowanej na obiad albo sprawdzenia na Face-booku, czy wciąż żyją – tylko dla mnie.

Obawiałam się, że świat Grega niewiele się zmienił od wczoraj. Oczyma wyobraźni ujrzałam, jak piłuje drewno w warsztacie z ołówkiem zatkniętym za ucho. W zakurzonym radiu grał Steve Miller Band, jego piosenka tonęła w jazgocie piły elektrycznej. W progu Rex lizał łapę.

Nie, życie Grega nic się nie zmieniło. Był tak samo twardy i spokojny, w przeciwieństwie do mnie nie przekroczył żadnej granicy i nie obudził w sobie czułości. Czułam, że go zaraz znienawidzę za to, co mi zrobił.

Mój świat był inny. Mój świat się zmienił. Kochałam się z mężczyzną po raz pierwszy od poczęcia Darcy. Moja matka była w podróży poślubnej, ojciec w niebie, a ja jak na złość obchodziłam jutro głupie, najgłupsze pod słońcem czterdzie-ste urodziny.

Co i tak miało niewielkie znaczenie, skoro nie było ze mną moich dzieci.

URODZINY

Było późne popołudnie i zapadał zmierzch. Ostatnie promienie słońca odbijały się w jeziorze. Na kanapach w salonie siedziały trzy kobiety. Jedna o czymś opowiadała, druga robiła na drutach, a trzecia sprzątała w torebce. Wrzucała do kominka zmięte paczki po papierosach, papierowe chusteczki i paragony ze sklepów. Śmieci na krótko rozjarzyły płomień. Między nimi siedzieli Tim i Evan z laptopami, Sid zaś biegał od laptopa do iPoda i puszczał nam ckliwe kawałki Roda Stewarta i Bruce'a Springsteena, przepełnione tęsknotą i chęcią dominacji.

Były moje urodziny, a Greg wciąż do mnie nie zadzwonił. Tłumaczyłam sobie, że nie warto obchodzić urodzin z kimś, z kim się było dopiero na pierwszej randce, nawet jeśli „doszło do zbliżenia". (Gdy tylko zaczynałam mówić o seksie, mój język kołowaciał. Ciekawe, jak mówili o seksie ludzie w średnim wieku? Na pewno nie „połączyć się z kimś"!). Ważniejsze było, czy Greg w ogóle miał ochotę jeszcze się ze mną spotkać. Może o to chodziło w randkach starszych ludzi, którzy osiągnęli dojrzałość i wiedzieli wszystko o życiu pozbawionym już niestety tej młodzieńczej aury niepewności i obietnicy. Greg mógł zwyczajnie nie mieć ochoty na drugą randkę. Albo być zajęty. Możliwe też, że piorun w niego trafił. Skąd mi w ogóle przyszedł do głowy pomysł, że jest dobrym człowiekiem?

Pragnęłam go zobaczyć. Bardzo, ale to bardzo chciałam poczuć jego zapach. To nie było wielkie marzenie. Zadzwoniłam do Margie, żeby porozmawiać z nią o Gregu. Nie przyznałam się, że mam urodziny.

– Po prostu do niego zadzwoń – powiedziała. – Chyba że postanowiłaś iść przez życie sama.

Odłożyłam słuchawkę.

Właśnie stuknęła mi czterdziestka. Nikomu nie powiedziałam, że mam urodziny, jeszcze ktoś wpadłby na pomysł kupić mi tort w prezencie, a ja nie znosiłam kupnych tortów. Gdy byłam dzieckiem, matka podawała na moich przyjęciach urodzinowych mrożone torty Sary Lee, których nigdy nawet nie spróbowała, takie były zimne i tłuste. Po przyjęciu dawała gościom po kawałku na wynos, więc dla mnie nic nie zostawało na śniadanie. Bardzo bym się ucieszyła, gdybym mogła zjeść kawałek tortu, chociaż równie dobrze mogłam zjeść tost z dżemem albo dwa tosty, pod warunkiem że masło roztopiłoby się pod dżemem.

Kończąc czterdzieści lat, poczułam, że bezpowrotnie utraciłam młodość. Żałowałam, że nie uprawiałam częściej seksu z mężczyznami, którzy chcieli mi go ofiarować. Taka okazja mogła się już więcej nie powtórzyć. Kiedyś uważałam, że dojrzałość polega na odkładaniu przyjemności na później. Mogłam przecież poczekać na tort domowej roboty. Mogłam też poczekać na seks, nawet jeśli ani jedno, ani drugie nie miało się nigdy zdarzyć. Miałam w nosie, czy mi ktoś zaśpiewa *Sto lat* albo podaruje prezent, który odpakuję tylko po to, żeby udać, że o nim właśnie śniłam.

Teraz jednak chciałam dostać w prezencie biurko, znałam nawet pewnego stolarza, który robił bardzo ładne biurka. Powtarzałam sobie, że świetnie mi jest samej, choć wiedziałam, że to kłamstwo. Dobrze, że przynajmniej prowadzenie burdelu szło mi coraz lepiej.

Trzecia z kobiet przerwała porządkowanie torebki i podała mi filiżankę, żebym jej dolała herbaty. Torebka była podróbką Prady. Darcy zakochałaby się w niej natychmiast, bo była odważna, czarna i niesymetryczna. Kiedy nalałam kobiecie herbatę, uśmiechnęła się do mnie odruchowo, jakbym była kelnerką, co nie odbiegało wiele od prawdy. Byłam także osobą, która zapisywała dane o klientkach. Dowiedziałam się z nich, że Dama z Torebką lubi ostrą jazdę, między napadami porządkowania torebki.

Dziwił mnie fakt, że wśród moich klientek akurat klapsy cieszyły się wielką popularnością. Trudno mi było to zrozumieć, choć podejrzewałam, że mogą mieć związek z obsesją czystości. Dama z Torebką nie lubiła klapsów. Gdy pierwszy raz do nas przyszła dwa miesiące temu, wywołała konsternację wśród mojego personelu. W pewnej chwili Janson zbiegł na dół ze straszną miną.

– Ona chce, żebym ją ... – nie dokończył zdania.

Sid odbył kiedyś z kobietą jedną sesję.

– ...poniżył – objaśnił. – Chce, żeby ją poniżyć. Mówiłem chłopakom, żeby się na to nie godzili, ale ona jest strasznie uparta.

Tego dnia przyszła Ginna, żeby się z nami pożegnać. Przyniosła torebkę czerstwych bułek i kwiaty z jej ogrodu: narcyzy i tulipany. Tym razem nie poprosiła o pokój, stała tylko w progu wyraźnie zmieszana, póki jej nie odprowadziłam do samochodu. Wtedy mi wyznała, że więcej nas nie odwiedzi, gdyż jej małżeństwo poprawiło się, co ją onieśmieliło i zdumiało zarazem.

– Jesteśmy... – zastanowiła się przez chwilę. – Jak by to ująć? Jest tak jak kiedyś. Znowu staliśmy się sobie bliscy.

Często w ciągu dnia chłopcy i ja czuliśmy błogość, a nawet szczęście. Po pracy każdy z nas zajmował się swoimi sprawami. Oni szli na trening, a ja kupowałam w sklepie kurczaka z rożna i chlebek kukurydziany. Potem jechałam do domu i szłam z Matyldą na spacer. Po raz pierwszy, odkąd zamieszkałam w Onkwedo, czułam, że jestem częścią większej całości, a nawet miałam „poczucie wspólnoty", o którym tak chętnie opowiadali mieszkańcy miasteczka. Ofiarowałam nijakiemu Onkwedo trochę dobra, a może nawet miłości, chociaż teraz to się pewnie zagalopowałam.

Mimo że nie udało mi się przekonać młodego pana Daitcha do mojego pomysłu, postanowiłam dać naszym klientom to, czego pragnęli. W moim biurze w kuchni napisałam na brudno odpowiedzi na te listy, które wydawały mi się ważne.

Droga Pani/Drogi Panie,
ja także tęsknię za lodami waniliowo-wiśniowymi, nawet jeśli ich nigdy w życiu nie jadłam. Wszystkie osoby błagające nas (Uwaga: może słowo „błagające" jest za mocne, może lepiej będzie brzmiało „sugerujące nam"), *abyśmy przywrócili ten smak, zostały wysłuchane. Czwartego Lipca lody waniliowo-wiśniowe będą świętować swój wielki powrót.*
W załączniku znajdzie Pan/Pani bon na jedną gałkę.
Z najlepszymi życzeniami,
...

Napisałam też drugą wersję.

Drogi Miłośniku/Miłośniczko lodów waniliowo-wiśniowych,
w pełni zgadzam się z Panem/Panią, że wiśnia jest doskonałym, pięknym i rozpływającym się w ustach owocem.
W związku z tym zaplanowaliśmy na Czwartego Lipca obniżkę ceny lodów waniliowo-wiśniowych.
Prosimy o przyłączenie się do naszej akcji.
W załączniku znajdzie Pan/Pani...

Po powrocie do domu zauważyłam, że na sekretarce miga lampka. Dzwoniła matka, żeby mnie poinformować, że wcale nie osiągnęłam wieku średniego, gdyż kobiety w naszej rodzinie dożywają późnej dziewięćdziesiątki. Nie ma to jak wsparcie od mamusi!

Dzwonił także Greg. „Hej, to ja" – jego głos brzmiał solidnie, dobrze i ciepło. „Oddzwoń do mnie. Podaję ci mój numer...".

Na koniec dzieci odśpiewały mi *Sto lat.* Ponieważ jakość dźwięku była okropna, słyszałam tylko sapanie Darcy i melorecytację Sama. Podkręciłam dźwięk i po chwili moja pusta kuchnia wypełniła się ich krzykiem, po czym, po głośnym mechanicznym trzasku, zapadła martwa cisza, głęboka jak otchłań jeziora. Prawie tak samo głęboka jak cisza w dniu, w którym zmarł mój ojciec, a my musieliśmy się zachowywać tak, jakby wcale nie odszedł. Zjedliśmy po prostu kolację i poszliśmy spać.

Siedziałam w tej martwej ciszy z dłońmi na kolanach, jakbym na coś czekała. Nie pamiętam, jak długo tak siedziałam. W końcu wstałam, a moje nogi dotknęły podłogi kuchni Very Nabokov, jakby dotknęły dna jeziora, dna pustki. Poczułam, że muszę natychmiast zacząć działać. Nie miałam jeszcze planu, ale musiałam coś zrobić.

Zjadłam wyschnięte warzywa, nie czując prawie ich smaku, żułam tylko łupinki. Równie dobrze mogły być grudkami brudu.

Położyłam się do łóżka, ale nie zasnęłam, czuwałam tylko w stanie gotowości z szeroko otwartymi oczami, czekając, aż zacznie świtać. Ubrałam się i odczekałam jeszcze trochę przy drzwiach, żeby przebudziła się reszta świata. Najpierw poszłam do banku, aby wyjąć z konta pieniądze i zapłacić za rok z góry ratę za dom. Wścibska kasjerka zdziwiła się, ale wydała mi oświadczenie potwierdzające, że spełniłam warunki kredytu na następny okres podatkowy. Kiedy się okazało, że kasjerka jest także doradcą finansowym, pomogła mi otworzyć konta oszczędnościowe dla dzieci. Natychmiast wpłaciłam na nie pieniądze.

Zapłaciłam też za dwa tygodnie ich nauki w dowolnym college'u w stanie Nowy Jork.

Na koniec zajrzałam do komisu samochodowego, który sąsiadował z bankiem, i zapłaciłam pierwszą ratę za samochód niewiadomej marki. Od razu wyjechałam nim z parkingu.

Zostało mi dwieście dolarów, które włożyłam do ekologicznej torby na zakupy i zabrałam ze sobą, jakbym obrabowała bank. Pojechałam do sklepu budowlanego, gdzie kupiłam dużą deskę z kołkami i zestaw haków. Zawiesiłam tę konstrukcję na drzwiach pokoju Darcy, a na niej – jej czterdzieści siedem torebek.

Do pokoju Sama kupiłam regał na książki, który sprzedawcy przywiązali pasami na dachu samochodu. Wykupiłam z księgarni wszystkie ciekawe i oryginalne książki kucharskie, których mój syn jeszcze nie czytał, w tym jedną zatytułowaną *Zmień swoje kuchenne akcesoria*, pewnie niepotrzebnie.

Kiedy wróciłam do domu, postawiłam regał w pokoju Sama i ułożyłam na nim nową kolekcję książek.

Skończywszy, zrobiłam zdjęcia nowych dekoracji w pokojach dzieci.

Następnie zawiązałam na głowie chustkę, żeby zrobić wrażenie dobrej mamusi, włożyłam konserwatywną spódniczkę, sweterkowy bliźniak w kolorze ciepłej brzoskwini i buty na małym obcasie. Wyglądałam jak mufinka z supermarketu: słodka i bez smaku.

Tak ubrana pojechałam do centrum Onkwedo, gdzie mieścił się budynek sądu. Wzięłam ze sobą pełną dokumentację, którą udało mi się zgromadzić: listy z banku potwierdzające, że zapłaciłam za rok z góry ratę za dom oraz że otworzyłam konta oszczędnościowe dla dzieci, zdjęcia ich przytulnych pokoików dowodzące, że mają pasje, numer „Onkwedo Clarion" z recenzją *Babe'a Rutha*, kopię listu z archiwów uniwersytetu, w którym uczelnia składa mi podziękowania za przekazanie im „manuskryptu napisanego być może przez największego współczesnego pisarza amerykańskiego" (dlaczego akademicy wiecznie używają słowa „może"?).

Z teczką pod pachą przemaszerowałam obok strażnika i weszłam po schodach na górę, gdzie poszukałam właściwego gabinetu. Na wysokich drewnianych drzwiach zobaczyłam tabliczkę z nazwiskiem Q.L. Teagarten. To nie ten, który zabrał mi dzieci. Drzwi do gabinetu były uchylone, przy biurku za masywnym kontuarem siedziała recepcjonistka.

Kiedy przestała rozmawiać przez telefon, wyłuszczyłam jej powód mojej wizyty.

Sięgnęła po materiały, nie podnosząc na mnie wzroku.

– Mogę je przekazać pani sędzi, ale druga strona musi zostać poinformowana o tym fakcie albo przez panią, albo przez sąd. – Rzuciła moją teczkę na samą górę sterty papierów. – Proszę mi zostawić aktualny numer telefonu oraz adres. – Kobieta była wyraźnie zestresowana i przy kości. Idealna kandydatka na regularne sesje dopieszczające, pomyślałam.

Kiedy ją oceniałam pod kątem bycia ewentualną klientelą mojego lokalu, po raz pierwszy podniosła na mnie wzrok.

– Poproś, rybeńko, prawnika, żeby złożył w twoim imieniu apelację – powiedziała.

Za żadne skarby nie poproszę o pomoc tego żałosnego adwokata z urzędu. Potrzebowałam kogoś przebojowego. Podziękowałam jej za uwagę i wyszłam z gabinetu.

Poszłam w stronę samochodu zaparkowanego pod dębem, który właśnie wypuszczał listki. Wsiadłam i wyjęłam ze schowka egzemplarz *Babe'a Rutha*. Byłam ciekawa, czy powieść trafiła już na stoiska przed stadionami w całym kraju, tuż obok kukurydzy. Kiedy kolejny raz dotknęłam błyszczącej błękitnej okładki, znowu ogarnął mnie zachwyt.

Poczułam, że mam w sobie siłę, aby rzucić Johnowi wyzwanie. Byłam silniejsza niż wtedy, kiedy zamieszkałam w Onkwedo. Nie byłam już taka smutna. Dokonałam wielu rzeczy, poznałam nowych ludzi.

Wreszcie nadeszła pora, żeby zadzwonić do Grega. Trzymając w ręku książkę, wystukałam jego numer.

– Hej, jak się masz, muszę coś załatwić. To dla mnie bardzo ważne. Muszę to zrobić, nim się zobaczymy.

– Jasne, Barb.

– To wszystko? Nie chcesz, żebym ci coś jeszcze powiedziała?

– Powiedz mi coś jeszcze.

– Postanowiłam odzyskać dzieci.

– Postawisz się Johnowi?

– Trzymaj za mnie kciuki.

– Nie daj się. I jeszcze jedno, Barb. Pamiętaj, że możesz na mnie liczyć.

– Wiem. – Zamruczałam do słuchawki. Ale najpierw się wyłączyłam.

JOHN W PRACY

Po zatankowaniu samochodu pojechałam do nowego biura Johna. Ciekawiło mnie, po co człowiek na emeryturze chodzi do pracy. Być może po to, żeby się popisywać przed innymi, że choć nie musisz, to nadal pracujesz? Wzdłuż budynku, w którym pracował John, stały najnowsze ciężarówki. Zaparkowałam na miejscu wydzielonym niedawno dla niepełnosprawnych kierowców, z którego zapewne korzystał ojciec Irene. Pamiętałam, że John zwykle jadał obiad dokładnie w południe, a kończył pracę o siedemnastej. Była za dziesięć piąta.

Przez okno widziałam go, jak stoi do mnie tyłem i rozmawia z kimś przez telefon, gładząc się z lubością po ciemnobrązowej czuprynie. John pozwalał sobie na próżność wyłącznie, gdy chodziło o włosy, które obcinał co miesiąc za sześćdziesiąt dolarów w prawdziwym zakładzie fryzjerskim, a nie za osiem u byle golibrody w Onkwedo.

W jego biurze panowała sterylna czystość. Na długim biurku leżały stosy równiutko poukładanych dokumentów. Każdy z nich dotyczył konkretnego gumowego wynalazku do zastosowania w przemyśle samochodowym. Stały na nich odpowiednio dopasowane gadżety z gumy.

Byłam pewna, że mnie zauważył. Nad jego biurkiem wisiało lustro, tak aby nikt nie mógł się wślizgnąć do środka bez jego wiedzy. Kiedy pomachałam do niego w lustrze, przestał gładzić się po głowie, poprosił kogoś przez telefon, żeby koniecznie dostarczył mu próbne opony do poniedziałku, i odłożył słuchawkę.

– Barb – rzekł na powitanie.

Jeszcze nigdy nie widziałam, żeby John był czymś zaskoczony. Ta sytuacja nie odbiegała od reguły.

Usiadłam, choć mi tego nie zaproponował. Krzesło, na które opadłam, stało zbyt blisko niego, więc mój eks nieznacznie się odsunął. Złapałam go w potrzask między biurkiem a drzwiami, co okazało się dla niego psychicznie nie do zniesienia.

Położyłam na kolanach moją ładną mamusiowatą torebkę i poinformowałam go, że chcę z nim porozmawiać o dzieciach. John spojrzał na mnie podejrzliwie. Już widziałam, jak zaraz zacznie się zasłaniać ekspertami – prawnikiem, sądem rodzinnym, Irene, żeby tylko się ochronić przed jakąkolwiek rozmową ze mną w cztery oczy.

– Nasze dzieci są nieszczęśliwe – oświadczyłam.

John postanowił nie komentować moich słów.

– Chcę złożyć apelację w sprawie odebrania mi dzieci. Powinny spędzać więcej czasu ze mną. – Żałowałam, że nie palę papierosów, nie żuję gumy i nie obgryzam paznokci. Pozostała mi jedynie czynność oddychania.

– Co ty możesz wiedzieć o szczęściu? – John zarżał, zadając mi to pytanie. Pamiętałam, że nigdy się nie mylił. Na tym fundamencie opierał się nasz związek: oboje wiedzieliśmy, że mój eks zawsze ma rację. Tyle tylko, że ta prosta prawda się już zdezaktualizowała.

– O wiele lepiej daję sobie radę – powiedziałam. – Moja sytuacja życiowa bardzo się poprawiła.

John zagłębił się jeszcze wygodniej w krześle, tym samym maksymalnie, na ile było to możliwe, zwiększył między nami dystans.

– Zresztą nie ja tu jestem ważna – ciągnęłam. – Dzieci powinny spędzać czas z matką, inaczej nie będą się czuły bezpiecznie i pewnie. – Brnęłam dalej, używając ckliwych słów z poprzedniej pracy. – Mają złe stopnie.

John wstał i ostrożnie obszedł moje kolana i wielką torebkę, żeby nie daj Boże mnie nie dotknąć. Chciałam zmusić go do ustępstwa, ale wyraźnie mi nie szło. John wziął do ręki kluczyki od samochodu i nową kurtkę, wybraną zapewne przez Irene, gdyż była purpurowa, a John nie widział kolorów – był daltonistą.

– Niczego nowego nie wymyśliłaś. Żyjesz w chaosie. Nie masz planów na przyszłość. Skąd możesz wiedzieć, co jest dla dzieci dobre? – Odpiął z paska komórkę i przełożył ją do wewnętrznej kieszeni purpurowej kurtki. – Nawet Matylda wraca od ciebie ze sraczką, bo Bóg jeden wie, co jej dajesz do jedzenia.

Co było złego w jednej małej grzance? Byłam pewna, że zwierzęta mają instynkt przetrwania, niepozwalający im na sensacje żołądkowe.

Kiedy znowu pomyślałam o moich smutnych dzieciach, Samie i malutkiej Darcy, wstałam i stanęłam z nim twarzą w twarz.

– Znajdźmy sposób na wyjście z tej sytuacji, który będzie bardziej sprawiedliwy dla nich i dla mnie. Dla naszej czwórki – poprosiłam.

John pobrzękiwał monetami w kieszeni. Nie pamiętam, żebym kiedykolwiek widziała go tak poirytowanego. Znowu powtórzył, że wałkowaliśmy już ten temat setki razy, a następnie pochylił się w moją stronę i z całej siły ścisnął mnie za przedramię, tak jak się chwyta za gardło kurczaka. Następnie kazał mi zadzwonić do prawnika i „wydać pieniądze, których nie mam".

Na śmierć zapomniałam, że John jest specjalistą w zadawaniu ostatecznego ciosu w brzuch, którym posyłał przeciwnika na matę.

Wyrwałam się z jego uścisku.

– Dobrze – rzuciłam. Wstałam w moim głupim stroju pod tytułem „Mama idzie do sądu" i wyszłam z jego biura.

Skoro John chce iść ze mną na wojnę, to byłam gotowa z nim walczyć. Niektóre kobiety spędzały całe życie u boku mężczyzn, którzy im mówili, co mają robić. To kuszące mieć kogoś, kto nam mówi, jak mamy żyć, dzień po dniu. Usypia to naszą czujność, a poza tym nie musimy już o sobie decydować.

DZIEWCZYNA

Nazajutrz połknęłam na szybko herbatę i płatki owsiane, śniadanie pasterzy owiec, i pojechałam do pracy. Umiałam zapełnić poszczególne szufladki, tak jak mężczyźni, i udawać, że oto nastał kolejny zwykły dzień, zaczynający się od śniadania i pójścia do pracy.

Lubiłam wiele aspektów mojej pracy, zwłaszcza chwile, które spędzałam w samotności w domku przed jego otwarciem. Po posprzątaniu sypialni na górze i salonu notowałam informacje od moich podwładnych. Traktowałam je jako przykrywkę, na wypadek gdyby ktoś mnie spytał o wyniki badań, ale przy okazji wyszło, że są fascynującym źródłem wiedzy o kobietach.

Uzupełniłam większość danych z poprzedniego tygodnia, wraz z kryptonimami klientek, oraz zarejestrowałam w kolumnach ich preferencje. Wprowadziłam wszystkie informacje uzyskane od moich pracowników. Zauważyłam, że kobieta od skarpetek była u nas już dwa razy, ale przerzuciła się z prania na bardziej konwencjonalne czynności. Ulżyło mi, że profesor Biggs więcej do nas nie wróciła. Odwiedzała nas za to regularnie pani dziekan wydziału (co tydzień) i zawsze zamawiała Clintona (bez stosunku). Gdy chodziło o to, kogo najchętniej wybierały klientki, wygrywał nieznacznie Wayne. Za to jeśli chodziło o powroty, najchętniej wracały do Sida i Jansona. A, no i Sid także dostawał najwięcej mufinek od klientek. Wygrywał w cuglach. Wszyscy bez wyjątku mieli rosnącą liczbę literki R.

Raz w tygodniu przychodziła do nas pewna dziewczyna, która natychmiast udawała się na górę z Sidem. Nigdy z nią nie rozmawiałam, ale zauważyłam, że pozostali chłopcy specjalnie odciągają od niej moją uwagę, gdy tylko się u nas zjawiała. Podjeżdżała białym lexusem żwirowym podjazdem i zawsze zamawiała Program Specjalny, trwający dziewięćdziesiąt minut za – bagatela! – dwieście dolarów. Była jedyną klientką w tym oszczędnym mieście fundującą sobie raz na tydzień Program Specjalny. Jednak nie tyle ten fakt mnie intrygował, ile jej młody wiek, aura tajemniczości oraz dziwnie znajomy wygląd.

Przyjeżdżała do nas zawsze we wtorki o czwartej po południu. Właśnie dochodziła druga i Sid się rozgrzewał przy kominku, ćwicząc kółka ze specjalnymi linkami dla wioślarzy na ramionach. Zawsze rozgrzewał się przed pracą, choć nie wiedziałam, czy robi to ze względu na pracę u mnie, czy przed treningiem wioślarskim. Nie pytałam go o to. Janson rozpalił w kominku i wyszedł na dwór rąbać drwa. Moim zdaniem nie potrzebowaliśmy więcej drewna, żeby się rozgrzać, ale płomienie były faktycznie piękne.

Sid wyciągnął szyję, najpierw w jedną stronę, potem w drugą. Osada rozpoczęła już treningi i zauważyłam grubość i siłę jego mięśni na szyi. Były twarde niczym liny przymocowane do jego ramion.

– Co to za dziewczyna? – spytałam.

Kiedy Sid wystawił nad głowę wielką łapę, salon wyraźnie zmalał.

– Czyżbyś była zazdrosna?

Powtarzał w kółko tę samą mantrę, ten sam zgrany motyw, tę samą zdartą płytę. Najlepszą formą obrony był atak, co zdążyłam już przerobić z Johnem. No dobra, postanowiłam odpowiedzieć atakiem na atak.

– Tak. Zakochałam się w tobie.

Sid przerwał ćwiczenia i obrzucił mnie spojrzeniem. Nie był pewien, czy żartuję, czy nie. Tak szczerze, to sama nie byłam pewna, co mi dokładnie chodziło po głowie.

– Co to za dziewczyna? Ma nie więcej niż dwadzieścia jeden lat.

– Dziewiętnaście. – Młody kręcił piruety językiem. Janson uwielbiał to nonsensowne ćwiczenie z jogi. – Pochodzi stąd.

Wiedziałam, że moi pracownicy należą do uprzywilejowanej warstwy społecznej, ale złościło mnie, kiedy podkreślali podziały klasowe.

– Gdzie się poznaliście? – spytałam.

– Tutaj. Przyszła do mnie. Dowiedziała się o moich sesjach.

Miałam przeczucie, że Sid mnie oszukuje albo coś przede mną ukrywa, nie wiedziałam tylko co. Rozciągał swoje ścięgna podkolanowe tylko po to, żeby ukryć przede mną twarz.

– Czym się zajmuje jej rodzina?

– Egzekwują prawo.

Ależ ja mam nosa.

– Czy ona nie jest przypadkiem córką komendanta?

Sid trzymał się za kostki, wyginając plecy w łuk. Jego muskularne ciało zdawało się zadowolone z siebie i niesłychanie dumne. Miałam ogromną ochotę go pchnąć.

– Jeszcze z jej powodu dojdzie do zamknięcia burdelu.

Sid ostrożnie przeniósł ciężar na lewą nogę i wyprostował prawą.

– Wychodzi stąd szczęśliwa – rzekł.

– A co na to jej narzeczony? Jej rodzice? Chyba nie jesteś na tyle naiwny, żeby sądzić, że to się dobrze dla nas skończy? – Gdybym była sutenerką z krwi i kości, miałabym jakiegoś asa w rękawie. Mogłabym go zaszantażować albo czymś pogrozić. W przypadku młodego, ślicznego Sida mogłam mu wyłącznie przemawiać do rozumu.

– Dostaje ode mnie to, czego chce.

– A czego ona chce?

– Tego samego, co wy wszystkie: kontroli. Całkowitej. – Położył ręce na podłodze, tuż przy zewnętrznych krawędziach stóp, jednym kapitalnym ruchem przeniósł ciężar na dłonie i wyciągnął nogi do sufitu. Jego doskonały tyłek znalazł się na poziomie moich oczu.

Na ten widok poczułam znużenie. Męczyli mnie ci piękni chłopcy. Ludzie, którzy uprawiali wokół mnie fantastyczny seks. Odpowiedzialność. Poczułam, że chcę mu dać klapsa w ten jego supertyłek, nie wiedziałam tylko, czy z powodu złości, czy chuci.

– Przyjdź do mnie, musimy porozmawiać – poprosiłam stanowczo.

Sid wyprostował się i stanął na tyle blisko mnie, że poczułam woń jego potu. Wspaniale pachniał. Gdy czujesz coś takiego choćby przez sekundę, zaczynasz wierzyć, że dobiegniesz na czas do mety, przepłyniesz jezioro i zrobisz szarlotkę dla czterdziestu osób.

– Albo ona, albo ja. – Bałam się spojrzeć na jego zarumienioną twarz. – Jeśli chcesz tu pracować, musisz z nią zerwać. Możecie ze sobą sypiać w wolnym czasie. – Uświadomiłam sobie, że po raz pierwszy w życiu postawiłam mężczyźnie ultimatum. Poczułam ucisk w żołądku.

Sid spojrzał na mnie z błyskiem w oku.

– Chodźmy na górę... – rzekł.

Rzucił mi wyzwanie.

– Nie możemy. Nawet gdybym chciała. Nie zrobię tego, jesteś studentem, a ja...

– ...kuguarzycą – dokończył za mnie Sid.

Miałam ochotę pójść z nim do łóżka. Czułam mrowienie w brzuchu i między nogami.

– Nie – powtórzyłam. – Ty i ja...

– Oboje kochamy przygodę, Barb. Jesteśmy wojownikami seksu. – Sid pochylał się nade mną, ja zaś wbijałam się w pluszową kanapę, najdroższy mój zakup z Ikei o wdzięcznej nazwie „Ingrid". Zupełnie nie wiem, jak Sidowi udało się sprowadzić mnie do tej pozycji.

Oboje czekaliśmy na mój następny krok.

Jestem jego szefową, powtarzałam sobie w myślach, i wtedy mój mózg dostarczył mi doskonale trójwymiarowe zdjęcie twarzy Grega. Widziałam nawet jego oczy, które uważnie mi się przyglądały i rejestrowały najmniejszy szczegół. Oddychałam przez usta, żeby nie czuć zniewalającego zapachu Sida.

– Kiedy przyjedzie ta dziewczyna, masz być zajęty – rozkazałam mu. – Jeśli nie będziesz na górze, to pójdź tam w chwili, gdy podjedzie.

– Sądzisz, że jeśli się przed nią ukryję, to problem sam się rozwiąże? – Sid stanął w odległości piętnastu centymetrów ode mnie. Znałam tę taktykę ciała, John także ją stosował.

– To ja prowadzę ten interes – odparłam wyniośle – a ty pracujesz dla mnie. Jeśli nie zamierzasz wykonać mojego zlecenia, możesz w tej chwili pakować manatki.

– Barbaro – zanucił – uspokój się. – Wyciągnął dłoń, żeby dotknąć mojego ramienia, ale ja się właśnie odwracałam i jego palce musnęły moją pierś.

Beznadziejna sucza brodawka natychmiast się wyprężyła, co oboje zauważyliśmy. Głęboko westchnęliśmy i otwarliśmy szeroko usta. Wypełniał mnie ogień.

Dotknęłam dłonią jego piersi i z całej siły odepchnęłam go od siebie. Choć był wielki i ciężki jak lodówka, minimalnie się cofnął. Wyprostowałam dłoń na sześćdziesiąt centymetrów.

– To jest właściwa odległość między nami – oznajmiłam.

Kiedy do domku wszedł Janson z drewnem, uciekłam do kuchni, skąd witałam pozostałych chłopców. Usłyszałam, że któryś z nich, chyba Janson, poszedł na górę wziąć prysznic. Powolutku dochodziłam do siebie. Napiłam się wody, pomalowałam szminką usta, a następnie ją starłam.

Z salonu dobiegały mnie dźwięki muzyki i cichy gwar głosów, który zamilkł, gdy stanęłam w progu. Mężczyźni spojrzeli na mnie, a ja zauważyłam w ich oczach solidarność. Zbili mnie z tropu. Poczułam, że wypadłam z naszej wspólnoty. Zadzwonił dzwonek do drzwi i po chwili dwie stałe klientki poszły na górę z Sidem i Jansonem. O trzeciej wszyscy zeszli na dół.

Przyniosłam im przekąskę, oczywiście grzanki, które przejadły mi się do cna. Postanowiłam przejść na surowiznę, a w każdym razie na surowy chleb. Sid był zajęty iPodem, w pokoju panowało napięcie, nieobecne nawet podczas pierwszych dni po otwarciu. Sid unikał mojego wzroku, podobnie jak inni, z wyjątkiem Tima, który poprosił mnie o więcej masła.

Na zewnątrz błysnęły światła i słońce odbiło się w białym lexusie, który właśnie wjeżdżał na podjazd. Spojrzałam na Sida, żeby się przekonać, czy zauważył auto. Byłam pewna, że tak, choć żaden mięsień nie drgnął w jego młodym twardym ciele poza kciukami. Majstrował nimi przy iPodzie.

– Sid – wycedziłam groźnie, lecz w tym momencie otworzyły się z hałasem drzwi i w progu stanęła jasnowłosa dziewczyna. Kąciki jej oczu lekko wznosiły się do góry. Miała idealnie krągły biust, taki, jaki córki dostają w prezencie od ślepo zapatrzonych w nie tatusiów na szesnaste urodziny. Dziewczyna zachichotała i podeszła do Sida, zupełnie mnie ignorując.

Wtedy rozpoznałam ją ze zdjęcia w gazecie. To ona była małżonką *in spe*, LeeLee Vincenzo. Raptem uświadomiłam sobie, że ponieważ mieszkaliśmy w prowincjonalnym Onkwedo, jej ojcem musiał być ten sam oficer Vincenzo, czy też obecnie komendant policji, który potwornie mnie nękał. Zrobiłam krok w jej kierunku.

– Przykro mi, ale Sid jest już zajęty. Naciągnął ścięgno pod kolanem. – (Przypomniałam sobie kontuzję, o której czytałam w „Rowing and You" na stronie sto sześćdziesiątej siódmej). Dziewczyna spojrzała na mnie niepewnym wzrokiem.

– Trudno, w takim razie chcę jego. – Wskazała na Tima. Za plecami usłyszałam groźny pomruk, który wydał z siebie Sid. Zabrzmiał jak warczenie.

– Tim także jest zajęty. Za chwilę przyjedzie jego klientka. – Atmosfera wyraźnie się napięła. Podeszłam do dziewczyny, zasłaniając sobą mężczyzn. Z bliska wydała mi się bardziej seksowna niż piękna, niebywale higieniczna i świeża. Miała na sobie dżinsy biodrówki i była naga pod kusą kaszmirową koszulką. Diament na jej palcu zdawał się tak wielki, że aż kiczowaty.

– Bardzo mi przykro, że nie możemy ci pomóc, ale mamy komplet. Jeśli zechcesz zamówić sesję, zadzwoń wcześniej. – Ponieważ położyłam dłoń na klamce, dziewczyna musiała się delikatnie cofnąć i stanąć w progu.

– Czy mój ojciec dzwonił do pani? – Obrzuciła mnie wzrokiem, który był w jednej trzeciej niewinny, a w dwóch trzecich roszczeniowy.

Już miałam zatrzasnąć drzwi za tą świeżą, wypełnioną kolagenem istotą, gdyby nie wytrącił mnie z równowagi widok za jej plecami. Samochód marki Miata z Rudym za kierownicą parkował właśnie obok lexusa dziewczyny. Chwyciłam ją za jej śliczny nadgarstek.

– Wchodź. – Po czym wciągnęłam ją na siłę do środka i zatrzasnęłam za nią drzwi. – Na górę – rozkazałam Sidowi. – Z LeeLee. Już.

Kiedy LeeLee i Sid pobiegli na górę, odwróciłam się do chłopaków.

– Właśnie podjechał wasz trener. Macie udawać, że uczycie się statystyki. Natychmiast. – Chłopcy rozłożyli swoje laptopy i inne elektroniczne gadżety i rozparli się wygodnie na kanapach. Byli zdyscyplinowani i do bólu pewni siebie.

Wyjrzałam przez okno i zobaczyłam, jak z miaty wynurza się łysawa głowa Rudy'ego, górująca nad jego nową skórzaną kurtką. Rudy rozprostował się i dumnie wypiął klatę, jakby za chwilę miał mu ktoś przypiąć medal do piersi.

Powitałam go w drzwiach, machając ręką i sztucznie się uśmiechając.

– Witaj! – zawołałam nieswoim głosem. Pobiegłam szybko do pokoju i włączyłam na cały regulator iPod Sida. Usłyszałam w głośnikach krzyk Sade.

Rudy wszedł do domku i przywitał się z chłopcami. Zza jego pleców usłyszałam, jak rozmawia z nimi o statystyce i „wieczornym treningu".

Próbowałam złożyć w uśmiechu usta, lecz wydobyłam z siebie jedynie słowa z *Przeminęło z wiatrem*:

– Czemu zawdzięczam tę przyjemność?

– Cześć, Barb – rzekł Rudy. Lustrował wzrokiem stare drewniane belki pod sufitem, granitowy kamień przy kominku i moje nowe meble. – Czyżbyś przy okazji usług kosmetycznych prowadziła kursy doszkalające?

– Czym chata bogata, tym rada – odparłam z uśmiechem. Rudy podszedł do kominka i wziął do ręki iPoda. Po chwili Sade zaczęła śpiewać szeptem i wtedy dobiegły nas z góry głośne jęki. Rudy spojrzał najpierw na schody, a potem na mnie.

– Na górze są gabinety – wytłumaczyłam mu.

– Te zabiegi są chyba bolesne.

– Depilowanie ciała woskiem strasznie boli. – To akurat była szczera prawda. – Chcesz zobaczyć jezioro z ganku za domem? – zaproponowałam mu, mając nadzieję, że odciągnę jego uwagę od seksualnych hałasów.

Rudy poszedł za mną do kuchni i stanął przed starą lodówką.

– Zużywa więcej prądu niż cztery nowe. – Rudy otworzył drzwi i zajrzał do środka. – Te uszczelki są przestarzałe. Nigdzie ich już nie dostaniesz.

Podobnie jak mój eks, Rudy żywił głęboką fascynację dla przedmiotów z gumy.

Otworzyłam tylne drzwi wychodzące na mały ganek, z którego roztaczał się widok na wzgórze. Balustrada z wąskimi listewkami okalała zniekształcone deski podłogi.

Rudy wyszedł za mną. Z miejsca, w którym staliśmy, mieliśmy widok na południowy kraniec jeziora.

– Nabrzeże jest rzeczywiście rozległe – Rudy oparł się o balustradę. – Jest trochę zniszczone, ale możemy tu spokojnie przypłynąć i zacumować. – Nad naszymi głowami usłyszałam, jak ktoś otwiera okno. – Jesteśmy o trzy kilometry od miejsca, gdzie trenujemy. – Rudy uniósł do góry kciuk i wskazał nim hangar na wodzie, należący do uniwersytetu. – Moglibyśmy przypływać do ciebie, żeby trochę potrenować.

LeeLee coraz głośniej krzyczała, dysząc rytmicznie. Niechybnie kończyła tuż nad naszymi głowami pierwsze okrążenie.

Rudy spojrzał na mnie z niemym pytaniem i wskazał palcem na sufit.

– Brazylijskie woskowanie bikini jest istną torturą – powiedziałam. Pewnie się nie myliłam.

Rudy zmarszczył brew.

– Czy ty prowadzisz burdel?

Nie zaprzeczyłam.

– Moja osada jest w trakcie sezonu. Bierzemy udział w zawodach uniwersyteckich, a u ciebie są moi najlepsi wioślarze poza Sidneyem Walkerem. Jeśli mają zdobyć puchar, to nie mogą robić u ciebie tego, co robią. To im rujnuje koncentrację.

W tym momencie usłyszałam, jak otwierają się drzwi, i po chwili dotarły do mnie głosy dwóch kobiet.

Jasna cholera, zapomniałam, że szefowa profesor Briggs odwiedza nas we wtorki po radzie wydziału, której przewodniczy.

– Poczekaj na mnie – rozkazałam Rudy'emu, jakby był Matyldą.

Rzuciłam się pędem do pani dziekan i jej towarzyszki, żeby im wytłumaczyć najgrzeczniej, jak potrafiłam, że wystąpiły nieprzewidziane komplikacje i jestem zmuszona je poprosić, żeby przyszły w czwartek, a ja im to wynagrodzę w dwójnasób. Jednak zanim udało mi się je złapać, kobiety zdążyły wybrać już swoich stałych partnerów i właśnie wchodziły z nimi na górę.

Odwróciłam się na pięcie, żeby wrócić do kuchni, i wpadłam na stojącego za mną Rudy'ego.

– W życiu nie widziałem brzydszych dziwek – stwierdził, kiedy przedstawicielki wydziału socjologii zniknęły z pola widzenia.

W tym momencie Sid i LeeLee zaczęli schodzić na dół spokojnym krokiem. Sid obejmował LeeLee, na której ustach nie było śladu szminki. Jej wargi wydawały się jeszcze bardziej wydęte niż wcześniej, jak śliwkowa czerwona rana. Z nisko wyciętych dżinsów wystawała koronka majteczek.

– No, ta to co innego – rzekł na jej widok Rudy.

LeeLee zignorowała go.

– Do zobaczenia za tydzień – rzekła do Sida. Widać było po jej minie, że nie może się doczekać następnego spotkania. Wyślizgnęła się z drzwi, okrąglutka we wszystkich ważnych miejscach i rozkołysana.

– Witaj, trenerze – rzekł Sid. – Co tu robisz?

– O to samo mógłbym ciebie spytać – odparł Rudy.

– Robił dziewczynie depilację pleców – rzekłam tonem nieznoszącym sprzeciwu, a mężczyźni spojrzeli na mnie pytająco. – Sid, widzimy się za tydzień. Nie zapomnij zabrać ze sobą muzyki.

– No tak, faktycznie była owłosiona – potwierdził Sid, nie ruszając się z miejsca.

– Idź już – zwróciłam się do Sida, choć miałam na myśli ich wszystkich.

– To jest burdel – wymamrotał Rudy pod nosem – a Barb jest burdelmamą.

– To jest dzienne spa – poprawiłam go, choć wiedziałam, że nikt nie zwraca na mnie uwagi.

– I ty za to płacisz? – Rudy zwrócił się do Sida. – Taki ogier jak ty płaci za seks?

– Ja tu pracuję – odparł Sid. – Najlepsza robota, jaką kiedykolwiek miałem.

– A więc to ona płaci tobie? – Rudy pokazał ręką na parking, skąd wyjeżdżał biały lexus. Jego głos zmienił się w skrzek.

– Onkwedo potrzebuje takiej usługi. Zawsze mamy komplet – wystawiłam zadziornie podbródek.

– Moja drużyna... – Rudy z trudnością wyrzucał z siebie słowa – ...niszczysz ich siły witalne i pozbawiasz testosteronu. Możesz zrujnować pracę całego sezonu. Odbierasz nam szansę na puchar!

– Pogląd, że uprawianie seksu obniża sportowe wyniki, jest bujdą na resorach. Najnowsze badania dowodzą czegoś wręcz odwrotnego, a mianowicie, że uprawianie seksu podnosi poziom testosteronu, wzmacnia kondycję i siły witalne. Tak naprawdę poprawia wszystko.

– Jeśli któryś z was nie stawi się dzisiaj na treningu, wypada z zawodów. – Rudy pomaszerował do samochodu, energicznie potrząsając głową i mamrocząc do siebie: – Ona mi jeszcze za to zapłaci.

Gdy opadł kurz po miacie Rudy'ego, kazałam chłopakom jechać do domów. Znalazłam kawałek deski, na którym napisałam dyskretne ogłoszenie dla klientek, które mogłyby się jeszcze pojawić: „Dziękuję za korzystanie z naszych usług. Miłego dnia". Ponieważ nie zabrzmiało to zbyt dobrze, odwróciłam deskę i napisałam po drugiej stronie: „Z przykrością zawiadamiamy, że mamy wolne". Zebrałam notatniki i zamknęłam za sobą drzwi. Deskę zawiesiłam na słupie na ganku, tak żeby była dobrze widoczna.

Z samochodu spojrzałam jeszcze raz na domek, który znajdował się w pięknym, cichym, urokliwym miejscu i w którym tak wiele się wydarzyło i tak wiele się dla mnie zmieniło. Przeszłam długą drogę od byle jakiego samopoczucia w moim samochodzie dawno temu. Na zdjęciach Nabokov pracuje albo siedzi w samochodzie i wygląda na bardzo z siebie zadowolonego. Być może przeprowadzki wcale mu nie przeszkadzały. Może cieszył się, że przybył na chwilę gdzieś, gdzie nie zapuści korzeni. Całkowicie go rozumiałam.

Na razie mój samochód będzie musiał mi posłużyć za biuro. Kiedy zadzwoniłam do prawnika w Nowym Jorku, telefon odebrał jego asystent Max. Wytłumaczyłam mu, że potrzebuję prawnika, który pomoże mi złożyć apelację w sprawie odebrania mi praw rodzicielskich, i zapytałam, czy mógłby mi kogoś polecić, kto mieszka niedaleko Onkwedo.

– A gdzie to jest? – spytał Max, jakby jego mentalna mapa kończyła się na zachodnim końcu Dziesiątej Alei.

Wyjaśniłam mu.

– Czy tam jest lotnisko?

Zapewniłam go, że tak, chociaż nie wspomniałam, że obsługuje wyłącznie małe samoloty.

– W takim razie ja ci pomogę – oświadczył Max. – Moja firma potraktuje to jako pracę *pro bono*.

Pomyślałam, że byłabym niegrzeczna, gdybym go zapytała, czy zna prawo rodzinne, skoro chce pracować za darmo. Przynajmniej tak zrozumiałam jego wzmiankę o *pro bono*. Nie uśmiechało mi się powierzać tak ważnej dla mnie sprawy wątłemu Maxowi, ale uznałam, że nie mam wyjścia.

Poinformowałam go o terminie rozprawy, podziękowałam za wszystko i rozłączyłam się, ale dopiero wtedy, kiedy on to zrobił pierwszy. Czas to pieniądz. Jego pieniądz, nie mój.

KONFERENCJA

Z wielką obawą szykowałam się do udziału w dyskusji panelowej z ekspertami od Nabokova. Za namową Margie kupiłam biustonosz push-up. Dziwnie się poczułam, kiedy moje piersi wylądowały tuż przy twarzy, jakbym sama chciała na nie popatrzeć. Zdaniem Margie powinnam była do ołówkowej spódnicy, stosownej na tę okazję, włożyć obcisły sweterek, buty na masywnych obcasach i jedną dużą ozdobę, im surowszą, tym lepiej. Margie wytłumaczyła mi, że środowisko akademickie żywi wielki szacunek dla prymitywnych kultur i ich wyrobów. Przejrzałam skąpe zasoby mojej biżuterii i znalazłam w nich broszkę, którą dawno temu zrobił dla mnie Sam z okazji Dnia Matki. Przypięłam do piersi suchy makaron pomalowany na złoty kolor.

Okazało się, że wykładowcy biorący udział w dyskusji mieli świetną prezencję, ja zaś myślałam, że środowisko akademickie jest zbyt skromne, żeby się przechwalać swoimi najprzystojniejszymi profesorami. Uczestnicy dyskusji byli wyrafinowani i doskonali dzięki uważnej obserwacji setek dziewiętnastolatków.

Obok drzwi do audytorium ustawiono stolik z książkami. Każdego panelistę, poza mną, reprezentowały na stole poważnie wyglądające tomy. Wśród nich był jeden stos egzemplarzy *Babe'a Rutha*, rzekomo napisany przez Vladimira Nabokova, odnaleziony przeze mnie, a wydany przez Sportsman's Press.

Błyszcząca niebieska okładka wydała mi się zbyt jaskrawa przy uniwersyteckich wydaniach.

Z dalekiego miejsca przy podium widziałam twarze dyskutantów: dwóch mężczyzn oraz kobiet. Gdy poczułam na sobie ich spojrzenia, podobnie jak oni skrzyżowałam nogi w kostkach. Napiłam się wody z darmowej butelki, jak reszta zebranych.

Zaczęła się dyskusja.

Tak jak się obawiałam, rozumiałam z niej niewiele. Słowa i modulacja głosów kręciły się w kółko w mojej głowie. Skoncentrowałam się tak, że zaczęłam ruszać uszami. Pewnie moje mięśnie odpowiedzialne za myślenie łączyły się jakoś z mięśniem odpowiedzialnym za ruszanie uszami, co się przydawało do odganiania much, gdy ma się zajęte czymś ręce.

Siedziałam w pończochach z jodełkowym ściegiem i w absolutnym skupieniu machałam uszami. Nagle uświadomiłam sobie, że moderatorka dyskusji zwróciła się do mnie.

– Zajmijmy się teraz delikatną kwestią pani Barrett – pozostali dyskutanci mieli tytuły doktorskie – oraz czy jej wspaniałe odkrycie mieści się, czy też nie, w twórczości Vladimira Nabokova.

Dyskusja potoczyła się dokładnie takim torem, jak przewidywałam, mianowicie czy *Babe Ruth* zasługuje na poważne traktowanie. Po jej słowach nastąpiła długa pauza, którą musiałam czymś wypełnić.

Załopotałam uszami.

Kiedy zaczęłam się plątać i nerwowo ruszać uszami, wybawił mnie z opresji jeden z panów doktorów o wielkiej posturze.

– Naszym zdaniem – jak wiadomo, akademicy najczęściej mają jakieś zdanie – *Babe Ruth* nosi pewne znamiona stylu Nabokova. Z drugiej strony, powieść zawiera takie zdania jak... – I tu przeczytał zdanie ze sceny o baseballu, którego byłam autorką. – Nie ma wątpliwości, że Nabokov tego nie napisał, zwłaszcza w genialnym i płodnym okresie swej twórczości. – Doktor otworzył powieść na stronie, którą zaznaczył żółtymi karteczkami, i przeczytał kolejne zdanie mojego autorstwa. – To brzmi jak nowomowa – oświadczył.

Oczy zgromadzonych zwróciły się na mnie. Uprzejmie i z powagą kiwałam głową, niestety odrobinę za długo, chcąc okazać akademikom współczucie wynikające z tego, że napotykają na swej drodze trudności w wyjaśnieniu tej skomplikowanej materii. Patrzyłam na ich ładne, mądre twarze i oczyma wyobraźni widziałam, jak wyrastają im kły.

Na sekundę mój mózg uwolnił się od myślenia o uszach i dzięki adrenalinie, która uderzyła mi do głowy, zobaczyłam jak na dłoni wszystkie fiszki, które znalazłam, jedną po drugiej. Widziałam je tak wyraźnie, że prawie mogłam zacytować na głos wszystkie słowa na nich zapisane. Wreszcie moje uszy przestały łopotać.

– Przyznaję – macie państwo rację, że niektóre zdania nie brzmią dobrze. Mimo to powieść jest piękna. Opowiada o miłości i baseballu. I, na Boga, jest pełna humoru. Czego chcieć więcej od powieści?

Po moich słowach zapadła długa, pusta cisza. Najwyraźniej reszta oczekiwała czegoś więcej od powieści niż ja.

– Przez dłuższy czas badałam styl Nabokova i doskonale wiem, że jego zdania są nie do podrobienia. Wiem też, jaki wpływ mają na czytelnika. – Tu podzieliłam się ze słuchaczami moim spostrzeżeniem dotyczącym zdań Nabokova. – Ponieważ strumień słów i myśli ukrytych za słowami jest wyjątkowo oryginalny, mózg czytelnika nie jest w stanie przejść dalej i nie ma możliwości się domyślić, co go czeka. Czytelnik nie może mentalnie przeskoczyć na koniec zdania, dzięki czemu zastyga w doskonałej chwili „tu i teraz", doświadcza tego, co się dzieje w tej jednej chwili. Zdania Nabokova potrafią uchwycić ulotny moment kreacji w taki sposób, że czytelnik na sekundę wstrzymuje oddech.

Cisza, która zapadła po moich słowach, podpowiedziała mi, że laicy nie powinni mieć takiej wiedzy wyłącznie dzięki czytaniu. A przecież właśnie czytanie jest najbliższe dzieleniu się z kimś najskrytszymi myślami, bliższe niż spotkanie z kimś twarzą w twarz, bliższe niż wspólne oddychanie. Odsunęłam krzesło, nie czekając na to, żeby gospodyni debaty podziękowała mi za udział. Kiedy wstawałam, darmowa butelka wody źródlanej przewróciła się i zalała moje buty.

Moderatorka podziękowała uczestnikom za dyskusję. Rozległy się grzeczne oklaski, co znaczyło tyle, że nie dostaliśmy owacji na stojąco. Zeszłam z podium i podeszłam do stolika, żeby spakować książki i jak najszybciej stamtąd zwiać. Kiedy wkładałam je do pudła, podeszła do mnie jakaś kobieta. Chciała kupić książkę. Rozpoznałam w niej kasjerkę z dworca autobusowego, która zawsze coś czytała. Podziękowałam jej i podpisałam książkę: „Znaleziona przez B. Barrett". Kasjerka uśmiechnęła się do mnie pięknie, jakbyśmy miały jakiś własny sekret.

Za kasjerką ustawiła się kolejka.

– Przeczytałem powieść. Bardzo mi się podobała, z wyjątkiem sceny meczu – powiedział jakiś student.

– Dziękuję. – Chciałam mu odpowiedzieć zgrabnym komentarzem, ale w butach zachlupotała mi woda. Schyliłam się, żeby ją wylać, i poczułam, że mam kłopot z grawitacją, zapewne z powodu biustonosza push-up.

Na końcu kolejki stała moderatorka. Podpisałam jej egzemplarz i wzięłam kopertę z honorarium, którą mi wręczyła. Sprzedałam wszystkie zabrane z sobą książki.

HOTEL

Kiedy weszłam do pokoju w hotelu, z ulgą zdjęłam z nóg mokre zamszowe buty i położyłam je na otworze odpowietrzającym, żeby wyschły. Jednym ruchem pozbyłam się też obcisłego sweterka, a następnie odpięłam stanik i wrzuciłam go do kubła na śmieci.

Spojrzałam przez okno z wysokości na Onkwedo. Budynki prezentowały się schludnie i jeszcze bardziej nijako niż widziane z ziemi. Wcale nie musiałam zatrzymywać się w hotelu, skoro mieszkałam cztery kilometry stąd, ale był to jedyny bonus za udział w dyskusji poza honorarium w wysokości pięćdziesięciu dolarów i butelką wody, którą wylałam.

Nalałam sobie do wanny gorącej wody. Na jej brzegu poukładałam buteleczki, które wyjęłam z wiklinowego koszyczka z miniproduktami do pielęgnacji ciała, i zanurzyłam się w wodzie. Nazajutrz odbywała się rozprawa w sprawie opieki nad dziećmi. Na ścianie za wanną wisiał telefon. Oparłam się wygodnie i wykręciłam numer do Margie, która wydawała mi się bardzo spokojna. Kiedy ją spytałam, co robi, odparła, że wyszywa poduszkę w prezencie urodzinowym dla Billa. Na moje pytanie, jakie wybrała motto, odparła:

– „Znać mnie to kochać mnie" Winstona Churchilla. Haft z brązowego jedwabiu na kremowym tle.

Motto pasowało do Billa jak ulał.

Margie spytała o dyskusję. Pochwaliłam się, że sprzedałam wszystkie egzemplarze. Aż pisnęła z radości, gdy jej o tym powiedziałam. Postanowiłam nie wspominać o nerwowych tikach. Wolałam, żeby moja agentka nie wiedziała wszystkiego o moich słabościach. Otworzyłam i powąchałam jedną buteleczkę, po czym poinformowałam Margie, że zamykam burdel.

– To doskonale – ucieszyła się Margie – tym razem ci się upiekło, ale do cholery, Barb, ta zabawa mogła źle się skończyć.

Postanowiłam nie mówić jej o jutrzejszej rozprawie. Za wcześnie było na zwierzenia, za bardzo się też bałam, że przegram. Po naszej rozmowie zabrałam się do wypróbowywania różnych mikstur, a zwłaszcza mleczka do ciała będącego kombinacją perfum, smaru i piasku. Kiedy wtarłam je w skórę, okazało się, że nie sposób go z siebie zmyć mydłem i wodą.

Wykorzystałam wszystkie ręczniki hotelowe, żeby zetrzeć, co w siebie wsmarowałam. Jestem pewna, że kochałam życie hotelowe, tak jak Nabokov. Nie musiałam prać.

Wciąż się klejąc, zadzwoniłam do Rudy'ego. Złapałam go w autokarze. Jechał ze swoimi zawodnikami do Princeton na regaty. W tle słychać było muzyczną mieszankę Sida.

– Jak się miewa nasza sutenerka? – powitał mnie Rudy.

Kazałam mu się wypchać i poprosiłam do słuchawki Jansona.

– Halo? – odezwał się mój mocarny, czarujący drwal.

Po kolei rozmawiałam ze wszystkimi członkami osady, moimi przystojnymi, utalentowanymi i lojalnymi pracownikami. Z godnością znieśli wiadomość o zamknięciu przybytku rozkoszy. Nie miałam wątpliwości, że są urodzonymi mistrzami. Na końcu rozmawiałam z Sidem.

– Hej – powiedział. – Nie musisz się tłumaczyć. Nie muszę nic wiedzieć. Powiedz mi tylko, czy zrobiliśmy razem coś dobrego, czy było to dla ciebie dobre?

– Tak, Sid – odparłam. – Było. Bo ty byłeś dobry. – Na koniec wypaliłam: – Zadzwoń, gdybyś potrzebował ode mnie referencji.

Zamówiłam śniadanie do pokoju, choć zbliżała się dopiero

pora kolacji. Podobała mi się prezentacja dań, srebrne kopuły kryjące talerze i wazonik z żonkilem. Odłożyłam na bok tłuste frytki i zimną jajecznicę. Ugryzłam lodowatą grzankę, ale nie zdołałam jej przełknąć. Wciąż myślałam o jutrzejszej rozprawie.

Odłożyłam jedzenie i położyłam się rozdygotana do łóżka. W mojej głowie paradowali bliscy, tym razem nie ci, którzy odeszli na zawsze, lecz ci, którzy wciąż byli w moim życiu: Darcy i Sam, Margie oraz Bill. Myślałam o mężczyźnie, którego nie chciałam pokochać, o Gregu. Myślałam o tym, co mi powiedziała Margie, kiedy spotkałyśmy się pierwszy raz, przed wieloma miesiącami: „Ktoś na ciebie czeka, ktoś wspaniały. Wszechświat go właśnie dla ciebie szykuje". Wyobrażałam sobie, kim też może być ten biedny facet, i jego żonę, w którą strzelił piorun, uderzył samochód na parkingu przed sklepem albo – jak się okazało – która wyjechała z miasta na harleyu z kochanką. Wreszcie udało mi się zasnąć.

JAK DWIE KROPLE WODY

Pojechałam po Maxa na lotnisko w Onkwedo. Kiedy wysiadł z samolotu, zauważyłam, że kupił sobie wełniane skarpetki do mokasynów z frędzlami i granatową wełnianą kamizelkę. Okazał się geniuszem! Miał plan, żeby się nie wychylać i wyglądać tak, jakby był z tego miasteczka. Ja miałam na sobie znowu bliźniak w brzoskwiniowym kolorze, tyle że bardziej zmięty niż wczoraj.

Max przekazał mi entuzjastyczne pozdrowienia od swojego patrona, który właśnie poleciał do Bolzano, gdzie, jak poinformował Max, zaczął się szczyt sezonu wiosennego narciarstwa.

Usiedliśmy razem na sali sądowej, czekając na rozwój wypadków. Prawnicy zazwyczaj spędzają czas na oczekiwaniu, za który pobierają opłatę, jak parkometr.

John i jego prawnik wkroczyli na salę niczym Wyatt Earp i ten drugi, albo jak Paul Newman i Robert Redford, a co najmniej jak Ben Affleck i Matt Damon. Dwóch facetów symbolizujących braterstwo i romans w jednym – widzowie wiedzą jeszcze przed napisami, że kobiety pojawiają się i znikają, nic jednak nie zniszczy więzi między nimi dwoma.

Usiedli jednocześnie. John w garniturze prezentował się doskonale: wyglądał na zamożnego człowieka z władzą. Wyglądał też, jakby był młodszy ode mnie, jakbyśmy się znaleźli na osobnych trajektoriach wiekowych. Człowiek, za którego wyszłam za mąż i z którym się rozwiodłam. Niestety, także ten, który uczynił z moich dzieci zakładników.

Zauważyłam, że Max, który dyskretnie ustawił nogi tak samo jak prawnik Johna, w takich samych skarpetkach i w takich samych butach, mimowolnie się skrzywił.

Czekając na rozpoczęcie rozprawy, rozpatrywałam w głowie różne potencjalne scenariusze zachowania się wobec sędziego: mogę być sympatyczna i serdeczna, ale nie błagająca, lecz rzeczowo stwierdzająca fakty. Nie matka, która rozpaczliwie chce żyć życiem swoich dzieci, tylko sensowna osoba, która grzecznie i jasno prezentuje swoje możliwości.

– Proszę wstać. Idzie sędzia Teagarten – huknął protokolant sądu rodzinnego. Wstałam w moich banalnych ciuchach i z uniesionym biustem w mamusiowatym biustonoszu.

Kiedy otwarły się drzwi, na salę weszła z szelestem pani sędzia. Słyszałam tylko szmer jej togi, wysokie biurko przesłaniało ją samą. Wreszcie sędzia Teagarten wspięła się po schodkach do biurka i na sali zapadła pełna szacunku cisza. Ze zdumieniem zajrzałam w oczy Damy z Torebką.

W tamtej chwili doświadczyłam w pigułce esencji małomiasteczkowego życia. Wiedziałam coś o kimś, co nie było moją sprawą. Przypomniałam sobie, jak pani sędzia Teagarten wchodziła po schodach w moim przybytku, a na jej twarzy malowało się dzikie oczekiwanie tego, co się za chwilę wydarzy.

W świetle faktu, że sędzia Teagarten piastowała funkcję urzędnika państwowego, wreszcie zrozumiałam jej upodobania. Podobnie jak w przypadku wielu autorytarnych polityków upokorzenie ją napędzało. To była ciemna strona mocy, jedna z jej wielu ciemnych stron.

Siedzieliśmy w milczeniu, podczas gdy pani sędzia przełożyła na kolejny termin trzy sprawy. Wreszcie ogłosiła, że odbędzie się rozprawa państwa Barrett.

Wszyscy zgromadzeni na sali wstali i w milczeniu czekali, podczas gdy pani sędzia przeglądała pierwszą decyzję w sprawie odebrania mi praw rodzicielskich. Najwyraźniej uważała, że marnuje swój cenny czas, gdy czyta, i nikt na nią nie patrzy.

Kiedy skończyła, zwróciła się do mnie.

– Sąd wydał orzeczenie w pani sprawie stosunkowo niedawno, zatem najprawdopodobniej nie zostanie ono zmienione. Niemniej rozpatrzę pani apelację. Spotkamy się ponownie w moim gabinecie jutro o dziewiątej rano. – Choć Dama z Torebką patrzyła mi prosto w twarz, nie rozpoznała we mnie właścicielki burdelu.

Czekałam, aż John i jego prawnik wyjdą. Obaj ruszyli równym krokiem, zgrabnie okrążając róg, jak para łyżwiarzy.

Zawiozłam Maxa do motelu. Zarezerwował pokój w Swiss Chalet Motor Inn, które zmieniło nazwę na Alpine Inn. Mimo nowej nazwy motel wyglądał dokładnie tak samo ponuro jak za mojej w nim bytności. Domyśliłam się, że kancelaria Maxa niezbyt się przykładała do spraw *pro bono*.

Ponieważ Max bardzo chciał zobaczyć, gdzie znalazłam manuskrypt, zaprosiłam go na obiad. Przypuszczając, że mnie odwiedzi, wysprzątałam dom, ładnie ułożyłam książki na regale i wypastowałam drewniane deski.

– Czy Nabokov rzeczywiście tu mieszkał? – spytał, gdy tylko przekroczył próg.

– Tak. Napisał tu swoje najlepsze powieści. – Mówiąc to, starałam się nie brzmieć, jakbym się przed nim broniła. – Także te najgorsze.

Pokazałam Maxowi, gdzie może podłączyć laptopa, tak żeby mi nie wywalił korków, i poszłam do kuchni przygotować coś do jedzenia. Zrobiłam sałatkę z nowalijek i podgrzałam tartę cebulową.

Max pracował na komputerze, dopóki nie podałam obiadu. Usiedliśmy przy stole. Jako dobrze wychowany człowiek Max zmusił się do prowadzenia ze mną kulturalnej pogawędki. Zapytał mnie, jakim sposobem przyzwyczaiłam się do życia poza Nowym Jorkiem. W podtekście kryło się pytanie o to, jak mi się udało pogodzić z prowincjonalnym życiem.

– Onkwedo jest doskonałe dla dzieci – odparłam.

Młody prawnik wyglądał, jakby kompletnie nie rozumiał, o czym mówię. Dodałam więc:

– Jest też fantastycznym miejscem dla przedsiębiorców.

Można tu otworzyć firmę i rozkręcić dobrze prosperujący interes. – Spałaszowaliśmy tartę i sałatkę. Na szczęście obiad, który podałam, był porównywalny z obiadem z popularnego bistro na ulicy, gdzie się mieściło biuro Maxa, tuż obok domu rozkoszy, od którego wszystko się zaczęło.

– Nabokov zmienił moje życie – wyznał Max. – Marzyłem o tym, żeby zostać pisarzem, ale kiedy przeczytałem *Lolitę*, postanowiłem, że zostanę prawnikiem. Prawo wydało mi się prostsze.

NAUKA

Kiedy odwiozłam Maxa i wróciłam do siebie do domu, ujrzałam światełko w telefonie, co znaczyło, że mam wiadomości. Mechaniczny głos poinformował mnie o czterech, które odsłuchałam. Dzwoniono do mnie z Yale, Harvardu, Uniwersytetu Pensylwanii i z wydziału psychologii z lokalnego uniwersytetu. Gdy zapisywałam numery, znowu ktoś do mnie zadzwonił.

Sekretarka poinformowała mnie, że niejaki doktor Fenster z Princeton czeka na linii, i grzecznie zapytała, czy zechcę z nim rozmawiać.

– Oczywiście.

Doktor Fenster przedstawił się jako dziekan wydziału ekologii człowieka. Nie pamiętałam, żeby istniał taki kierunek, kiedy zaczynałam college. Na początku rozmowy doktor pogratulował mi udziału w dyskusji o Nabokovie.

Podziękowałam mu za miłe słowa, przyznając jednocześnie, że nie dokonałam niczego wielkiego. Mówiłam prawdę.

W odpowiedzi doktor wymamrotał coś niezrozumiale, po czym przeszedł do sedna sprawy. Otóż słyszał, że mam jakoby dostęp do danych, które nadzwyczajnie mogłyby wspomóc badania na temat rozwoju człowieka, prowadzone na jego wydziale.

Zainteresowałam się, w jaki sposób wszedł w posiadanie tej informacji.

Odchrząknął profesjonalnie i opowiedział o wiosennych regatach, które właśnie odbywały się „na pięknym, krętym jeziorze Carnegie".

Czekałam, co powie dalej.

– Gościliśmy osadę z Waindell – oświadczył. Teraz on czekał, co powiem.

Próbowałam odchrząknąć, ale zabrzmiałam, jakbym się zakrztusiła, gdyż faktycznie się zakrztusiłam. Ponownie zerknęłam na listę uniwersytetów, które się ze mną kontaktowały.

– Czy inne uniwersytety również były tam reprezentowane? – spytałam.

– Oczywiście – odrzekł i wymienił po kolei uniwersytety widniejące na mojej liście.

– Czy dostanę dotację za mój materiał badawczy? – zadałam mu pytanie, po którym zapadło długie milczenie, zapewne wywołane moją bezczelnością. – Ponieważ – ciągnęłam – odnoszę wrażenie, że pozostałe uniwersytety także się interesują moimi badaniami.

– Rozumiem – odparł wściekle doktor Fenster. Jak na profesora psychologii powinien był lepiej sobie radzić z napadami gniewu.

– Proszę mi podać pański numer telefonu, a mój asystent oddzwoni do pana. – Profesor podał mi telefon służbowy, komórkowy, a nawet domowy. Po chwili zastanowienia podał także numer do domku letniskowego.

Zadzwoniłam do Margie i opowiedziałam jej o wycieku informacji o burdelu i o telefonach z uniwersytetów.

Wydała z siebie dźwięk, który oznaczał, że wcale nie jest zdziwiona.

Zapytałam, czy myśli, że mogę na tym zarobić jakąś kasę.

Margie nie chciała spekulować na temat pieniędzy. Podejrzewałam, że wciąż o nich myśli, jeśli akurat nie myślała o kotach, o Billu albo o tym, w co mam się ubrać.

– Dam ci znać – rzuciła. – Podyktuj mi te numery.

Za bardzo mnie nosiło, żebym mogła wysiedzieć w domu.

Wsiadłam do samochodu w tych samych ciuchach, w których byłam w sądzie, i pojechałam na urwisty klif nad jeziorem, skąd dostrzegłam szczyt dachu chaty pomiędzy woalem młodych listków na drzewach. Klif znajdował się w połowie drogi między moim domem i domem Grega. Byłam ciekawa, czy Greg jest w domu i czy pracuje. Zastanawiałam się, czy miałby ochotę się ze mną spotkać. Spojrzałam na telefon, jakbym szukała w nim odpowiedzi, ale wciąż milczał. Miałam jego numer, zapisany przez niego samego na skrawku papieru i zatknięty za wycieraczką. Mój głupi mózg go zapamiętał.

Zadzwoniłam do niego.

– Cieszę się, że dzwonisz – powiedział Greg.

– Też mogłeś zadzwonić – odparłam.

– Ostatecznie zerwałem z kobietami, które nie chcą ze mną być. – Nie odpowiedziałam na jego słowa. To naprawdę jest aż takie banalne? Przypomniał mi się tekst z „Psychology Now" na temat mężczyzn. Czasami odpowiedzi na nasze wątpliwości są naprawdę trywialne. – Gdzie jesteś? – spytał.

– Na klifie. – Między chmurami utworzyła się akurat przestrzeń, tak że na dalekim wzgórzu, jak otwarte drzwi, pojawił się strumień światła.

– Może wpadniesz do mnie? – zaproponował Greg. – Mam ciasteczka.

Kiedy do niego zajechałam, wychodził właśnie z warsztatu i szedł do domu. Przy jego nodze kroczył Rex. Dopiero gdy wysiadłam z samochodu, przypomniałam sobie, co mam na sobie.

– Czy przyjechałaś, żeby mnie nawrócić na swoją wiarę? – zapytał Greg, świdrując wzrokiem mój strój i dużą mamusiowatą torebkę.

– Jestem niewierząca – odparłam. – Miałam powód, żeby się tak ubrać.

– Nie wątpię – rzekł. – Chodź, zrobię ci herbatę. – Otworzył na oścież drzwi do domu. Rex potulnie czekał, póki nie weszłam pierwsza do środka.

Greg włączył czajnik i przesunął w moim kierunku talerz z ciasteczkami, które wyglądały na domowe.

– Moje sąsiadki chcą mnie chyba utuczyć.

Wbiłam zęby w ciasteczko, które miało smak trocin i orzeszków ziemnych. Postanowiłam na dobre zerwać z kłamstwami.

– Prowadziłam burdel. Chcę go zamknąć.

– Wiem o tym – odparł. – Ale miałem nadzieję, że usłyszę to od ciebie. – Greg wziął ciasteczko i przełamał je na połowę. – Nie znasz mnie. Nie mam problemu z tym, że prowadzisz burdel. – Ugryzł ciasteczko. – Zależy mi na innych sprawach, na przykład na tym, jak ludzie się traktują. Najważniejsza dla mnie jest lojalność. Nie przeszkadza mi seks za pieniądze. Osobiście nie zamierzam z niego korzystać, ale to mój wybór. – Uśmiechnął się. – Jednak chcę cię o coś spytać.

– Co takiego? – Rzuciłam niesmaczne ciasteczko Rexowi, który złapał je w powietrzu.

– Czy kiedykolwiek korzystałaś z jego usług?

– Nie.

– Dlaczego? – spytał cicho. Czułam, że mnie nie osądza, tylko jest ciekawy.

– Nie miałam ochoty.

Wyraźnie czekał, że coś dodam.

– Muszę poczuć z kimś więź.

– Miłość?

Milczałam. Nikt na początku związku nie wspominał słowa zaczynającego się na M, przynajmniej nie w naszych czasach. A już na pewno nikt nie użył go w moim życiu. Greg delikatnie pogładził mnie po twarzy.

– Mógłbym się w tobie zakochać.

– Nic nie stoi na przeszkodzie – odparłam.

Objął mnie i pocałował, choć być może to ja zaczęłam pierwsza.

– Tylko się nie rozpłacz – rzekł.

– Dobrze.

Nie wiedziałam, dlaczego sprawiało mi przyjemność, że

się ze mną droczy. Świetnie znałam to uczucie. Pocałowaliśmy się, nasze usta świetnie się rozumiały. Po jednym pocałunku (a może trzech) odsunęłam się od niego.

– Co lubisz jeść na śniadanie? – spytałam.

– Najbardziej płatki. Jaja, mamałygę i boczek w sobotę i w niedzielę.

Uwolniłam się z jego ramion i zaniosłam spodek do zlewu. Zmywarka stała otworem, na suszarce suszyły się naczynia.

– Przywiązujesz wagę do tego, jak się wkłada spodek do zmywarki?

– Dlaczego miałbym to robić?

– Nie uważasz, że diabeł tkwi w szczegółach?

– Nie – odparł Greg. Obserwował mnie. – Jeszcze jakieś pytania?

– Chcesz mnie pocałować?

– Tak – odparł. – Chodź do mnie. – Otworzył ramiona i pociągnął mnie na kolana. – Nigdy nie przestaniesz mnie zaskakiwać. Zupełnie jak na boisku. – Pocałował mnie.

– Ty i ten twój baseball. – Był tak blisko, że poczułam, jak zniewalająco pachnie.

– W końcu pochodzę z Ameryki.

W następnej sekundzie byliśmy nadzy. Gdzieś w połowie poprosiłam, żebyśmy przerwali. Greg uniósł się i czekał. Wydawał się taki przystojny, patrzył na mnie tak wyrozumiale. Ja tymczasem zastanawiałam się, czyby nie ubrać się w te głupie ciuchy i nie uciec stamtąd. Chyba się domyślał, o czym myślę, dalej jednak leżeliśmy bez ruchu na łóżku, które sam zbudował. W mroku w jego sypialni nasza nagość zdawała się zgaszona i miękka. Gładził mnie po policzku.

– Jeśli się zgodzisz, wprowadzę pewną zasadę: nie musisz niczego udawać. Poradzę sobie z prawdą. – Mówiąc te słowa, dotykał mnie nieśpiesznie i z rozwagą, szepcząc do moich ust: – Najważniejsza jest prawda.

Podniosłam się na poduszkach.

– Czy mogę ci zadać niestosowne pytanie?

– Jasne. – Greg dotykał delikatnie moich piersi.

– Dlaczego jesteś taki dobry w te klocki?

– Moja żona była lesbijką, musiałem się bardziej starać niż inni mężowie.

Pod wpływem impulsu przyznałam:

– Nie chcę się w tobie zakochać.

Jego twarz znajdowała się nad moją.

– W takim razie przestańmy – rzekł, nie przestając.

– Nie, nie róbmy tego, proszę. – Greg zaś grzecznie zastosował się do mojej prośby.

GABINET SĘDZI TEAGARTEN

Po śniadaniu z Gregiem, jeśli można nazwać śniadaniem zimne płatki kukurydziane, siedziałam w gabinecie sędzi Q.L. Teagarten. Krzesła zostały ustawione w podkowę wokół jej biurka, co miało symbolizować szacunek dla urzędu. Max podał pani sędzi oraz prawnikowi Johna wizytówki. Ja także wzięłam od niego jedną i na odwrocie grubej kremowej kartki napisałam adres przybytku oraz nazwę programu, o który Dama z Torebką pytała najczęściej. Kiedy podałam wizytówkę Maxowi, spojrzał na mnie pytająco, a ja w odpowiedzi wzruszyłam ramionami.

Sędzia Teagarten otworzyła teczkę i nie podnosząc wzroku znad zdjęć pokoi moich dzieci, powiedziała:

– Sprawa, którą się zajmujemy, dotyczy tego, czy pani Barrett jest w stanie przedstawić zmiany, które zaszły w jej życiu, a które byłyby na tyle znaczące, że mogą stanowić podstawę do uchylenia pierwszego orzeczenia.

Kartkowała strony, ale moje dokumenty wyraźnie nie zrobiły na niej wrażenia. Przez chwilę zawiesiła wzrok na zdjęciu drzwi, na których wisiały torebki Darcy.

– Ładna kolekcja – pochwaliła. Odniosłam wrażenie, że w jej głosie brzmiało pożądanie. Zauważyłam jej torebkę od Prady, stojącą obok krzesła. – Rozumiem, że pracuje pani na stanowisku kierownika korespondencji w mleczarni Daitchów? – zapytała. – Może mi pani powiedzieć, co to dokładnie znaczy? – Nadal nie podnosiła wzroku znad dokumentów.

Zaczęłam jej tłumaczyć, czym się zajmuję, i opisywać niuanse pytań klientów o produkty mleczne, ale sędzia mi przerwała:

– Czy pani źródło dochodu wystarczy na utrzymanie dwójki dzieci?

– W tym roku otworzyłam firmę – odpowiedziałam i skinęłam głową w kierunku Maxa.

Max niechętnie przesunął wizytówkę w stronę Damy z Torebką. Kiedy kobieta na nią spojrzała, zauważyłam, że jej twarz stężała i po raz pierwszy uważnie mi się przyjrzała. Byłam pewna, że mnie nie rozpoznała w stroju brzoskwiniowej mufinki. Nigdy zresztą nie zaprzątała sobie głowy moją skromną osobą, gdy nas odwiedzała w przybytku przez trzy miesiące. Byłam nieważnym trybikiem w spełnianiu jej pragnień. W końcu jednak mnie rozpoznała.

– Ładna – powiedziałam, wskazując na jej torebkę, która (byłam tego całkowicie pewna) wcale nie była podróbką. – Mogę się założyć, że ma pani w niej idealny porządek.

Zapadła głucha cisza.

Prawnik Johna otworzył usta, żeby coś powiedzieć, ale pani sędzia podniosła rękę, nie dopuszczając go do głosu.

– Chcę porozmawiać z panią Barrett i jej adwokatem na osobności. – John i jego prawnik siedzieli z nogami skrzyżowanymi jak stuprocentowi, pewni siebie mężczyźni. – Przejrzę akta i wkrótce podejmę decyzję. Proszę podać mojej sekretarce swoje namiary.

John i jego prawnik podeszli do sekretarki, po czym John podyktował jej swój telefon firmowy i numer telefonu do prawnika, który znałam na pamięć, gdyż siedem razy wysyłałam mu złośliwie pizzę w pierwszych tygodniach po odebraniu mi dzieci.

Gdy zamknęły się za nimi drzwi, sędzia odwróciła się do mnie.

– Czego chcesz?

– Pełnej opieki nad dziećmi. Mogę się zgodzić na wspólną opiekę z moim byłym mężem, pod warunkiem że będzie korzystna dla nas obojga. – Max z całej siły nadepnął mi na palec u nogi, ale zignorowałam go.

Sędzia sięgnęła do torebki i nagle znieruchomiała.

– Właśnie rzuciłam palenie – rzekła przepraszającym tonem. – Marzę o marlboro.

Max był wyraźnie zbulwersowany. Zapewne poznał w swoim życiu ludzi, którzy wstrzykiwali sobie heroinę, ale nikogo, kto dobrowolnie wypełniałby płuca nikotyną.

– Napisz propozycję – sędzia zwróciła się do Maxa. – A ja ją rozpatrzę.

Wyraźnie skonsternowany Max kompletnie nie rozumiał, co się przed chwilą wydarzyło. Mogłabym mu oczywiście wszystko wytłumaczyć, ale zajęłoby to zbyt dużo czasu. A poza tym i tak by mi nie uwierzył w tę historię.

– Wyślę ją pani dzisiaj po południu. – Max i ja wstaliśmy, sędzia wychyliła się tylko zza biurka.

– Poproszę sekretarkę, żeby kupiła mi gumę – oznajmiła i wyszła z sali.

* * *

Z laptopa w Alpine Inn Max wysłał pani sędzi propozycję. Czekaliśmy na jej odpowiedź, aż odpisała, że ją przeczytała i że nazajutrz przedstawi nam decyzję.

Max spojrzał na mnie z niedowierzaniem. Sprawa nabrała szalonego tempa.

– Życie na prowincji jest o wiele prostsze – wytłumaczyłam mu.

Max nie zamierzał zajmować się rozwiązywaniem szczegółów w kwestii opieki i wizytacji; jak widać *pro bono* wyczerpało się. Kiedy poprosiłam go o wskazówki, wzruszył ramionami:

– Widzę, że ty i John spokojnie dacie sobie beze mnie radę. – Po jego słowach nie miałam wątpliwości, że Max jest kawalerem.

Zawiozłam go na nasze minilotnisko. Czekałam, aż sprzedawczyni biletów przy ladzie obiegnie ochronną barierkę i włoży pomarańczową kamizelkę, żeby wykonać drugą część pracy w charakterze kontrolera.

Kazała Maxowi zdjąć wielki blezer, by móc przyłożyć czujnik do jego cherlawego ciała. Pomachałam mu, wykrzyczałam podziękowania i odeszłam, by nie zauważył, że widzę, jak ukrywa pod swetrem młodość i kruchość.

Wsiadłam do samochodu, czując ulgę, że jest sprawny, i jak błyskawica pomknęłam do domu Johna. Chciałam zdążyć, zanim on i jego prawnik uknują coś strasznego. Zajechawszy przed ich dom, zobaczyłam, jak Irene zasypuje w ogrodzie wielki dół. Wszędzie wokół na trawniku i rabatkach straszyły kolejne nory, głębokie na trzydzieści centymetrów. Irene wyprostowała się na mój widok i oparła o łopatę. Miała podciągnięte rękawy, żeby nie pobrudzić rękoma czystych lawendowych ogrodniczek.

– Cześć – przywitałam się.

Uprzejmie odpowiedziała na moje powitanie, choć była zaskoczona, że zjawiłam się nie „w mój dzień".

– Gdzie są dzieci? – zapytałam.

W tym momencie z tyłu domu pojawiła się Darcy, trzymając w ręku sznurek. Nie widziała mnie, ponieważ szła tyłem do mnie, ciągnąc z całej siły coś, co znajdowało się na końcu sznurka.

– Niedobry piesek! – wołała. – Wykopujesz za dużo dziur. – Darcy zaparła się i z całej siły pociągnęła za sznurek. Nagle zza rogu domu wychylił się Sam. Wokół bioder miał przywiązany sznurek, posłusznie trzymał ręce na piersiach i cicho poszczekiwał. Na mój widok stanął jak wryty.

Darcy odwróciła się z ciekawością, żeby zobaczyć, na co tak zapatrzył się jej piesek, i zobaczyła mnie w mamusinym stroju, w którym wystąpiłam w sądzie. Puściła sznurek, po czym podeszła, żeby dotknąć mojego zestawu sweterków.

– Włożyłaś jeden czy dwa sweterki? – spytała, unosząc skraj jednego z nich.

Sam, wciąż owiązany sznurkiem, także podszedł. Darcy popatrzyła na niego.

– Siad – wydała komendę, ale brat ją zignorował.

– Przecież to nie pierwsza sobota miesiąca? – zdziwił się mój syn.

– Rzeczywiście, jeszcze nie – powiedziałam. – Chciałam was zobaczyć. – Wyciągnęłam dłoń i pogłaskałam go po miękkim policzku. Urósł. Za niecały rok mnie dogoni.

Darcy wstawiła między nas swe małe ciałko.

– Sam jest moim psem – rzekła stanowczo – ale możesz go pogłaskać. – Pogłaskałam ich oboje.

W tej chwili podjechał ich ojciec swoim niedawno kupionym ogromnym pikapem napędzanym metanolem. Po wyłączeniu silnika rozszedł się niemiły zapach. John wysiadł i pogładził włosy.

– Barb – rzekł – widzę, że przyjechałaś tu przede mną. – Obserwowałam, jak przyjmuje wojowniczą postawę. Ciężar jego ciała znajdował się w samym środku, a prawa ręka gotowała się nieomal do ciosu.

– Czy twój prawnik kontaktował się z tobą?

Skinął tylko głową, zbyt nieufny, żeby coś powiedzieć. Zrobił krok do przodu, wciąż na palcach stóp.

– Możemy porozmawiać? – Mój eks złapał mnie za łokieć, ja zaś pozwoliłam mu się odprowadzić do samochodu. Gdy dzieci nie mogły nas już usłyszeć, John mnie puścił i wrócił do swojej strefy komfortu (wynoszącej ponad metr ode mnie, gdyby to było możliwe, byłaby jeszcze większa).

– Tutaj? – Otworzyłam oboje drzwi i wsiadłam, ustępując Johnowi miejsce dla kierowcy. Najpierw się zawahał, ale wreszcie nie wytrzymał i usiadł za kierownicą.

Nie pamiętam, kiedy ostatnio siedziałam z moim byłym w samochodzie. Zawsze chciał prowadzić i jak większość mężczyzn uważał się za najlepszego kierowcę na świecie, tak jak rzesze schizofreników, którzy twierdzą, że są Jezusem Chrystusem, a przecież nie wszyscy mogą mieć rację.

John trzymał kierownicę w obu rękach, w najbardziej odpowiedniej pozycji.

– Mój prawnik zaprosił mnie na obiad do Loro's. Skąpy

gnojek. – Omiótł wzrokiem trawnik, jakby się obawiał, że zaraz wjedzie na niego przyczepa kempingowa. – Powiedział mi, że nie będzie więcej zamawiał pizzy z Loro's do biura.

Byłam prawie pewna, że to z powodu mojej akcji z dostarczaniem anonimowych pizz, a przynajmniej taką miałam nadzieję.

– Kazał mi się zgodzić na apelację. – Ostatnie słowo zabrzmiało w jego ustach jak przekleństwo.

Nie wiedziałam, jakie powody sędzia Q.L. Teagarten przedstawiła prawnikowi Johna, ale na pewno odniosły skutek. Nie ma to jak zagrozić komuś, że się go upokorzy i zhańbi jego imię. Wyjęłam z torebki dokumenty i położyłam je na kolanie.

– Myślę, że możemy się dogadać. Nie wyszło nam w miłości. Zdarza się. Ale mamy świetne dzieciaki, dla których musimy zamknąć ten ponury rozdział i iść do przodu.

John zamrugał powiekami.

– Irene i ja bierzemy ślub – rzekł oschle. – Dzieci jeszcze o tym nie wiedzą.

– Moje gratulacje – odparłam. Nie dając mu czasu do namysłu, poprosiłam też o opiekę nad psem. Zwróciłam uwagę na to, że Matylda wyrządza u mnie mniej szkód, bo pracuję w domu.

– Zastanowię się – odrzekł John i pogłaskał swoją piękną czuprynę, sprawdzając, czy fryzura jest wciąż na swoim miejscu.

– Ty się żenisz, a ja zmieniam... zmieniam pracę. – Co było prawdą. Nawet jeśli Princeton mi nie zapłaci, na zawsze zerwałam z usługami seksualnymi. Trzeba iść do przodu. Wyjęłam ze schowka długopis. – Dzieci potrzebują ciebie i mnie. W jakie dni chcesz, żeby cię odwiedzały?

– W Boże Narodzenie. – Był wyraźnie nastroszony.

– Zgoda. – Zapisałam na kartce.

– I w Wielkanoc. – Wciąż zachowywał się asertywnie. – W Dzień Ojca.

– Jasne. – Do czego było mi potrzebne to głupie święto?

– W moje urodziny.

Żeby na pewno dostał prezenty?

– Świetnie. – Po kolei wszystko zapisywałam. Czekałam. – To wszystko?

John rozmyślał o tym, co go może ominąć z pozostałych trzystu sześćdziesięciu jeden dni ojcostwa.

– Chcę, żeby Sam pojechał na intensywny obóz hokejowy.

Starannie dobierałam słowa.

– Myślę, że Sam nie ma smykałki do sportu.

– Musi znaleźć czas.

Uwziął się.

– Myślę, że Darcy będzie sobie świetnie radziła z rywalizacją w sporcie.

John zastanowił się nad moimi słowami.

– Będą mieszkały u mnie do końca roku szkolnego.

Czyli jeszcze przez dwa tygodnie. Miałam znakomitą okazję, żeby się na nim zemścić. Oboje o tym wiedzieliśmy, a jednak nie zrobiłam tego. Nie potrzebowałam wolnych dni i wakacji w moim macierzyństwie. Chciałam decydować o tym, co moje dzieci zjedzą na śniadanie, tęskniłam za leniwymi letnimi porankami i zaskakującymi pytaniami przed snem. Chciałam je mieć dwadzieścia cztery godziny na dobę.

– Możesz się z nimi widywać, kiedy chcesz, wiesz o tym. I z psem też. Nie ma problemu. – Podałam mu długopis, żeby podpisał.

Na jego twarzy malowało się pytanie. Na pewno się zastanawiał, nie po raz pierwszy i nie ostatni, co mu strzeliło do głowy, żeby mieć ze mną dzieci. Wreszcie wziął do ręki długopis, złożył podpis i wysiadł z samochodu.

LIGA UNIWERSYTECKA

W połowie drogi do domu zjechałam na pobocze i zadzwoniłam do Margie.

Odebrała telefon po pierwszym dzwonku, jakby czekała, że do niej zadzwonię.

– Akademicy są o wiele gorsi od wydawców – rzekła, nie dając mi dojść do słowa. – Są chytrzy, a ich komitety decyzyjne zbyt liczne. Muszę się przed wszystkimi tłumaczyć, nawet przed samym Panem Bogiem i przed funduszem powierniczym!

– Margie, odzyskałam dzieci! – Opowiedziałam jej o rozprawie, ale nie wspomniałam o pani sędzi vel Damie z Torebką. Opowiedziałam jej także o nowej umowie z Johnem.

– Wiedziałam, że ci się uda, Barb – rzekła szorstko Margie, jakby powstrzymywała się od płaczu. Usłyszałam brzęk kostek lodu, stały dźwięk jej życia rodzinnego. – Dobre czasy, Barb. Czekają cię dobre czasy. – Głos uwiązł jej w gardle.

Po chwili pozbierała się i powiedziała, że Uniwersytet Pensylwanii zaproponował czterysta dolarów, Yale i Harvard dawali po tysiaku (tysiak należał do żargonu agentów). Najwięcej, bo aż dwa tysiące pięćset, proponuje Princeton.

– To chyba ma niewiele wspólnego z aukcją – powiedziałam.

– To prawda – przyznała Margie – to była zwyczajna rozmowa. – Wiedziałam, że nic więcej z niej nie wycisnę.

– A co z Waindell?

– Dziekan zagroził pozwem, ale wspomniałam o formularzach podpisanych przez zawodników, którzy właśnie zdobyli puchar, a także stałym korzystaniu z usług przez kilku wykładowców, niektórych z jego wydziału.

– Ale czy złożyli ofertę? – dociekałam. (Co za dziwka ze mnie!).

– Tak, ale odrzuciłam ją. Im dalej, tym lepiej dla nas.

– W takim razie do roboty – powiedziałam i zatrąbiłam na dodanie animuszu.

W domu odebrałam wreszcie telefon, którego przez dłuższy czas unikałam.

– Mówi komendant Vincenzo.

– Przy telefonie Barbara Barrett – przedstawiłam się i czekałam, żeby zaczął snuć swoje niedorzeczne zarzuty. Znowu zachowywałam się pasywno-agresywnie, nienawidząc w głębi duszy tego gliny i ukrywając to przed nim.

Zaczął mówić, a ja czekałam, aż wymieni wszystkie moje przewinienia i przedstawi kosztorys. Tymczasem komendant chciał pożyczyć ode mnie mój stary samochód dla dzieci na zajęcia z techniki. Mieli naprawić wał napędowy.

– Twój jest zepsuty – gawędził wesoło – próbowałem nawet użyć kluczyka, który leżał w popielniczce. Ale nie mogłem wrzucić biegu. Być może dzieciaki go nie naprawią, ale na pewno go już bardziej nie zepsują.

– I dostanę auto z powrotem?

– Jasne. Najdalej za trzy dni.

Onkwedo było dziwnym miasteczkiem, nie miałam co do tego wątpliwości, ale powoli zaczynałam je lubić.

Wieczorem przyjechał do mnie Greg z kolacją, owiniętą w papier śniadaniowy i sznurek. Podejrzewałam, że jakaś sąsiadka mu ją przygotowała.

– Jak ci poszło z Johnem? – zaczął bez wstępów.

– Chyba dobrze. Dostał Boże Narodzenie, Wielkanoc i Dzień Ojca.

– I to by było na tyle? – Greg rozpakował kawałek twardego placka truskawkowo-rabarbarowego.

– Raczej tak. Ja chciałam Halloween, Czwarty Lipca i pozostałe dni.

Wegetariańskie wrapy z grilla były przepyszne.

– Dostałam także Matyldę. – Pocałowałam Grega lekko umorusanymi ustami. – Myślisz o tym samym co ja?

– Czy Rex także będzie coś z tego miał?

– Nie. Tak. Myślałam o szczeniakach.

Greg ugryzł spory kawałek placka, tak żeby nie musieć komentować moich słów.

POŻEGNANIE PRZYBYTKU ROZKOSZY

Tydzień przed zakończeniem szkoły zamówiłam w prezencie dla babci Bryce pięć ciężarówek żwiru, żeby naprawić wyżłobienie na podjeździe przed domkiem.

Po raz ostatni przeszłam się po domku i wszystko poukładałam. Rozpaliłam w kominku. Chciałam, żeby ogień dotrzymał mi towarzystwa. Postanowiłam zostawić babci Bryce i myśliwym meble i pościel, a na dokładkę dorzucić im zabawki erotyczne.

W koszu była góra czystej pościeli. Kiedy złożyłam prześcieradła, na dnie ujrzałam moje Spodnie. Włożyłam pościel do szafy, a Spodnie wrzuciłam do kominka i przytrzymałam pogrzebaczem, dopóki nie zaczęły się tlić. Kiedy wreszcie zamieniły się w popiół, przydusiłam żar.

Zamknęłam okiennice i przybiłam do drzwi deskę. Zdjęłam ogłoszenie, uznając, że do tej pory wszystkie klientki dowiedziały się o zamknięciu przybytku. Wieści błyskawicznie rozchodziły się po Onkwedo.

Pewnego poranka Bill przyniósł mi kopertę z adresem Uniwersytetu Princeton. Nie zdziwiłam się, kiedy w środku znalazłam czek.

Przekazałam całą kwotę na organizację „Nakarmić Dzieci" działającą w Onkwedo, poza dwustoma dolarami, za które chciałam sobie kupić dżinsy. (No dobra, znalazłam je na wyprzedaży za czterdzieści dolarów). Pasowały na mnie jak ulał.

Zadzwoniłam do archiwistki z Uniwersytetu Waindell z propozycją oddania im odnalezionego przez mnie manuskryptu. Archiwistka była „wielce zainteresowana" i zapytała, czy zamierzam im przekazać również darowiznę.

Nie zamierzałam.

Młodemu panu Daitchowi podarowałam sześć różnych formularzy listowych, żeby mu pomóc w prowadzeniu korespondencji. Myślę, że rozmowy ze mną pomogły mu nieco rozwinąć jego instynkt towarzyski, nawet starał się utrzymywać ze mną delikatny kontakt wzrokowy, kiedy mu objaśniałam zastosowanie różnych wzorów. Może był wreszcie gotów na minimalną interakcję ze swoimi klientami. Obiecałam, że wezmę latem udział w drylowaniu wiśni, jeśli utrzyma się zapotrzebowanie klientów na lody wiśniowo-waniliowe.

Wreszcie napisałam dla Margie romans o amiszach. Mojej agentce podobała się zwłaszcza scena, kiedy mężczyzna osiąga orgazm, który w powieści określiłam „wejściem na szczyt", i zaczyna ryczeć „Wyjdź za mnie!". Zdaniem Margie kobiety będą zachwycone. Rynek romansów wciąż był nienasycony i nie nadążałam z pisaniem. Bez przerwy używałam słów ze scen meczu baseballowego, których nauczyłam się na pamięć. Sceny sportowe i erotyczne niewiele się od siebie różnią. Może rzeczywiście zostanę pisarką? Moja matka była przerażona, kiedy jej o tym powiedziałam.

– Aż strach pomyśleć, co się stanie z twoimi plecami – próbowała mnie zniechęcić.

Czasami odzywali się do mnie moi byli pracownicy. Tim poprosił o referencje. Wayne napisał do mnie kilka słów na papierze listowym ozdobionym monogramem, kiedy go przyjęto na MBA na Harvardzie. Wyraził wdzięczność, że dzięki mnie rozwinął w sobie ducha przedsiębiorczości.

Sid przesłał mi kilka składanek muzycznych z tematami przewodnimi, które można by uznać za obraźliwe. Darcy wysłał czarne baletki, które natychmiast włożyła i zatańczyła dla mnie i dla Sama jej wersję *Dziadka do orzechów*, używając jako rekwizytów dziadka do orzechów, wszędobylskiej Barbie i kilku plastikowych myszy.

LODY WIŚNIOWO-WANILIOWE

Miesiąc po zamknięciu przybytku ustawiliśmy stoisko z lodami na drodze parady z okazji Dnia Niepodległości. Ponieważ wszyscy strażacy musieli być obecni na uroczystościach, które odbywały się w pobliskich miasteczkach, w Onkwedo obchody odbyły się dopiero siódmego lipca. Co roku parada miała taki sam przebieg: najpierw przejeżdżały z turkotem stare wozy strażackie, a następnie traktory ciągnące bele z sianem, na których siedziała Królowa Mleczarni Stanu Nowy Jork wraz z jej dworem, machając do tłumów.

Babcia Bryce oglądała paradę z wózka inwalidzkiego w towarzystwie starego pana Daitcha. Włożyła na siebie koszulkę z napisem informującym, że jest „najstarszą mieszkanką Onkwedo".

Podałam jej pucharek z lodami wiśniowo-waniliowymi. Razem z Samem do północy drylowaliśmy wiśnie.

– Dziękuję, kochanie. – Babcia Bryce jadła je powoli, pochyliwszy głowę nad kolanami, na których troskliwie rozłożyła papierową serwetkę. Gdy pucharek zrobił się prawie pusty, babcia odłożyła drewnianą łyżkę i uniosła głowę, żeby na mnie spojrzeć swoimi wypłowiałymi błękitnymi oczami.

Ukucnęłam obok wózka.

– Pyszne – pochwaliła, kiwając głową.

Samowi bardzo spodobało się wydzielanie klientom kulek lodów, za to Darcy groźnie łypała na nich okiem, póki jej nie wzięłam na bok, żeby i ona spróbowała lodów, z których wyjmowała wiśnie, za każdym razem szepcąc: – A kysz, a kysz, a kysz. – Na koniec lody miały w sobie tylko lody, tak jak lubiła Darcy.

Znowu zaczęłam liczyć. Jeden to Darcy, dwa to Sam, trzy Greg, cztery Matylda, pięć słońce prześwitujące przez liście, sześć zapach dojrzałych wiśni, dzięki któremu ślinka napływała do ust, siedem mieszkańcy Onkwedo, którzy zajadali się lodami.

Po paradzie obejrzeliśmy mecz piłki nożnej lokalnej drużyny. Siedziałam razem z Gregiem i moimi dziećmi. Dzień był piękny. W tej jednej chwili wszyscyśmy byli szczęśliwi i rozbawieni. A potem zaczął się mecz baseballowy, który trwał i trwał, i nie zamierzał się skończyć. Założyłam ciemne okulary, żeby ukryć nudę malującą się w moich oczach. Greg trzymał mnie za rękę i palcem jeździł po mojej dłoni, tworząc na niej mapę baz i zawodników. Żałowałam, że nie mogłam się pochwalić: przełamałam się i podobnie jak Hellen Keller doznałam olśnienia, jakoby baseball był podobny do zachwycającego tańca, pełnego wdzięku, siły i sprawności tancerzy. Niestety, nie rozumiałam go i siedziałam z nadzieją, że okulary skryją moje uczucie osamotnienia.

Próbowałam sobie wyobrazić na trybunach wysokiego Nabokova o srebrzystych włosach i Verę w słomkowym kapeluszu. Niestety, Nabokova tutaj nie było. Właściwie to nie było nawet tego wspaniałego wzorca narzuconego światu przez jego mózg, a odbijającego się chociażby w sylwetkach niezgrabnych mężczyzn w sportowych strojach, wymachujących zawzięcie kijami baseballowymi.

CIASTA

Pod koniec lata pojechałam z dziećmi do Nowego Jorku. Przechadzając się po centrum miasta, natknęliśmy się na cukiernię Pierre'a Ceci-Cela w nowej siedzibie. Darcy właśnie przyciskała nosek do szyby i podziwiała ciasteczkowe cuda w witrynie, kiedy zadzwonił do mnie profesor z Princeton, nabywca danych z mojego przybytku rozkoszy. Wydawał się zbulwersowany.

– Sporo zapłaciliśmy pani za te dane.

Wypadało mi się z nim zgodzić.

– Przeanalizowałem je bardzo szczegółowo – odchrząknął i mówił dalej: – Konkluzja, którą zamierzam sformułować, oparta na danych statystycznych i modelowaniu orzekającym, które do nich zastosowaliśmy, jest taka, że kobiety pragną, aby mężczyźni je rozumieli. – Powiedział to takim tonem, jakby miał do mnie o to pretensję.

– Tak – odrzekłam – właśnie tego pragną.

– To jest nieznośnie mgliste – stwierdził. – Nie można tego nazwać jednoznacznym wnioskiem.

– Kobiety są gotowe wiele poświęcić, żeby je tylko ktoś wysłuchał – powiedziałam na koniec i się rozłączyłam.

Darcy dosłownie pożerała wzrokiem ciasteczka z morelami, a Sam na kolanach lustrował napoleonki, licząc, ile mają warstw ciasta.

– *Croissant au chocolat. Café, pas de lait* – rzekł Pierre na mój widok.

Zapamiętał moje zamówienie!

– *Je t'aime* – powiedziałam, bo tylko tyle potrafiłam powiedzieć w jego języku.

Wypuścił z siebie po francusku powietrze, które mogło oznaczać wszystko, od „Spadaj, mała" do „Mógłbym się z tobą przespać, gdybyś miała lepsze buty".

Jedliśmy ciasteczka przy stoliku na zewnątrz, ja zaś patrzyłam, jak na buziach moich dzieci maluje się zachwyt przy każdym kolejnym kęsie.

JESIEŃ

Wreszcie znaleźliśmy miejsce dla Grega w naszym życiu. Darcy chciała, żebym oddała mu swój pokój, a sama zamieszkała u niej. Sam natomiast zaproponował, żebyśmy przerobili nasz garaż na warsztat stolarski. Przeznaczyłam dla Grega jedną półkę w łazience na kosmetyki i kilka wieszaków w szafie. Kupiłam jego ulubione płatki śniadaniowe oraz piwo, które nie było jego ulubionym. (Nie chciałam, żeby pomyślał, że się za bardzo dla niego staram).

Greg zmierzył mnie, żeby zrobić dla mnie biurko do pracy na stojąco.

Jak na razie wszystko się między nami układało. Dobrze wiedziałam, że życie z Gregiem będzie się różniło od tego opisywanego w romansach. Wciąż się uczyłam, starając się uważnie dobierać słowa. Co gorsza, wiedziałam, że zawsze będę wysłuchiwać kwestii typu: „Kiedy wgniatasz błotnik i udajesz, że nie wiesz, kto to zrobił, a ja się o tym dowiaduję z policyjnego raportu, to mam wrażenie, że mi nie ufasz".

Ale były też wspaniałe momenty, tak jak wtedy, gdy Greg zbudował salon kosmetyczny dla Darcy, w którym mogła obciąć resztę włosów łysiejącym lalkom Barbie, albo kiedy sprzątaliśmy po kolacji i tańczyliśmy do muzyki w radiu: on mnie obejmował, a ja myślałam, jaka jestem szczęśliwa.

FINAŁ

Po czterech miesiącach od zamknięcia przybytku zadzwoniła do mnie Dama z Torebką i tonem sędzi Teagarten powiedziała, że zaszły nadzwyczajne okoliczności. Jak się okazało, pewna młoda kobieta, córka człowieka będącego „filarem społeczności lokalnej", zaszła w ciążę, przy czym ojcem jej nienarodzonego dziecka nie jest jej narzeczony. Kobieta ta zwróciła się do pani sędzi z prośbą, by ta zajęła się procesem adopcyjnym. Młoda matka twierdziła, że nie zna nazwiska biologicznego ojca dziecka. Sędzia zaś była przekonana, że ja je na pewno znam.

Następnie pani sędzia powiedziała wyniośle, że w jej czasach dziewczyna zatrzymałaby dziecko, ale teraz (i tu omal nie wsypała ciężarnej) chciała jedynie załatwić otwartą adopcję, tak żeby móc je czasami widywać, ale nie wychowywać.

Z trudem się dogadywałyśmy, ponieważ pani sędzia zwracała się do mnie językiem prawniczym, ja zaś mówiłam do niej zwyczajnie, po angielsku.

Stanęło na tym, że pani sędzia na rodziców adopcyjnych wybrała Margie i Billa, być może z powodu pikantnych szczegółów, znanych mi z jej życia. Prawdopodobnie to one wpłynęły na to, że pani sędzia przesunęła moich przyjaciół na samą górę listy potencjalnych rodziców.

Przeżyłam cudowne chwile, ucząc Margie, jak się ma zajmować maluszkiem. Tak jak się spodziewałam, Margie okazała się cudowną matką: praktyczną, kochającą i odprężoną.

Przestała palić i zaczęła jeść, z wyjątkiem śród. Twierdziła, że utrzymuje piękną figurę dzięki wypiciu dziennie półtora litra błękitnego crystal light.

Po weselu Sam nabrał większej pewności siebie jako kuchmistrz. Przygotowywał dla dzidziusia Margie zdrowe sproszkowane mikstury na bazie soku jabłkowego.

Darcy tylko raz poświęciła mu uwagę, malując jego maleńkie paznokietki u nóg na krwistoczerwony kolor. Potem jej zainteresowanie bobasem wyraźnie osłabło.

Synek Margie miał długie kręcone rzęsy i błyszczące oczy. Gdy słyszał w radiu muzykę, jego pulchne ramionka i nóżki wpadały w dziki pląs.

Zdjęcia LeeLee z jej mężem często pojawiały się w kronice towarzyskiej „Clarion", ale nigdy już nie spotkałam się z nią osobiście.

Pewnego razu odwiedził nas Sid. Przyniósł w prezencie mięciutki kocyk w niebieskie słoniki. Wydawał się szczęśliwy, widząc dziecko, ale był chyba jeszcze szczęśliwszy, kiedy się z nami żegnał.

ONKWEDO

Być może nigdy się nie poczuję w Onkwedo jak u siebie w domu, tak jak się kiedyś czułam w Nowym Jorku. Moi najbliżsi są w niebie albo daleko ode mnie, a ja powoli staję się mieszkanką Onkwedo. Ludzie kiwają na mój widok głową, widząc mnie na ulicy, na znak, że w tej właśnie chwili dzielimy się naszym światem na pół.

Dzięki przybytkowi rozkoszy miałam wrażenie, że w Onkwedo zaszła pewna zmiana. Kobiety są bardziej zadowolone. Mają szczęśliwszy wyraz twarzy i chodzą lepiej ubrane. Nastąpił wzrost sprzedaży kart członkowskich do siłowni. YMCA musiała zwiększyć liczbę godzin zajęć z tańca brzucha i dodać cztery nowe maszyny do pilates. Czasami mi się wydaje, że widzę to samo, co widziałam w domku nad jeziorem: kobiety, które spacerują po Onkwedo, mają rozmarzony wzrok, uniesione kąciki ust i zmierzwione włosy, czesane do tej pory gładko. Widuję je w sklepach, supermarketach, jak przechadzają się po dziale warzyw i owoców i wybierają najjędrniejsze ogórki. Widzę, jak wąchają każde warzywo i owoc. Właśnie rozkwitły róże, różowe i bujne, i wszędzie widzę kobiety – jak pochylają się, żeby je wąchać. To był świetny sezon dla róż. A pochylanie się też jest charakterystyczne, tak jakby coś dobrego mogło nadejść w każdej chwili i z każdej strony.

Każdego dnia zdarzają się idealne chwile, jak ta, na pół godziny przed zaśnięciem, kiedy leżę z dziećmi w łóżku i wszyscy opieramy się o tę samą ścianę, o którą kiedyś opierali głowy Vera i Vladimir. Czasami Greg szeleści w kuchni stronami „Onkwedo Clarion" albo płucze niebieski garnuszek po ugotowaniu makaronu. Czytam dzieciom na głos znalezioną przeze mnie książkę, która chyba łączy ich zainteresowania. Nie jest ani zbyt straszna, ani zbyt okrutna, a zapominają dzięki niej o bożym świecie.

Kolejna idealna chwila zdarza się rano, gdy dzieci otwierają oczy. Sam śpi pod plakatem sławnego mistrza kuchni. Gdy tylko się budzi, natychmiast obejmuje mnie za szyję.

– Mamo – mówi rozespanym głosem, jakbyśmy się w nocy rozstali i rano powitali na nowo. Darcy zaś patrzy na mnie z głową na poduszce, jakby chciała powiedzieć „Kim, u diabła, jesteś? Nie byłaś w moim śnie". Szykuję dla nich śniadanie i pomagam w porannych zajęciach. Przez całe życie będę ich przewodnią gwiazdą, tak jak kiedyś był nią dla mnie ojciec. Na szczęście jedyne, co mam, to całe życie.